中国語圏における厨川白村現象

——隆盛・衰退・回帰と継続——

工藤貴正 著

思文閣出版

The "Kuriyagawa Hakuson Phenomenon" in the Chinese-Speaking Region:
The Rise, Decline and Regeneration of His Reception in Mainland China,
and the Continuation of His Popularity in Taiwan

Takamasa KUDOH

Shibunkaku Publishing Co., Ltd. Kyoto, 2010

ISBN 978-4-7842-1495-2

中国語圏における厨川白村現象　目次

中国語圏における厨川白村現象

——隆盛・衰退・回帰と継続——

序章　中国語圏における「厨川白村現象」とは何か

中国語圏における「厨川白村《くりやがわはくそん》現象」とは何か。

日本では、彗星のように現れ、大いに流行した厨川白村（一八八〇・一一・一九―一九二三・九・二）の著作が、彼の死後、急速に忘れ去られてしまった。これに対して、中国語圏（大陸・中国、台湾を中心に、香港までを視野に入れた地域）の知識人たちの間では、夏目漱石、森鷗外、芥川龍之介、川端康成などの日本を代表する作家たち以上に知名度が高い。そのうえ、日本人の著作としては、現在の村上春樹に匹敵するぐらいかなり系統的に翻訳され、しかも、時代を超えて各地域の特性に根ざして活き続けてきた現象を指している。ただ、厨川著作の中国語圏での受容の仕掛け人たる翻訳者は著名な知識人であり、受容の対象者も学生や評論家や作家などを中心とする知識人であるため、言葉を換えて言えば、知的現象として厨川白村及び彼の著作が重視された状況を指している。

そしてこの現象は、一九二〇、三〇年代の民国文壇において、日本留学中の田漢、鄭伯奇の厨川白村訪問や、郭沫若が「創作論」として『苦悶の象徴』を受容したことに始まる。それを後押ししたのが、魯迅訳『苦悶的象徴』と『出了象牙之塔』であった。魯迅・豊子愷訳『苦悶的象徴』は創作論や文学・芸術論の著作として普及し、羅迪先訳『近代文学十講』は西洋近代文芸思潮を紹介する著作として利用され、任白濤訳『恋愛論』および夏丏尊訳『近代的恋愛観』は「近代」論としての恋愛・結婚観を紹介する著作として読まれ、魯迅訳『出了象牙之塔』や劉大杰訳『走向十字街頭』などに代表される著作は文明批判および国民性改造などの主張により、反抗精神を具えた社会批評論として読まれ、さらには、厨川白村の諸作品を翻訳文体で読んだ葉霊鳳などの同時代知識人は、厨川文体が民国時期の散文（小品文）へ大きな影響を与えたことを指摘し、彼の文体に対する高い評価を与えている。

その後、国共内戦により国民党が敗れ台湾に渡り、継続する「民国文壇」が台湾で形成される。台湾の一九五〇年代は、蔣介石国民党政権による「反共」が文壇を牽制する一方、大陸から来台した、いわゆる外省人第一世代作家による「郷愁」の文学の時期である。六〇年代は、台湾モダニズム文学の基地となる『現代文学』が創刊され、モダニズムを想像するモデルとして西洋近代文学そのものが受容される時期である。このような状況の下で、「西洋近代文学」を簡便に理解する啓蒙的概説書として厨川白村の著作が翻訳出版を繰り返した。初版本だけでも、一九五七年一二月から二〇〇二年一二月までの間で、最低十二種類が出版されているが、そのうちの六種類が七〇年代に集中する。七〇年代の特徴からは、「西洋近代文学」を解説する概説書として機能していたことが認められる。

中国では改革開放の近代化路線の下、一九八〇年代以降長い空白期間を経て、再び厨川白村の著作が出版されている。八〇年代は「走向世界」をキーワードに、「魯迅与厨川白村」に代表されるような比較文学の研究方法から、九〇年代は「現代性」をキーワードに、西洋近代文芸思潮との係わりを文芸思想と置き換えた研究方法から、二〇〇〇年代は様々な視点から、厨川の著作が再び受け容れられ、厨川その人自身や彼の文芸観を研究する「厨川白村研究」さえ出現している。

筆者が名付ける中国語圏における「厨川白村現象」とは、このように厨川白村の著作がそれぞれの時代とそれぞれの地域の特性を条件に活き続けてきた現象を指す。

筆者は、一九九八年一二月に上海図書館で、厨川白村著・羅迪先訳『近代文学十講』を探しあて、ここに一部引用した厨川の文章を中国語訳で読んだ。その時、筆者はこの著作が今の中国の状況を描いたのではないかと思った。すなわち、九〇年代後半の中国の人々の生活と精神状況、厨川がいうところの「外部生活」と科学的精神の影響による「内部生活」の変化を指摘しているように思えた。

近代の欧羅巴には昔のように貴族僧侶という者が無く階級制度はすたれて自由平等の世のなかとなった。全く個人と個人とが実力競争の世のなかである。いかなる財産家も一朝この競争に立ち後れると、忽ちにして流離落魄の悲運に会せねばならぬ。行住坐臥、一日一刻と雖もこの生活問題は人々の念頭を離れない。殊に近代に於ては、所謂成金《なりきん》parvenu というのが多い、アルフォンス・ドデエ（Alphonse Daudet）の小説『なりあがりもの』"Le Nabob"に描かれたような、身を卑賤に起して一躍巨万の財を獲、交際社会に時めくような成金党の多い世である。全体が黄金万能の勢で、名誉も地位も権力も皆これによって得られるとなれば、富める者はなお更に富まんことを求めて焦心苦慮するのである。自ら足るを知るという事は決して無い。かくて貧富の懸隔益々甚だしく、富める者は益々富み、貧しき者は益々窮するという有様で、ここに近代社会に於ける種々なる病弊を生ずるのである。よくゾラ（Zola）一流の自然派文学に写されたような下層社会の悲惨な状態――生存競争の劣敗者落伍者の浮浪生活なども、今日文明の進歩した国ほどそれが益々甚だしい。実際現代の欧州各国に於ける pauperism の惨憺たる状態は、到底日本人の想像も及ばぬところで、倫敦あたりの slum に行ってまのあたりに惨状を見なければ解らぬかも知れぬ。また犯罪者自殺者の年々の増加なども統計が明らかに示す事実である。

近代は個人の自由の重んぜられる時代であるにも拘わらずこの激烈なる生存競争あるがために、個人は思うようにその自由を振舞う余地が与えられていない。かかる矛盾衝突あるがために、個人は今更のように社会に対して自分の弱きを自覚して、苦悩するものが多くなるのである。（第一講「序論」二「時代の概観」）

実際「都会病」の原因は単に激しい生存競争ばかりではなく、神経に及ぼす外界の激しい刺戟が有力な原因をなしている事も疑を容れない事実である。之を要するに都会は近代文明の恩恵に浴する事最も大なると共に其弊害を受くる事も亦最も甚しき場所である。

だから近代の欧洲文学は都会の文学である。それも決して十八世紀頃のような都雅な典麗な上品な文学という意味では無くて、刺戟の強くはげしい都会生活を中心としたる文学の謂である。都会生活のあらゆる病的現象が最もよく現われている文学である。勿論近代に於ても田園文学と称すべきものが無いではない。然しそれも昔のバアンズ（Burns）やウォジウォルス（Wordsworth）等の作品とは全然性質を異にしたものである。たとえば都会生活に倦み疲れてしまった人の心には幼少の頃に親しかった田園の風光とか或はその素朴な生活とかをなつかしむ一種の望郷心 nostalgia がある。またあらゆる刺戟に飽き果てた人には、静穏無事なる田園生活そのものが却って一種清新な刺戟となるであって、近代の田園文学は皆多くこういう風な心持から生じたものだ。従ってそれは決して純粋の田園文学ではなくやはり都会生活を中心とした文学、都会人の見たる田園の文学たるを免れないのである。近頃独逸で郷土芸術《ハイマアトクンスト》と呼ばれている類の小説なども、都会を離れた作家の郷土を其地方丸出しの語で描いた文学で、やはりこういう種類の文芸に外ならぬ。

（第二講「近代生活」三「疲労及び神経の病的状態」）

以上は、上海図書館で読んだ厨川白村の『近代文学十講』の一節である。

かつては西洋的な近代を放棄し独自の「近代」を進もうとしていた中国が、二十年前は生活は貧しいながら均質化されていた中国が、さらには「有権就有銭」（権力があれば、お金はついて来る）と陰で言っていた中国が激変してしまったのである。今や、都会は物質的な豊かさに充満し、生存競争は激しく、拝金主義が横行し、貧富の差が激しく、富者は裕福だがますます苛酷な性質になり、貧者は富者を羨望しつつもなおいっそう困窮する。「有銭就有一切」（金さえあれば全が手にはいる）、「有銭就是爺」（お金があれば誰でも旦那さま）、「銭不是万能的，没有銭是万万不能的」（金は万能ではないが、金がないとどうしようもない）という隠語に象徴されるほどに価値観の中心が変化し、上海に代表される都市住民の「外部生活」は一変してしまった。また、著者が帰国後に目にした『編年体大正文学全集』第一巻（東京・ゆまに書房、二〇〇〇・五）に採録された「『近代文学十講』（抄）第二講「近代の生活」［三、四］と筆者が先に引用した箇所が一部重複していたことは、日本でも中国と同様の状況に少なからず危機を感じ、警鐘を鳴らす人がいることを示しているように思えた。

日本は、国民全体として、明治維新達成後の義務教育制度の確立により、西洋近代文芸思潮にいうところの古典主義から浪漫主義へ、浪漫主義から自然主義へ、自然主義から新浪漫派（象徴主義・唯美主義・表現主義など）へという文芸思潮の変遷のステージをぎりぎりの時間で舞台に登りながら乗り越えてきた。ところが、知識人中心に西洋的近代化の実現に向けて、口語体の文学の確立を意味する「文学革命」が中国で起こった一九一〇年代後半という時期は、ヨーロッパでも日本でも文学作品の傾向は、すでに新浪漫派のステージに移っていた。そこで、結果的に中国において、浪漫主義も自然主義も「批判」という移行期の洗礼を乗り越えずに、浪漫派の作品も、自然派の作品も、新浪漫派の作品も同時期に翻訳を通して、同じステージの上に載せられたこととなった。

確かに、中国の知識人たちの中には、文芸思潮における創作手法や流派の変遷を意識して翻訳作品を手掛けたり創作を行った魯迅や、近代文芸思潮の変遷を意識し来たるべき無産階級文芸の将来を予期した李漢俊（一八九〇・四・二八—一九二七・一二・一七）のような人物もいたが、一般的に多くの知識人たちの傾向として、「辛亥革命」以前に日本に留学経験を持つ者は、自然主義（日本の自然主義というのではなく、西洋近代文芸思潮の「自然主義」という意味で）の作品への傾倒が強く、描く作品も自然主義的であり、「辛亥革命」および「文学革命」以降日本に留学経験を持つ者は、時代の最先端に置かれていた新浪漫派の作品に傾倒する傾向が強く、また作風も新浪漫派的であり、さらに、一九二〇年代中盤以降に日本に留学していた者は、プロレタリア文学及びその文芸理論から多くを学んだのである。

一九三〇年代の大都市上海では、同時代のヨーロッパや日本に歩調を合わせ、国家・国籍を越えた近代的な都市文学が出現するが、その創作手法と作品の傾向は自然派的であり、新浪漫派的であり、同時にプロレタリア文学派的であるというハイブリッドな都市文学となっている。そして、六〇年後の一九九〇年代の上海には、また「上海〇〇」と銘打つ作品のように、中国色豊かな独自の国民文学が影を失い、グローバル化された国家・国籍不明のハイブリッドな都市文学が出現するのである。

筆者は、厨川白村『近代文学十講』を一九九八年に中国語訳で読んだ時、中国で放棄された西洋近代が回帰してきたと実感した。この時、厨川の著作の民国文壇に果たした意義と、一九八〇年代以降の現代的な意義を探ってみようと思ったのである。

最近中国では、「翻訳文学研究」という領域において、ロレンス・ヴェヌティ（Lawrence Venuti）の *The Translator's Invisibility: A History of Translation*, Routledge, 1995（中国語訳『譯者的隠身：一部翻譯史』）の中で使われる“domestication”「帰化」と“foreignization”「異化」というキーワードを援用した論集が何編か刊行されている。日本では、藤井省三が新訳『故郷／阿Q正伝』（光文社、古典新訳文庫、二〇〇九・四）の「訳者あとがき」において、「魯迅を土着化した竹内好訳」に対して、魯迅を土着化すなわち現代日本語化するのではなく、むしろ日本語訳文を魯迅化（Luxunization）するという翻訳を試みている。戦後日本において、魯迅文学は竹内好の翻訳文体によって日本人の幅広い年齢層に普及した。例えば、一九七二年以降、竹内好訳『故郷』は中学校三年の国語の教科書（学校図書・教育出版・三省堂・東京書籍・光村社などから出版）に掲載され、広く若者までにも浸透している。しかし、藤井氏は、竹内好のこの功績は称えつつも、彼の文節化された漢文訓読のように歯切れよいが饒舌な文体ではなく、魯迅文体の本来の句読点を重視した文章に照らして翻訳し、屈折した長文による迷路のような思考表現を特徴とする文体を示して、日本語訳文を魯迅化しようと試みたのである。そして、この「訳者あとがき」には、本書において厨川文体と彼の中国語翻訳文体を手掛かりに、厨川白村はなぜ日本では重視されずに忘れ去られ、大陸・中国と台湾では翻訳された中国語文体で人気を博したのかを考察する上でヒントとなる次のような一つの概念が提示されている。

アメリカの翻訳理論家のロレンス・ヴェヌティ（L.Venuti）は、外国語翻訳という文化活動を、domesticationとforeignizationという両面から分析しています。Domesticationとは外国語・外来文化の土着化・本土化、foreignizationとは土着文化・本土文化の外国化という意味で、中国ではそれぞれ〝帰化〟と〝異化〟と訳しています。魯迅文学の日本語訳に即して言えば、それぞれ魯迅文体および現代中国文化の日本への土着化と日本語・日本文化の魯迅化・中国化と言い換えることもできるでしょう。これまでの魯迅の日本語訳は、総じてdomesticationの傾向を色濃く持っており、その中でも竹内好（一九一〇〜七七）による翻訳は、土着化の最たるものでした。

厨川白村の翻訳書が中国語圏で流行し、人気を博したのは、中国語訳により厨川文体・厨川白村の土着化すなわち中国化（中国語では「帰化」）があったからなのだろうか。逆に、中国語訳の日本化・厨川白村化（「異化」）が行われたからなのであろうか。それとも、藤井氏の言及する「帰化」や「異化」とはまったく関係のないことなのだろうか。一考に値する問題提起であり、終章で検討してみたい。

ここで、日本において、厨川白村の著作集（ゴシック）と翻訳集が単行本として出版されたものを年代順に挙げると以下の通りである。

（1）『**近代文学十講**』東京・大日本図書株式会社（一九一二・三・一七初版）
（2）『**文芸思潮論**』東京・大日本図書株式会社（一九一四・四・二八初版）
（3）『狂犬』（翻訳小説集七篇）東京・大日本図書株式会社（一九一五・一二初版）
（4）『新モンロオ主義』（シエリル著、訳書）東京・警醒社（一九一六・一二初版）

（5）『**印象記**』東京・積善館（一九一八・五・一五初版）
（6）『**小泉先生そのほか**』東京・積善館（一九一九・一二・二〇初版）
（7）『**象牙の塔を出て**』東京・福永書店（一九二〇・六・二二初版）
（8）『英文短編小説集』（編）東京・積善館（一九二〇・八初版）
（9）『**北米印象記**』東京・積善館（一九二〇・九・二五初版、縮刷版）
（10）『英詩選釈』一巻（訳詩集）東京・アルス社（一九二二・三初版）
（11）『**近代の恋愛観**』東京・改造社（一九二二・一〇・二九初版）
（12）『**十字街頭を往く**』東京・福永書店（一九二三・一二・一〇初版）
（13）『**苦悶の象徴**』東京・改造社（一九二四・二・四初版）
（14）『現代抒情詩選』（英詩選釈第二巻、訳詩集）東京・アルス社（一九二四・三初版）
（15）『**最近英詩概論**』東京・福永書店（一九二六・七・八初版）

この十五篇のうちから翻訳集を除き、さらに『印象記』のなかで北アメリカの旅行記的なものを集めて再版した『北米印象記』を除くと、厨川白村の著作集は『近代文学十講』『文芸思潮論』『小泉先生そのほか』『象牙の塔を出て』『近代の恋愛観』『十字街頭を往く』『印象記』『苦悶の象徴』『最近英詩概論』の九作に整理できる。『近代文学十講』に始まり、死後に出版された『苦悶の象徴』に至るまで、厨川の著作はすべてがベストセラーとなり、特に『近代の恋愛観』に至っては初版が出されて三年の間に一二〇版以上を出版している。

新し物好きの日本人は時代の風潮と流行とに敏感に呼応し、労働問題、社会問題、恋愛・結婚問題などを批評した『近代文学十講』『象牙の塔を出て』『近代の恋愛観』『十字街頭を往く』は時代のさきがけとなり、厨川白村は一躍時代の寵児となった。しかし、これらの著作は褒貶相半ばする反響を引き起こしたが、一九二三年九月一日に起きた関東大震災によって彼が死去したため論争の当事者が不在となり、多くの知識人・一般民衆に多大な影響を与えた厨川白村が忘れられるのもまた早かったのである。

目を中国に転じてみると、一九二〇、三〇年代の中国で、厨川白村の著作で翻訳されなかったのは『最近英詩概論』のみで、他の著書はすべて翻訳されている。この事実は特筆に価する。民国文壇の知識人と厨川の関係は、第二章で詳しく論じるが、ここでは、翻訳著書十一冊を出版年月順に示し、またその翻訳者の日本留学の時期について示しておく（［　］内が日本留学時期と留学先）。

①『近代文学十講』上（一九二一年八月初版）・下（一九二二年一〇月初版）
　翻訳者：羅迪先（　？　—　？　）［　？　〜　？　］
②輯訳『恋愛論』（一九二三年七月初訳版、一九二六年改訳版）
　翻訳者：任白濤（一八九〇—一九五二）［一九一六〜一九二一、早稲大学政治経済学科］
③『文芸思潮論』（一九二四年一二月初版）
　翻訳者：樊従予、すなわち樊仲雲（一八九八—　？　）［　？　〜　？　、東京帝国大学政治経済学科卒業］
④『苦悶的象徴』（一九二四年一二月初版）
　翻訳者：魯迅（一八八一—一九三六）［一九〇二〜一九〇九、弘文学院、仙台医学専門学校、独逸語専修学校］
⑤『苦悶的象徴』（一九二五年三月初版）
　翻訳者：豊子愷（一八九八—一九七五）［一九二一春〜一九二一冬］
⑥『出了象牙之塔』（一九二五年一二月初版）
　翻訳者：同前の魯迅
⑦『走向十字街頭』（一九二八年八月初版）

翻訳者・緑蕉・大杰、すなわち劉大杰（一九〇四―一九七七）［一九二六～一九三〇、早稲田大学文学科卒業］

⑧『近代的恋愛観』（一九二八年九月初版）

翻訳者・夏丏尊（一八八五―一九四六）［一九〇五～一九〇七、弘文学院、東京高等工業学校］

⑨『北美印象記』（一九二九年四月初版）

翻訳者・沈端先、すなわち夏衍（一九〇〇―一九九五）［一九二〇～一九二七、福岡明治専門学校電気科卒業、九州帝国大学］

⑩『小泉八雲及其他』（一九三〇年四月初版）

翻訳者・緑蕉（一碧校）、すなわち同前の劉大杰

⑪『欧美文学評論』（一九三一年一月初版）

翻訳者・夏緑蕉、すなわち同前の劉大杰

このうち、魯迅と夏丏尊は日本留学第一世代ともいうべき人で、辛亥革命以前の日本に身を置き、厨川とは修学時期もほぼ重なる同世代人である。

羅迪先は経歴がまったく不明であり、樊仲雲は正確な留学時期が未詳であるが、『近代文学十講』『文芸思潮論』の翻訳者であることから、ちょうど厨川が文芸批評家・社会批評家として活躍していた時期に留学していたと判断できる。他に、彼が活躍中に留学していたのが、任白濤と豊子愷と夏衍である。

厨川白村逝去後に、日本に留学したのが劉大杰である。彼は、中国国内で魯迅訳『苦悶的象徴』『出了象牙之塔』などが出版されてから日本留学を果たしており、厨川は既知の存在であり、早稲田大学在籍中の一九二九年九月に京都で行われた厨川の七回忌にも参加している。彼は『十字街頭を往く』『小泉先生そのほか』および『印象記』から『北米印象記』を除いたものを『欧美文学評論』と題して翻訳している。

以上、合計八名が厨川白村の著作の単行本の翻訳者たちである。

大陸・中国（Mainland China）の中華民国時期に、日本人の個人の著作でここまで系統的に翻訳された例は他にない。このように、中国においても、しかも日本とほぼ同時期に、十年以上に亘って厨川白村の著作は流行したことから、厨川は民国文壇に大きな影響を与えた人物といえるだろう。しかも、魯迅訳『苦悶的象徴』は版を重ね第十二版までにおよそ二六、〇〇〇冊を発行、同じく魯迅訳『出了象牙之塔』も前後五版ずつ計十版まで、およそ一九、五〇〇冊が発行されている。民国文壇においても厨川白村はまさに時代の寵児であった。

日本では、厨川白村の死後に急速に忘れ去られてしまうが、戦後日本人が去り、一九四七年の「二・二八事件」以降の国民党統治下の台湾、いわば「継続する民国文壇」では、厨川の著作は継続的に翻訳されている。国民党統治下の台湾では、国民国家の言説として強制的に北京語を標準語とする言語政策が執られたことから、新たに標準語を使って厨川の著作を翻訳する知識人が出現した。例えば、『苦悶の象徴』の翻訳書だけ挙げても次に示すように九種類もの民国版図書が存在する。

①徐雲濤訳『苦悶的象徴』台南市・経緯書局、民国四六年（一九五七）一二月初版
②琥珀出版部編訳『苦悶的象徴』台北県板橋市、民国六一年（一九七二）五月出版
③摹容菡訳『苦悶的象徴』台北市・常春樹書坊、民国六二年（一九七三）出版
④徳華出版社編輯部編訳『苦悶的象徴』台南市、民国六四年（一九七五）二月初版
⑤顧寧訳『苦悶的象徴』台中市・晨星出版社、民国六五年（一九七六）三月版
⑥林文瑞訳『苦悶的象徴』台北市・志文出版社、民国六八年（一九七九）一一月初版
⑦呉忠林訳『苦悶的象徴』台北市・金楓出版社、民国七九年（一九九〇）一一月版

⑧魯迅訳『苦悶的象徴』台北市・昭明出版社、民国八九年（二〇〇〇）七月版
⑨魯迅訳『苦悶的象徴』台北県新店市・正中書局、民国九一年（二〇〇二）一二月初版

一九八七年七月一五日に戒厳令が解除されてからは、徐々に魯迅の著作も禁書ではなくなり、二〇〇〇年代には堂々と魯迅訳『苦悶的象徴』が登場するが、それ以前は水面下で台湾「民国文壇」の翻訳者たちに影響を与えていた。前記の『苦悶の象徴』の翻訳者に、魯迅以外にも、新たに徐雲濤、摹容菡、顧寧、林文瑞、呉忠林の五名が加わり、これに琥珀出版部編訳版と徳華出版社編輯部編訳版の二種の翻訳者が存する。この点については、第五章「翻訳文体に顕れた厨川白村」で詳しく論じる。ただ、ここで注意を喚起しておきたいのは、厨川の著作の翻訳が一九七〇年代に集中する点である。『苦悶の象徴』全九種のうち、五種が七〇年代である。また、以下に示すように、『苦悶の象徴』以外の翻訳書の三種のうち二種も七〇年代の出版である。

①金溟若訳『出了象牙之塔』台北市・志文出版社、民国五六年（一九六七）一一月初版
②陳暁南訳『西洋近代文芸思潮』台北市・志文出版社、民国六四年（一九七五）一二月初版
③青欣訳『走向十字街頭』台北市・志文出版社、民国六九年（一九八〇）七月初版

台湾で七〇年代を中心に厨川白村著作が受容された理由に関しては、第八章「台湾における厨川白村」で詳しく述べる。ただ、ここで注目すべきは、大陸・中国での厨川白村の受容が衰退した後、中国国内の内戦に敗れて台湾に渡ってきた国民党系の外省人を中心に、厨川の作品著作への人気は継承されて継続的に翻訳され続け、現在までに合計十二種類の翻訳図書が刊行されているという事実である。

では、厨川白村の著作が中国の知識人に、なぜそんなにも人気を博し、またなぜそんなにも厚遇されるのだろうか。逆に、日本人からは厨川とその著作は一時的なブームも影響してか、その後はなぜこんなにも冷遇されて早く忘れ去られてしまったのだろうか。このことが、本書を執筆する問題意識の根底にある。

先日、筆者は厨川白村が最後に居を定め、告別式もまたここで行われたという京都岡崎南御所町四拾番地の旧居跡を訪ねた。厨川の住んだ岡崎の家は、洋館風の建物で、一階の十数畳の洋間が書斎兼応接間であったという。この建物は「化物屋敷」と呼ばれていて、一度とり壊されたので昔のおもかげはないそうだ。しかし、行ってみると、岡崎通り、平安神宮の東、関西美術院のすぐそばに、今「厨川白村旧宅」という案内標示のプレートが掛かったお洒落な和風小物を売る店がある。奥の床の間のある部屋が喫茶店になっていて、ここでお茶を飲みながら庭の石灯籠に目をやると、田漢と鄭伯奇の厨川白村訪問記が頭に浮かんできた。

一九二〇年三月一八日の夜、中国を代表する知識人の一人田漢（一八九八・三・一二―一九六八・一二・一〇）は、鄭伯奇（一八九五・六・一一―一九七九・一・二五）と共に、彼が心から尊敬してやまなかった厨川白村と直接対談をしている。この時の様子を伝える文章を田漢は自伝に残しており、「序章」の結びとしてこの内容を紹介する。この文章からは、中国知識人が抱く典型としての厨川への敬慕の念が伝わってくる。

ここに示す文章は、董健「訪問厨川白村」（所収『田漢伝』中国現代作家伝記叢書、北京十月文芸出版社、一九九六・一二）の中の、厨川白村と田漢、鄭伯奇の対談の場面を紹介したものである。

田漢は一九二〇年四月、『新浪漫主義及びその他』を書くが、この著作に先立ち、彼は厨川白村を訪問している（その時の訪問に関わる叙述については、『新浪漫主義及びその他』が提示する文章と厨川白村・田漢に関する文章を手がかりに書き上げた）。訪問の前、彼は幾つかの厨川氏の著作を読んだが、特に『近代文学十講』からの感化が極めて大きかった。今回の訪問で、彼の新浪漫主義への信仰は益々強まった。

一九二〇年三月の春休みに、田漢は郭沫若と九州福岡で会うことになっており、途上京都に四日間逗留することになった。一八日夜、彼は京都に留学中の鄭伯奇といっしょに、敬慕して久しい批評家で、京都帝国大学教授の厨川白村を訪問することになった。岡崎公園の近くの白村先生の家で、一頻り挨拶を済ませると、田漢と鄭伯奇の二人は靴を脱ぎ「たたみ」の間に上がり、書斎に通された。話題はすぐさま文学の問題に集中した。

（……中略……）

「今僕たちのような二十歳前後の者は、文学と社会や人生の間にどのような〝接合点〟を見つけ出せばよいのでしょうか。」と。

「どう話せばよいのでしょうか。」白村先生は、田漢が言った〝接合点〟がなにを意味するのかが解らなかった。

「この問題は、先生の大作『近代文学十講』から……」

「あぁ、そうですか？」

「先生は近代文芸思潮の変遷について、非常に詳細に分析されておられます。浪漫主義時代、自然主義時代、現代主義（田漢の原典では「新浪漫主義」――筆者）時代を人の一生の三つの時期になぞらえて……」

「そうです。」厨川は続けて言った。「二十歳前後は単純で情熱的、活気に満ちているが、社会経験が浅く、つい空想してしまう。これは、まさに浪漫主義時代ではないでしょうか。三十歳前後は、物事が解り始める。色々なことが解ってきて、現実感が強まり、人生の矛盾と苦悩を経験することも多くなる。若い頃抱いた夢も破れて悲惨な現実が目前に現れる。これが自然主義時代ではないでしょうか。」

「四十歳前後になると、人生の苦楽も多く嘗めて、――」厨川のその著作を熟知している田漢が、彼に替わって続けて言った。「世事に対する見方も更に深まり更に透徹する。より大きな煩悶を抱えるが、円熟味も増す。この時期は奮って未来を追求するのにも、益々綿密な思慮を重ねるので、この時こそが現代主義、新浪漫主義の時代なのです。先生のような比喩は、人生と芸術の味わいを真に味わった人でなければ、言おうとしても、こんなにも適切に言い表せるものではないと、僕は思います。しかし、僕たちの問題もこのことから生じるのです。」

「はて、どんな問題でしょう？」

「人は先生のおっしゃる第三の時期になると、辛辣なことは辛辣になり、円熟することは円熟するのですが、やがて老いぼれ、滞り、死んでしまう。文芸もまさかそうなのでしょうか。現代主義の芸術が腐った、溜まり水になってしまうのではないでしょうか。」

（……中略……）

田漢は急いで所謂〝接合点〟の問題をもちだした。「こういうことなのです、白村先生。現代主義思潮からすると、今は文芸の爛熟の時代であり、まさに先生のおっしゃっている人生における四十歳前後にあたります。それはあの情熱の旧浪漫主義時代に相対すれば、今は新浪漫主義時代なのです。僕たちのような二十歳前後の若者は、本来なら情熱の時代である旧浪漫主義と継ぎ合わせるのが最適だったのです。しかし、僕たちはどうやら生まれる年代を間違えたようです。今、僕たちは血気盛んで奔放な年齢なのに、爛熟した流派に直面しなければならない。このことにいささか〝食い違い〟がある。爛熟した現代にいる僕たちが百年前の情熱の時代の歌を歌ったり、あるいは、百年前の情熱の時代の気質で今の爛熟時代に対処しなければならないというのは、どちらもちぐはぐなのです。だから、ある〝接合点〟を探し出さねばならないのではないでしょうか。」

これは大変興味深い問題だった。厨川は田漢の鋭敏な思考力に感心し、思った。「そうだ。君たちのように年若き青年は、人生経験も浅く、人生の悲しみも苦しみもあまり体験したことがない。また西洋近代哲学にも時間をかけて研鑽に励んだこともないのだ。現代主義芸術を理解するのは大変難しいことなのだ。」こう考えて、彼はゆっくりと答えた。

「田君の問題は、二つの方面から回答できると思います。第一は、現在の中国社会は西洋とは違うということです。西洋の封建専制に反対する浪漫主義やら、社会の暗黒を暴露する写実主義、自然主義やらは、西洋では季節になれば咲いた菊の花のように既成の事実になっている。が、中国からすれば、恐らくまだ新しい物なのです。あなた達のような若者は現代主義や浪漫主義に熱中するあまり、こういった伝統的で古いともいえる思潮や方法を決して軽視してはいけません。それらとの〝接合点〟は見つかり易いものです。あなた達の国の〝イプセンブーム〟を見てもこの点がうまく説明できます。第二は、現代主義の諸流派、所謂新浪漫主義を、君たちが学習、研究するのはよいが、時代も、文化土壌も違うのだから、無理に求める必要はないということです。もし人生の悲しみや苦しみに対して深い体験や観察がないのなら、ただうわべだけしか知ったに過ぎません。貴国の大詩人辛棄疾が言ってるじゃありませんか。「少年は愁い慈しみの味わいを識らずして、……賦の為に詞《ことば》を新たにして強いて愁いをいう」と。もちろん、芸術表現の新しい方法を試みてもさしつかえありません。ですから、現代主義、新浪漫主義との〝接合点〟はまず人生体験から探さなければなりません。私は君たち個人が大変不運な目に遭うことを望んでいるわけでは決してありません。ただ、人生の苦しみを味わいもせず、どうして芸術を解ることができましょうか。」

この話をきいて、田漢は最近読んだ厨川白村の著書『北米印象記』の中の「左足切断」という一節を思い出し、この学者は確かに深い苦悩があるからこそ、文学にあんなにも深い理解があるのだと思った。それに比べ、自分はまったく浅薄だった。〝世紀病〟だの、〝世紀苦〟だのと、自分は詩の中でいかにももっともらしく叫んでいたが、一体どんな〝苦〟の真の体験があるというのか。彼は敬服の眼差しで目の前の四十歳の批評家を見つめながら、額や目尻の皺には、熟考する篤学な学者の気質が隠されているだけでなく、人生の苦しみにも満ちているのだと思った。厨川もこの時話をやめ、考え込んだようにして田漢を見ていた。

「先生、中国では新文学が提唱されてもう三、四年になりますが」と、鄭伯奇はここぞとばかり口をはさんだ。「しかし、未だ純粋に文学を研究する団体や純文学の刊行物など一つもありません。このままでは、本当に行き詰ってしまいます。」

鄭伯奇の言葉は、話題を直面する中国の新文学の問題に移した。厨川は言った。「中国の新文学の将来がどうなるかは、良い作品が出て来るかどうかにかかっているのです。私が中国の新文学に抱く期待は大変大きなものです。田君のようにしっかり頭を働かせて問題を考えれば、必ず大きな成果につながるでしょう。」

「白村先生の励ましに感謝いたします。ですが――」田漢は厨川のこのような励ましを聞くと、大いに感動もしたが、また戸惑いもした。というのも、国内でここ二年のうちに現れた新人の中には、空騒ぎする者が多く、真摯な者は少ないので、文人の気概が損なわれやしないかと心配だったからである。そこで、「ですが、今、新しい主張が次々とあらわれ、新しい主義も少なくありません。また、容易に人を高く評価しすぎるので、自分を見失っている人もいます。」と言った。

「作家はただ創作に力を尽くすべきで、評論家がとやかく言う事を気にかける必要はありません。」と白村先生は言った。

「最も重要なのは、とにかく創作することです。もし心に何か書きたいものが思い浮かんだら、その良し悪しには気にせず、すぐに書きなさい。なぜなら創作は思想とはまったく非なるもので、もし、創作しないと、すぐかびがはえて、臭いを発してしまうからです。覚えておいて下さい。感じたら、すぐに書くということを！」厨川はテーブルの上で手を重ねていた。

「創作はもちろん重要ではありますが、それでは翻訳はどうでしょうか。」と田漢は尋ねた。

「当然翻訳も大事です。」

「先生」と、鄭伯奇が続けて言った。「世界文学の中で、とりあえず僕たちが翻訳するに価するのはどのような作品とお考えですか。」

「自然文学を打ち立てようとするなら、最適なのはできるだけイプセンのものを翻訳することです。」

「他には？」と、田漢は急き立てるように尋ねた。

「君たちが翻訳するに最も価するのは、おそらくロシアのドストエフスキーの作品であると、私は思います。」厨川白村は、しばらく考え込んで、また続けた。「人々は毎日社会改造について語っているが、結局は個人の改造から始めなければならない。この点について、ドストエフスキーの作品は、私たちになんとも深刻な省察を促させてくれます。」

「ですが、白村先生」と、鄭伯奇は異論を述べた。「ドストエフスキーの作風は、陰気で、暗いのです。」

「そうです。しかも――」田漢も補足して言った。「彼の心理描写の多くは病的で、中国人に受入れられるとはかぎらないのです。」

「これこそが先程田君が言った〝接合点〟の問題なのです。」厨川の話は、二人の青年が提起した問題に刺激されて、一気に深みを増した。「君たちは現代主義の新浪漫主義に敬服しているのではないのですか。私が思うに、ドストエフスキーが解からなければ、現代主義も解らないのです。田君の言う〝接合点〟はドストエフスキーの精神を理解することから探し出すことができませんか。心理描写が病的だとか、作風が陰気で暗いとかは、人生経験を豊かにしてからよく考え、その背景にあるものを探し出すべきです。〝冷〟の中から熱を感じ、〝暗〟の中に人間性の明るさを察しなければなりません。」

（……中略……）

「寿昌！」鄭伯奇は田漢が興味津津で話が尽きず、話し続けたそうなのを打ち切った。「もう何時だと思ってるんだい。明日朝早くに君は九州行きの列車に乗るのだろう。」

夜九時半すぎ、中国の文学青年二人は名残惜しそうに厨川と握手をして別れた。

「〝接合点〟……人生における大悲痛……新浪漫主義……ドストエフスキー……ボードレール……」これらの言葉とこの二人の名前が、燃え盛る炎のように田漢の精神世界の中で、躍動し、閃光を発し、翌日九州へと向う汽車の中でも消えることはなかった。

翌三月一九日、田漢は福岡に郭沫若を訪ね、厨川白村との対談から大変有益な教訓を得たと、その時の感動を伝えている。田漢、郭沫若、郁達夫が中心となり、一九二一年七月に東京で創造社が結成されるに先立ち、二一年一月一日に厨川の「苦悶の象徴」は『改造』（三巻一号）に発表されたが、彼ら創造社同人たちは、文芸論を巡り意見交流を盛んに行う中で、「文学は苦悶の象徴である」という厨川の言葉に共鳴・共感を示すと同時に、創作論としての『苦悶の象徴』を高く評価するという共通認識を有していたであろうことを、想像することはさほど難しいことではない。

以上、厨川白村は、同時代に活きた中国の知識人から慕われ尊敬され、また、台湾でも継続的にその著作は人気を博していたことの概略を述べてきた。

そこで、本書では、まず、厨川白村著作が、日本でどのような評価を受けたのかについて考察をしたい。次に、厨川白村著作は、中国語に翻訳されたテクストを通して、大陸・中国の民国文壇の知識人にどのように受容されたのか、また、翻訳された厨川文体の特徴とはいかなるものだったのかを解明する。さらに、台湾の「継続する民国文壇」では、どのような理由からどのような方法でその人気が維持されたのか、および同じ中国語圏の香港はどうであったのかを検討する。そして最後に、一九八〇年以降、大陸・中国で厨川白村および彼の著作が再び熱烈に受容されている現状に分析を加える。

※引用に関しては、旧字・旧仮名で書かれていた表記を常用漢字・現代かな遣いに改めた。
※本書では、日本語版を『苦悶の象徴』『象牙の塔を出て』などと記し、中国語に翻訳されたものを『苦悶的象徴』『出了象牙之塔』などと記している。

第一章　厨川白村著作の普及と評価――日本での同時代人の評価を中心に

はじめに

厨川白村の著作は、「序跋」「講演」を除けば、『近代文学十講』『文芸思潮論』『印象記』『小泉先生そのほか』『象牙の塔を出て』『近代の恋愛観』『十字街頭を往く』『苦悶の象徴』『最近英詩概論』の九作として整理される。中国では厨川への共鳴・共感からその著作の翻訳に携わった人物として魯迅が有名であり、魯迅は『象牙の塔を出て』と『苦悶の象徴』の二作を翻訳、出版している。日本でも、中国でも「魯迅と厨川白村」をタイトルに冠する論文はしばしば見かけていたが、一九九八年一二月からの中国における現地調査を通して、意外な事実が浮かび上がってきた。それは、【参考資料1】（附録・参考資料編）に示すように、中華民国期に訳された厨川の著作は十一種あったということ、さらに、魯迅訳の『出了象牙之塔』と『苦悶的象徴』が顕著に示すように、版を幾度も幾度も重ねているという事実である。つまり、少し時期を異にするがほぼ五年間は日中が同時平行的に、中国では、最低十年に亘って彼の著作が流行していたということである。翻訳された作品十一種は『最近英詩概論』を除く著作八作に整理される。すなわち、彼の全著作九作のうち八作が翻訳、出版されていたという事実である。この点は特筆に価する。

本章では、大陸・中国における中華民国期の受容状況を検討するに先立ち、日本での普及状況及び厨川の著作に対する評価の状況を、出来る限り一次資料を示しながら検討していく。この章は、厨川は日本ではなぜ重視されず忘れ去られ、大陸・中国と台湾という中国語圏ではなぜそんなにも高い評価を得たのかを考察する終章に対応するものであることを、敢えてここで示しておきたい。

一　日本における厨川白村の普及

以下、厨川の略歴と全般的な評価をざっと見てみる。

厨川白村は本名辰夫、号に血城・泊村・白村がある。白村は一八八〇年（明治一三年）一一月一九日、京都市中京区柳馬場押小路上ル所に厨川家の長男、一人児として生まれ育つ。大阪市滝川小学校、大阪市盈進高等小学校を卒業、大阪府立第一中学から京都府立第一中学へ転学卒業、第三高等学校大学予科第一部を卒業後、一九〇一年九月、東京帝国大学文科大学英吉利文学科に入学し、小泉八雲（一八五〇・六・二七―一九〇四・九・二六）、夏目漱石（一八六七・一・五―一九一六・一二・九）、上田敏（一八七四・一〇・三〇―一九一六・七・九）について英文学を専攻した。一九〇四年七月大学卒業後、厨川は大学院に入学、九月から夏目漱石の指導のもと「詩文に現われたる恋愛の研究」を始めるが、家庭の事情により大学院に留まることが許されず、九月二二日、第五高等学校教授に任ぜられ、熊本に赴く。一九〇六年九月第三高等学校教授となり京都へ転住し、一九一二年三月、三二歳の時、著書としての第一作『近代文学十講』を刊行した。

明治の終焉の年に刊行された『近代文学十講』が大正期へと引き継がれる様子は次のように説明に説明されている。

「序文においても述べられているように十九世紀後半から二十世紀のはじめにかけて五六十年間にわたる欧洲文芸思潮

の鳥瞰図を試みたというこの書は、明快で要を得た講述振りが迎えられて読書界に一新時期を画し、ことに文学に関心をもつ若い人々の間に愛読された。その後、『〇〇十二講』『〇〇十講』という題の書物が続出し、また同じ装幀のものも現れるなど、当時の出版界に大きな影響を与えた」(二八一頁)(2)

厨川白村が三三歳の一九一三年九月五日、京都大国大学教授上田敏の推挙により、同大学文科大学講師を嘱任される。厨川は講義の余暇をさいて執筆に専念し、『文芸思潮論』(一九一四・四)、『狂犬』(一九一五・一二)、『新モンロオ主義』(一九一六・一二)、『印象記』(一九一八・五)、『小泉先生そのほか』(一九一九・一二)、『象牙の塔を出て』(一九二〇・六)、『英文短編小説集』(一九二〇・八)、『北米印象記』(一九二〇・九)、『英詩選釈』、(一九二二・三)、『近代の恋愛観』(一九二二・一〇)、『十字街頭を往く』(一九二三・一二)を陸続と世に問う。これらの著書は「白村は欧米近代文学を体系的に紹介して学界文学界に影響を与えるとともに、文芸思潮を背景とした文明批評家として実社会を啓蒙するところもまた大きかったのである」(二八三頁)。一九二三年七月、厨川は軽井沢夏期大学に出講し、八月、鎌倉の竣工したばかりの別荘「白日村舎」(俗称「近代の恋愛館」と呼ばれていた)(3)に入り、九月一日に突然起こった関東大震災に遭遇、津波にさらわれた。翌九月二日午後二時三八分永眠、享年四三歳。(4)

以上の中で、タイトルと装幀が「当時の出版界に大きな影響を与えた」と言われているが、そのほか、当時における厨川著作の普及の状況を示すものに、その著作が何版まで印刷を重ねたかがあろう。以下、著作集の九編に関して、初版及び管見の限りで調べ得た同じ図書の版数を記すが、当時の出版状況を知るために、どの程度の期間で再版されていたかも示しておく。また、魯迅博物館編の『魯迅蔵書目録』(5)には、魯迅の厨川白村著作の所蔵状況が明記されているので、魯迅所蔵図書の版数も示し、再版状況を補っておく。

日本における普及状況(最終版は不明)

（1）『近代文学十講』大日本図書株式会社
初版一九一二年三月一七日（同年三月一四日印刷、一七日初版、一九一四年二月一八日一八版、六月二〇日二〇版、二五日二一版）
魯迅所蔵『近代文学十講』（東京・大日本図書株式会社、一九二四年の第八二版と第八三版）

（2）『文芸思潮論』大日本図書株式会社
初版一九一四年四月二八日（一九一四年四月二五日印刷、二八日初版、五月五日再版、一〇日三版、一八日四版、二〇日五版）
魯迅所蔵『文芸思潮論』（東京・大日本図書株式会社、一九二四年の第一九版）

（3）『印象記』積善館
初版一九一八年五月一五日（同年五月一〇日印刷、一五日初版、二〇日再版、二五日三版、六月五日四版、七日五版、一日六版）

（4）『小泉先生そのほか』積善館
初版一九一九年二月二〇日（同年二月一五日印刷、二〇日初版、二五日再版、三月一日三版、五日四版、一九二四年四月一五日一二版）
魯迅所蔵『印象記』（東京・積善館、一九二四年の第一九版）

（5）『象牙の塔を出て』福永書店
魯迅不所蔵
初版一九二〇年六月二二日（同年六月一九日印刷、二二日初版、二三日再版、二四日三版、二五日四版、二六日五版、二八日六版、七月一日七版、五日八版、一〇日九版、二〇日一〇版、八月一日一一版、五日一二版、一五日一三版、二〇日一四版、二五日一五版、三〇日一六版、九月五日一七版、一〇日一八版、一五日一九版、二〇日二〇版、一〇月一〇日二一版、一五日二二版、二五日二三版、三〇日二四版、一一月一〇日二五版）

魯迅所蔵『象牙の塔を出て』（東京・福永書店、一九二四年の第七二版と他一冊）

（6）『近代の恋愛観』改造社

初版一九二二年一〇月二九日（同年一〇月二六日印刷、二九日初版、大正一三年二月二〇日一〇四版、二一日一〇五版、二二日一〇六版、二三日一〇七版、二月二四日一〇八版）

魯迅所蔵『近代の恋愛観』（東京・改造社、一九二五年の第一二二版）

（7）『十字街頭を往く』福永書店

初版一九二三年一二月一〇日（同年一二月七日印刷、一〇日初版、一一日再版、一二日三版、一三日四版、一四日五版、一五日六版、一六日七版、大正一三年一月七日二六版）

魯迅所蔵『十字街頭を往く』（東京・福永書店、一九二四年の第九〇版）

（8）『苦悶の象徴』改造社

初版一九二四年二月四日（同年二月一日印刷、四日初版、五日再版、六日三版、七日四版、八日五版、九日六版、一〇日七版、一一日八版、一二日九版、一三日一〇版、一四日一一版、一五日一二版、一六日一三版、一七日一四版、一八日一五版、一九日一六版、二〇日一七版、二一日一八版、二二日一九版、二三日二〇版、二四日二一版、二五日二二版、二六日二三版、二七日二四版、二八日二五版、二九日二六版、三月一日二七版、二日二八版、三日二九版、四日三〇版、五日三一版、六日三二版、七日三三版、八日三四版、九日三五版、一〇日三六版、一一日三七版、一二日三八版、一三日三九版、一四日四〇版、一五日四一版、一六日四二版、一七日四三版、一八日四四版、一九日四五版、二〇日四六版、二一日四七版、二二日四八版、二三日四九版、二四日五〇版）

魯迅所蔵『苦悶の象徴』（東京・改造社、一九二四年の第五〇版と他一冊）

（9）『最近英詩概論』福永書店

初版一九二六年七月八日（同年七月五日印刷、八日初版）

魯迅所蔵『最近英詩概論』（東京・福永書店、一九二六年の再版）

以上、調べのつく範囲で版数とその発行年月日を示し、その普及状況を提示した。

これらの出版で特徴的なことは、例えば、『近代の恋愛観』と『苦悶の象徴』の場合に際立っているように、その版数の多さとその版の重ね方に特徴がある。一度に何部刷ったかは不明であるが、売れると判断されるとほぼ毎日再版が繰り返されている。

二　厨川白村の日本における評価

厨川白村が残した業績を、日本では、(A)詩文学研究に関する業績、(B)欧米文学の紹介に関する業績、(C)文明批評家、社会批評家としての業績、と三つに分類する。ただ、この分類では『苦悶の象徴』が含まれない。『苦悶の象徴』と『最近英詩概論』とは死後出版であり、『最近英詩概論』は(A)の業績として分類出来るが、文芸理論家としての代表作である『苦悶の象徴』自体は同時代的な厨川評価の対象から除外され、単に詩を解釈する際に使われる厨川独自の文芸理論という扱いになっている点は、中国での評価と対比して厨川の著作の意義を考える場合の注意すべき分類区分である。

そこで先に、『近代文学研究叢書』「厨川白村」の「業績」の項に従い、この三つの業績と評価を整理して全体の評価を概観し、次に、褒貶二つの評価に分かれる理由を、出来る限り一次資料である新聞、雑誌に掲載された書評や人物評を探し出し、厨川白村の日本における評価を検討していく。

（A）詩文学研究に関する業績

該当著作：『英詩選釈』（訳詩集）、**『現代抒情詩選』**（英詩選釈第二巻、訳詩集）、**『最近英詩概論』**、（文芸理論書として『苦悶の象徴』）

厨川白村は『近代の恋愛観』「再び恋愛を説く」の中で、「『近代の恋愛観』を目して、世の流行を追うて文名を売らんとする者の業なりと蔭口を叩いた者のある事を知っ」て、彼が「恋愛」の重要性に着目したのは、大学院に入学した「二十年の昔」であったこと、研究テーマは「詩文に現われたる恋愛の研究」であり、「その研究の指導教授」は「夏目漱石先生」であったことを挙げ、「世の流行を追う」との蔭口に反駁の声を発する。このことは、時代感覚を俊敏に直感、予期し得た詩文学研究者の白村ならではの言葉であろう。そして、厨川の業績の筆頭も京都帝大時代の時間割を挙げて、「上田敏の推輓により京都帝国大学教授となったが、その広汎な学問活動の拠ってくるところは精緻にして深遠な詩文学の研究であった」（二九二頁）と結論づけるように、語学力に優れ、熱心で厳しい授業態度で臨んだ本業としての教師の仕事に裏打ちされ、この三つの著書に達成されたのが詩文学研究に関する業績である。

『苦悶の象徴』は、厨川の文芸・芸術理論を理解、把握する上での根底的な内容が著されており、『英詩選釈』に採録された抒情詩三六篇、『現代抒情詩選』に収録された四三篇、死後草稿が発見された『最近英詩概論』においても、文芸は厳粛にして沈痛なるべき人間苦の象徴であるという理論を詩の解釈の根底としている。また、厨川は読者が作者から受けるものは自己発見の喜びであると『苦悶の象徴』の中で述べるように、詩においても彼自身を発見した喜びを解釈の基準とし、さらに自己の理論を体現化した。また、彼が最も深い共鳴を覚えた詩人はブラウニング（Browning）であったとする。

さらに、『苦悶の象徴』において重要なことは、厨川はフロイトの汎性欲論的学説に対して批判的であったにも拘らず、フロイトの精神分析学を重視していた点である。フロイトの、自由不羈の生命力を発揮するためにはわれわれ人間社会はあまりにも複雑であり、人間の本性もまた多くの矛盾を蔵しているが、生に対する欲望と因襲や道徳や利害などのもたらす抑圧との葛藤衝突から、意識の深層に心的傷害が生じてそれが文芸の原動力となるという観点に、厨川は共鳴を覚えており、『十字街頭を往く』所収の「悪魔の宗教」と「文芸と性欲」、『小泉先生そのほか』所収の「病的性欲と文学」などにおいても潜在意識と性欲との結びつきを認め、その力がいかに烈しく人間を揺り動かすかを述べている。

そして厨川にとっては、束縛抑圧の力が充満する人間の社会生活の中で、いかに存分に個性を発揮し得るかが切実な人生の問題であり、その点でブラウニングに傾倒し羨望の念をもって臨んだ。のちに、彼の長男厨川文夫が、父の現実生活での生活態度は、その急進的な思想とは対象的に、義理を重んじ折り目正しく、師や親への礼厚いという日本古来の道徳やものの考え方から脱却出来ていないところがあったとして、次のように語った。

「白村が、慎重・穏健・彫琢のテニスンより不羈・奔放・深遠のブラウニングに傾倒したのは、現在の欠陥や不完全に安んじないでこれを克服する勇気と努力こそわれわれの精神力を一層高めるものであるとするブラウニングこそ、白村自身が伝統の束縛や義理人情の絆の中で実現出来なかったことを勇敢になしとげた理想像であったからであろう」（二九九頁）

また、教え子矢野峰人も、恩師が「実は自分もMid-Victorianだ[6]」としみじみ告白したのを聞いて、「つまり、テニスンを全然脱却する事が出来ない所に、先生の真の苦悩も悲哀もあったのだ[7]」と厨川の内面生活の複雑さを見て取っていた。

（B）欧米文学の紹介に関する業績

該当著作・『近代文学十講』、『文芸思潮論』（『小泉先生そのほか』）

『近代文学十講』は、次のように紹介される。

「明治から大正にかけて、欧米の近代思潮が我が国の文芸に及ぼした影響は大きかったが、とくに明治三十年代から四十年代にかけて、当時ヨーロッパにおいて隆盛をきわめた自然主義文芸は我が文壇に自然主義勃興の機運をもたらすこととなった。このような時にその思想の源泉をたどろうとして、白村は、明治四十五年三月、第三高等学校の近代文学に関する課外講義を一冊の書物に纏め、『近代文学十講』と題して世に送った」（三〇一頁）

この著書が、大正時期に流行する『〇〇十二講』『〇〇十講』と題する書籍の先駆けとなったことは前述した通りであるが、さらに、次のように紹介、評価される。

「彼はこの中で十九世紀後半から二十世紀前半にかけて、数十年間における欧州文芸思潮の展望を試みようとした。『どこまでも白墨のにほいの失せない講義といふ積りで最初から筆をとりました。』と、巻頭でいっている通り、いままであまり西洋文学にふれていない初学者にもわかるように近代文学に関する知識を伝えるのが彼の趣意であった」（三〇一頁）

「観察するにはあまりに距離が近く、複雑を極めている近代文学の総括的研究では、当時において Georg Morris Brandes（1842-1927）と Max Nordau（1849-1923）のものぐらいであった。こうした事情下でわずか三十三歳の白村が穏当公平な態度で平明懇切に近代文学を概説しようとした試みであった。ちょうど明治末、大正初頭のころは、トルストイをはじめロシア文学と思想が、文学に熱心な若い人々の心を圧倒的にとらえ、同時にベルグソンやオイケンの哲学が盛んに読まれた時代であった。したがってそういう人々は片上伸も指摘したように、人生に対するもっとつっこんだ批判を求めて得られない失望を、この『近代文学十講』に感じた。しかし一般の人々には内容といい文章といい正に適度な文学入門書で、大いに彼等を啓発して文学への愛好心を高め、その理解を行き渡らせた点で、大きな役割を果したのである」（三〇三頁）

一方、『文芸思潮論』は次のように評される。

「『近代文学十講』を公にして江湖の歓迎を受けた彼は、ついでその姉妹篇ともいうべき『文芸思潮論』を著わし、ヘブライズム（Hebraism）とヘレニズム（Hellenism）の交互の盛衰の跡をたどりながら、欧洲近代文芸思潮のよってくるところを明らかにしようと試みた」（三〇四頁）

以上の評価を受けて、どのあたりが褒貶二つの評価に分かれるかを、新聞、雑誌に掲載された資料で具体的に検討してみる。

①好評を与える立場

厨川白村は『近代文学十講』「巻頭に」の冒頭で、「書物には二種あつて、他人さまのために或事柄を紹介しようと思つて書いた本と、自分のために、言はねば腹ふくるることを外に洩らさうとして出来た本とありませうが、この書のごときは言ふまでもなく前者に属するもので、どこまでも白墨のにほいの失せない講義といふ積りで最初から筆をとりました」と断っている通り、この書への賞賛の多くは、解り易く要領を得た入門書であることに集中する。

そこで、一九一二年三月一七日に初版が刊行された『近代文学十講』に対する新聞各社の「新刊紹介」（『近代文学十講』二〇版附録「新聞雑誌批評」）に掲載された書評を具体的に少し詳しく示しておこう。

【日本新聞（四月九日）】　此書は著者が教壇に立て塗板白墨を背にしつつ講義せし近代五十年間の欧洲文学史の解剖とも称す可き者にて悉く完全なりとは云ふ可からざるも兎に角纏まり一大文学論たるは争ふ可からず近代文学に就ては舶載の文学論にも部分的に一国の文学或は一人の作家に就き論じたる者無きにあらざるも組織的に系統的に説話したる者は至て少なし随て好参考書を得るは困難の業なるを彼に取り是に考へ辛うじてこゝまで漕ぎ付けし著者の労は多とせざる可からず。

【東京日々新聞（四月一五日）】　此著のとるべきは全く独断を避け一に彼国批評家の間に定説となり居れる所を叙述したることこれなり而も著者は其間に自己の鑑識を以て適当なる取捨選択を加へ他人の学説を丸呑みに紹介したるにあらずして一度これを消化して自己の智識となし秩序を立て体系を整へて述べたるものなれば自から条理整然文体明快にして読者をして会得せしむるに充分なり。

【読売新聞（四月二〇日）鵬心】　其の章の分ち方や、目次のつくり方、文章等に於いて一見直ちに「文学評論」と頗る似た様に感じた、恐らく著者も先輩たる漱石氏のやり方を多少学んだのであろう。本の体裁も亦両者はよく似てゐる。併し「文学評論」が著者漱石氏自身の文学論を述べるのを主意としたのに反し、「近代文学十講」は飽まで紹介を主としてゐる。……（中略）……尤も紹介と云つても広い対象を小さいものに纏めるのだから其の取捨選択の標準や態度や、更らに取捨選択したものを秩序よく列べる組織には大に著者の識見と労力とを要する。而してこの点には白村氏も自ら力を用ひたと述べてゐるが、如何にも適当に取扱はれてゐる様である。次に本書で最も余が同感なのは、文学の背景たる時代精神と飽まで離れず、終始相伴うて説かれてゐる事である。文芸と時代精神との関係は甚だ密接なるものがあるにも係らず、これを眼中に置かない人が少くなく、又置いてもこれを力説したものは少い。この点に於いて本書は明かに一頭地を抜いてゐると思ふ。

【東京毎日新聞（四月二二日）】　本書は欧羅巴近代の文芸思潮の大勢を極めて平易に、初学者にも了解し得らるゝ様地味に忠実なる解説を加へたもので、我が国の現代思潮に論及して居るから対岸の火事を見て居る感じはない、つまり日本の事もあるので、興味の点に於て非常に近耳である。

【大阪毎日新聞（四月二七日）】　概括的ではあるが其内容と経過とを寔に分り易く如何にも親切に説明して居る年代を追うて近代文芸の特色を説いて行く内に自ら人生問題にも触れて現代人の煩悶のよつて来る所を明にして之を解決する方法にも説き及ぼしてあるのは面白い文芸に携はる者許りでなく欧洲最近の思潮を解せんとする者は読んで利益する所が多い。

【大阪朝日新聞（四月三〇日）】　従来我国にても特種の作物乃至傾向を評論したるものは乏しからざれども近代文学の一般に渉つて解説評論したる者は未だ現はれず、此点に於て著者は最も困難なる仕事に着手したるものと云ふべし……（中略）……欧洲最近の文芸思潮の大綱に通ぜんと欲するものには最も便利にして親切なる著書として推奨す。

【時事新報（五月三日）】　主として英仏両国の学者評家の間に定説となつたものを、数ある作品と学説に対して殆んど一定の態度を持し、これを取捨選択して多少組織的に按配した上、屢次吾邦現代の思潮と文芸とに関係をもとめて説叙したもので……（中略）……論理明晰、確固たる一つの見解を持して公私なく真摯に其研究考察を進めたる、洵に学者の述作として見るべきである、好者として薦むるを妨げぬものだ。

【萬朝報（五月二八日）】　近代文芸思潮の変遷は、僅々五七十年来の出来事にして、吾人との間未だ適当の距離をもたざるが故に、観察動もすれば公平と冷静とを缺くの嫌あるは、正にわが明治政治史と一般、やがてその事実を事実として有りの儘に記述し解説せる書の外国にもその類尠き所以なるべし、著者がこゝに着眼して、奮励一番、忠実なる鳥瞰図的説明を試みんとせるは、最も時宜を得たる大胆なる企てとして、まづ吾人の多とする所なり。

【東京朝日新聞（五月二九日）】　近来我邦の思想界は文芸作家によりて代表せらるゝ如き傾向あり而して其文芸作家の思想は多く西洋文学に影響せられたるものなり現今の我邦文学を覗はんとする者は必ず泰西の文学を知らざるべからず此書は此目的より忠実に平易に英仏独の文学を紹介したるもの多種なる学説及び作物を詳説するに講義体を取りたるのは最も適当なる方法と云ふ可し。

【国民新聞（六月一日）】　厨川氏の此の新著には最近五十年の世界文学思潮を説きて必ずしも独創の説なきも夫れだけ論

断平正にして記述明快広く世界全体の思潮と所産を挙げて然も一面其支柱たる文豪箇々の所説主義特性を説くを忘れず殊に日本現代の思潮に照応して調節頗る宜に適したる這般著述の眼目を得たりと云ふ可く之れ頓て何人が読むも近代文学と思潮の何物たるかを偏見無く知悉し得る長所ならん。

（以上、傍線は筆者、ルビは省略、漢字は常用漢字を使用）

以上新聞掲載の書評を整理すると、『近代文学十講』は「飽まで紹介を主とし」「近代文学の一般に渉つて解説評論し」、「近代文芸思潮の変遷」の「忠実なる鳥瞰図的説明」あるいは「概括的ではあるが其内容と経過とを寔に分り易く如何にも親切に説明して居る」ものである。さらに、「忠実に平易に英仏独の文学を紹介したるもの多種なる学説及び作物を詳説するに講義体を取り」、「独創の説なきも夫れだけ論断平正にして記述明快」で、「欧洲文学史の解剖」を「組織的に系統的に説話したる者」であり、「欧羅巴近代の文芸思潮の大勢を極めて平易に、初学者にも了解し得らる丶様地味に忠実なる解説を加へたもの」である。そして、「著者は其間に自己の鑑識を以て適当なる取捨選択を加へ他人の学説を丸呑みに紹介したるにあらずして一度これを消化して自己の智識となし秩序を立て体系を整へて述べ」ており、「文学の背景たる時代精神と飽まで離れず、終始相伴うて説かれて」「学者の述作として見るべき」著作であるとなる。

しかし、この大枠で整理したこの文章はこのままでは矛盾が生じる。それは、一方は紹介的概括的であり独創の説が無く初学者向きであるとする意見であり、一方は一般的な学説を一度消化した自己の智識であり学者の書だとする、二つの意見が混在するからである。実はこれが厨川白村の著作の真骨頂であり、魯迅をして「独創的な見地と深い理解」があると言わしめた文章なのである。

このことに関して、随筆家で英文学者でもある戸川秋骨（一八七〇・一二・一八―一九三九・七・九）は、一九一二年六月一九日「新刊通読」(8)の中で、新聞各紙に載った書評の矛盾を次のように巧く説明している。

元来参考となるべき西洋の本も少い、この現代の欧洲文学を、斯程まで料理し上げて見せるのは、余程の学殖と手腕とを要する次第で、吾々はこれに対して深き同情と感謝とを表せざるを得ないのである。

私は注意して、此書に関する新聞雑誌の評に眼を通して居たが、大抵は此書が初学者に適するもので、只近代文学の大綱を挙げた初歩のものに過ぎぬと云ふような事を言つて居る。

大学校の講義ならば兎に角、此書は余り高尚に過ぎはしなかつたかと思ふ。尤も此点に就て世評は私の意見と正反対のやうである。

さらに、戸川は「記述若くは議論が少しく複雑に過ぎはせぬか」と述べ、しかし「近代の思想」が生活、社会、科学、精神の方面から「色々な点が結合し合つて出来た結果であるから」「尤も此れは已を得ぬ事」「複雑になるのは当然な事」だと断った上で、初学者にもよく解る具体的な事実を紹介して、「複雑なら複雑なりに、その複雑な所を明かに見せて貰ひたかつた」と述べる。そして、初学者向きの紹介として、「具体的に言へば、著者が此の書の最後の二講に非物質主義の文芸なる題目を取扱つて居る、あの態度で全体をやつて貰ひ度かつたといふのである。此の最後の二講は極めて明晰な紹介的のもので、初学者である余の如きものにも解るやうに出来て居ると思ふ」と評し、「近代文学の高等科の方に用ゆる」紹介として、「之に反して始めの自然主義の事を説くあたりは、寧ろ議論に傾いて居る。それは自然主義の事が吾が文壇に屢々論じられたので、其大体は一斑の人が了知して居るものと見做して筆を執られた為、斯様なものになつたのであろう」と評する。

これらの賛辞の評価に照らし、不満を多く述べるのは「非物質主義の文芸」は普通「ネオ、ロマンテイシズムの文芸」と言うのだとする片上伸をはじめとする近代文学研究の同業者たちである。

②不満を表わす立場

一九一五年秋、早稲田大学英文学科教授片上伸（一八八四・二・二〇―一九二八・三・五）は同大学留学生としてロシアへ赴き、一九一八年春帰国する。当時早稲田大学文学部にはロシア文学専攻科の設置がなく、学校当局者は英米両国への留学を命じるが、片上はロシア文学科新設の必要を学校当局に説き、進んでロシア文学研究のためにモスクワへ赴く。早稲田大学文学部本科には一九二〇年四月にロシア文学科が新設され、片上伸が主任教授の任に就いた。ロシア文学の翻訳紹介を通して、日本近代写実主義文学の礎石を作るに大きく貢献した長谷川二葉亭（一八六四・四・四―一九〇九・五・一〇）の後、明治末年から大正初年当時のロシア文学の翻訳紹介は昇曙夢（一八七八・七・一七―一九五八・一一・二二）が受け継いでいた。片上のロシア留学の前年、昇曙夢は『文章世界』九巻六号（一九一四・六・一）に「近代露西亜文学の背景」を、九巻一〇号（九・一）に「露国文壇の新星（レーミゾフとツエンスキイ）」を、九巻一一号（一〇・一）に「露西亜の戦争文学」を次々に紹介し、また、同一一号には「露西亜の文豪アルチバアセフ」と題した写真も掲載されている。日本文壇に対するロシア文学の影響は大きく、昇曙夢に代表されるようなロシア文学の紹介、翻訳はあったものの、系統的、組織的なロシア文学研究はまだ無かった。厨川白村と同じ英文学研究者でありながら、このようなロシア文学の移植と研究の必要性を鋭敏に感じ取っていた英文学者片上伸であったればこそ、昇曙夢のロシア文学紹介より二年先立つ一九一二年六月、同じ『文章世界』に「厨川白村氏の『近代文学十講』(9)」という文章で以下のように評している。

・著者の自然主義に対する解釈は力めて公平を期してゐるが、その厭世的、懐疑的、機械的人生観の方面を専ら力説して、その人生に対する厳正な批評的精神に就いて一歩立ち入つて論ずることの不十分なのは手落ちである。

・自然主義文学そのものを説くに及んで、その暗黒な病的な方面の特質を絮説して、ナイヒリズムの精神が人生に二新生面を開拓した側のことに説き至らぬ傾きのあるのは手落ちである。
・また、自然主義以後の文学普通にネオ・ロマンティシズムの文学と称するものを、著者は特に非物質主義の文学と呼んでゐる。この名称にも急かに従ひな難いと思ふ。
・自然派の作品に深みのないのは誇張がないからだとか、筋のないのは自然らしく見せて読者をゴマカス為めの慣用手段に過ぎないとかいふ余り無造作な通俗過ぎた説きかた考へかたが、ちよいちよい見えるのは目ざわりである。
・ネオ・ロマンテイシズムの作品は醜を蔽ふのではなく醜のうちに或る魅力を探り求めるといふ意味の説明も、ネオ・ロマンテイシズムの生命を説くにしては解釈がたりない概してネオ・ロマンテイシズムの解釈は、元来最も困難なところではあるのだが、たとひ通俗の講話として見ても、どこかその生命精神を感得せしめる点に不足が著るしい。
・それから講述に引き合ひに出される作家がおもにフランスのであるのも物足りない。小説の自然主義には少なくてもロシアの作家、戯曲ではイブセンを、今少し詳述したなら、自然主義文学を改する上にも一層便利があり、一層鮮明にもなつたらうと思ふ。
・最後に、文中の外国語は、その国々の言葉で言ひ初められた特殊の言葉（デカダンとかサムボリズムとかの例）でないのをまで、甚だしきは日本語にいくらもある普通の名詞動詞をまで、ドイツ、フランス、イギリスとちやんぽんに使ひ散してゐるのは目ざはりである。
・引用書を英訳で読んだといふを一々断るほど学者的良心に富んでゐる著書にしてゴルキイの本命を、「例のむつかしいロシア名の何とかヰツチといふのだ」といつてのけるなどは、つまらぬことだがだらしなく思はれる。それから書中の「叙情詩」は悉く抒情詩の誤りであろう。尚この書に最も著しい欠点は、これだけの講義風の書物でありながら、索引の附けてないことである。今一つは参考書目も挙げて置く方がよからうと思ふ。

片上の『近代文学十講』に対する不満は日本語にある言葉を横文字で書き、ネオ・ロマンティシズムを非物質主義の文学と書き、自然主義の理解が足りないことに集中するが、彼は全面的に不満を洩らしたわけではなく、叙述の順序は当を得ていること、解説の仕方も平明親切であること、態度も自己の一家見を立てようとしたものではなく近代文学に親切ならんことを期していること、複雑な近代文学の俯瞰図を五〇〇頁ばかりで説き収めようとした大胆な企てであること、この種の著述は日本現在の読書界に少なくとも一つ二つ無くてはならぬ性質のものであることを評価し、さらに「いつの時代の文学でもそれを生んだ時代の背景を知ることなしに十分に理解することは出来まいが、殊に生活と文学との密接せる近代生活及び思潮の概要を是非とも知了して置かねばならぬ。それでなくては近代文学の意味は到底わからない。著者がこの背景たり土壌たる生活と思潮とを説くに最も力を注いだのは適当なやり口である」と総論としては評価している。ただ、イギリス、フランス、ドイツ、ロシアという国や地域により、独自の展開を示したことを承知する我々後生の者としては、厨川の著作では、自然主義でも、ネオ・ロマンティシズム（新浪漫主義）でも、文芸思潮という言葉の下に隠蔽されてしまい、それぞれの地域の特性が丹念に扱われていないことは認めざるを得ない。

『文芸思潮論』は、大日本図書株式会社の公告で、「上下二千年欧洲思潮の変遷を概観し、現代文学の根底に対する文明史的解釈を試みたるは本書なり。曩に『近代文学十講』に於て未だ説かざりし最近の新傾向にも論及して全篇を結べる。明快の論断に願くは一読の栄を賜へ」と紹介する。この著書の「巻頭に」の中で、厨川は『近代文学十講』がどのような経緯で世に送り出されたかを回想する一方、「あの本には全く現代文芸思潮の歴史的観察といふものを缺いてゐます」「欧洲文芸思潮史の根本に立ち帰つて、現代文学の由つて来る所以を説かなければ駄目だと思ひました。だからあの書物には説き及ばなかつた最近西欧文壇の事実と共に、之に対する私みづからの独立した歴史的解釈を纏めて、更に今一巻の新しき著述に、前者の不備を補はうと思つて私は筆を執る事にしたのです」と、自ら『文芸思潮論』が前書の欠点・不備を補う姉妹篇的存在であることを語る。

ところで同年の新刊に目を向けると、『文芸思潮論』の初版が刊行された一九一四年四月と同年同月に、戸川秋骨はヴィクトル・ユゴー『レ・ミゼラブル』の翻訳『哀史』を国民文庫刊行会から出版し、片上伸はドストエフスキー『死人の家』を博文館から刊行し、廣瀬哲士はベルグソン著『笑の研究』を慶應義塾出版局から全訳刊行している。

そのフランス文学者で慶應義塾大学教授でもあった廣瀬哲士（一八八三・九・九―一九五二・七・二六）が「厨川氏の『文芸思潮論』を難ず」[10]という文章を書いて、厨川の二元論、二項対立的な分析法を「前人も屢々踏襲した好都合の分類」として不満を呈している。廣瀬は厨川が「基督教思潮と異教思潮」あるいは「基督教思潮と希臘思潮」を「霊と肉との代表思潮」と分析して次のように述べる。

基督教思潮を霊的禁欲的、精神を知れ、絶対的服従、教権主義、天国神本位、利他主義、超自然主義、宗教的道徳的、信仰的独断的、主観的傾向等の内容とし、希臘思潮を肉的本能的、爾自らを知れ、個人的自由主義、現世人間本位、自我の満足、自然主義、知識的芸術的、科学的試験的、客観的傾向として全然対照をなしてゐるやうに書いておられるけども斯くの如き対照は常識的であるだけそれだけ漠然たるもので、氏の所謂正確なる知識を与へるものとはいひ難い。

要するにかやうな対照を作つて議論を進め或は研究の出発点とすることは常識的で遊戯的の興味にはなるけれども決して真に正確を期する者の本心の要求に叶ふことでは無い。斯様な不完全な分析から文芸の歴史的発展を論ずることは文芸の真の開展が論じられる所以では無くして却て唯作品を歴史的に並べて其中から二つの傾向に色づけられさうな点のみ拾ひ集めて行くといふことのみに終つて到底文芸其物を理解することでも無ければ芸術鑑賞の基礎を与へられるものでも無い。僅かに詩人と其作品とに就いての部分的の知識と物的享楽の興味とだけである。知識を分量によつて誇らんとする者にとつては有益であるけれども真に文芸其物と其歴史的開展とを知らんとする者は此平面的研究を排して更に新たなる全部的研究に移らねばならぬ。

以上、片上伸と廣瀬哲士二人の不満を表明する書評を紹介した。厨川は『文芸思潮論』「巻頭に」で、「本書のなかに用ゐた基督教思潮といひ、異教思潮といふ言葉は、普通にいふのよりも遥かに広い意味に用ゐたので、それは本書二二、三頁にある対照の表に見るやうな、色を異にした二つの思潮に名づけた仮の名に過ぎないのです。基督教とか希臘思想とかいふ文字に拘泥して、そのため誤解をせらるることの無いやうにと、特に此点をおことわりしておきます」と書き、そのうえで、第一章「序論」の中で、「女頭獅身の Shinx」「半人半獣の Pan や Centaur」の例を引いて、次のように霊肉二元論の調和、統合の問題について述べている。

・これら半人半獣の像は、はやく既に古代人類の胸奥に兆した霊肉の闘争、神性と獣性との不調和の問題に対する彼等の極めて幼稚な、また原始的な一種の解決法を示したものだと見ても、必ずしも牽引附会ではなからうと私は思ふ。

・霊と肉と、聖く明るい神性と醜く暗い獣性と、精神生活と肉体生活と、内なる自己と外なる自己と、道徳を基とした社会生活と自然の本能を重んずる個人生活と、これら二つのものの間の不調和は、苟も人類が思索といふ事を始めてよりこのかた、その苦悩煩悶の素因であつた。如何にかして霊肉の調和を求めたいと焦心るのは、殆ど人類一般の本性であつて、これが今日までの人文発達史の根底に伏在する大問題であつた。

・この霊肉の問題は欧洲では、霊を重んずる基督教思想に対し、肉を貴ぶ異教思想 Paganism の争となつた。

・わが国でいへば、『古事記』にあらはれた神話時代からの日本人固有の思想こそ、その現世的肉的なる点に於て、まさに欧洲に於ける異教思潮に比すべきもので、後に這入つた儒仏二教の思想は、ちやうど基督教思潮の立場に類するものだと見てよい。

・基督教に対する反基督教思潮たる異教思潮の源は、やはりすべての欧洲文明の源である希臘に発した。だから名づけて希伯来主義 Hebrewism に対する希臘主義 Hellenism とも云へば、或はまた基督崇拝に対して希臘の酒の神、歓喜の神なる Dionysus の崇拝とも呼ばれ得るのである。

この厨川の論の展開は、確かに緻密な論展開より導き出された発想と言うよりは思いつきの発想に近いところはあるものの、廣瀬が不満を指摘するのとは正反対の理論のベクトルを示している。すなわち廣瀬は厨川が「基督教思潮と異教思潮」あるいは「基督教思潮と希臘思潮」を解き明かすのに「霊と肉との代表思潮」と単純化して分析し、対照表にあるような二元論的な二項対立のタームを探し出していることに、「常識的で遊戯的の興味にはなるけれども決して真に正確を期する者の本心の要求に叶ふことでは無い」ので、「平面的研究を排して更に新たなる全部的研究に移らねばならぬ」と異議を申し立てている。

しかし、厨川においては霊肉二元論の統合が問題の主であり、当然霊肉二元論という対立する概念から派生する対立タームを挙げているにすぎない。そして、その対立タームを自ら生み出した対立する欧洲の思潮として基督教思潮と異教思潮があるという分析を試みているのである。したがって、廣瀬が「唯作品を歴史的に並べて其中から二つの傾向に色づけられさうな点のみ拾ひ集めて行くといふことのみに終つて到底文芸其物を理解することでも無ければ芸術鑑賞の基礎を与へられるものでも無い」と指摘するのは、一見正論にも思えるが、実は厨川の発想の基礎となる霊肉二元論統合の矛盾を衝かぬ限り、厨川が「文字に拘泥して、そのため誤解をせらるることの無いやうに」と注意を喚起した通りの評価を下している結果になっている。

一方、片上伸が指摘する「自然主義文学そのものを説くに及んで、その暗黒な病的な方面の特質を絮説して、ナイヒリズムの精神が人生に二新生面を開拓した側のことに説き至らぬ傾きのあるのは手落ちである」。「それから講述に引き合ひに出される作家がおもにフランスのであるのも物足りない。小説の自然主義には少なくてもロシアの作家、戯曲ではイプセンを、今少し詳述したなら、自然主義文学を改する上にも一層便利があり、一層鮮明にもなつたらうと思ふ」という点は厨川も受け留めるに値する内容だったと見え、その後の『近代の恋愛観』等の著作に反映されているが、「小説の自然主義には少なくてもロシアの作家」を加えることは、厨川が活きたさほど長くない一生においては達成できなかった。

(C)文明批評家、社会批評家としての業績

該当著作：『印象記』『象牙の塔を出て』『近代の恋愛観』『十字街頭を往く』

一九一七年七月、アメリカの外遊から帰国した厨川白村は文芸を実社会と結びつけ、一般社会の啓蒙に努める。例えば、帰朝の翌春即ち一八年五月一五日に刊行された『印象記』の「北米印象記」の中で、厨川は現地観察により痛烈にアメリカ社会を罵倒する論を展開する一方、先見的で将来を見通した次のような卓見を示している。

・自由を誇とせる米国には、そこに絶対無限の権威を以て君臨せる二つの暴君と一つの女王とがある。
・二つの暴君とは「群集」と「黄金」とで、一人の女王とは「女」の威力をいふ。
・米国は群集の国である、衆愚の国である、弥次馬の国である。
・米国が黄金万能の国であり、その文明が成金文明、黄色銅臭の文明であることは今さら事新しく言ふまでも無いが、実際行つて見ると、思つたよりも甚だしい。
・米国こそは女の天国である。何はさて措いても先づ「婦人第一」の国である。
・二十世紀文明の一大現象は、世界が急激に米国化せられつつあるの事実だ。

また、「米国の大学」の中では、私立大学における自由独立の精神に注目し、アメリカの大学及び研究が実社会の活動と連帯しながら、学問芸術をすべての実人生に役立たせようとしている点を高く評価して次のように言う。

・日本の学界では独逸にのみ学問の光が輝くもののやうに思つて、英仏はもとより米国の大学の事も少しも注意してゐない

が、米国は今では例のその強大なる黄金の力を擁して、英仏独の学風の長所を折衷し総合して、新世界に新学風を起さうとする気運に向つてゐる事は注意せねばならなぬ。
・なかでも世界第一流の大学と認めらるるものの多くは私立大学で、これは独逸の官僚大学とちがつて飽くまで自由独立の精神を以て立つてゐる。
・米国高等教育の根本方針は、右の如く依然として人文の学芸に重きを置くのであるが、別に時代の要求に応ずべく高級なる科学的知識を有する技術家を社会に供給するため、普通の大学以外に多くの農工業大学が設けられてゐる。
・米国の大学で私の感心した事の一つは、それが常に社会と密接なる関係を保つてゐる事であつた。教授が講演に論文に或は調査報告によつて、一般社会を指導し啓発する事は言ふまでもないが、学生も亦社会の事業などに関する研究調査をして、重役に献策する如き例をも屢耳にした。何がさて日本のやうに老人の跋扈する国柄ではないから、所謂青二才の言ふ事にも耳を傾け易いので、またかかる点に於ては私立大学である事が多くの便宜を持つてゐるのである。
・教授の人柄を見ても、独逸大学に見る如き超世間的な迂儒若くは腐儒の類は少く、社交に長じ実務に明らかたる紳士の多い事も、畢竟大学と実社会との間に密接なる関係ある原因であり、また結果であらうと思はれる。

さらに、アメリカの大学では「研究法に思い切つて新しい試み」をし、「学生の方でもまた自立独行の気魄が旺ん」で、「日本の如く画一的、強制的、注入一点張りの形式教育でない」、「飽くまでも自由な啓発誘導の方法を執つてゐる事」を挙げ、また、アメリカの私立大学の長所と短所を指摘しながら、時代が流れてアメリカ式のシステムの多くを取り込んだ現在の日本の大学の現状にも当てはまる姿を見通し、次のように語る。

・規則づくめの試験教育を以て終始一貫してゐるがために、大学を卒業するに至るまで未だ学問の趣味を解しないと云ふ不幸な人が、日本には大多数を占めてゐる。

・各大学が各その特異の学風を樹てて互に競争し、有為の教授を集めて実績を挙げんとするは、官立の画一主義に於て見られざる長所であるが、その代りまた大学総長は恰も天下御免の乞食のやうに、所々から寄附金を集める事にのみ忙殺せられ、学校も亦なるべく多くの学生を収容して、他校とその規模の大を競はんとするに汲々たる有様は、私どもの感服できない点である。

厨川は『印象記』で語ったアメリカの大学の視察以降、自らも学問芸術を実生活と連帯させようとする意欲と熱意の表れから、『近代の恋愛観』「再び恋愛を説く」の「緒言として」に次のように書く。

私には本業としての劇務がある。しかし夏冬の休みや日曜日など、学業の余暇を偸んでは、時に拙悪の文章を草し、また需めらるるが儘に公開講演の論壇に駄弁を弄する事も稀ではない。それは、私の悪文と吶弁とが、たとひ微力なりとも今日の世道人心を益し、文化発達のために、生活改造のために、何等かの貢献をなし得るの確信あるがためだ。また自ら信じて高速の理想となし永久の真理なりとする思想に対する熱意と憧憬とあるがためだ。

また、『象牙の塔を出て』「芸術より社会改造へ——詩人モリスの研究」と「改造と国民性」の中では、芸術の民主化、社会化に意を注いだジョン・ラスキンとウィリアム・モリスに傾倒して、次のように言う。

・近代英国の文学史上に最もすぐれた二人の思想家が、共に四十歳の頃に於て同じ方面に向つて生活の転換をしてゐるのを見る事は興味ある事実である。それは社会改造論者として世と戦つたラスキンとウィリアム・モリスとであつた。
・私なぞが「象牙の塔」からいくら飛び出して見たつて知れたものだとは百も承知してゐながら、思想を危険物扱ひにしたり、演劇を河原乞食の遊戯だと心得たり、保守頑冥の旧思想を脱し得なかつたりする連中を見ると、全く腹の底から腹が立つ。ラスキンなどの百分の一、千分の一、否な万分の一の事も出来ないことは知りつつも、ちよと「象牙の塔」から首だけ出して、こんな物も書いて見たくなるのである。

こうして『印象記』に始まる随筆論集は『象牙の塔を出て』『近代の恋愛観』『十字街頭を往く』と書き継がれていく。厨川が、北米での実地体験、西洋文明に対する該博な知識と卓越した認識、十九世紀の浪漫的精神の培養、精神分析学を代表とするヨーロッパ近代思潮の洗礼などを拠りどころに、皮相的な西洋文明の移入に努めた日本及びその皮相的な受容の主たる構成者としての日本の知識人に対して、痛烈なまでの罵言罵倒を繰り返す。そして、これらの随筆論集は社会に対する反響が大きかっただけに、賛否両論に亘った評価が展開する。

そこで次に、井汲清治と山川菊榮による『象牙の塔を出て』『十字街頭を往く』の批評と、石田憲次と土田杏村による『近代の恋愛観』の同時代人の批評を示す。このうち、井汲・山川・石田は否定論の代表的存在である。厨川白村が一時大いに流行するものの、彼の死後急速にその存在が忘れ去られる原因が、この彼らの否定論にあるだろうことに着目し、以下で考察する。

①印象的・感情的否定論

慶應義塾大学文学科出身の評論家井汲清治（一八九二・一〇・一四―一九八三・一二・二八）の評価はたいへん興味深い。それは、反面からもう一つの真実を読み取ることができるからである。井汲が書いた「プロムナアド――（その三）厨川白村『象牙の塔を出て』『十字街頭を往く』(11)」の批評の筆者における第一印象は、井汲は印象論と感情論から厨川を批評しており、同時代の厨川否定論の多くはこの井汲の印象・感情論に典型されるようなものだったのだろうかという点にあった。

井汲は厨川に京都東本願寺で一度会った時の印象を、「ひよこひよこと芝草を踏んできたのを見て」「甚だ陰気な顔をしてゐる人だなと思つた」と語り、そこから「『十字街頭』に立つには、足が弱いといふ生理的缺陥がある」と書き出す。そして、井汲は「白村にはあつさりしてゐる所がない」「厨川白村に甚しく缺けてゐるものが、このヒユモアである」「白村はいかにも自分は日本人ではないやうなことを論じてゐるが、若し白村も、日本人の一人であるならば、やつぱり話せない奴であるのだろうか」「現代日本人が、白村の罵倒に相当するが故に、つまり学芸や智識に対して甚だ軽薄である故に、白村の著書が、その人気に投じたのである。もすこし上品で洗練されてをれば、こんな漫罵に充満せるエッセイは、余り喜ばれまい」「恐らく始めには罵倒癖があつたのが、習ひ性となり、遂にはモノマニヤになつたのである」「白村は『象牙の塔を出て』きたやうなことを云つてゐるが、恐らく一度も象牙の塔にはいつてゐたことはないのであらう」と語る。井汲の態度には始めから厨川への好感はない。好感を持てないことで下した評価ミスもあるが、逆に、より分析的に真を衝いているところもある。

井汲は「『象牙の塔を出て』と、『十字街頭を往く』に集められてゐるものは、要するところ現代日本の罵倒録である」「他人を生かさんとするものよりも、白村の『自己表現』と見らるるものである。而も寛いで飾り気なく物を云はうとしたものである」と判断する。そして次に、「何故、白村は『傍若無人とでも思はれるほどの痛言激語』に拠る表出をしなければならなかつたか。何故、エッセイなる文学種類形式によつて、芸術的表現を試みたか。そしてそれに成功してゐるかどうか。自分の自画像を描くのに成功してゐるかどうか」と疑問を発し、「而も、『エッセイに取つて何よりも大切な要件は、筆者が自分の個人的人格的の色彩を濃厚に出す事である。』そこで濃厚に出てゐる白村の人格色彩はどんなものだらうか」と分析する。

そして結論として、罵倒・毒舌の原因は胃弱により気短で、イライラしていたことを言った上で、「白村が現代日本を事ごとにののしる毒舌を弄んだのには、もつと深い、一貫せる感情の論理があるものと考へねばならない。

――ルソオは『自然に帰れ』と叫んだのださうだが、白村は『人間の本性に帰れ』と云ふのらしい」「人間が――ことに日本人が――捕はれてゐるために、人生のあらゆる姿態を味ひつくすといふ観照の態度をとり得ない」から で、何故エッセイかは「厨川白村は、どこまでも純真なりと自信したる『自己表現』を徹底せしめようとし、その結果が、エッセイの体裁をかりた罵倒録となつたのである。真実に徹するために、自分で云はなければならぬと信じたことを口にしたのである。それが毒舌となるのである。つまり生命の飛躍を試みんとする途上に横たはれる邪魔物を砕はして行かねばならぬ。その爆弾の役に立つものが、毒舌、激語、罵倒であつた」とする。

さらに、エッセイの要件たる「自分の個人的人格的の色彩を濃厚に出す事」に成功しているかについては、「ところで厨川白村はその人間を出してゐる点では、（出し方の如何は問題であるが）たしかに成功してゐる」「つまり白村は褒めて云へば『他人の褒貶を意とせず、敢て自分の信ずる所を発表するといふ態度は彼の全生涯を通じて変らなかつた』のである。従つて何か、文芸的の表現の手段を求めれば、エッセイが最も適当な用具となつた」と判断する。しかし井汲にとっては、「しかし恨めしいことに、罵倒の連続であるため、そのききめが甚しく弱い。単調となり、寸鉄といふやうな効果を挙げてゐない。そこで私の受けた感じも痛快ではなく不快であつた。またも一つ恨めしいことは、繊細な所がない。余りに大握みにすぎる。そのため文体が生動してゐない。叫びが聞えきりで、案外、人を動す所がすくないのである。あまりに概念的であるためにイメエジが浮んで来ない」エッセイであると結論付ける。

②流行タレント性・国民性改造論への否定論

山川菊榮（一八九〇・一一・三―一九八〇・一一・二）は、社会主義者として著名な山川均の夫人であり、また自身も理論的実践としての婦人問題・社会問題解決のための活動家であった。そこで、彼女は「厨川白村著『象牙の塔を出て』[12]」において、厨川白村の文明批評は「要するに著者は『ちよと象牙の塔から首だけ出して』世間を罵倒して居るお殿様である、汗まみれになつて路傍や工場で働いて居る労働者とは、身分も違へば人生観も違ふだけに、その社会観は、労働者側から見れば殿様芸の大甘物で、彼是いふだけ野暮の沙汰であるが、兎に角達者な筆で面白可笑く世相を論じた所、銷夏の読物としては適切であろう」という程度のものに過ぎない、と書く。要するに、山川の意識には「身分も違へば人生観も違ふ」「殿様芸の大甘物」という、自分とは立つ地平の違う価値観の人物に対する評価が存する。しかし、山川の評価は厨川流のエッセイが一時のブームを巻き起こし、彼の死後急速に消沈化してしまった当時の原因の一端を示唆するところがある。

山川は冒頭で「『象牙の塔』とは芸術の宮、芸術至上主義の象徴である。随つて標題の意味は、芸術より人生へとか、社会へとか位のものであろう」と、厨川が北米外遊帰国以来、文芸を実社会と結びつけ、一般社会の啓蒙に努めるべく決心した意識を読み解いている。

その上で、山川は時代にもてはやされた厨川の流行を敏感に予知・感知する才能と彼のこの書物を評して、「厨川氏は才人である。大陸文学が流行れば『文学十講』を、労働問題、社会問題が喧しければ労働文芸を論じ、モリスを語るといふ、意識的にか、無意識的にか、常に時流に投ずるに敏なる才人である。『象牙の塔を出て』は、此才人の才筆になる雑録であり随筆である、気が利いて居て肩が凝らず、余り低級でない娯楽用のものとして、失業の賃銀値下げのといふ浮世の苦労を知らずに此夏を面白可笑く過すことの出来る人達の昼寝のお伽には持つて来いの書物である」と皮肉る。

山川は厨川の態度を「『象牙の塔』から首だけ出すといふ、此一語は著者の現代社会に対する態度をよく現はして居る」「『身の程は知つて居るから』文芸以外の天地に踏み出すまいといふ言葉は、一見いかにも奥床しい卑下に見えて、其実逃避者の身を飾る巧妙な言抜とも解せられないことは無い」と分析する。そしてさらに、山川は厨川が日本人は「する事なす事、すべてが不徹底で微温で中ぶらりん」だとする意見に同感しながら、彼を自分と同じ土俵に誘い、「そして苟も『憤慨をする』以上は、『ちよと「象牙の塔」から首だけ出してこんな物を書く』位のことに甘んぜず、『徹底的の解決に打込』まずに居られないほど、本気に、真剣に、『腹の底から腹を立』ちたいものではないか」と語る。

山川は自分たちがなぜ社会運動をするかと言えば、「吾々は何も自分がエライから、偉大な天才であり人格者であるからと云ふ自負の故ではなく、現に今のような世の中では、自分自身が生きて行くのに不都合だから、そして人類の大部分が生きて行くのに不都合だから、ドウでも社会を改造しなければならぬと感じ、それを畢生の事業とも、生得の義務とも権利とも信じて居るのである。吾々はマルクスやクロポトキンなどの『百分一、千分一、否な万分一も出来』ようが出来まいが、そんな事は問題ではない、兎に角吾々は生存の必要上、社会運動に従事せずに居られないのである」と語る。しかし問題は山川が本来一緒に同伴者と進むべき知識人に対し、時代の最先端にあった流行の思想を有する知識人だとして敵として扱い、厨川を攻撃しているところにある。彼女のものの考え方が時代精神を反映するのはごく当たり前のことであり、彼女が彼女の依拠する思想を以って、「失業の賃銀値下げのといふ浮世の苦労を知らずに此夏を面白可笑く過すことの出来る人達の昼寝のお伽には持つて来いの書物である」と突き放す時、彼女は問題解決に対する運動・活動以外の多様性を有すべき方法を否定し、身分・職業や階級を超えた連帯をも否定する。

しかし山川が「もう一篇神様に手をかけて人間その物からして改造して貰はなくばダメだと云ふのと、国民性を改造すべく努力せよといふことは、ドウ脈絡があるのか分らない。が、この著者に向つて私はそんな矛盾を咎め立てする事が、見当違ひだと思ふから已めておく」と言い、やはり言いたいので「茲で見る厨川氏はスッカリ唯物史観に徹底した一廉の社会主義者である。茲で再び疑問となるのは、人間を神様に作り更へて貰はねば社会の缺陥は除かれぬ、社会問題など騒ぐのは愚だといふ上のお話と、社会組織の缺陥を何故考へて見ないといふお叱りとの間に、どう連絡をつけたらいいかの問題である、同時に社会問題よりは国民性の改善が急務だと叫ぶ厨川氏は、明らかに唯心論者の範疇に属して居られるのに、茲で物質生活や物的原因なぞから独立した『心得』の存在せぬことを力説して居られる点も腑に落ちない」と指摘するのは、厨川の理論が唯心論者の範疇に属しているのに唯物史観に徹底した社会主義者であるかのような二元論的要素を包含していることを端的に示すものである。しかし、厨川が思想的に〇〇イズムの観念に捕われることなく、唯心論的理想と唯物論的現実を統合したいと考えている人物であることを、山川は許容しない。

一方、「改造改造と呼びつつ、唯だ社会問題だ、婦人問題だ、何とか問題だと騒いで見たつて、それは寧ろ本末転倒では無いか、国民性その者を改造しないで、吾々の生活改造が出来るだろうか」と生活・社会改造には日本人自身の国民性改造の必要を強調する厨川の見解に対し、山川からすれば、「吾々の立場から見れば、人間とか国民性とかいふものを、此著者のように、社会問題や婦人問題たることを認むる以上――之を認めない者は、現存の状態を総て絶対と見る諦らめ主義の宿命論者である――社会問題と国民性の改造とを区別することは許されない」という意見なのに、厨川は「その国民性が悪いのは、社会状況とは独立した国民性その者の責任である」と考える。だから、厨川が「英米人は世界で最も多く現実的で、物質的で権利義務の思想の発達した国民である」と言うのに、山川は「英米人の性質がどうあらうと、其社会は大陸諸邦と同じく、資本主義の社会である。人間の権利義務の観念が十分に発達したなら、資本主義の社会を其儘にして置く道理がない」「日本人の権利思想が欧米人の其れの如く発達せず、労資関係が主従の如くであつたりするのは、日本人の国民性が悪いからでは無い、日本の資本主義が未だ欧米の其れの如く、十分に発達せず、封建的生産組織及び其れに伴ふ心理が、欧米の如く完全に社会から払拭されて了はない結果である」と答える。この議論に関しては、当時の理論としては具体的な活動に着手していた山川に分があったかに見うけるが、厨川は何も国民性が社会状況と独立して存在することを言っている訳でも、社会問題と国民性の改造とを区別して論じてる訳でもない。ただ、社会改造よりも国民性改造の方が急務であるとして、本質論を特徴とする唯心論的思惟性を先行させているにすぎない。

しかし、厨川理論の問題は「真に吾々の徹底的な本質的な第一義的な生活を完全に律し得るような道徳や法律や制度や宗教は、人類の文化発達の今日の程度ではまだ出来て居ない」、もしそれを実現しようとするなら「一篇神様に手数をかけて人間その者からして改造して貰はない以上、とても物になるまい」としたり、あるいは一見すると具体的な国民性改造の手段・方法が示されず、厨川独自の抽象的で観念的な理想論に終始されるように思えるところであり、山川をして「殿様芸の大甘物」と批判させた所以でもある。しかし、社会制度をいくら変革しても、日本人の国民性の本質が改造できていないことを認識する二一世紀に生きる我々にとって、厨川の言う国民性改造なる言葉の意味はもう一度深く考えてみる必要はあろう。

③詩的浪漫世界を現実社会へ適合するエッセイへの否定論

京都大学英文科の後輩で英文学者の石田憲次（一八九〇・六・七―一九七九・六・三〇）は「恋愛の人生に於ける地位――〔厨川博士を駁す〕(13)」において、『大阪朝日新聞』に一九二二年九月一八日から一〇月三日にかけて十五回に亘り連載された『近代の恋愛観』を読んで、「私は博士の十五回に亘るエッセイの読後の感じは、矢張恋愛の讃美が主に成り、非常に享楽的な分子が這入つて、モリスが嫌つたやうな『象牙の塔』の中へ再び逆戻せられたのではあるまいかとの杞憂をさへ起さしめる」と感想で締めくくっている。山川が思想的に共通性があっても行動的に共通性がないものを同伴者として許容できなかったのに対し、石田の厨川批評の意図は、同業者として連帯の意識を持ちながらも、研究者仲間としてあるいはごく普通の社会生活者の立場から、実現できるかどうかの理想と現実を厨川が見誤ってはいないかという点で、現実的感覚から問題提起をしている。石田は、「現代の社会は随分緊張した時勢に遭遇し」「貧乏人が多く、金持ちが少い世の中」、すなわち「此の喰詰めた世の中に於ては、学問の為めにも恋を捨てなければならず、主義の為にも恋を斥けなければならぬ事が屢々起り得る」のに、「人間の感情生活を解放した」浪漫主義のブラウニングの「ラブ・イズ・ベスト」のような詩の世界を現実の散文の世界へと適合することへの懐疑を示した。また、恋愛至上主義ではなく、むしろ恋愛を軽視しているモリス、バーナード・ショー、ジェイン・オースティンなど思想家、文学者の例を挙げ、「詩人文学者が悉く恋愛中心主義を奉じて居る者ではない」も明らかにし、「詩の世界と散文の世界とは別である。詩の世界でのみ通用する言説を散文の世界へ持つて来て宣伝する事はどうかと思ふ」と言う点を問題提起したのがこの評論である。

厨川は『苦悶の象徴』では「文芸のための文芸」という芸術至上主義を提唱する一方、『象牙の塔を出て』『十字街頭を往く』では「社会のための文芸」という功利主義的な文芸観を提示している。ただ、厨川にあっては目的がいかなる芸術でも、内面からの湧き起こる欲求や生命力があってはじめて、その芸術は両者が統合されることになる。しかし、石田の心配は「恋を恋して、ロマンスの一つでもなければ一人前の人間になれぬ如く思つてゐる青年男女も随分ある事と思ふ。此等の人々に恋愛至上説を説くのは、それこそ三池大牟田に石炭を運ぶやうなもので無益であるのみならず、寧ろ有害ではなからうかと思ふ」というところにある。石田のこの評論は、厨川が、いくら恋愛至上主義の理念をもって生活問題や社会問題に対処しようと考えても、実生活や現実問題となると、やはり厨川の二元論の統合はそう簡単には果たされぬという啓示として読み取れるのではないだろうか。

④総論（『近代の恋愛観』）賛成・各論（「霊肉合一論」）反対の立場

土田杏村（一八九一・一・一五―一九三四・四・二五）は、『恋愛論』[14]「序」と「エロティークの建設」（「エロティーク」とは「恋愛哲学」のことである）で次のように述べる。

・一体恋愛とは何であるか。何が恋愛の思想問題であるか。其等の術語的解釈さへこれまでのところ一定せられてはゐなかつた。およそ恋愛に関連した雑然たる感想の一束、それが所謂恋愛論なるものであつた。然るに此の数年来恋愛に対する組織的思索の傾向は、油然としてわたくし達の思想界に起つた。エロティークの発達はまだ甚だ未熟であるけれども、少くも恋愛に就ての思想問題の性質だけは明かにせられることが出来た。また其の或る問題に就ての思索は、よほど専門化せられた抽象的考察へまで進んで行つた。嘗ては恋愛に就ての思索と言へば、問題自身が既に不真面目であり、哲学的考察の厳粛なる殿堂を汚すものであるやうに考へられてゐたのであるが、時代の進みは最早かかる僻見の跋扈するを許さぬところへ達したのだ。恋愛の文化哲学的考察は、ひとり恋愛自身の意義及び理想を明らかならしめる点に於て重要なる許りでは無く、今日の如く諸般の文化現象に対して公平なる評価の必要とせられて居るときには、芸術、道徳、宗教などの生活の意義を闡明するためにも其の考察は甚だ重要のものとなつた。

・ここ二三年、わたくし達の周囲には、恋愛に就いての議論が甚だ頻繁に聞かれた。さうした思惟の試みのあるといふことは、勿論さうした経験の創見があつたといふことである。固定せられた過去の性道徳と、及びそれの良心とが新らしい生活要求の圧力のために動揺を来して、性的生活に固有の文化的意義を創見しはじめたため、一方ではその新らしい文化的意義の建設に忙しく、他方ではその着眼から再び性道徳と及びそれの良心を見直さうとすることに熱心した当然の結果であつた。随つてわたくし達の社会には新らしいエロティークが建設せられなければならない。しかも厳密の学問として建設せられなければならない。

そして土田は、『恋愛論』の収録『最近諸家の恋愛観を論ず』の「厨川白村博士の恋愛批評」の中で、「恋愛論がこれだけの熱心さでわたくし達の社会で論ぜられるやうになつた有力な原因の一つは、確に博士の著『近代の恋愛観』の普及に帰せられなければなるまい。其の点に於て博士の此著は、我国のエロティークの建設の為めに、歴史的の意義を持つものとなつた」と高い評価を下している。

土田は、「故厨川白村博士は、現代社会の缺陥に気付いて、奇警に、辛辣に、其れを批判し、攻撃する、卓越した観察眼と其れの表現とを持つことに於て、わたくし達の社会が持つ最も優れた批評家の一人であつた」とした上で、「博士の此著は、形式的に頽廃した従来の性道徳と闘い、恋愛の自由を高調する点では、誰の恋愛論よりも周到であり且つ熱心である」とし、「博士の恋愛論の眼目は、自由恋愛論を否定して『恋愛の自由』を高調したことにある」「博士の恋愛論へは、少しく自由思想を解するものならば、何の反感も無く賛成することであらう。其れは余りに健全なる真理だ」として高く評価する一方、「博士の恋愛観は何等奇矯な言論では無く、わたくしがこれから後に批判して行かうとする多くの恋愛観に対比すれば、其中の最も穏健なる（古い人達が好んで使ふ術語を使用すれば）ものであり、革命的の意見の最も少ないものである。博士の意見によつては、今日の性道徳や恋愛真理は、根本的には何の変化も加へられない。其れをさへ危険である様に批評するものは、殆ど全く今日の時代空気の外に生きて居るものであつて、博士は其れにも拘らず、親切丁寧に彼等の謬見を開発しようと努めて居られるのである。しかしさうした古い考へが、恋愛に就ては一般の常識になつて居る以上は、我国の文化が博士の著の啓発を待つ程度も亦甚だ高いものと言はなければなるまい」「博士のこの真理が、容易には其れの許され得ない現実の迷信的事実と対照せられる時には、博士の声の小なる事を憂へてもまだ其の大なることを惧れる必要は毛頭無い。わたくしは現下の性道徳と恋愛生活とに対比して、博士の恋愛論の意義を十分に容認して居るものの一人である」と、厨川への同情を寄せている。ところで、「自由恋愛」（Free Love）を厨川は「自由性交」と解説している。だから、彼は「フリーセックス」を否定し、「恋愛の自由」（Love's Freedom）を肯定しているということである。

一方土田は、『最近諸家の恋愛観を論ず』の「エロスと恋愛価値」の中で、次のように語る。

恋愛は、全く独自なる人間の文化的意味であり、随つて人生の「価値」の一つであるとするならば、緊密に其れに対応し、其の価値を現実しつつある人間の文化的活動を予想しなければならない。わたくしは其れを性欲だと考へるものである。性欲を離れて恋愛は無く、恋愛を離れて性欲は無い。勿論性欲はわたくし達の本能的活動の一つに過ぎないであらうが、わたくしの意味する性欲は、もう少し広義の其れだ。本能や欲望としての性欲を含みつつ、なほ其れより幾らでも高い程度に純化せられて、次第に恋愛価値を実現して行く、其の一貫した活動を意味する。

土田がこう書くのは、「性欲といふ言葉は心理学的欲望を連想せしめるから」「プラトオンのやよう『エロス』といふ言葉を使ふ」とし、「恋愛価値はわたくし達の『エロス』の活動を離れることが出来ない」ので「『純粋性欲のエロティーク』を組織し得なければならない」ことを力説するからであり、「性欲を離れて恋愛は無い」とする厨川論を、「厨川白村博士の霊肉合一論」と題して駁するためである。

厨川の主張する「恋愛は性欲の人格化である」という問題に触れ、土田は「性欲を人格化するとは、もつと立入つて言へばどんなものになるのであるか。性欲は性欲であり、人格は人格である。此の二つはどんな融合の仕方をしようといふのか。其点を明かにしなければ、肝腎の『性欲の人格化』も単なる美辞たるに止まる憾みがある」と指摘する。

そして、厨川が「性欲の人格化」を説明するのに「根本的に考へるならば、love と labour とが純真なる人間生活の二大中心であらねばならぬ」「横の『食』即ち労働を中心とした物質生活と、縦の、愛を中心とした精神生活とが、相合して二つの中心はこの図に於けるが如くに、Cの一点に相会し、全生活がそこに統一を得て居なければならぬ」「自己保存と民族保存とは、個人としても社会としても、人間の生命活動の二つの眼目だ。即ち現在の自己保存の生命を存続する種の保存の為に性欲がある。食欲の為に人間は労働し、性欲あるが故に、人は愛する。前者は外的な物質生活の中心となり、後者は進化して内的な一切の精神生活の中枢となる」等々と説くのに対し、土田は「博士によれば、『霊肉二元の生活の不調和に悩む人間が、性的本能（即ち性欲）と性的理想（即ち恋愛）との間に合一点を見出し、両者の矛盾衝突なきを得しむる』事が必要とせられ、随つて其処に博士の力説の主眼点は潜むのであるが、わたくしの読んだ範囲内では、博士の霊肉合一論は、少くも混雑したものになつて居るし、結局は其の合一の理論を明かにしてはゐないと思ふ」と述べ、厨川の恋愛論で学問的に厳密でない点を四つ挙げる。

第一は「生命活動を食欲と性欲とに二大別し、其れによりあらゆる社会文化問題を解明しようとしたことは……（中略）……幾許の価値をも持ち得ないこと」、第二は「労働と愛とが生活の二大中心になるとは、人間の価値生活の批判として余りに粗雑であること」、第三は「経済は必ずしも物質生活では無く、却て文化的、価値的生活であつて、恋愛生活と並立の関係にあること」、第四は「本能的活動としての性欲から其他の宗教や芸術の活動やの分化することをフロイド派の精神分析学がどんなに詳しく証明するにしても、其れはわたくし達の価値生活の価値生活たる本質を毫も基礎づけ得ないこと」であり、厨川の恋愛論はこれらの「誤謬を、念入りに複雑に持ち込んで居る」と指摘する。その誤謬の中で、特に土田は「ただ一つ今の場合に十分に解明して置かなければならぬことは、博士が経済活動を物質生活、肉の生活と見、恋愛生活を精神生活、霊の生活と見られたことの誤謬である。恋愛生活も亦性欲を基礎とする以上は、民族保存の活動の方面にも肉の生活はある筈であるが、其れは博士によつていかに処置せられたのであるか、其点も此の主張では明らかにせられてゐない。のみならず経済活動は単なる物質生活では無く、其れ自身に独立した文化価値を追求して、博士の所謂『精神』的のものに醇化し行くことは、恋愛活動の場合と何の変りも無い」「然らば経済と恋愛とは、互ひに重なり合ひ、合一化すべき二つの活動では無く、それぞれに平行して、それぞれに独自の文化価値を追求して行く、二つの別の人格活動である。一方が物質的、他方が精神的なものでは断じて無い」と反論する。

そうしてこうした誤謬が生じた理由を土田は、「抑も博士が人間の生活を論ずるに、『霊』と『肉』といふやうな実在的の、もう一つ進めて言へば形而上学的の二元を取られたからである。実在的に、形而上学的に異つたものになつてゐながら、合一することはいかにしても可能では無い」と分析し、「霊と肉との形而上学的二元論は此の困難に陥るを常とするものである。そして此の困難を救ふ仕方は、性欲と恋愛とを実在的の、または形而上学的の二元と見ないで、同一物の見方の相違、すなはち前者は理想化せられる資料、後者は其れを理想化する形式であるとする認識論的二元論の立場である」と結論する。

おわりに

以上の考察を通して以下の結論を導き出すことができる。

第一に、厨川白村の著書は、文芸思潮という観点から欧米文学を紹介した概説書として『近代文学十講』『文芸思潮論』および『小泉先生そのほか』（本章では触れることができなかった）が、文明批評家及び社会批評家としての評論に『印象記』『象牙の塔を出て』『近代の恋愛観』『十字街頭を往く』が、文芸理論の概説書として『苦悶の象徴』が、詩文学の研究書として『最近英詩概論』があり、合わせて九作品に整理できた。この九作品のうち『最近英詩概論』を除く八作品、すなわち一九一二年三月に初版が出版された『近代文学十講』から、死後刊行物として一九二四年三月二四日に第五〇版が出版された『苦悶の象徴』まで、ほぼ十二年の間に何度も版を重ね、そのうえ、当時の新聞、雑誌にこれらの著作の意義について論評されるほどの反響とブームを惹き起こしていたことが判明した。

第二に、『近代文学十講』に対し、同じ英文学研究者である戸川秋骨は新聞各紙に載った初学者に適するものとした書評に反論し、この著作は初学者向きの概説書としては高尚すぎ、近代文学を専門的に学ぶ大学用のテクストであり、現代の欧州文学をこれ程まで料理し纏めあげた学殖とその手腕に対してプラス（褒義）の評価を下していた。一方、ロシア文学者である片上伸は、文芸思潮という言葉に隠蔽され、それぞれの地域の中での自然主義や新浪漫主義などの特徴が丹念に扱われないことに不満を表し、さらに、フランス文学者である廣瀬哲士は『文芸思潮論』の二項対立的な分析法を都合の好いものとしてマイナス（貶義）の評価を下していた。

第三に、厨川白村の『象牙の塔を出て』『十字街頭を往く』における文体と作風に対しては、井汲清治の書評が当時の知識人の一つの典型であり、個人の色彩を濃厚に出すエッセイとしては成功したが、痛快というよりは不快な「罵倒録」となっているとしたマイナスの評価を下していた。

第四に、文明・社会批評家としての厨川及び彼の『象牙の塔を出て』に対し、山川菊榮に代表される社会主義思想に共感を寄せる知識人からは、時流に身を投じることに長けた流行の評論家として扱われ、彼の評論も唯物論的歴史観に基づけば社会改造と国民性の改造を区別する論理は許されないとするマイナスの評価が下されていた。

第五に、『近代の恋愛観』に対しては、後輩の英文学者の石田憲次は、詩の世界を現実の散文の世界へと適合することへの懐疑を示し、青年男女に恋愛至上説を宣伝することの有害性を指摘していた。

第六に、土田杏村は『近代の恋愛観』は日本の恋愛哲学の建設にとって歴史的の意義を持ち、厨川自身も現代社会の欠陥に気づき、辛辣に批判し、攻撃する、卓越した観察眼を持つ最も優れた批評家であるとしてプラスの評価を下す一方、厨川の提示した形而上の二元論を統合するような「霊肉合一論」には誤解が生じることを指摘していた。

第七に、厨川白村は『近代文学十講』発表以来、文学的見地に立って、日本人の「国民性改造」を主眼とした独自の文明批評、国民性批判を展開し、彼が描く国民性批判のエッセイは当時の社会に賛否両論を湧き起こしたが、論争の当事者たる厨川の死によってこの論議は急速に消沈した。しかし、死後に全集が刊行されている状況から見て一九二〇年代末までは厨川の影響力は存在していたと判断できる。(15)

(1)「魯迅と厨川白村」などの研究論文については、終章に示している。
(2)昭和女子大学近代文学研究室「厨川白村」(『近代文学研究叢書』第二三巻、一九六四・一二)
以下、他の断りがない限り、厨川白村に関わる事柄は、この図書からの引用であり、括弧内は本書の頁数である。
(3)「近代の恋愛館」の記載は、次の二つの文章に拠った。
夏丏尊訳『近代的恋愛観』「訳者序」(上海開明書店、一九二八・九)
厨川文夫「『近代の恋愛観』あとがき」(『近代の恋愛観』東京・苦楽社、一九四七・五初版)
(4)ここまでの文章は、注(1)を参照して、筆者が整理した。
(5)北京魯迅博物館編『魯迅手蹟和蔵書目録——第三巻外文蔵書目録』(内部資料、一九五九・七)
(6)矢野峰人「厨川先生の追憶」(『英語青年』「白村追悼号」英語青年社、一九二三・一〇・二九)に原載、矢野峰人「厨川先生の追憶」(稲村徹元監修『近代作家追悼文集成』第九巻、「厨川白村」ゆまに書房、一九八七・一)九四頁に掲載。
(7)注(6)に同じ。
(8)戸川秋骨「新刊通読」(『国民新聞・国民文学欄』一九一二・六・一九)
(9)片上伸「厨川白村氏の『近代文学十講』」(『文章世界』第七巻第八号、一九一二・六・一)
(10)廣瀬哲士「厨川氏の『文芸思潮論』を難ず」(『人生と表現』第六巻第八号、一九一四・八・一)

(11) 井汲清治「プロムナアド――(その三)厨川白村『象牙の塔を出て』『十字街頭を往く』」(『三田文学』第一五巻第四号、一九二四・四・一)

(12) 山川菊榮「厨川白村著『象牙の塔を出て』」(『著作評論』第一巻第五号、一九二〇・八・一)

(13) 石田憲次「恋愛の人生に於ける地位――[厨川博士を駁す]」(『読売新聞』一九二一年一〇月一一日~一五日連載)

(14) 土田杏村『恋愛論』(東京・第一書房、一九二五・九・一)、同書は同年九月一五日同書房から『恋愛の諸問題』という題でも刊行されている。

(15) 厨川白村の著作で、死後に刊行された全集は次の二種類である。

①『厨川白村集』六巻、「補遺」一巻、「文学論索引」一巻、全八巻、厨川白村集刊行会(代表:福永一良、装幀意匠立案:厨川蝶子、編輯者:阪倉篤太郎、矢野禾積、山本修二)、一九二四年一二月~二六年四月、非売品

第一巻「文学論上――『近代文学十講』」一九二四年一二月一五日

第二巻「文学論下――『文芸思潮論』『苦悶の象徴』『文学雑考――「病的性欲と文学」ほか六篇』」一九二五年一月三一日

第三巻「文学評論――『わかき芸術家のむれ』ほか二十五篇」一九二五年八月一〇日

第四巻「エッセイと文学評論――『象牙の塔を出て』ほか十七篇」一九二五年六月二八日

第五巻「恋愛観と宗教観――『恋愛観――「近代の恋愛観」ほか七篇』、『宗教観――「悪魔の宗教」ほか二篇』」一九二五年五月一日

第六巻「印象記翻訳及び雑纂――『印象記――「北米印象記」ほか五篇』、『翻訳――「夕晴の空」ほか二十篇』、『雑纂――(序跋)「『亡霊』序」ほか八篇』、『講演――「英語の研究に就いて(英文)」ほか二篇』、附録『略年譜』」一九二五年一〇月一〇日

別　巻「補遺――『最近英詩概論』」一九二六年四月一八日

別　冊「文芸論索引」一九二六年四月一八日

②『厨川白村全集』六巻、改造社、一九二九年二月〜八月
第一巻「文学論上──『近代文学十講』」一九二九年六月一〇日
第二巻「文学論下──『文芸思潮論』『苦悶の象徴』『最近英詩概論』」一九二九年五月八日
第三巻「文学評論──『象牙の塔を出て』『十字街頭を往く』」一九二九年二月二八日
第四巻「文学評論及印象記──『小泉先生そのほか』『印象記』」一九二九年七月一〇日
第五巻「恋愛観及雑纂──『近代の恋愛観』『雑纂──「翻訳」「序跋」「講演」』」一九二九年四月三日
第六巻「英詩選釈──『英詩選釈』『現代抒情詩選』」一九二九年八月二〇日

※引用に関しては、旧字で書かれていた表記を常用漢字に改め、ルビを省略した。

第二章　民国文壇の知識人の厨川白村著作への反応

はじめに

厨川白村は中国において、中華民国期の文壇に大きな影響を与えた人物である。しかし筆者が管見する限りでは、いまだ、厨川白村の著作のうち何作が翻訳されたのか、またその翻訳にはどのような人たちが携わったのかという基礎的な資料の提示がされていない。本来この基礎資料に拠ってはじめて、厨川の著作をそれぞれの翻訳者たちはどのような意図で中国に翻訳、移入しようとしたかの考察が可能であり、またその翻訳作品はどのように受容されたのかが俯瞰できるものなのだろう。そこで、従来の影響関係的な研究を視点に据えて個々の作家やその作品を分析するレベル、すなわち『近代文学十講』『象牙の塔を出て』『近代の恋愛観』『苦悶の象徴』等に説く文芸理論を魯迅、周作人、胡適、郁達夫、廃名らに代表される中国の知識人が共鳴、共感の形で、作品にどのように内在化させているかを検証するレベルを出発点とする研究[1]の視点からは少しハードルの高さを下げたところから本章の考察を開始する。だが、それは厨川の著作全般に関する翻訳状況を調査、整理、分析するという基礎的調査研究がなおざりにされていたからすぎない。本書における本章の位置は、民国期の中国文壇全体の中で厨川の文芸理論がどのような受容を経て、どのように帰結するのかをもう一度原点に戻って系統的・総合的な視点で検討を加えようとするうえでの導入部である。

本章では、まず、中華民国期に出版された厨川白村の著作の翻訳書を整理分析する。次に、厨川の存命当時、日本に留学中で、東京において純文学の結社「創造社」を旗揚げしたメンバーたちの彼の文芸論に対する共感の様子を示し、さらに民国文壇に厨川の著作を翻訳、紹介した知識人たちの翻訳「序言」「後記」の記述の本文から、中国に厨川の著作をどのように移入しようとしていたかを考察する。

一　厨川白村著作の翻訳・出版状況——翻訳書全十一種類の整理

厨川白村の著作で単行本として出版されたものを年代順に挙げると以下のようになる。

（1）『近代文学十講』大日本図書株式会社（一九一二・三・一七初版）
（2）『文芸思潮論』大日本図書株式会社（一九一四・四・二八初版）
（3）『印象記』積善館（一九一八・五・一五初版）
（4）『小泉先生そのほか』積善館（一九一九・二・二〇初版）
（5）『象牙の塔を出て』福永書店（一九二〇・六・二三初版）
（6）『北米印象記』積善館（一九二〇・九・二五初版、縮刷版）
（7）『近代の恋愛観』改造社（一九二二・一〇・二九初版）
（8）『十字街頭を往く』福永書店（一九二三・一二・一〇初版）
（9）『苦悶の象徴』改造社（一九二四・二・四初版）
（10）『最近英詩概論』福永書店（一九二六・七・八初版）

一方、民国期に翻訳された厨川白村の著書を翻訳年代順に挙げると以下のようになる。

①羅迪先訳『近代文学十講』上海学術研究会叢書部、上（学術研究会叢書之二、一九二一・八・一初版）・下（学術

研究会叢書之四、一九二二・一〇・一初版）

②任白濤輯訳『恋愛論』上海学術研究会叢書部（学術研究会叢書之六、一九二三・七・二〇初版）

③樊従予訳『文芸思潮論』上海・商務印書館（文学研究会叢書、一九二四・一二初版）

④魯迅訳『苦悶的象徴』未名社（未名叢刊、一九二四・一二初版）

⑤豊子愷訳『苦悶的象徴』上海・商務印書館（文学研究会叢書、一九二五・三初版）

⑥魯迅訳『出了象牙之塔』未名社（未名叢刊、一九二五・一二初版）

⑦緑蕉・大杰訳『走向十字街頭』上海・啓智書局（表現社叢書、一九二八・八初版）

⑧夏丏尊訳『近代的恋愛観』上海・開明書店（一九二八・九初版）

⑨沈端先訳『北美印象記』上海・金屋書店（一九二九・四・一〇初版）

⑩緑蕉・一碧校『小泉八雲及其他』上海・啓智書局（一九三〇・四初版）

⑪夏緑蕉訳『欧美文学評論』上海・大東書局（一九三一・一初版）

以上、提示した資料の内容を整理しておく。

まず、改造社版『厨川白村全集』(2)全六巻に収められる厨川白村の著作は、翻訳書と『雑纂』に収められた「序跋」「講演」を除けば、『近代文学十講』『文芸思潮論』『印象記』『小泉先生そのほか』『象牙の塔を出て』『近代の恋愛観』『十字街頭を往く』『苦悶の象徴』『最近英詩概論』の九編である。

単行出版されたのは前記したように十編の著作であるが、そのうち『北米印象記』は『印象記』の部分的な刊行であるので、正式には九作品である。詳しく言えば、(3)の『印象記』は二四箇の小見出しを附けた文章に参考資料を加えた一冊のほぼ半分の量に匹敵する「北米印象記」と「左脚切断」「太平洋上より」「ジャック・ロンドンの小説」「文芸通信」「ナイヤガラを見物せざるの記」「無言劇の復興」「愛蘭文学の新星」「欧州戦乱と海外文学」「米国の新劇団」「米国の大学」の十篇で構成される。一方、(6)の『北米印象記』は上述の『印象記』の中から「北米印象記」を中心に「左脚切断」「太平洋上より」「ナイヤガラを見物せざるの記」の三篇を加えたもので、『印象記』を改題して再版したものにすぎない。

次に提示した中国語に翻訳された十一種類についてであるが、まず、同種の翻訳で④魯迅訳『苦悶的象徴』と⑤豊子愷訳『苦悶的象徴』がある。また、②の『恋愛論』は原著『近代の恋愛観』を削除・改編・整理して翻訳したもので、⑧『近代的恋愛観』と同種の翻訳である。さらに、⑨の『北美印象記』と⑪の『欧美文学評論』とを二冊合わせたものがほぼ原著『印象記』一冊の翻訳に相当する。すなわち二四箇の表題から構成される「北米印象記」を訳すのが『北美印象記』であり、『印象記』に収める一〇篇の作品のうち八篇（「太平洋上より」「ナイヤガラを見物せざるの記」が欠け、「文学者と政治家」「遊戯論」が加わる）の翻訳を中心に構成するのが『欧美文学評論』である。したがって、中国における厨川の著作の翻訳、紹介は十一種類八作品に整理される。すると、彼の著作九作品中、『最近英詩概論』を除く八作品が翻訳されたことになり、一人の日本人の著作がこれだけ系統的に翻訳されているという事実だけでも注目に値する状況である。

では中国語訳は何を底本に翻訳したかである。

全集は改造社版『厨川白村全集』（以下『全集』と略す）発行以前にもう一種『厨川白村集』（以下『白村集』と略す）が刊行されている。この『白村集』は全七巻（うち一巻は補遺）、別冊『文学論索引』一冊で厨川白村集刊行会が一九二四年一二月から二六年四月までの期間をかけて発刊した豪華版であるが、非売品であったため一般には普及しなかった。特に同時代的に中国ではほぼ入手不可能であったと推察する。例えば、二四年以降厨川白村に共鳴し、系統的に厨川の著作を蒐集していた魯迅が入手していた書籍は[3]、第一章で示した通りであり、魯迅は厨川の著作九作品中『小泉先生そのほか』を除く八作品を入手している。さらには、上海という地の利から、彼は上海内山書店経由で二九年四月二三日から九月一〇日の間で東京改造社版『全集』六巻全巻までも揃えているが、これらはすべて東亜公司や内山書店という販売ルートを経たものである。かなり時間が経ってから古本屋で入手するのと違い、販売ルートに乗らない非売品であった『白村集』は不特定多数を読者対象に出版されたものではないので、この『白村集』の出版と同時代に、中国人が翻訳するために使用した翻訳底本からは外すことに異論はないだろう。すると、訳書の翻訳底本に改造社版『全集』が使われたかどうかであるが、『全集』の発行年月日以降に出版され、それを使用した可能性があるのは⑩『小泉八雲及其他』（一九三〇・四初版）と⑪『欧美文学評論』（一九三一・一初版）のみである。

しかし、単行本(4)『小泉先生そのほか』の表紙に画かれる樹木の挿絵と訳書⑩『小泉八雲及其他』の表紙の挿絵が同じであり、『全集』にはこの挿絵がないので、⑩も底本は『全集』ではない。①から⑩の翻訳はすべて単行本を使用し、かろうじて、⑪夏緑蕉訳『欧美文学評論』が単行本と『全集』使用の可能性がある。しかし、実は⑦『走向十字街頭』の訳者緑蕉・大杰と⑩の訳者緑蕉と⑪の訳者夏緑蕉はすべて同一人物、劉大杰の筆名であり[4]、『走向十字街頭』と『小泉八雲及其他』は単行本から翻訳されているのに対し、『欧美文学評論』だけが『全集』から訳したとは考え難く、すべて単行本から訳したと考えるのが妥当であろう。ところが、劉大杰も魯迅同様厨川白村にはかなり傾倒していたうえ、彼は一九二六年から三〇年まで早稲田大学文学部に在籍していたことを考えれば、魯迅よりも早く改造社版『全集』を入手していたと推測され、さらには、上述の①から⑪の翻訳作品の訳者八人中、劉大杰だけが唯一厨川白村集刊行会による非売品の『白村集』を手にすることの出来た人物である。そこで、⑩『小泉八雲及其他』と⑪『欧美文学評論』の翻訳者劉大杰に関しては、単行本を基本的な底本としながらも、『白村集』『全集』も参考にしていたと考え得る。

劉大杰は厨川の著作全九作中、最も多い三作を訳した人物なので、もう少し彼と厨川著作との関係を追ってみる。

劉大杰は早稲田大学留学中に、京都で行われた厨川白村の七回忌に出席し、その夜に書いたとする一九二九年九月一日付の『小泉八雲及其他』の「訳者序言」に次のように述べる。

翻訳と紹介が中国では重要な仕事である以上、私のこのささいな翻訳本もあるいは青年読者の興味を惹くことができるかもしれない。そのことが私の唯一の希望となっている。訳者は彼の『文学評論』一冊及び死後出版の『英詩概論』を引き続き訳すつもりである。

劉大杰が一九二九年九月一日段階で言う「彼の『文学評論』一冊」とは、二九年八月二〇日に全六巻の出版を完結させた改造社版『全集』の第四巻『文学評論及印象記』に所収する『印象記』のことであると想像される。それは、改造社版全集のなかで『文学評論』と銘打つのは第三巻と第四巻の二冊であり、この二冊に含まれる四篇の作品のうち、『出了象牙之塔』は魯迅が、『走向十字街頭』は劉大杰自身がすでに翻訳出版を完了し、『小泉八雲及其他』は今ここに訳出を完了したわけである。したがって残されたのは『印象記』だけであり、事実劉大杰は『印象記』のうち、夏衍（沈端先）が訳した前半部の『北美印象記』を除いた部分を『欧美文学評論』と改題して翻訳出版しているのである。

ところで、死後刊行物として単行本になった初出の著作は、(9)の『苦悶の象徴』と(10)の『最近英詩概論』しかない。当然劉大杰のいう『英詩概論』とは『最近英詩概論』のことであるが、『最近英詩概論』が彼によって翻訳出版されたという事実は今のところ調べがついていない。しかし、民国期に厨川白村の著作全九作品のうち八作品は翻訳出版され、死後出版として刊行された『最近英詩概論』をも中国で翻訳、紹介しようとしていたことは驚愕すべき事実であり、また特筆すべき現象である。

民国期の中国文壇において、厨川白村の著作に描く西欧現代派の紹介と彼独自の文芸理論の受容を通し、厨川白村の著作及び白村自身がどのように流行し、どのように受容されて行ったのであろうか。以下、一九二一年七月初旬に日本留学生によって組織された文学団体「創造社」のメンバーの田漢、鄭伯奇、郭沫若の場合を例に、彼らの厨川白村文芸論に対する影響力を提示し、次に、厨川白村著作の翻訳者の翻訳「序文（序言）」「後記」の記述から、翻訳者たちがどのような観点から、中国に厨川白村を移入しようとしていたかを考察する。

二　日本における直接受容の創造社同人――田漢・鄭伯奇・郭沫若

文学は反抗精神の象徴であり、生命が窮迫した時に叫ぶある種の革命である。屈子（屈原）の『離騒』はこうして生み出された。蔡文姫の『胡笳十八拍』はこうして生み出された。ダンテの『神曲』もミルトンの『失楽園』もこうして生み出された。周詩の「変雅」（『詩経』の「大雅」「小雅」の詩篇の一部、「正雅」と対峙し、周政衰亡の作品とされる――筆者）は幽厲（周の幽王と厲王――筆者）時期に生まれたもので、先秦諸子の文章は周末に奮い起こされたもので、ゲーテやシラーはドイツ凋落の時に現われた。トルストイやドストエフスキーはロシア専制の下に生れた。わが国の最近の文壇がすこぶる活気にみなぎる様子なのは、内の武人と外の強い隣国という二重の圧迫を受けたからである。

この「文学は反抗精神の象徴であり、生命が窮迫した時に叫ぶある種の革命である」という郭沫若の表現からは、当時の日本留学生たちの厨川白村文芸論に対する共鳴、共感の度合いがいかに強かったかが伝わってくる。この文章は、一九二一年九月に上海泰東図書局から出版された新式評点本『西廂』の序文として収録され、編末に「一九二一年五月二日於上海」と付記される、郭沫若の「『西廂記』の芸術上の批評とその作者の性格」という文章の冒頭である。これは、郭沫若（一八九二・一一・一六―一九七八・六・一二）［一九一四〜二四―日本留学時期、以下同じ］が同人誌『創造』の出版に際し、泰東書局経理趙南公との交渉に当たるため一時帰国していた時に書いたものである。こののち、郭沫若は五月三一日にはまた福岡に戻り、七月には東京神田の郁達夫の下宿「第二改盛館」で郁らと「創造」を発足させている。

ところで、同じ創造社のメンバーとなる田漢（一八九八・三・一二―一九六八・一二・一〇）［一九一六〜二二］は、第三高等学校在籍の鄭伯奇（一八九五・六・一一―一九七九・一・二五）［一九一七〜二二］とともに、一九二〇年三月一八日に厨川白村を訪問、新浪漫主義や創作に関わる問題を厨川と意見交換している。[5]その時の田漢の感動が伝わってくるのが、序章で紹介した田漢の厨川白村訪問記である。田漢は、翌一九日福岡の郭沫若を訪ねるが、郭沫若の二〇年三月三〇日（手紙の編末には「（民国）九、三、三」とあるが、孫玉石氏が行動日程からして三月三〇日と誤りであると推断した）の宗白華宛の書簡には、「寿昌（田漢――筆者）、一九日に来る」「彼はまた京都に留まった時に、厨川白村博士を訪問したが、たいへん有益な教訓を得たと言っていた。厨川氏がすべて創作家は極力創作に務めることだけが必要であり、評論家の是非褒貶を気に掛けることはないと言ったとする彼のこの言葉に、寿昌はたいへん感服していた[6]」と記されている。郭沫若もこれ以降は確実に厨川白村という名前はかなり気に掛けていたと想像される。

厨川の『苦悶の象徴』は一九二四年二月に彼の死後刊行物として初版が単行出版されて広くその著作が普及するが、初出は二一年一月一日の『改造』三巻一号に掲載の「苦悶の象徴」である。

郭沫若は一九二一年五月においては「文学は反抗精神の象徴」という言い方をしていたが、二二年八月四日発行の『時事新報』「学灯」に「論国内的評壇及我對於創作上的態度」（国内の論壇及び私の創作に対する態度を論ずる）という文章をおいて、「私は芸術における功利主義の動機に対して、それが成立する可能性を認めないのである」

という立場から「文芸とは本来、苦悶の象徴である。それが反射したものであろうと創造したものであろうと、すべて血と涙の文学である」[7]と語り、二三年六月二三日発行の『創造週報』第七号の「暗無天日的世界（答弁）」（光も射し込まない暗黒の世界）には「わたし郭沫若は血と涙以外は文学ではないとしらじらしいほらを吹く人たちに反対したことはあったが、わたし郭沫若は血と涙の文学に反対したことはなかった。わたし郭沫若が信奉する文学の定義は『文学は苦悶の象徴である』ということだ[8]」と書いている。

以上から、次の二点の事実が確認される。第一は、郭沫若が一九二一年五月に「文学は反抗精神の象徴」という言い方をしているが、論の展開が第六章の一九四頁に提示した白村の「第三の引用」の文章にかなり近いこと、そして何よりも「苦悶の象徴」の初出が『改造』三巻一号の二一年一月一日に掲載されたということからして、「反抗精神の象徴」はあくまでも「苦悶の象徴」を意識しての言葉であることである。第二は、郭沫若の例を見ても、特に創造者グループの留日学生とっては「文学は苦悶の象徴である」とする表現はよく認知されており、それも『苦悶の象徴』の単行出版以前にすでに認知されていたという事実である。言い換えると、「苦悶の象徴」の初出が二一年一月一日だったということは、二一年七月の創造社の結成にあたり、少なくても留日の創造社同人たちの間では、文芸論を巡り意見交流を盛んに行う中、創造社の創設当初から、「文学は苦悶の象徴である」という表現の発信者は厨川白村であるという共通認識を得ていたであろうことである。

三　翻訳者と翻訳読者の厨川白村観——魯迅・夏丏尊・劉大杰及び葉霊鳳

第一章で触れたように、井汲清治は「厨川白村は、どこまでも純真なりと自信したる『自己表現』を徹底せしめようとし、その結果が、エッセイの体裁をかりた罵倒録となったのである。真実に徹するために、自分で云わなければならぬと信じたことを口にしたのである。それが毒舌となるのである。つまり生命の飛躍を試みんとする途上に横たわれる邪魔物を砕わして行かねばならぬ。その爆弾の役に立つものが、毒舌、激語、罵倒であった」と語り、さらに、エッセイの要件たる「自分の個人的人格的の色彩を濃厚に出す事」が出来るかどうかに関しては、「厨川白村は彼の人間性を出している点では、（出し方の如何は問題であるが）たしかに成功している」「つまり白村は褒めて云えば『他人の褒貶を意とせず、敢て自分の信ずる所を発表するという態度は彼の全生涯を通じて変らなかった』のである。従って何か、文芸的の表現の手段として求めれば、エッセイが最も適当な用具となった」[9]と評して、厨川の人間としての資質がエッセイに的確であることを述べている。

この評価と比較してみると、魯迅は一九二五年一二月三日付『出了象牙之塔』「後記」の中で、この著作の翻訳意図を次のように語る。

私がこの本を訳したのは、決して隣人の欠点をあばいて、いささかわが国の人々の快哉を得ようとしたからではない。……（中略）……私は傍らで彼が自分を鞭うっているのを見ていると、恰もわが身が痛むかのような思いがするが、その後今度はスゥーとして、まるで一服の解熱剤を飲んだかのようである。

著者の指摘する微温、中道、妥協、虚偽、偏狭、自惚れ、保守などの世相は、まったく中国のことを言っているのではないかと疑いたくなる程である。

著者がすでにこのことが重病であると見做し、診断を下して一つの処方箋を出しているのだから、同じ病気の中国においても、まさしくこれを借りて少年、少女たちの参考に供し、服用させれば、キニーネが既に日本人の疾患を癒したように、中国人も癒してくれるであろう。

中国において、白村の国民性批判を対岸の火事とは見ずに、自国の状況に日本と同じ病を看取したとする文章は、おそらくここに示した引用の魯迅のものが最も著名であり、明解である。また、魯迅は『苦悶的象徴』「序言」（一九二四年一一月二二日付）と『出了象牙之塔』「後記」（一九二五年一二月三日付）の中で、この二作に対しいかなる翻訳文体を施したかについて、二度に亘って「文章はたいてい直訳にした。そのことによりできるだけ原文の口調をそのままに保ちたかった」、「文章はやはり直訳とすることは私がこれまでに取ってきた方法と同じである。そのことによりできる限り原書の口調を保ちたかったので、大抵は語句の前後の順序すらも甚だしくは入れ換えなかった」と述べている。このことは、魯迅に同じ病をもつ中国人の国民性を批判するに際し、どうしても厨川流の口調をそのままで伝えたいとする意図があったからだと考えられよう。

また、劉大杰は厨川白村の七周忌に参列した夜に書いたとする「訳者序言」（一九二九年九月一日付、所収『小泉八雲及其他』）で、次のように述べている。

我国の思想と文芸運動が、今後進むべき路はただ二つである。一つは翻訳であり、もう一つは紹介である。翻訳は新しい運動を促進する基本的な仕事となり、紹介は直ちに急場を救う唯一の方策である。このことは過去の日本文壇に証明する事実があることは、当然の結果として知っていてもかまわない。正直に言って、日本文化がこんなに発達できた原因は、確かにこれらの翻訳者と紹介者が残した功績によるものである。彼らはそれぞれに専門があり、それぞれにその仕事を紹介する責任を負う。専門的に自分がすべきことをするのである。このような人が日本には確かに大変多く、我国によく知られているのが厨川白村先生である。彼は英文学に造詣が大変深く、文章は流れるように美しいので、Essayistとしていかに人の心を揺り動かしているかということは、我国の青年たちはとっくに知っていることである。彼の著作は大方すでに紹介されているし、しかもすべてとりわけ我国の人々の嗜好に合うのである。

井汲清治は、厨川のエッセイ風の評論を「傍若無人とでもおもはれるほど痛言罵語」、「毒舌、激語、罵倒」を用い「自分は日本人ではない」かのように日本人を酷評した「罵倒録」だと評したのだが、劉大杰は厨川の「罵倒録」風のエッセイが「我国の人々の嗜好に合う」と語り、また、厨川が「英文学に造詣が大変深く、文章は流れるように美しいので、Essayistとしていかに人の心を揺り動かしていることか」と、厨川流の文体に高い評価を下している。そして、劉大杰の翻訳意図は中国の「思想と文芸運動」が将来展開する方向を提示するために、先人となった日本人の仕事、とりわけ著名な厨川の仕事を紹介するという点にある。劉大杰においても、厨川の文体には惹かれているものの、翻訳意図は今後の中国の思想と文芸運動が進むべき路を提示することが主であり、それを伝える彼の文体は従である。

ところが、夏丏尊の「訳者序言」には厨川白村の文章に関する次のような記述がある。

> 厨川氏の本を私はほとんどすべてを愛読した。私が愛読したわけは彼の思想に惹かれたためばかりではなく、大方は彼の文章に惹かれたためである。厨川氏はessayに長けており、『象牙の塔を出で』の中で、かつて多くの文章に関する意見を述べており、私に愛好されたのである。本書の原文は、本来すばらしいessayであるが、残念なことに、私の訳文により、少なからず本来有する風格を減じてしまっている。

夏丏尊は厨川の著作を愛読した理由をそこに描かれる中身の思想性だけではなく、その思想性を表現する文章により多く惹かれていたのだと表明する。夏丏尊においては、魯迅も指摘した中国人の国民性にも日本人と同様の病が巣食っていること伝えようとする翻訳意図と、厨川のエッセイ風のすばらしい文章を中国語に移そうとする意図とが、同時に意識されている。

ところで論を日本語が理解できなかった知識人に転じるが、その前に、編末【参考資料1】に示した厨川白村著作の出版状況により、『苦悶的象徵』『出了象牙之塔』および『走向十字街頭』の発行部数を確認しておく。

魯迅訳『苦悶的象徵』は一九二四年一二月に初版が出て以来、三五年一〇月までに再版に再版を重ね計十二版を発行した。初版から第八版まで発行部数が計一八、〇〇〇部であることは確認されるが、第九版から第十二版までは不明である。しかし、北新書局が上海に移って以降の上海・北新書局の一回の印刷が二、〇〇〇部から三、〇〇〇部が基準であったことを考慮に入れると、九版から十二版の計四版で最低八、〇〇〇部が、総部数は最低でも二六、〇〇〇部が発行されたと推定される。そのうえ、中国最大手の商務印書館から出版された豊子愷訳『苦悶的象徵』（計三版までを確認）を加えると、『苦悶的象徵』だけでも最低三万部は刊行されたと推定される。さらに、魯迅訳『出了象牙之塔』は未名社版で二五年一二月の初版から三〇年一月の第五版までに計九、五〇〇部が、上海・北新書局（未名社より北新書局の方が、出版社として規模が大きい）版で三一年八月の初版二、〇〇〇部が発行されたことは確認されるが、三二年八月の第二版から三七年五月の第五版までの正確な発行部数は不明である。しかし、『苦悶的象徵』の場合と同様に、上海・北新書局は一回に二、〇〇〇部から三、〇〇〇部を刷るのが基準であったことを考慮に入れると、第二版から第五版の計四版で最低八、〇〇〇部が、総部数は最低でも一九、五〇〇部が発行されたと推定される。上海の啓智書局版、劉大杰訳『走向十字街頭』は二八年八月に初版、二九年四月に再版が出て以降、現在四種の第三版を確認しているが正確な発行部数は不明である。しかし、一回に一、〇〇〇部刷ったとして、一番遅い三五年六月の第三版までの計六版で最低六、〇〇〇部は発行されたと推定される。

このように数多くの厨川著作が翻訳されていた状況の中で、翻訳文体を通して厨川の著作を受け容れた知識人の代表に葉霊鳳がいる。葉霊鳳は「私のエッセイ作家――文芸随筆の二」（一九三〇・一二・二九付、所収『霊鳳小品集』）の中で、次のように語っている。

日本厨川白村氏の数種のエッセイ集は、中国に紹介されてから一時期おおいに流行した。しかし、中国の新文芸に及ぼした影響はその中の文芸に関する見解についてであって、その軽快な風格とEssay式の文体についてではない。このことは大変おかしなことだ。聡明な人ならもとより珠を買いその珠の入っていた櫝《はこ》は返すであろうが、時には「(取捨選択に際し)櫝を買って、珠を返す」ようなことがあっても構わないではないか。

ここの引用で、「厨川白村氏の数種のエッセイ集は、中国に紹介されてから一時期おおいに流行した」と言っているように、葉霊鳳がこの文章を書いていた一九三〇年一二月の時点は、出版の状況から見て確かに厨川の「流行」も下火に入った頃である。

さらに、【参考資料1】に示した厨川白村の著作の翻訳者たちのうち、初めは厨川を評価しながら、終には厨川という名前すら消え、厨川の文章を自分の一部に取り込んでしまった任白濤でさえ、彼の文章は「美しくかつ熱烈な情感文」、「詩にも似た散文」であり、「本書の生命である著者の豊富な情感を私は決して失わなかったということに対しては、私はおおいに自信がある」と表明している。事実、任訳『恋愛論』も逐語訳に近い部分に関して言えば日本語の表現形式を巧く伝えている。この事に関しては、筆者は次章で詳しく述べるつもりである。また、訳者「序文」「後記」を併載し、厨川白村の著作の翻訳を行った魯迅、夏丏尊、劉大杰の三人に関しては、彼らの翻訳意図を推し量ることができたが、訳者「序文」「後記」を併載しない羅迪先、樊仲雲、豊子愷、夏衍の残り四人も、それぞれの個性による訳文の差はあるものの、日本語をかなり逐語訳的に正確に中国語に移している。このような逐語訳的な文章から伝わってきた文章表現に対し、葉霊鳳は日本語が解らないにもかかわらず、厨川白村の文章を「軽快な風格とEssay式の文体」であると読み取ったのであり、注目すべきは彼がそこに描かれている内容にではなく、使用されている文体に着目しようと言っていることである。

また、葉霊鳳は前出の「私のエッセイ作家」の中で、魯迅訳『出了象牙之塔』「エッセイと新聞雑誌」の訳文の一節をそのまま用いて、魯迅の雑感文に厨川が主張するエッセイの長所を見出せることを次のように述べる。

魯迅の短い文章はまさに厨川白村が言うように「正面から人を罵っているかと思えば、あちらを向いて独りにやにや笑っているといったような風もある。不用意ななぐり書きのように見せかけて、実は彫心刻骨の苦心をした文章（厨川原文・貴い文字）である」。これがまさに魯迅の短い文章の長所である。

ここで魯迅を評するのに葉霊鳳が引用したのは、ラムのエッセイは「美しい『詩』もあり鋭い皮肉もあるのだ」に続く部分であり、イギリスにおけるジャーナリズムの発達と軌を一にして流行するエッセイという短い文章の特徴を示したもので、その中で厨川は日本人がユーモアを解さないこと、新聞雑誌が知識学問を得る道具となっていることが日本でエッセイの振るわない原因であると評定しているところである。以上のような葉霊鳳の厨川著作の受け取り方からは、厨川が忌憚のない「罵倒録」と言われるほどの国民性批判を繰り広げるのにはエッセイ風の文体が適切であったが、中国語に移し替え中国人の国民性批判を行う際にも、厨川流の軽快で流麗なエッセイ風の文体が有効であったことが見て取れよう。

厨川は『苦悶の象徴』「白日の夢」に動物園のライオン、肉親の転倒を例に挙げ、鑑賞には実際生活から離れた現実の凝視、現実の静観があってはじめて「一場の痛快な滑稽味として受取る」ことができることを書いている。翻訳された一連のエッセイを、鑑賞者である中国人は日本人のこととして軽く突き放し、静観凝視し、痛快なエッセイと読めたのは確かだろうが、知識人たる翻訳者たちのうち少なくとも魯迅と夏丏尊は中国人の国民性にも日本人と同様の病が巣食っていることを看取していた。また、劉大杰は厨川流の忌憚のない表現とエッセイ風の文体が中国の「人々の嗜好に合う」ことを見出し、夏丏尊と葉霊鳳は白村が著す思想性のある表現内容も然る事ながら、表現形式自体に価値を見出していた。

おわりに

以上の考察を通して以下の結論を導き出すことができる。

第一に、厨川白村の著書は翻訳書を除くと九作品に整理できる。この九作品のうち、死後出版の『最近英詩概論』以外の八作品が、民国文壇の八人の翻訳者によって十一種類の単行本となって翻訳紹介されていたことが判明した。また、『最近英詩概論』も翻訳刊行を実行しようとしていたことを明らかにしたように、当時は厨川白村の著作に対する翻訳熱が存在していた。さらに、【参考資料1】に示したように、翻訳書としては異色ともいえるほどの発行部数を記録したことで、民国文壇には厨川白村の著作を読み受け容れようとした多くの読者層も存在していたが明らかになった。

第二に、『苦悶の象徴』が民国文壇の知識人に与えた影響力は、まさに厨川白村現象と言えるほど大きく、特に、関東大震災以前の日本で、厨川が一世風靡していた頃、東京で旗揚げした「創造社」の郭沫若、田漢、鄭伯奇などのメンバーたちの受容は著しい。郭沫若の自作での模倣、田漢らの厨川訪問などから見て取れるように、若い中国の知識人たちが厨川及び彼の文芸論にいかに心酔していたが理解できよう。

第三に、厨川白村の翻訳書十一種の翻訳者八人のうち、翻訳「序文」「後記」を残しているのは四人（任白濤、魯迅、劉大杰、夏丏尊）である。そのうちの、魯迅、劉大杰、夏丏尊の翻訳意図は、厨川白村が繰り広げた日本人の国民性批判や文明批判に共感するところから発したものであり、厨川の国民性批判を対岸の火事とは見ずに、中国人の国民性にも日本人と同様の病が巣食っていることを伝えようとするところにあったことが明らかになった。また、もう一つの翻訳意図は、厨川白村の流れるように美しい文体で表現するエッセイ風のスタイルを、民国文壇の知識人に紹介しようとしたことにあったことが判明した。この点は、葉霊鳳のような日本語を理解できない知識人が、厨川流のエッセイ風の表現形式自体に価値を見出していたことを例示することで、翻訳者たちの意図が実現されていたと判断できることを導き出した。

（1） 日本で刊行の比較研究の論文に以下のようなものがあるが、他は終章に提示してある。
・工藤貴正「もう一人の自分、「黒影」の成立(上)・(中)・(下の一)・(下の二)」（大阪教育大学『学大国文』三八号・三九号、『日本アジア言語文化研究』二号・三号、一九九五・一および三、一九九六・一および三）
・小川利康「『橋』における方法論――周作人と廃名」（『蘆田孝昭教授退休紀念論文集　二三十年代中国と東西文芸』東方書店、一九九八・一二）
・工藤貴正「論『铸剑』〝哈哈爱兮歌〟的象徵性――對厨川白村、菊池寛、長谷川如是閑、奥斯卡・王爾德的思想形象的共鳴共感」（張嵩平訳、百家出版社『上海魯迅研究』一〇号、一九九九・一〇）

（2） 『厨川白村全集』六巻（改造社、一九二九・二〜八）

（3） 魯迅が入手した年月日は『魯迅全集』第一四巻「日記」（人民文学出版、一九八一）に、括弧内の魯迅所蔵本の版数は『魯迅手蹟和蔵書目録――第三巻外文蔵書目録』（北京魯迅博物館編、内部資料、一九五九・七）に拠った。また、『近代文学十講』は『魯迅日記』には、『文学十講』と記載されるが、これは丸山昇氏が「魯迅と厨川白村」（一九五八）で述べるように『近代文学十講』に間違いないと筆者も考える。また、『最近英詩概論』は『日記』には『近代英詩概論』と記されるが、『外文蔵書目録』には『最近英詩概論』として所蔵が確認され、『近代英詩概論』は『最近英詩概論』の記載ミスであると考える。ただ、魯迅が入手した一九二六年八月五日という日付と魯迅入手の『最近英詩概論』再版との日付確認が必要であるが、現在初版が一九二六年七月八日に発行されていることしか調査できていない。

（4）徐廼翔・欽鴻編『中国現代文学作者筆名録』（湖南文芸出版社、一九八八・一二）

（5）董健『田漢伝』「訪問厨川白村」（中国現代作家伝記叢書、北京十月文芸出版社、一九九六・一二）以下、厨川白村の訪問に関し、田漢・鄭伯奇に以下のような記述がある。

・田漢「致郭沫若」一九二〇・二・一八（『三葉集』上海亜東図書館、一九二〇・五／『田漢全集』一四巻所収「致郭沫若的信」花山文芸出版社、二〇〇〇・一二／『郭沫若全集』一五巻所収『三葉集』、人民文学出版社、一九九〇・七）

私は春休みに京都に鄭伯奇君を訪ね、福岡にあなた方を訪ねるつもりです。去年、ああそう、一昨年でした。私は松井須磨子が演じたHauptmann（ハウプトマン）の"Die versunkene Glocke"（沈鐘）を見て現実生活と芸術生活に衝突が起きるのを感じました。そして今にして思えば、Heinrichの苦悶とは、つまりあなたの苦悶のようなものなのでしょうが、しかし世の中にはいずれそのような苦悶ではなくなるのでしょう。The Sun is coming!（太陽は今まさに昇ろうとしています――『沈鐘』の劇中、ハインリヒの最後のせりふ）あなた方はそのような憂いの雲は振り払ってしまいなさい。みんなは言う苦しく辛い言葉は、こんな潑剌とした人生を暗黒で気味の悪いものにしてしまうので、わたしは逆に嫌になってしまう。さあ、もうこれくらいにしておきましょう。

・田漢「新浪漫主義及其他――覆黄日葵兄一封長信」（『少年中国』一巻一二期、一九二〇・六・一五／『田漢全集』一四巻に所録）

私がまず挙げた浪漫主義と新浪漫主義の特色は、本来前述で大略した通りでした。批評家は批評の都合上、いつもわざわざ多くの区分を設けますが、実際はそれぞれに自ら設けて分けた区分に苦しんでいます。一つの主義の下に、数ある作者の中から一二の巨匠の作品を撰びそれを解剖して、一二の特色を挙げて一律に全般としては、根本的にそのすべての周縁を保持することはできません。要するに所謂何々主義の思潮とは、私たち人の一生に起こる心理の変化のようなものなのです。厨川白村先生も彼の大著『近代文学十講』の第八講第一節「新しき努力の時代」という題で、近代文芸思潮の変遷を人の一生になぞらえていることは、大いに透徹しています。彼に拠ると――（……白村、第八講第一節「新しき努力の時代」の原文を訳した中国語約五〇〇字を省略……）。

白村先生のこの議論は、本当に人間味と芸術味を味わったことのある人でなくては、これほど懇ろには言えません。先月（三月）中旬、私は四日間京都を旅行し、伯奇君のところに泊まりました。私は九州に行く前の晩（すなわち一八日の晩）、伯奇君といっしょに岡崎公園そばの広い通りに白村先生を訪ねました。九時半まで心置きなく話し合って帰りましたが、私は彼に三、四個の重要な問題を尋ねると、すべてに大変満足のいく回答が帰って来ました。彼はわが国の新しい文壇に対し大いに期待していました。しかも私たちの『少年中国』の新しい芸術家は出来るだけ創作に従事し、心中にもし何か書きたいものがならば、その良し悪しは気にせず、すぐ書き出すことを希望していました。なぜなら思想により異なるからです。もしその創作を必要としないなら、その創作は評判を落としてしまいます。また翻訳事業は当然大切であり、自然主義を建設するのに最も多くイプセンのものを訳すこと、とりわけ私たちはロシアの Dostoievsky の作品を訳すことを推薦するとも言っておりました。彼の芸術はいつも社会改造を言っているが、何といっても個人から改造を始めるべきだとも言っておりました。彼の芸術は人に深い反省をさせることができます。日本の学者はいつも西洋の学者を自任するのを好みます。例えば、福田徳之はラッセル B. Russell を自任し、高畠素之はカウツキー Kautsky を自任しました。白村先生は先月日本の東西『朝日新聞』に『象牙の塔を出て』という随感録を発表し、最後にラスキン J.Ruskin を自任しておりました。私はすぐに白村先生が英国のラスキンを凌ぐと持ち上げることもできませんが、彼がそれほど闇雲に差し出がましいわけでもありません。彼はただラスキンがまず美術や文芸に腐心し象牙の塔に引き籠もり、その後象牙の塔を出て社会問題を一々論述した、優れた広い見地は世の中に重要だと言っているのです。ラスキンが『この後の者にも』という一書を出した時が四〇歳であり、白村先生も今年四〇歳になります。ラスキン氏のように文芸の範囲の外に飛び出たとは敢えて言うことはできないが、後に社会問題を一つ一つ論述するのは、今日の日本の社会の混沌を見て、実際に言葉を止めることができなかったからで、たまたま首を象牙の塔から出してちょっと言っているに過ぎないと、自ら述べているのです。彼はこのように言っていますが、彼の篤学熟考にして興味該博な態度と彼のような懇切にして謙虚な態度によりすでに平明で堅実な著書として、すでに「この後の者」に貢献することが少なくありません。

彼の前段の議論を分析すると――

（思潮）　　（人生）

浪 漫 主 義――二〇歳前後の情熱の時代（なくてもよい対象を求める）

自 然 主 義――三〇歳前後の煩悶の時代（現実にある対象を求める）

新浪漫主義――四〇歳前後の円熟の時代（あるはずの対象を求める）

こうして見ると、白村先生たちはすでに人生の円熟時代に達しており、私たちはまだ人生の情熱時代にあるのです。だから私は『詩人と労働問題』（『少年中国』一巻九期、一九二〇・三・一五――筆者）の中で、浪漫主義を賛美したところがあります。なぜなら思潮について言うなら私たちは二〇世紀の人なので、本来一九世紀初期以前の話はする必要がないのですが、人生について言えば、私たちは二〇歳前後の人なので、どうして三、四〇歳以後の話などする必要がありましょうか。私たちは熱烈奔放のすばらしい年齢を以って、煩悶・円熟の時勢にあたるのであり、この中間でどんな接合点を探し出すのでしょうか。このことが私たちの第一に思索すべき問題です。

しかし私たちは文芸思潮の変遷を人の一生に較べたら大いに違うところがあります。それが新浪漫主義の解釈です。上述の言い方に照らし、新浪漫主義の時代を人生四〇歳前後の円熟時代に喩えると、人々はきっと円熟とは老成の代名詞であり、老熟老成な時期を迎え、文芸でもそうであるし、人生でもそうであるのですが、もうじき朽ちて死んでしまうのだろうと考えます。前に旧浪漫主義の特色は動であり、新浪漫主義の特色は静であると言ったことがあります。例えば、止水は流れず腐水になってしまい、腐水は死水になってしまいます。ところがそうではないのです。白村先生はこれにも解釈を加え、先ほどと同じ引用文に続けて次のように言います——

（……白村、第八講第一節「新しき努力の時代」の原文を訳した中国語約五〇〇字を省略……）

現代の思想家はすなわちこうなのです。

こう言うと、現代思潮の根本的な情調を理解することが出来ます。彼らは旧浪漫派と同じように、宇宙の「青い鳥」に対して熱烈なる希求心があるのですが、しかしありもしない夢幻世界に漠然とそれを求めずとも、あるはずの現実世界に努力してそれを求め、実際彼らの新しい眼差しには、現実とは非夢幻である必要はなく、夢幻とは非現実である必要もないことを知っているのです。もし夢幻を二種に分けると、一種は無い夢を夢見る「睡夢」Sleeping Dream であり、もう一種はある夢を夢見る「醒夢」Waking Dream であり、そうすると、旧浪漫主義は眠っている時の夢のようなもので、新浪漫主義は醒めた夢のようなものです。

・鄭伯奇「憶創造社」（『文芸月報』一九五九／王延晞・王利編『鄭伯奇研究資料』山東大学出版社、一九九六・一二）

ある春の夜に、教授の閑静な客間で、田漢は多くの文芸上の問題を提示し、主客にはまだ違う意見があるようだった。しかし詳しい状況は今では全然記憶していない。

（6）郭沫若「致宗白華」一九二〇・三・三『三葉集』上海亜東図書館、一九二〇・五（所収『郭沫若全集』一五巻所収『三葉集』、人民文学出版社、一九九〇・七）

（7）郭沫若「論国内的評壇及我對於創作上的態度」『時事新報』「学灯」一九二二・八・四（所収『郭沫若全集』一五巻、人民文学出版社、一九九〇・七）

（8）郭沫若「暗無天日的世界（答弁）」『創造週報』第七号、一九二三・六・二三（所収『郭沫若全集』一六巻、人民文学出版社、一九八九・一〇）

（9）井汲清治「プロムナアド——（その三）厨川白村『象牙の塔を出て』『十字街頭を往く』」（『三田文学』一五巻四号、一

九二四・四・一）

※引用に関しては、旧字・旧仮名で書かれていた表記を常用漢字・現代かな遣いに改めた。

第三章　『近代の恋愛観』の受容を巡る翻訳者三人の差異

はじめに

民国文壇において、厨川白村の著作の中で一番のベストセラーになったのは、第四章で扱う『苦悶の象徴』であるが、日本においては、『近代の恋愛観』（改造社、一九二二・一〇・二九初版）であった。筆者が目にした実物は、一九二四年二月二四日発行の第一〇八版で、例えば、魯迅が入手したのが二五年の第一二一版であったようによく読まれていた。一回でどれだけ発行したかは未詳だが、例えば、白村の長男の故厨川文夫慶應義塾大学文学部名誉教授は、回想録「『近代の恋愛観』あとがき」（一九四六・一一・二二付）の中で、次のように書いている。

> 父は腸出血の持病を養うため、かねてから好きだった鎌倉に書斎を建てた。寒い京都の冬を避けて、静かな明るい鎌倉で研究や執筆をするつもりであったらしい。暖房の設備には小さな家に不相応なほど念が入れてあったからである。洋館の、松林に囲まれたこの家は、「近代の恋愛館」などと新聞のゴシップの種にもなった。父はこの家に「白日村舎」という門札をかかげた。

厨川文夫も述べた「新聞のゴシップ」とは、新聞各社が『近代の恋愛観』の売れ行きが好調で、印税で別荘を

(左)任白濤輯訳『恋愛論』上海学術研究会叢書部
(学術研究会叢書之六、1923年7月20日初版)
(中)任白濤訳訂『恋愛論』上海・啓智書局
(1926年4月以降版、改訂初版不明)
(右)夏丏尊訳『近代的恋愛観』上海・開明書店
(1928年9月初版)

建てたと吹聴していたようだが、それほどの発行部数があり、良く売れていたのだろう。また、終章で示すが、戦後日本で、厨川の著作が再版されたものは、管見の限りだが、『近代の恋愛観』(東京・苦楽社、一九四七・五初版/東京・角川書店一九五〇・四)、『近代文学十講』(苦楽社、一九四八・一初版/角川書店一九五二・三)、『苦悶の象徴』(東京・山根書店、一九四九・六初版)の三種類しか見つけることができなかった。逆に、日本人の知識人たる編集者が、歴史の変遷、時代の練磨の中で、評価したのはこの三種類だったということなのであろう。

本章では、『近代の恋愛観』について、民国文壇に現れた以下の三人の翻訳者の四つの訳書に考察を加えていく。

一　Y.D.(呉覚農)訳「近代的恋愛観」(『婦女雑誌』八巻二号、一九二二・二・一)

二　任白濤輯訳『恋愛論』(学術研究会叢書之六、上海学術研究会叢書部、一九二三・七・二〇初版)

　　任白濤訳訂『恋愛論』(上海・啓智書局、一九三二・一二第七版)

三　夏丏尊訳『近代的恋愛観』(婦女問題研究会叢書、上海・開明書店、一九二八・八初版)

本章の目的は、民国文壇において『近代の恋愛観』の翻訳者たちが、彼らの翻訳意図や目的の違いにより、どのように受容していたのかを考察することにある。そこで初めに、『近代の恋愛観』がどのような状況下の中国に移植され、どのように扱われたのかを検討する。そして次に、『近代の恋愛観』の翻訳者である任白濤には二種類の翻訳のあることに着目し、彼の翻訳意図を分析する。さらに、この任白濤の翻訳意図から派生して、『近代の恋愛観』が当時の知識人の興味を西洋近代の恋愛論の専門書へと誘う役割を担っていたことについて考察する。最後に、夏丏尊訳『近代的恋愛観』を例に、彼の翻訳意図と翻訳文体の関係について検討を加える。

一　日本における『近代の恋愛観』の流行と『婦女雑誌』革新への呼応
――呉覚農訳「近代的恋愛観」

『近代の恋愛観』は当初『朝日新聞』大阪版・朝刊第一面に、一九二一年九月一八日から一〇月三日まで十五回に亘って連載（『朝日新聞』東京版では九月三〇日から一〇月二九日まで二〇回に分けて断続的に連載）された。『朝日新聞』での連載終了後、厨川は『近代の恋愛観』での論の不足を『婦人公論』で別表のように補っている。そして早くも、同一九二二年一〇月二九日には東京・改造社から、上述した補論にすでに書き上げていた数篇を加えた『近代の恋愛観』の初版が刊行された。短期間のうちに再版を繰り返し、例えば、夏丏尊が入手したのは二四年二月九日付の第九八版、魯迅が入手したのは二五年（月日不明）の第一二二版であった[1]。

山川菊榮は「厨川氏は才人である。大陸文学が流行れば『文学十講』を、労働問題、社会問題が喧しければ労働文芸を論じ、モリスを語るという、意識的にか、無意識的にか、常に時流に投ずるに敏なる才人である[2]」と語る。ここで山川が「時流に投ずるに敏」だと言っている著作は『象牙の塔を出て』のことである。また、厨川自身も『再び恋愛を説く』「緒言として」で、「かの『近代の恋愛観』を目して、世の流行を追うて文名を売らんとする者の業なり、と蔭口を叩いた者のある事を知った。私も流行を追う程の利巧者と見られたかと思って、独り苦笑を禁じ得なかった」と語り、『近代の恋愛観』が「世の流行を追う」者の著作として処遇されていた一面があったことを物語っている。しかし、厨川にしてみれば、彼が恋愛論に着目していたのは二〇年前に大学院の研究題目とした「詩文に現われたる恋愛の研究」からのことで、その時からハヴロック・エリスの『新精神』『性的心理』『男女論』などを渉猟し、幾百頁かのノートを造っていたのだと弁明する。周囲が「時流に投ずるに敏」だと感じるということはそれだけ時代精神を汲み取るのにちょうど好いタイミングで厨川の著作が出現していることを表し、また彼はそれだけの時代を先見するような努力と準備を積んでいたということであろう。

日本における『近代の恋愛観』の流行を受けて、中国における『近代の恋愛観』の翻訳、紹介の早さには驚か

『近代の恋愛観』単行出版、東京・改造社、大正一一年一〇月二九日初版
原載『朝日新聞』大阪本社、大正一〇年（一九二一）

大阪版	東京版	大阪版・朝刊第一面の見出
九月一八日	九月三〇日	一　『ラブ・イズ・ベスト』
一九日	一〇月　一日	二　日本人の恋愛観
二〇日	二日	三　恋愛観の今昔
二一日	四日	四　愛の進化
二二日	五日・六日	五　ノラはもう古い
二三日	七日・一二日	六　ビョルンソンの作品
二四日	一二日	七　恋愛と自我解放
二五日	一三日・一四日	八　無批判より肯定まで
二六日	一五日・一六日	九　結婚と恋愛
二七日	一六日・一九日	十　人生の問題
二九日	二一日・二三日	十一　断片語（上）
三〇日	二三日・二五日	十二　断片語（中）
一〇月　一日	二六日・二七日	十三　断片語（下）
二日	二八日	十四　ゑぴろぐ（上）
三日	二九日	十五　ゑぴろぐ（下）

『婦人公論』（中央公論社）第七巻、一九二二年

一月一日（一号）
　今後婦人の行くべき道：愛の世界の再建
四月一日（四号）
　生活革新の理想：再び恋愛を説く
五月一日（五号）
　質問第一：前号恋愛論の続稿
六月一日（六号）
　恋愛と人生：恋愛論の続稿
七月一日（七号）
　恋愛と結婚と経済関係
八月一日（八号）
　一夫一婦と恋愛：恋愛論の続稿
九月一日（九号）
　恋愛と自由

される。一九二一年一月から『婦女雑誌』主編が章錫琛に代ると、恋愛・結婚・貞操観念問題、女子教育・性教育問題、婦人の職業問題、婦人参政権問題などの新しい知識の普及をめざす編集方針へと雑誌内容が革新され、二二年二月の『婦女雑誌』八巻二号にはY. D. すなわち呉覚農訳による「近代的恋愛観」が紹介される。

ところで、Y. D. を李小峰とする説と呉覚農とする説がある(3)。李小峰は「北新書局」を創設し、立場的には魯迅に近い人物で、彼が上海に移ってくるのは二七年四月以降のことであるという点。一方、『婦女雑誌』の革新に当たった章錫琛は二五年一月号で同誌に特集した「新性道徳」が原因となって論争に展開すると、彼は二五年の第八号を以ってその責任を問われ『婦女雑誌』から降ろされる。この処遇に不平を懐いた友人鄭振鐸、胡愈之の勧めで、章錫琛は二六年一月に「文明の先風を開く」という意味を採って開明書店を創設、上海宝山路三徳里の呉覚農宅で開明書店最初の雑誌『新女性』を創刊する。「婦女問題研究会叢書」は章錫琛等が組織した「婦女問題研究会」名義で開明書店から出版された叢書で、『新女性』とこの叢書の売れ行き好調につき、開明書店は宝山路宝山里六〇号に本格的に店舗を構えたという点(4)とを較べると、Y. D. は章錫琛に近い立場にいた呉覚農であろうと推定できる。

そして、呉覚農訳「近代的恋愛観」の翻訳底本は、時間的に当然単行本からのものではなく前掲した『朝日新聞』からの翻訳でなければならない。

また、一九二三年二月の『婦女雑誌』九巻二号には、やはりY. D. 訳、厨川の「恋愛と自由」が掲載される。この訳の底本には二二年九月一日の『婦人公論』七巻九号掲載の「恋愛と自由」と二二年一〇月二九日に初版が単行出版された『近代の恋愛観』所収の『再び

『婦女雑誌』第八巻第二号(一九二二年二月)

Y. D. 訳「近代的恋愛観」

一　最善美的恋愛
二　東方人的恋愛観
三　恋愛観的今昔観
四　愛的進化
五　古式的娜拉
六　恋愛与自我解放
七　従無理解的到肯定之路

恋愛を説く』「七　恋愛と自由」からのものが考え得るが、おそらくは再版を繰り返した単行本所収のものを使用したと推測される。

さらに、一九二三年六月の『婦女雑誌』九巻六号には任白濤が「本篇は私が最近厨川白村の著した『近代の恋愛観』を編訳した『恋愛論』の一章である」と注記した「愛と食の関係」が掲載されるが、これは原題が「恋愛と結婚と経済関係」である。そして、二三年七月の『婦女評論』九九期には同じく任白濤が「本篇は私が最近編した『恋愛論』の一章であり、厨川白村著の『近代の恋愛観』に拠ったものである」と記す「恋愛と生殖を談ず」が掲載されるが、これは厨川単行本『近代の恋愛観』所収の『三度恋愛に就いて言う』の「二五」を中心に、「二六」と「二七」までの部分が原作である。

ところで、呉覚農訳「近代的恋愛観」については、「訳文は、厨川白村の原著前半部の縮訳である(5)」とする説と、「訳者の語学力の問題も多少あったろう」が「原文の裁断、省略の仕方から、明らかに一種の意図が読み取れる。すなわち、中国に都合のいい部分だけは翻訳し、そうでないところは改竄か、あるいは思い切って削除する。そうすることによって、外国人の口を通し自分の言いたいことを勝手に言わせることができた(6)」とする説がある。筆者が比較検討したところ、どこの部分を対訳検討の中心にするかでだいぶ違っている。例えば、もう一つの呉覚農訳「恋愛と自由」は途中一段落と最終段落が削除されているが、全体的には「縮訳」というよりも逐語訳にかなり近い。「近代的恋愛観」の訳文は、確かに全体的、量的には「縮訳」なる言葉が適切である。しかし、「日本人の恋愛観」や「ノラはもう古い」の訳文は後者の説が核心を突いている。すなわち、一見原文それぞれの意味段落を要約し、中国語にまとめているように見えるが、細部にわたって見渡すと、かなり大胆にあるいは恣意的に中国の現実に照らし合わせる形での改編、改訳がなされている。また、『婦女雑誌』八巻二号に『近代の恋愛観』全体の六割を翻訳掲載して以降、九巻二号に「恋愛と自由」が掲載されるまでの間に残りの訳載はないので、呉覚農は原著の後半部に位置する「結婚と恋愛」「人生の問題」「断片語」「えぴろぐ」は扱いもしない上、本来第六節に位置していた「ビョルンソンの作品」も明らかに削除している。厨川は「えぴろぐ」で文芸において恋愛が主要なテーマ足り得る理由を述べているし、「ビョルンソンの作品」では同じノルウェーのイプセンとビョルンソンの恋愛劇の作風を対比するが、呉覚農にとって文芸と恋愛の問題は興味の対象ではなかったようである。

その点で興味深いのは、『婦女雑誌』を一九二二年の八巻三号から二三年の九巻二号の一年間で通観すると、八巻七号には本間久雄著・薇生訳「近代劇描写の結婚問題」が掲載され、イプセン『人形の家』『海の夫人』などと対比してビョルンソン『若き葡萄の花咲く時』が紹介されていることである。また、九巻一号には厨川白村著・施存統訳「ウルストンクラフト女士を憶う」が掲載され、厨川の「黎明期の第一声――ゴッドウィン婦人ウルストンクラフトを憶う」から彼女の婦人運動家としての経歴とその著書『女権擁護論』（一七九二年）が紹介されている。さらに興味深いのは、二二年二月に呉覚農訳「近代的恋愛観」が掲載され、二二年七月に本間久雄著・薇生訳「近代劇描写の結婚問題」を巡ってビョルンソンが紹介された。この順番、すなわち呉覚農が厨川著から「ビョルンソンの作品」を削除したため、中国では先に本間久雄経由で恋愛が近代文芸においていかに重要かを扱うビョルンソンを知ることになったことである。厨川経由でのビョルンソン紹介は本間経由の紹介からちょうど一年後に刊行された任白濤訳『恋愛論』の刊行を待たなければならなかった。

二　抹殺された厨川白村の恋愛観――任白濤訳『恋愛論』二種

【参考資料1】にも示した通り、任白濤訳『恋愛論』には二種ある。一種は上海学術研究会叢書部から「学術研究会叢書第六冊」として版権頁の奥付には「輯訳」と記され、一九二三年七月二〇日に初版本が発行される初訳本である。もう一種は、従来の二三年四月付の「巻頭言」のすぐ後に、「『恋愛論』の修正に関して」（一九二六・四付）という文章が追加され、その中で「以前この訳本の署名の下に『輯訳』という二字を加えたが、まったく適切でなかったので、今回は『訳訂』と改正した。いわゆる『訳訂』とは、私が訳した『恋愛心理研究』と同じであり、改訂したのは本の形式であって、決して本の内容を改訂した訳ではない」と説明する、上海の啓智書局から出版した改訳本である。

初訳本の『恋愛論』「巻頭語」でこの書物を中国に翻訳移入する意図を、任白濤は次のように語っている。

旧時代の道学者――良妻賢母主義者――がこの本を読めば、きっと氷のような冷たいシャワーを浴びるだろうし、新時代の青年――とりわけ軽佻浮薄の若者たち――がこの本を読めば、すぐさま素晴らしい教訓――恋愛の精神を理解する意義――を得ることができるだろう。言い換えると、この本は礼教家に対する頂門の一針であり、今流行りの人に対する心の医薬である。

もうすこし具体的に言えば、この本を読んだ後、いまだ恋したことのない人はどのように恋するかを知ることができ、すでに恋を経験した人はどのように恋を保持するかを知ることができ、恋ではないことを恋だと思っている人は虚偽的な、形式的な、売淫的な結婚生活を自覚することができ、失恋した人はさらに多くの殷鑑を得ることができる。

著者は文学者であり、大変情感に富んだ人である。そこで彼の作品――とりわけこの本――は、大部分が美しいかつ熱烈な情感文である。さらに幾つかのところは詩にも似た散文であるということができる。文章が拙劣な私のような者が、彼の文章の美しさを伝達しきれたとは正々堂々と言えないにしても、本書の生命である著者の豊富な情感を決して失わなかったということに対しては、私はおおいに自信がある。

ここから読み取れる、任白濤が『近代の恋愛観』を中国に移入しようとした意図は、「恋愛とはなにか」の「恋愛の精神」を理解させるための解説、指南書としての役割を見出した点にある。任白濤は厨川の作品に「この本は礼教家に対する頂門の一針であり、流行りの人に対する心の医薬である」ことを見出し、さらにいかに恋愛するかの答えを見出している。そして、任白濤が厨川の文体を「美しくかつ熱烈な情感文」、「詩にも似た散文」であると看取していた点にも注意を払う必要があるが、それがここでは自分の翻訳も情感豊であるという自負に転じている。次も「巻頭語」の文章である。

この本の内容からすると、『性倫理学』の本とも言えるし、『性道徳論』の本とも呼ぶことができる。しかし、これらの術語はいささか硬すぎるきらいがあり、私は『恋愛論』という名前がはっきりしていてしかも明瞭だと思う。

著者が序文の中で、世道人心を益するためにこの本を刊行したと言っているが、今私が再び彼に替ってよく解るように言えば、この世に恋人がいればできるだけ家族とさせ、この世に恋人が無ければなるべく家族とさせないというのが、この本の主旨である。

原著の編成はおおよそ三篇から成っている。第一に、芸術及び『詩』の心境を基礎として恋愛を説明し、第二に、生活上の実際的なこと及び社会道徳にねらいを定めて恋愛を説明するものである。この二篇は頗る系統的である。しかし、第三篇に至り秩序がいささか乱れてしまう。……(中略)……そこで、私は一人の読者として、同時にまた一人の翻訳者として、そこまで翻訳すると、自分の浅薄さを顧みず、原著をわずかに整えることにした。文章の前後で補えるものはそこで補ったが、少しも原著を損ねないようにすることに努めた。重複になる箇所は当然削除し、紙面ならびに訳者と読者の時間を節約した。このことも本を訳す人が本を著す人と訳文の読者とに対処する一つの忠実なる方法である、と私は考える。

この文章で任白濤は、『近代の恋愛観』が、『性倫理学』の本とも、『性道徳論』の本とも言え、世道人心を益する、特に男女の性的な関係を益する書、すなわち恋愛の精神に関する指南書として受け留められることから『恋愛論』と改題したことを述べ、さらに翻訳者の責任として、「重複になる箇所は当然削除し」、構成が煩雑なので自分流に「わずかに整え」たと述べている。これは明らかに原作の改訳であり、強く言えば改竄である。ところがこの改訳により概説的な指南書に改めた『恋愛論』は、任白濤の予想を超えて好評を博してよく売れたことを次の文章が物語る。

この小冊子――『恋愛論』は今度改版することになった。発行して数年の間に、続けざまに多くの版を重ね、大変多くの読者を獲得した。このことは実際私が最初には予測もしなかったことである。

これは一九二六年四月付の改訳本『恋愛論』に収める「『恋愛論』の修正に関して」の冒頭部である。任白濤は『恋愛論』の売れ行き好調に気をよくし、自分流の改訳に一層自信を深め、その後にさらに削除部を増やすことになる。こうしてできたのが任白濤「訳訂」の改訳本『恋愛論』である。

『近代の恋愛観』は縦組三五字一二行本文全三六八頁、夏丏尊訳『近代的恋愛観』は縦組三五字一二行本文全二〇七頁、任白濤の初訳本『恋愛論』は縦組三〇字一二行本文全八一頁、改訳本『恋愛論』は縦組三〇字一二行本文全六六頁である。任白濤が「わずかに整え」たとする初訳本でもかなりの削除が施されているが、改訳本は初訳本よりも一層、文芸と恋愛とに関する書籍・人物の紹介、そこに描かれる作品の内容を極力減らし、さらには厨川白村が独自の論を展開した「自己犠牲の精神」等をすべて削除し、任白濤の独自の視点で章節構成を改変し、大括りに纏めたものである。その削除した部分が増えた理由を、次に示す「『恋愛論』の修正に関して」の文章の中に見出すことができる。

厨川氏のこの本は、エレン・ケイ、カーペンター諸士の学説を骨子とはしているが、多くのところでエレン・ケイたちの学説と衝突している。このことはもしかしたら彼がエレン・ケイたちの本を仔細には読んでいなかったのが原因なのだろうと、私は思った。そこで、衝突する所——例えば彼は主張するがエレン・ケイの反対する「自己犠牲」——を私は今回すべて完全に削除した。

この本の原典は冊子もすこぶる厚く、私が訳し終えた当初は、訳文の量が大変少ないと思え、幾分加筆しようと想い、再度原書を続けざまに仔細に何遍も読んでみた。結果私のそのもくろみは完全に放棄されることになった。——実際これ以上加筆することができなくなっていた。今、改正するに当たって、私はまた幾分訳文の加筆を考えたが、結果はさらに初本の訳文を幾分削ってしまうことになった。——「繁雑にして不精緻」な本というのが日本式の書物に特有の欠点である。厨川氏の著作も当然この種の欠点を免れない。とりわけこの本の原典の構成は実際「乱雑で筋道が通っていない」ということができる。そこで、私は繁雑な部分を刪り簡潔にする工夫以外にも原典の編章の順序を整理して少なくしなければならなかった。——厨川氏のこの本は繁雑な欠点はあるものの、同時に彼は、例えばスタンダールとショーペンハウアーのような世間に名の知られる恋愛学説を少ない言葉で正確に紹介している。

厨川のこの本は「乱雑で筋道が通っていない」ので、「繁雑な部分を刪り簡潔にする」のだと削除、改訂の理由を表明するに至り、任白濤は「訳訂」版においては、もはや厨川の著作が彼自身の思想内容としてではなく、「エレン・ケイ、カーペンター諸士の学説」を紹介した著作として捉えている。さらには、任白濤は『近代の恋愛観』が「乱雑で筋道が通っていない」文章であるので削除・改訂は当然であるが、スタンダール、ショーペンハウアー、カーペンター、エレン・ケイ等の「世間に名の知られる恋愛学説を少ない言葉で正確に紹介している」書物、すなわち簡明な恋愛論の紹介書、案内書であるという認識への変更を明確に表明している。

ここで『近代の恋愛観』で重要なことは、確かにエレン・ケイと同様に「霊肉一致の恋愛観」を骨子にはしているが、「自己犠牲の精神」において厨川独自の恋愛観を呈していることである。それはイプセン『人形の家』のノラを例に、厨川は「結婚と恋愛との問題に就いて誰しも気附くことは、自我にめざめた近代人の個人主義思想と恋愛との関係である。即ち恋愛は飽くまでも対者のために身をも心をも捧ぐる自己犠牲の精神であるが、之に反して個人主義の方は、また飽くまでも強く自己を主張し肯定して、おのれの欲求の儘に自由に動こうとする思想だ」と述べる。そして、「ノラはもう古い」のは「嘗て個人主義のために恋愛を否定していたのは、まだ真の自我に目ざめて居なかったからだ。生活が浅薄であったのだ。だから現代の最も進んだ考へ方から言うと、恋愛の心境は即ち『自己放棄に於ける自己主張』self-assertion in self-surrender だと見られている。おのれの愛する者のためにおのれの全部を捧げることは、つまり最も強く自己を主張し肯定しているのである。恋人のうちに自己を発見し、自己のうちに恋人を見出したのだ。この自我と非我とのぴったり一致するところに、同心一体と云う人格結合の意義がある。それは即ち一方から言えば、自我の拡大であり解放である。此境地に到ってはじめて真の自由は得られる。小我を離れて大我に目ざめるからだ」とし、厨川の「自己犠牲の精神」は「完全なる自我の解放」に必須たるべき精神であると位置づける。確かに、厨川は恋愛に対し表現としての危うさを有する「自己犠牲」という言葉を用い、また恋愛を大上段に構えている。厨川においては恋愛は飽くまでも観念としての恋愛であり、人間性の自然本来の現象として日常生活に根ざし、日常生活の中に組み込まれた恋愛観ではない。

しかし、儒教的伝統の強い中では、まずこの観念の変革が必要であり、ここではこの観念の変革を図る一つの試みとして提示された厨川の「自己犠牲」の構図を理解しているかどうかが、『近代の恋愛観』を読みきれているかどうかの一つの鍵になる、と筆者は考える。確かに、「自己犠牲の精神」は他者から強制、強要を強いられる時、儒教的、伝統的な意識形態を再現する結果になりかねない。また、この「自己犠牲の精神」を厨川は「宗教家が求める解脱とか、大悟徹底とか、或は神の国、弥陀の浄土に達すると云う心境」と同じであると宗教的に説明する。しかし、任白濤は『近代の恋愛観』を「この本は、エレン・ケイ、カーペンター諸士の学説を骨子とはしているが、多くのところでエレン・ケイたちの学説と衝突している。このことはもしかしたら彼がエレン・ケイたちの本を仔細には読んでいなかったのが原因なのだろうと、私は思った」と読み取った。それは、近代西洋的な知識を偏重しその紹介に努めようとするあまり、エレン・ケイのような西洋的な恋愛観がすぐには生育する土壌のない儒教的伝統において、それを宗教的な絶対境地の精神と統合することにより独自の恋愛観への昇華を試みた、厨川の苦心、苦悶の思考脈絡とは微妙な違いがあった。任白濤には、このような西洋近代における近代性の持つ意義、そこから発生する近代的な恋愛観、表面的な現象としての「近代」はあるものの、あくまでも封建的な古い桎梏にまとわりつかれて、一朝一夕には実現できない、本当の意味での近代的な自由な恋愛、近代イコール西洋ではない「近代」、日本的な「近代」のあり方を模索しようとして苦悶苦闘していた、厨川白村における「近代性」のぶれには気づいていなかった。気づいていないというよりは、「近代」の意義を考えようともしていない。彼は「乱雑で筋道が通っていない」この本の思想は、誤訳や浅薄な解釈であるとし、その部分は意識的に切り捨てた。「そこで、衝突する所――例えば彼は主張するがエレン・ケイの反対する『自己犠牲』――を私は今回すべて完全に削除した」わけである。

一方、個人的自我の確立が達成されていない日本において、まして、「近代」とは何かと考え、西洋的な近代ではない「近代」のあり方を仏教的な考えとの融合の中で「個人の解放」を目指す試みを模索していた厨川は、「わたくしは曩《さき》に、ノラは既《も》う古いと言った。しかしそのノラの所までさえ行かない日本婦人の如きは、永遠に呪われたる者ではないか。嗚呼『ノラは既う古い』、これはまだまだ日本で言うべき言葉ではなかったかも知れない」という悲痛な叫びを発して結びとしている。

三　原著の概説書的機能性――スタンダール、カーペンターの「恋愛論」への展開

『近代の恋愛観』は、多くの西洋近代の恋愛論に関する書籍の紹介及びその著者の紹介を散りばめることにより、知識欲旺盛な青年・知識人たちを西洋近代の恋愛論へと誘う本来の意味での指南書、概説書的な役割も果たしている。この点に関し、中国におけるスタンダールとカーペンターの翻訳紹介を例に、厨川の著作がきっかけとなって専門書へ展開して行くケースを例示してみたい。

①スタンダールへの展開

任白濤は一九二四年四月付の「『恋愛論』の修正に関して」の中で、「いわゆる『訳訂』とは、私が訳した『恋愛心理研究』と同じであり、改訂したのは本の形式であって、決して本の内容を改訂した訳ではない」と語っているが、彼はスタンダールの『恋愛論』（一八二二・五）を改題して『恋愛心理研究』（斯丹大爾原著、任白濤訳訂、上海・亞東図書館、一九二六・五初版）として翻訳刊行している。任白濤が底本としたのはスタンダール著、井上勇訳『スタンダール恋愛論』（Ⅰ・Ⅱ、東京・聚英閣、一九二三・六初版）である。井上勇訳『スタンダール恋愛論』は全六〇章からなる。任白濤は底本の第一部全三九章を「第一　一般恋愛的心理研究」と小題して二六章に縮め、第二部の第四〇章から第六〇章までを「第二　恋愛心理之国別研究」の一〇章と「第三　零篇――女子教育論、結婚論、維特与約翰（ウェルテルとドン・ジュアン）、雑爾茲布爾的小樹枝子（ザルツブルヒの細枝）」とに整理した。任白濤『恋愛心理研究』は初訳本『恋愛論』「巻頭語」の中で語る「重複になる箇所は当然削除し、紙面ならびに訳者と読者の時間を節約した。このことも本を訳す人が本を著す人と訳文の読者とに対処する一つの忠実なる方法であると、私は考える」という翻訳姿勢に照らして、時には大胆に削除したり、全体を要約して纏めたり、逐

語訳したりして読者に解り易くしたものである。『恋愛心理研究』の「訳者導言」（一九二五・一一）で、任白濤はスタンダールに『恋愛論』という名著のあることを知るに至った経由を次のように書く。

一九二二年の春、私は日本厨川白村の『近代の恋愛観』を読んだ。開巻第二章の「日本人の恋愛観」（註：この一章は私の『近代の恋愛観』の訳本——『恋愛論』——では削除した）という標題の文章の中に『近ごろ日本で頻に性的生活に対する著述や翻訳が行はれるのを、わたくしは必ずしも悪い事だとは思はない。しかし単に性欲学の知識のみが普及されて、恋愛という人格関係の全的意義が明かにせられないならば、それによって人々の伝統的な（厨川原文——古来日本人の有する、傍線は筆者）偏見迷妄が一層甚しくなりはしないかを憂うるのである。西洋には昔から恋愛の心理を論究して、その霊肉両面に於ける種々相を闡明しようと試みた書物は甚だ多い。かの小説に批評に暢達流麗の筆を揮うて一世を驚かし、テエヌやゾラやニイチエの如き近代の文豪をして讃嘆措く能はざらしめた前世紀の才人スタンダールには、《恋愛論》の名著がある……』という一段があった。ここで私は『スタンダールの《恋愛論》』を脳裏に奥深くしまい込んだのである。翌年東京から購入したスタンダールの『恋愛論』の井上勇の訳本一冊を一通り精読して、厨川氏の簡単だが重みのある紹介にはまったく間違いが無かったことを知ったのである。

この「訳者導言」ではこのあと、スタンダールの「結晶作用」を中心に恋愛に関する解説が展開されるが、その過程で任白濤はエドワード・カーペンター、エレン・ケイの恋愛観に言及する。もちろん、スタンダール『恋愛論』の中に、スタンダールの死後に生まれたカーペンターとエレン・ケイに対する言説はあるはずもない。このことは任白濤が『近代の恋愛観』を精読、翻訳する過程で、この著作の中に、スタンダール（一七八三—一八四二）、エドワード・カーペンター（一八四四—一九二九）、エレン・ケイ（一八四九—一九二六）という人物それぞれに「恋愛論」に関する書物があることを認識したものであろうと推測するに難くない。エレン・ケイには[7]『恋愛と道徳』『恋愛と結婚』なる書物が、カーペンターには『恋愛の成熟期』（*Love's Coming of Age*）なる書物があることが『近代の恋愛観』では紹介されている。

②カーペンターへの展開

【参考資料】【参考資料1】で示した通り、樊仲雲は厨川白村著『文芸思潮論』を翻訳し、単行本として出版した人物である。彼はこのほかにも厨川著「創作論」（『苦悶の象徴』所収）、「病的性欲と文学」（『小泉先生そのほか』所収）、「労働問題を描ける文学」（『象牙の塔を出て』所収）、「文芸と性欲」（『十字街頭を往く』所収）を翻訳し、『文学週報』『小説月報』に掲載しており、かなり厨川白村の著作に注目していた人物である。当然、彼は『近代の恋愛観』にも着目していたと推定できる。樊仲雲は一九二七年二月に上海の開明書店から「婦女問題研究会叢書」の一冊として『カーペンター恋愛論』（*Love's Coming of Age*, by Edward Carpenter）を翻訳刊行している。興味深いのは、樊仲雲訳『カーペンター恋愛論』が「新性道徳」論争が原因で『婦女雑誌』主編から降ろされた、章錫琛の組織した「婦女問題研究会」名義で出版した「婦人女問題研究会叢書」の一冊として開明書店から出版されたことである。そして、日本語に長けている樊仲雲であるし、タイトルのネーミングも同じなので一九二一年五月に東京大鐙閣から刊行された山川菊榮訳『カアペンター恋愛論』を底本としているかと思いきや、どうもそうではないようである。

山川訳『カアペンター恋愛論』には、巻頭に「訳者より」という山川の解説が施されいる。そこには、(1)本書がかつて堺利彦が『自由社会の男女関係』なる題目で梗概を紹介したカーペンターの名著 *Love's Coming of Age* の全訳であること、本書がベーベル『婦人と社会主義』と並んで、社会主義婦人論の双璧であること、(3)同じ社会主義の流れを汲む理論とは言え、カーペンターのこの書は詩的、理想主義的な気分が濃厚であり、繊細な、行き届いた人情の観察、換言すれば、常識と独特の哲学的背景とを特徴とし、自由な感じと情味とに富んでいること、また、(4)カーペンターは、宗教家出身で手製の草鞋を穿いて耕作する菜食主義の田園詩人であり、個人的無政府主義の色彩をかなり多量に帯びているということが紹介される。一方、樊仲雲訳『カーペンター恋愛論』には、カーペンターの *My Days and Dreams* から訳された内容が「代序」として付けられている。そこでは、(1)一八九四年に社会主義思想普及のための組織であるマンチェスター労働印刷局から、『恋愛論』『女子論』『婚姻論』が印刷刊行されると販路も好調だったので、翌九五年六月にこの三種の小冊子に新しい材料を加えて『恋愛の将来』（*Love's Coming of Age*）としてフィシャー・アンウィンと出版の契約ができていたが、九五年一月、イギリスにおいて公然と中性問題を論じた『同性愛』というカーペンターの四冊目の小冊子を労働印刷局から非売品として出版したこと、(2)四月にオスカー・ワイルドが男色事件で逮捕されたのことが影響して、この出版契約は取り消され、結局九六年にまた同じマンチェスター労働印刷局からこの本の初版が出たこと、(3)当時〝まともな〟出版家は誰しもこの手の著作は出版したがらなかったが、あれから二〇年も経った一九一五年の現在ではこの手の類の書籍は瞬時に普及してこの本も時代遅れになったが、また教会のミサでは自分の本の一節が紹介されるまでになったこと、さらに、(4)このような内容の著作は本来女性が執筆すべきであるが、あの頃は自分の周りにそんな女性はいなかった。しかし今ではスウェーデンのエレン・ケイが恋愛、結婚、児童に関する書籍を著し、西洋世界に燦然と輝く存在になっていることが紹介されている。

また、本文でも山川訳には「中性」（原文：The Intermediate Sex）の問題、いわゆる「同性愛」問題を扱う章がないが、樊訳『カーペンター恋愛論』ではこの章が存在する。一方、山川訳には樊訳に章外に含まれる「人口の人為的制限に就て」の内容が存在しない。日本語訳と中国語訳を照らし合わせると、内容においては同じでも、表現において異なり、両者ともそれぞれに英文を底本とし、自国の移入に不必要な箇所は省いたようである。

四　国民性批判と厨川流エッセイへの共鳴――夏丏尊訳『近代的恋愛観』

夏丏尊訳『近代的恋愛観』は「婦女問題研究会叢書」の一冊として、開明書店から一九二八年八月に初版が発行されたものである。またここで、章錫琛を介して呉覚農、樊仲雲、夏丏尊という厨川の『近代の恋愛観』に関わる人物がつながってくるが、呉・樊・夏三者の横のつながりは今のところよく解らない。夏丏尊は同年四月付の「訳者序言」には「原著には短文四篇が附随しているが、全篇恋愛に関するものではなく、恋愛に論が及ぶところでも、論点は本文とあまり大差がない（その中の一篇『創作と宣伝』もまた任氏によって訳され、某雑誌に掲載されたことがある）。そこで割愛させて頂いた」と明言する。夏丏尊が訳したのは『三度恋愛に就いて言う』までで、『結婚式を評す』（二九四～三〇六頁、全一三頁）、『オビテル・スクリプタ』が（三〇七～三三九頁、全三三頁）、『かの一瞬を』（三四〇～三五四頁、全一五頁）、『創作と宣伝』（三五五～三六八頁、全一四頁）の四篇計七五頁を削除している。正確には夏訳『近代的恋愛観』は原著『近代の恋愛観』の完訳とは言えないが、原著『近代の恋愛観』に描く恋愛観の主要部は『近代の恋愛観』『再び恋愛を説く』『三度恋愛に就いて言う』までの「恋愛」を冠する三篇二九三頁までのおよそ一二三、〇〇〇字であり、夏訳『近代的恋愛観』は原著『近代の恋愛観』三篇の恋愛部を本文全二〇七頁およそ八六、〇〇〇字に訳した、恋愛部の完訳版といえる。

任白濤訳『恋愛論』が一人の翻訳家として黒子に徹し、厨川白村の著作の章節構成から一字一句の言葉に至るまで、本来あるものをあるがままに訳した翻訳ではないことを先述したが、夏丏尊はいかなる意図をもって原作『近代の恋愛観』恋愛部の完訳版を著したのだろうか。

夏丏尊は一九二八年四月付「訳者序言」の中で、厨川白村が日本人の恋愛感覚を批判したのを受けて次のように語る。

一方で性欲をのみ喋々し、他方で恋愛を劣情なり遊戯なりと見做すという、この二つの言葉を中国に移植すれば、この点に関しての中国の現状を診断することができるのである。近年来、青年は浅薄な性書に対しアヒルが群れをなして飛びつくように殺到し、肉の勢いが荒れ狂っているが、実質的には両性の関係に対し相変わらず軽薄な遊戯的な態度から脱し切れていない。頑迷な保守者の恋愛蔑視の固執に至っては依然としてもとのままであることは言うまでもない。このような時期に、厨川氏のこの本を紹介することは、同病の者に同じ薬を与えることになると言えるかもしれない。少なくとも好い調剤ではあろう。

上海図書館近代現代文献資料室の蔵書目録からだけでも、民国一〇～二〇年代に出版された頭に「恋愛」を冠する書籍を引くと、欧米・ソビエトロシア・日本からの翻訳書が二十数種に亘っていることを目にする。また、郭真『恋愛論ＡＢＣ』（上海・ＡＢＣ叢書社、一九二九・五初版）、『結婚論ＡＢＣ』（同前、一九二九・七初版）に代表されるように、ショーペンハウアー、スタンダール、トルストイ、カーペンター、エレン・ケイ、コロンタイ、ベーベル、ブラック等の恋愛・結婚観を軸に整理し、中国人の個人の著作としたものも二十数種が確認できる。

このような恋愛熱の状況の下、青年たちは興味本位の「性書」にのみ飛びつき「両性の関係に対し相変わらず軽薄な遊戯的な態度から脱し切れていない」し、「頑迷な保守者の恋愛蔑視の固執に至っては依然としてもとのままである」ので、「このような時期に、厨川氏のこの本を紹介することは、同病の者に同じ薬を与えることになると言えるかもしれない。少なくても好い調剤ではあろう」と夏丏尊は指摘している。

任白濤も初訳本の一九二三年四月付「巻頭言」では、原著『近代の恋愛観』を「この本は礼教家に対する頂門の一針であり、流行りの人に対する心の医薬である」と認識していた。ところが、任白濤のこの認識は翻訳という形では実現されなかった。彼は、改訳本二六年四月付「『恋愛論』の修正に関して」の中では次のように語る。

厨川氏は元来文芸批評家である。そこで「二言目には自分の本業の話になってしまう」ので、彼のこの『恋愛論』では、いたるところ近代文芸と恋愛の関係に触れている。私は文芸と恋愛の関係はおそらく天地開闢以来、密接な関係があるものであって、決して近代に限ったことではなく、それを一つずつ恋愛について論ずる専門書を列挙して例を挙げることは特に出来ないし、そうする必要もないと考えた。

任白濤は「近代文芸と恋愛の関係」を軸に展開される批評家としての厨川白村の発言をすべて削除し、そのうえ「日本人」という言葉もすべて削除したため、厨川が「日本人」と名指しで批判する箇所は全部抜け落ちてしまった。しかし、『近代の恋愛観』の恋愛部だけとはいえ完訳版を世に送った夏丏尊は、厨川が日本人の国民性改造が急務であることを主張したのと同様、中国人の国民性にも日本人と同様の病が巣食っていることを見出していた。

おわりに

本章では、民国期において『近代の恋愛観』が翻訳者たちの翻訳意図や目的の違いにより、どのように受容されたのか考察を行った。その結果、以下の結論を得ることができた。

第一に、『朝日新聞』に連載の「近代の恋愛観」を底本として『婦女雑誌』に翻訳掲載がなされた呉覚農訳「近代的恋愛観」について考察を行った。その結果、日本での流行を受け、一九二一年一月からの『婦女雑誌』の革新が呼応し、恋愛・結婚・貞操観念問題、女子教育・性教育問題、婦人の職業問題、婦人参政権問題などの新しい知識の普及をめざす編集方針に相応しい作品として二二年二月に紹介されたのが、厨川白村著・呉覚農訳「近代的恋愛観」であった。

第二に、任白濤訳の『恋愛論』が二種類存在することに着目して、彼の翻訳意図に考察を加えた。その結果、厨川は、『近代の恋愛観』は西洋近代の恋愛観を基礎として叙述しつつも、「恋愛に於ては、自我を否定することが更に大いなる自我の肯定である」とする「自己犠牲の精神」という言葉を用いて、日本における近代的西洋の恋愛観と儒教的伝統の生活土壌との融合を試みていたが、任白濤は改訳本『恋愛論』に至り、厨川の恋愛観の特徴である「自己犠牲」を削除して、厨川の『近代の恋愛観』をエレン・ケイ、カーペンター諸氏の学説の紹介をしている西洋近代の恋愛論の「指南書」として扱っていることが導き出せた。

第三に、『近代の恋愛観』が知識人の興味を西洋近代の恋愛論の専門書へと誘う役割を果たしていたことを考察した。その結果、任白濤訳『恋愛心理研究』と樊仲雲訳『カーペンター恋愛論』を提示し、この二冊の翻訳書が厨川の『近代の恋愛観』を閲読あるいは翻訳する過程で、その中に散りばめられている西洋近代の恋愛論に関する書籍を知り、その恋愛論の原作を中国に移植したものであって、このことから『近代の恋愛観』が本来の恋愛論の指南書としての役割を果たし、専門書へと展開をみせたことが判明した。

第四に、夏丏尊訳『近代的恋愛観』の翻訳意図と翻訳文体の関係に考察を加えた。その結果、夏丏尊が再び『近代の恋愛観』を翻訳した意図には、任白濤が削除した厨川白村の国民性批判の表現内容を正確に伝えようとしたと同時に、厨川の思想的な内容を伝える彼独自のエッセイ風の表現形式自体に価値を見出していたことが明らかになった。

（1）夏丏尊の入手版本は夏丏尊訳『近代的恋愛観』上海・開明書店、一九二八・九の「訳者序言」に拠り、魯迅の入手版本は北京魯迅博物館編『魯迅手蹟和蔵書目録――第三巻外文蔵書目録』（内部資料、一九五九・七）に拠った。

（2）山川菊榮「厨川白村著『象牙の塔を出て』」（『著作評論』一巻五号、一九二〇・八・一）

（3）Y.D.を李小峰とするのは徐廼翔・欽鴻編『中国現代文学作者筆名録』（湖南文芸出版社、一九八八・一二）で、Y.D.を呉覚農とするのは注（5）に示した西槇論である。

（4）呉覚農と「開明書店」の関係については、施蟄存「懐開明書店」（『沙上的脚迹』遼寧教育出版社、一九九五・三）、青野繁治訳『砂の上の足跡——或る中国モダニズム作家の回想』（大阪外国語大学学術研究双書二二、一九九九・一）、薛理勇主編『上海掌故辞典』（上海・辞書出版、一九九九・一二）に拠った。

（5）西槇偉「一九二〇年代中国における恋愛観の受容と日本——『婦女雑誌』を中心に」（東大比較文学会『比較文学研究』六四号、一九九三・一二）

西槇論文は、一九二〇年代における恋愛論の大衆化に厨川白村が大きく貢献していた事を論じる興味深い論であるとともに、「恋愛の自由」と「自由恋愛」なる言葉に端を発し、新性道徳論争へと展開した当時の状況を分析している。ただ、西槇氏は二三年二月の時点を捉え「厨川白村は日本の代表的な文学者として中国に紹介され、その文章は認められ、説得力を持っていたのである」と書くが、【参考資料1】にも示した通り、確かに『近代文学十講』はすでに翻訳刊行されていたが、筆者は「厨川白村が日本の代表的な文学者である」という認識が中国に広まるのは、魯迅訳の『苦悶の象徴』が刊行されて以降であると考える。

（6）張競「大衆文化での『恋愛』受容——厨川白村とエレン・ケイ」（『近代中国と「恋愛」の発見——西洋の衝撃と日中文学交流』岩波書店、一九九五・六）

張競論文では、①五・四時期の知識人たちは恋愛を最新の「思想」として受容しているが、一九二〇年代における恋愛は大衆の啓蒙、教化の段階にあり、あとは大衆生活のなかでの実践と普及だけを残す段階となっていたこと、さらに、②上海に代表される近代的な都市生活が現実となり、新興ブルジョア階級には文化的慣習として恋愛が必要とされており、女学生や中流家庭の主婦たち女性を読者層とした商業誌『婦女雑誌』で、恋愛受容の「第二の波」が繰り広げられたこと、また、③厨川白村著『近代の恋愛観』の受容に見られるように、西洋の言説を東洋的な例を引いて簡明に解説する日本という媒介を通すことにより逸早く伝播し、日本とほぼ同時代的にエレン・ケイは受容したこと、しかし一方で、④日本を経由したことにより中国ではケイは西洋の近代的な恋愛論を説く人物としてのみ扱われ、女性解放の先駆者あるいは母性尊重論や児童中心主義教育の提唱者としては評価されてはいなかったことを分析する卓見を示している。ただ、張競氏は「まず、厨川白村『近代の恋愛観』の翻訳が口火を切り、それにつづいてエレン・ケイの翻訳、紹介はいきなり銃乱射の模様となった」「最後に厨川白村の『恋愛と自由』の翻訳が掲載され、『自由恋愛』は『自由性交』を意味することが明らかになって、やっと一件落着した」と書くあたり、資料整理の雑駁さが目立つ。しかし、恋愛が知識人の儒教的家族制度批判の道具とされた時代から、二〇年代に至り都市型一般大衆の知的ファッションとしての恋愛受容の時代へ移行していく状況を提示している点は大変興味深かった。

(7) エレン・ケイの民国期の受容に関しては、白水紀子「『婦女雑誌』における新性道徳論――エレン・ケイを中心に」(『横浜国立大学人文紀要第二類　言語・文学』四二、一九九五・一〇)に詳しい。

白水論文では、エレン・ケイの中国における受容には本間久雄の功績が大きかったことを分析し、さらに、章錫琛、周建人、周作人らの知識人が一九二〇年代に展開、論争しようとした恋愛論の問題、すなわち「新性道徳論」に考察を加えている。

※引用に関しては、旧字・旧仮名で書かれていた表記を常用漢字・現代かな遣いに改めた。

第四章　魯迅訳・豊子愷訳『苦悶的象徴』の産出とその周縁

はじめに

魯迅は『苦悶的象徴』「序言」（一九二四・一一・二二付）の最後で次のように語る。

ここで私は、友人たちの多大なる援助に改めて感謝の意を表しておかなければならない。とりわけ許季黻君（許寿裳――筆者注）には英語を、常維鈞君（常恵――筆者注）にはフランス語を、彼がその上原文から『頸かざり』一篇を私のために訳出し巻末に附せ得たことは、読者の参考に供することにもなった。それから、陶璇卿君（陶元慶――筆者注）がわざわざ一幅の絵を画いてくれたことは、本書が凄艶な新しい装いを施すことになった。

ここで魯迅は、彼が訳した『苦悶的象徴』が友人のかなりの援助により刊行できたことを述べ、特筆すべき協力者として、昔からの友人である許寿裳は別として、新たに常恵と陶元慶の二人の青年を挙げた。『魯迅日記』（以下、『日記』と略す）には、一九二三年八月八日「午後、常維鈞来る、『歌謡』週刊一冊贈られる」と初めて常恵のことが記載され、「『有限の中の無限』訳者付記」（一九二四・一〇・一七付）の中では、フランス語ができない魯迅に代ってヴァン・レルベルグの歌を常恵が訳し、ボードレールの散文詩も彼に改訳してもらいたいと書かれている。

そこで本章ではまず、魯迅が自己の翻訳書に対してできるだけ多くの読者を獲得し、普及させるための工夫をどのように施したのかを提示し、その工夫の例を魯迅が書籍の構成と装幀にどれだけこだわっていたかに求め、魯迅と常恵、陶元慶との関係あるいは彼らに対する魯迅の思いを中心に提示したい。

七四頁や一二六頁の【資料】と【参考資料1】に示したように、魯迅訳『苦悶的象徴』は初版一、五〇〇冊を「新潮社」から、再版以降第十二版までを「北新書局」から二四、五〇〇冊ほど発行した。魯迅訳『出了象牙之塔』は、前五版までが「未名社」から九、五〇〇冊、後五版が「北新書局」から一〇、〇〇〇冊以上、前後合わせて十版でおよそ一九、五〇〇冊が発行された。このように、魯迅の翻訳書の普及には、「北新書局」を中心とし、「新潮社」や「未名社」という出版社が大きな役割を果たしていた。

そこで、次に、「北新書局」を中心とする出版業界と魯迅との関わりを提示したい。

最後に、豊子愷に関する最近の研究から、豊子愷が『苦悶の象徴』にかなりの思い入れがあったことが明らかにされている。しかし、実質的にはほぼ同時に発売された魯迅、豊子愷訳のそれぞれの『苦悶的象徴』だか、実際には当時の文壇へ働きかける影響力と実行力の差が、明らかにそれぞれの翻訳書の出版状況の差となって顕れている。魯迅はかなり意欲的に自らの『苦悶的象徴』の装幀と出版に情熱を注いでいるが、ここではもう一方の豊子愷が『苦悶の象徴』に出会った当時の状況を提示して、魯迅との違いを理解する一助としたい。

一　魯迅訳『苦悶的象徴』の産出とその周縁

相浦杲の許欽文「魯迅和陶元慶」（『新文学史料』第二編、一九七九）に拠る検証[1]、学研版『魯迅全集』の「訳注」の許欽文「『魯迅日記』のなかの私」[2]、さらには『魯迅生平史料彙編』「陶元慶」[3]などに拠ると、『日記』一九二四年一二月三日に「昼過ぎ、陶璇卿、許欽文来る」と書くが、この日が許欽文の推薦で紹介された陶元慶が魯迅に初めて対面した日であった、とする。

以下、魯迅の『苦悶の象徴』の入手の前後から翻訳『苦悶的象徴』が実際に刊行された一九二五年三月頃までの期間を、『日記』と『魯迅年譜』第二巻（増訂本、魯迅博物館魯迅研究室編、人民文学出版社、二〇〇〇・九）を参照して、『苦悶の象徴』に関わる記述と、常恵と陶元慶の記述を中心に追ってみる。

一九二三年　八月　八日　午後、常維鈞来る、『歌謡』週刊一冊贈られる。
　　九月一一日と一一月三〇日　常維鈞に手紙を寄せる。
　一二月一二日　螺舲、維鈞、季市、兪芬嬢、丸山に『小説史』を各一冊ずつ贈る。
　　　二八日　常維鈞に以前借りた小説二種を返す。
一九二四年　二月二九日　昼過ぎ、北京大学に講義に行く。常維鈞と、北河沿の国学専門研究所（北京大学研究所国学門
　　　——『全集』注より）に行きしばし憩う。
　　三月一五日　午後、常維鈞に『歌謡』週刊の表紙図案二枚を送る。
　　四月　四日　昼過ぎ、北京大学に講義に行く。常維鈞より『歌謡』週刊記念号二冊贈られる。
　　　　八日　東亜公司に行き、『文学原論』『苦悶の象徴』『真実はかく佯る』各一冊、計五元五角を買う。
　　五月一五日　午後、常維鈞を訪ね、一八日の結婚に『太平楽府』一部（二冊）を祝いに贈る。
　　七月　五日　馬幼漁、常維鈞に『中国小説史略』下巻一冊ずつ送る。
　　八月二八日　午後、常維鈞を来る。
　　九月二二日　夜、『苦悶の象徴』の翻訳に着手する。
　　　二六日　「『苦悶の象徴』訳後三日序」を書く。
　一〇月　一日　「『自己発見的歓喜』訳者附記」を書く。

三日　昼過ぎ、常維鈞に手紙を寄せる。
一〇日　夜、『苦悶の象徴』を訳了する。
一二日　午後、顧頡剛、常維鈞来る。
二七日　晩、H君来る、購入してくれた『象牙の塔を出て』『十字街頭を行く《（ママ）》』各一冊を渡される、計四元二角。
二八日　昼過ぎ、常維鈞に手紙を寄せる。
一一月二二日　夜、「『苦悶の象徴』序言」を書く。
一二月　三日　昼過ぎ、陶璇卿、許欽文来る。
四日　午前、常維鈞に手紙を寄せる。……（中略）……『苦悶的象徴』を校正する。
一〇日　新潮社に校正稿を送る。
一二日　東亜公司に行き、……『文芸思潮論』一冊……、計五元二角を買う。……（中略）……夜、『苦悶的象徴』を校正する。
一五日　『苦悶的象徴』を校正する。
三〇日　『苦悶的象徴』の印稿《ゲラ》を校正する。
三一日　午後、伏園来たりて、小峰宛手紙と校正稿を託す。
一九二五年　一月　六日　夜、『苦悶的象徴』のゲラを校正する。
七日　午後、新潮社に校正稿を送る。
九日　王鋳宛手紙「『苦悶の象徴』について」を書く。
一〇日　常維鈞に手紙を寄せる。
一二日　午後、李小峰に校正稿を送る。
一四日　『苦悶的象徴』のゲラを校正する。

一五日　午後、小峰に手紙とゲラを送る。
一七日　「忽然想到之二」（『華蓋集』所収）で、『苦悶的象徴』のゲラを校正していて、中国の書物の装幀に不満のあることを記す。
二〇日　午後、許欽文、陶璇卿に手紙を出す。
二二日　東亜公司に行き、『近代の恋愛観』一冊、二元を買う。
二五日　日曜、休み。昼食を用意し、陶璇卿、許欽文、孫伏園を招く。
二八日　李小峰に手紙と校正稿及び図版（挿画の銅版――『全集』注より）を送る。
二月　八日　夜、伏園来たりて、小峰宛手紙と校正稿を託す（おそらく『苦悶的象徴』校正稿の最終）。
一八日　『象牙の塔を出て』を訳了する。
二一日　午後、常維鈞に手紙を寄せる。
二七日　昼過ぎ、北京大学に講義に行く。午後、維鈞、品青、衣萍、欽文と小喫茶で閑談する。
三月　七日　午後、新潮社から『苦悶的象徴』一〇冊届く。
一〇日　新潮社から『苦悶的象徴』九冊届く。
一六日　「『陶元慶氏西洋絵画展覧会目録』序」を書く。
一八日　有麟来る、欽文、璇卿来る、衣萍来るが、皆会えず。
一九日　陶璇卿、許欽文来る。小座してから、いっしょに帝王廟に陶君の絵画展覧会を見に行く。
二二日　昼過ぎ、璇卿、欽文来る。
二八日　新潮社から『苦悶的象徴』一〇冊届く、……（中略）……『苦悶的象徴』四冊振鐸、堅瓠、雁冰、錫琛（章錫琛）宛に贈る。

以上から、魯迅訳『苦悶的象徴』の翻訳から出版を巡って、常恵と陶元慶とは綿密に連絡を取り合っていた経緯が見出せる。特に、昼食をもてなすほど、陶元慶には礼を尽くしている。以下、常恵訳『頸かざり』と陶元慶の表紙絵について言及したい。

1 常恵訳『頸かざり』について

魯迅が常恵に寄せた手紙の内容を確認したいのだが、最新版『魯迅全集』（全十八巻、人民文学出版社、二〇〇五・一一）を含め、どの版にも魯迅の常恵宛書翰は収録されておらず、魯迅が『苦悶の象徴』の翻訳着手後に送付した手紙の内容は確認できない。しかし、魯迅が常恵のために労を惜しまず果たした仕事が、学研版『魯迅全集』一七巻『日記』「一九二四年三月一五日の訳注」に以下のように説明される。

『歌謡』週刊は、一九二二年に設立された北京大学研究所国学門の一機関「歌謡研究会」の機関紙（編集者常恵、字は維鈞）で、各地方の歌謡、民間故事、童話、風俗、方言などの紹介をおこなっていた。魯迅がデザインした表紙は、北京大学成立二十五周年を記念した『歌謡』週刊記念増刊号につかわれるもので、この号は月に関する歌謡の特集であった。そのため、魯迅は空色をバックに三日月とそれに少しかかる雲、そして輝く星をちりばめた絵を描いた。題字は魯迅の指定で沈尹黙が書いたが、表紙左上には草書体で「月亮光光、打開城門洗衣裳、衣裳洗得白白浄、明天好去看姑娘」という童謡が書かれていた。北京大学の印刷所には亜鉛版も銅版もなく、職人が木刻で製版をしたため出来あがりは魯迅の原画とかなりかけ離れていたという（胡従経『拓園草』ほか）。

魯迅と常恵との関係は、常恵が北京大学仏文系に在学中に、魯迅の中国小説史を受講していたことに始まる。ここで、魯迅が彼の編集する雑誌の表紙図案を提供したこと、『日記』で、結婚の祝いを贈ったことを示したように、魯迅は常恵をかなり信頼していたことが判断できる。そこで、一九二四年九月二二日「夜、『苦悶の象徴』の

陶元慶作（『苦悶的象徴』表紙絵）

翻訳に着手」後すぐに、厨川が紹介する短篇『頸かざり』を魯迅が読んでみたいと考え、またこの翻訳書の読者にも読んでもらおうと考え、フランス語のできる常恵に翻訳を依頼しただろうことは、容易に想像のつくことである。このことからは、魯迅は彼の周囲に、彼の発想にすぐに応え支えてくれる人材に恵まれていたことが見て取れる。

魯迅訳版『苦悶的象徴』が、豊子愷訳版『苦悶的象徴』との対比において明らかな違いを印象づけるものに、ふくよかな裸婦を赤と黒の二色を基調に図案化した表紙絵と、厨川の原作にすら含まれないモーパッサンの短篇小説『頸かざり』（常恵訳）[4]の翻訳を加えたことがある。このことより、編集と装幀へ意匠をこらした魯迅の、書籍作成へのこだわりを感受することができる。

原作『苦悶の象徴』「第三　文芸の根本問題に関する考察」の「三　短篇『頸かざり』」は、まず冒頭に二〇〇字程度でこの小説の荒筋が紹介される。それは借り物のダイヤモンドの頸かざりを紛失した夫婦が、弁償のための負債償却に十年間倹約して借金を全部返済した時に、実は頸かざりが安価な贋玉であったと知る物語である。厨川はこの第三章第三節で、モーパッサンの作品の分析を「直接体験」と「無意識の心理」というキーワードを中心に、次のように展開する。①造りごとであろうと事実であろうと、直接体験であろうと間接体験であろうと、また複雑であろうが簡単であろうが、現実的であろうが夢幻的であろうが、文芸の本質からすれば問題ではない。問題とすべきは、それが象徴としてどれだけの刺戟的暗示力を持っているかという点にある。②この点において、モーパッサンのこの話の入手の手段が問題なのではなく、作家が驚くべき現実性をその描写に与え、巧みに読者を幻覚の境に引き入れて、その刹那生命現象の真を暗示し得た技倆に敬服させられる。モーパッサンの「無意識」心理にあった苦悩が、夢の如くここに象徴化されたればこそ、『頚かざり』一篇は立派な生きた芸術品として読者の胸奥に生命の振動を伝え得るのである。③自分の直接経験でなければ芸術品の材料にはならないと心得るのは誤謬であり、描かれた事象が立派に象徴として成功しているならば、その作品は偉大なる芸術的価値を持っている。それというのも、文芸は夢と同じく象徴的表現法を取っているからだ。④禁欲生活を送る坊主の恋の歌や、心理学者の説く二重人格・人格の分裂や、酒に酔っての失言などは、平素は抑圧作用のために無意識の中に押し込められ、意識の表面に現われなかったものである。平素は抑圧せられて無意識の圏内に伏在しているあるものが、純粋創作の文芸創作の場合にのみは、それが表面へ躍り出して自己意識と結び付いたものである。

以上の分析の現実感を読者に体現させるための効果として、魯迅は自らの翻訳『苦悶的象徴』の「附録」に常恵訳『頚かざり』を添付したのである。

2 陶元慶の表紙絵について

周国偉に拠れば、陶元慶の赤と黒の二色（版により二色から四色）を基調にした表紙絵は「一本の鋼のさすまたが一人の少女の舌をつき刺している。それが所謂〝人間苦〟の象徴である」[5]と説明されている。魯迅は、『苦悶的象徴』「序言」の最後に、「陶璇卿君がわざわざ一幅の絵を画いてくれたことは、本書が凄艶な新しい装いを施すことになった」と書いているが、この他にも、陶元慶と彼の画風について次のように述べている。

陶璇卿君は二十数年専心研究してきた画家であり、芸術の修養のために、去年はじめてこの暗褐色の北京へやってきたのであった。今日までに、北京へたずさえてきた作品および新たに制作した作品二十余点が彼の寝室にしまわれているが、誰もそれを知らない――ただし、もちろん彼をよく知っている人々を除いてはである――。

その薄暗くしまわれている作品のなかには、作者個人の主観と情緒がいっぱいにあらわれており、とりわけ彼が筆のタッチ、色彩および趣向にたいして、どんなに力を尽くし、心をくだいているかを見てとることができる。それにまた、彼がつとに中国国画に秀でた作者であり、それで固有の東洋的情緒がまたおのずと作品のうちから滲みでていて、独特の風格を醸し出している。しかしながら、これはまた決して故意によるものではない。将来、当然ながら神品の域に達するであろう……（以下略）(6)。

陶元慶君の絵画展は、北京で見たのが最初である。そのとき、こんな意味のことを言ったと思う。彼は新しい形、とりわけ新しい色で彼自身の世界を描き出す、そして、そこには中国古来の魂――もっと具体的に言えば、つまり民族性――が残されている。

この言葉は、上海でも改める必要はないとわたしは思っている(7)。

ここに挙げた後の引用に続けて、魯迅は、中国には自国三千年来の歴史や尺度から価値を計る「旧い桎梏」と世界の同時代的思潮に歩調を合わせ参加しなければ落伍するという「新しい桎梏」があることを述べるが、「陶元慶君の絵画には、この二重の桎梏がない。つまり内と外の両面で、いずれも世界の時代潮流と一つになり、そしてまた中国の民族性を失ってはいないからである(8)」と、陶元慶の画風をかなり高く評価している。

一方、当時、印刷コストと印刷技術の問題から、出版社はカラー印刷や美術作品の挿画などを収めると費用がかさむ図書の出版の際には、画質には手間を掛けなかったり、目次には挿画の存在が記されるのに実際には脱落したりする傾向があった(9)。魯迅はこうした出版社や編集者の対応と、出版社が営業営利重視から勝手に画家と交渉するというやり方に対して、一九二六年一〇年二九日と一一月二二日付「陶元慶宛」書翰の中で、次のように語っている。

『彷徨』の表紙はじつに力強く、見る人を感動させます。ところが、話によると、第二版の色は随分違っているとのことで、私は気分を害しています。上海北新の担当者は、こういうことにはまったく無頓着で、なすすべがありません。その第二版を私はまだ見ておらず、ひとの手紙で知らされたのです。(一〇年一二九日)

未名社が社の名義で絵をお願いし、それも数日中に画きあげてほしいしということだったそうですが、まったく困った話です。彼らも文学や芸術を研究している以上、これくらいの道理はわかっていなければなりませんが、実際にやっていることはこんなありさまでは、まったく歎かわしい。……(中略)……最近聞いた話では彼らは司徒喬に絵を頼んだということです。

まだ着手していらっしゃらなければ、とりやめていただいて結構です。画けていましたら、送ってください。一枚を本の第一頁につかえば、いっそう美しくすることができます。

つぎつぎに絵をお願いするばかりですが、まことに申し訳なく、また感謝しています。(一一月二一日)

以上の文章からは、魯迅が陶元慶の絵には全幅の信頼を寄せていたことが窺える。また、魯迅訳『苦悶的象徴』に彼の絵を表紙に用いたことは、「いっそう美しくする」という美術的効果もかなり意識した自信の装幀の図書であり、出版社の編集者が営業営利重視から陶元慶の絵を欲したように、魯迅自身が書物の売れ行きに強く配慮した翻訳出版であったことが読み取れる。

3　近代出版業社としての「北新書局」の成長——「新潮社」「未名社」及び「未名叢刊」との関連

魯迅は『創造季刊』二巻二号(一九二四・二・二八)に掲載の成仿吾「『吶喊』の評論」をきっかけに、かなり意識的に西洋近代文芸思潮と文芸創作上の流派に対する問題認識を深めようとしていたことが『日記』「書帳」の変化から推測できるということを、筆者は何度か指摘してきた。[10] そしてこの問題意識が、厨川白村の遺稿『苦悶の象徴』の購入（一九二四・四・八）→『苦悶の象徴』の翻訳開始（一九二四・九・二二）→『苦悶の象徴』の訳了（一九二四・一〇・一〇）→『苦悶的象徴』の初版（一九二四・一二）→『苦悶的象徴』の実質的販売（一九二五・三）に見られる、出会いから出版まで一年足らずという反応と対応の素早さに繋がっているとも考えている。

ところで、魯迅訳『苦悶的象徴』は扉頁には「初版」が一九二四年一二月に一五〇〇冊を五角で市場に流通させたことが、巻末には魯迅が書いた「未名叢刊とは何か、どのようなものとなるのか」があり、その中で、本書が「未名叢刊」の一つとして刊行されたことが記されるが、出版・発行社名がない。ただ、「『苦悶的象徴』広告」（一九二五・三・一〇『京報副刊』初載、所収『集外集拾遺補編』）には、「初版」印行が「北大新潮社代售」であると記される。二六年三月の「再版」以降は「北新書局印」と明記されている。これは、上海図書館の蔵書で確認済みである。

また、魯迅は一九二四年一二月段階ではまだゲラ校正をしており、実際に「初版」が発行されたのは二五年三月である。『日記』にも二五年三月七日「午後、新潮社から『苦悶的象徴』十冊届く」、一〇日「新潮社から『苦悶的象徴』九冊届く」、二八日「新潮社から『苦悶的象徴』十冊届く」とある。「新潮社」、「北新書局」、「未名社」及び「未名叢刊」の関係がやや複雑であるが、魯迅とこの三つの出版社との関係を整理することで、[11] 魯迅が中国出版業界の成長にどれだけ寄与し、またどれだけ強い影響力を持っていたかが確認できる。

① 「新潮社」について

一九一七年から一八年秋にかけて、北京大学の学生傅斯年、顧頡剛、羅家倫、潘家洵や徐彦之等が、新思想を宣揚し、文学活動を展開するための雑誌創刊に向けて会合し、討論してきたが、経済的に困難で長い間実現しなかった。その後、彼らの考え方は北京大学文科学部長の陳独秀の支持を得て、学校が印刷費用を負担することで出版物の創刊に漕ぎ着けた。そこで多くの執筆者と連絡を取り、一八年一〇月一三日に第一回会議において、顧問には胡適を招き、年間十期を発行し、五期ごとを一巻とする雑誌『新潮』を創刊することを正式に決定した。『新潮』創刊号は一九年元旦に李大釗や陳独秀などの著名人の文章を掲載し出版され、第五期まで続く。その後、五四運動が高まったことで大学が休校となり、メンバーのデモ行進参加などが重なり編集出版が継続できず停刊。北京大学の授業再開後の一〇月一日に第二巻第一期として復刊。一一月一九日の第一回全体社員大会で「新潮叢書」の発行を決定。二〇年八月一五日の第二回全体社員大会で新潮社を正式な学会とする決議が通過。二二年三月の第三巻第二期を以って停刊となる。

後期の新潮社は、魯迅の影響と指導の下、文芸書を出版することで自力更生を図ることとした。一九二二年冬、前期新潮社のメンバーの中で、孫伏園、李小峰、宗甄甫たちだけが集まっては、新潮社をどのようにして再興させるかを相談していた。同年一二月、彼らは魯迅と周作人に意見を求め、文芸書の出版に重点を置くことに決定し、まずは「新潮文芸叢書」（魯迅訳・愛羅先珂原著『桃色的雲』、魯迅『吶喊』『中国小説史略』、謝冰心『春水』など）のシリーズを編集することになった。周作人はもともと新潮社の主任編集員であったので、彼にこの叢書の主編になってもらい、孫伏園が原稿依頼、李小峰、宗甄甫は出版と発行の事務を主管し、すべての計画と企画にはできるだけ魯迅の意見を取り入れることにした。簡単な打ち合わせにより、魯迅、冰心、周作人等の翻訳作品集を計六種類選定した。二三年春から二四年末までに、新潮社は合わせて十二種類の新書を出したが、このことは魯迅の多方面に亘る賛助と切り離すことはできない。経済的な困難を解決するために、魯迅は印刷費二〇〇元を自発的に立て替え払いしたり、書籍に入れるカラー挿画のために、周建人に依頼して上海商務印書館に印刷原版を作らせ、北京に取り寄せて使用したりしていた。そのうえ、率先して新潮社の書籍を予約注文し、一度に五冊を購入したり、原稿を提供したばかりでなく、一連の叢書のために時に表紙や装幀などを入念に設計したり、何度も校正を繰り返すなど多くの労力と心血を注ぎ、後期新潮社に絶大な支持を与えた。

一九二四年一一月一七日、魯迅は『語絲』の創刊を支持し、孫伏園などの関心も『語絲』へと移ったことから、新潮社の出版業務への関心は薄れていった。二五年三月、北新書局が成立し、新潮社の出版業務は北新書局が代行するようになる。

②「北新書局」について

北新書局は、一九二五年三月一五日、李志雲、李小峰兄弟によって、北京大学の近くの東城翠花胡同一二号に開設され、魯迅訳『苦悶的象徴』の出版発行をしたその日が開店の日となった。店舗開設当初は、店の入り口には北京大学の「北」と新潮社の「新」の字を取って名付けた〝北新書局〟の額があるだけで、室内には幾つかの木製書籍箱と、販売書籍として『吶喊』の一種が陳列されていただけだった。また、「未名叢刊」もこの『苦悶的象徴』の出版発行の時に正式に成立した。開店後も、魯迅とは常に話し合って指導を受けており、開設当初は魯迅の支持の下、新文芸の書籍の出版を主として新文化の伝播のために積極的な役割を果たし、魯迅は北新創設初期の働きに大いに好感を抱いていた。店舗が北京大学に近かったことから、北京大学教授の魯迅、周作人、劉半農、林語堂、孫伏園等が原稿を提供したが、他には、銭玄同、江紹原、章衣萍、王品青、韋素園、馮沅君、兪平伯、顧頡剛、李霽野、張定璜、章廷謙が寄稿した。魯迅の最初の研究書『中国小説史略』(合冊本、一九二五・九再版)や『小説旧聞鈔』(一九二六・八初版)などが次々に出版発行されたり、多くの著名な作家の寄稿を受けたりと、北新書局の商売は次第に勢いづき、一定の発展を遂げた。

しかし、北新書局は、徐々に利潤中心に傾くようになり、詩歌や戯曲はいうまでもなく、新しい訳者の翻訳はあまり歓迎しなくなった。その頃の状況について魯迅は「韋素園君を憶う」（編末奥付、一九三四・七・一六、初載『文学』月刊、三巻四号、一九三四・一〇、所収『且介亭雑文』）の中で、次のように回想している。

その頃、私はちょうど小型の叢書を二種編集していた。一つは、『烏合叢書』でもっぱら創作を収録し、もう一つは、『未名叢刊』でもっぱら翻訳を収め、二種ともに北新書局から出版していた。出版社と読者が翻訳書を嫌うのは、その頃も今もまったく変らなかったので、『未名叢刊』はことのほか見放されていた。折りしも、素園たちが外国文学を中国に紹介したいと考えていた矢先だったので、李小峰と相談して、『未名叢刊』を移して、数人の同人で独自でやることにした。小峰は二つ返事で同意した。そこで、この叢書は北新書局を離脱した。原稿は私たち自身のものだったので、別に印刷費を工面すれば、すぐに始められた。

『日記』の一九二五年一〇月一八日には「夜、素園、静農、霽野来たる。印刷費二〇〇元を払う」とあるが、「未名叢書」として、未名社が最初に印刷出版したのは、同年一二月初版の魯迅訳・厨川白村著『出了象牙之塔』である。

一九二六年の「三・一八」事件後、北新書局は北洋軍閥の取り調べを受け、翌二七年一〇月に封鎖されるなどの状況の下で、魯迅も北新書局も北京（正確には北平）を離れ、南下することを余儀なくされるが、北新書局が北京から上海へと移行する経過を、陳樹萍『北新書局与中国現代文学』(12)の資料を参考に、筆者なりに整理すると次のようになる。

一九二六年六月、北新書局はまず上海宝山路宝山里七七号に、北京から十二箱の書籍を運び込んで支店を構えた。二七年一月、発行と編集を二つに分けて、発行所を上海中心部の四馬路（現、福州路）中山東路西に、編集所を北河南路底富慶里においたが、二月、正式に四馬路に移転し営業を始める。二七年四月、李小峰が北京を脱出し上海に移り住み、魯迅も一〇月に上海にやって来ると、魯迅の仕事のとりなしを殆んど彼がしていたため、一一月に北新書局は上海支店を上海総本店に改め、魯迅書籍の出版により順調に売り上げを伸ばし、商売は大きく発展した。二八年三月、四馬路店舗の改築にともない、五馬路棋盤街口の豫豊酒菜館の階下に販売所、新聞路仁里に編集所をおくが、一〇月に改修が済むと四馬路に戻り、二九年四月に、編集所は北河南路七浦路二八八号へ移転する。三三年四月段階で、北新書局は従業員五〇余名、営業総額三一万数千元と伸展し、三四年には、四馬路三五三号の杏花楼酒家に店舗を移し、杏花楼の西側四馬路三六九号のビルを丸ごと賃貸し、一階を小売部、二階を卸売・通信販売部及び編集部とした。さらに、西宝興路の源源里には、倉庫と職員用宿舎を設けるなどし、商務印書館、中華書局、世界書局などの大手出版社が競い合う上海において、ようやく出版業としての態勢が整うこととなった。

陳樹萍に拠れば、北新書局が一九二五年三月一五日に開店してから二七年一〇月二七日に封鎖されるまでを北京時期とし、二七年一一月一六日発行の『北新』二巻二期で「北新書局緊要啓事」と題し、北京で北新書局が封鎖され、『語絲』が発禁となったことを伝え、一一月二〇日発行の『語絲』一五五期が上海・北新書局の発行となり、同時に上海支店が上海総本店に格上となった時点から三七年七月七日の日中戦争の開始により営業を停止するまでを上海時期と区分する。

一方、北京・北新書局は東城翠花胡同一二号に開設されたのち、二六年秋に翠花胡同西口南首に、二七年春に東廠胡同西口へと移転し、封鎖されてからは楊梅竹斜街に店舗を移し支店とした。北京支店はその後も、琉璃廠や東皇帝城根と店舗を移しながらも営業を続けた。

③印税未支払い問題

魯迅は、一九二七年一〇月三日に上海に到着、以降上海定住後には、北新書局のために『語絲』及び『奔流』の編集にあたる。二九年夏、北新書局に印税に関して、魯迅は何度も法廷で審問することを要求するが効果がなかった。『日記』には、八月一二日「午後、張友松、党家斌を訪ね、一人を誘い、弁護士の楊鏗を訪ねる」、一三日「友松、家斌来る。晩、二人に楊弁護士を訪ね、北新書局からの印税取り立の権限を委ね、その必要経費二〇〇元を支払うように頼む」と記し、その後、一四日、一五日、一六日、二三日、二四日にも、印税取り立てに関する交渉が楊弁護士との間で交わされ、二五日「日曜。晴、暑し。昼過ぎ、修甫（党家斌の字——筆者）と共に楊弁護士宅に行く。午後、そこで協議し、印税についての相談がほぼ纏まる。出席者は李志雲、小峰、郁達夫の計五人。雨。」と記す。さらに、二八日には、南雲楼で夕食を共にした際に「食事の終わり近く、林語堂、皮肉を言う。すぐ反駁するが、相手も譲らず、鄙相悉く現る」と記す。

この間の事情に関し、郁達夫は、今回の印税問題の請求や訴訟を、北新側が二八年に春潮書局を設立した魯迅のかつての学生、張友松と友松の中学時代の同級生の黨家斌の挑発によるものだと考えていて、このことを聞かされていた林語堂が張友松の名を挙げて発言したのがきっかけで、魯迅と林語堂が険悪なムードになったことを回想し、このことは「魯迅の誤解に基づく」と周作人に手紙で伝えている（郁達夫『回憶魯迅』）。

ところで、楊鏗弁護士は、一九二八年に前後して発布された『中華民国著作権法』と『著作権施行細則』に基づいて次のような調停を行い、双方合意した。

（1）北新書局は図書の印刷用紙型を魯迅に返却すること（郁達夫、章廷謙（字・矛塵、筆名・川島など）を証人とする）。

（2）北新書局は長年に亘る魯迅への未支払いの印税を十一カ月に分けて清算する（楊鏗弁護士が担当する）。

（3）双方が改めて契約を結び、『著作権施行細則』に拠り、印刷出版の際には、印税印紙の添付を実施する。

協議第(1)項目は、八月二八日に実行される。李小峰が紙型を届けに来て、郁達夫、章廷謙が保証人となって、回収費を五四八元五角と見積もった。第(2)項目は、北新書局は今年度の残り四カ月の内に、長期未支払の債務、およそ八、三〇〇円（一九九九年、人民元二九万元相当）を魯迅に返済し、さらに、三〇年に引き続き、未支払い印税、およそ一〇、〇〇〇円余（同、四〇万元余相当）を追加返済している。ちなみに、楊鏗弁護士に手数料として、前後して支払われた費用はおよそ二、〇〇〇元である。(13)

④未名社と「未名叢刊」について

一九二五年夏（八月三〇日――『日記』）、魯迅は来訪した韋素園、李霽野、台静農、韋叢蕪（素園の弟）等に未名社の設立を提案、一〇月一八日に魯迅は運営資金として印刷費二〇〇元を出資（魯迅は計四六六元一角六分、その他の同人五人韋素園、李霽野、台静農、韋叢蕪、曹靖華はそれぞれ印刷費五〇元）して共同で未名社を創設し、北京新開路五号の韋素園のアパートの一室を事務所として活動を始めた。「未名」とは、未だ名前を決めかねているという意味であり、未名社は何の宣言も綱領も規定もなく、魯迅は「『中国新文学大系・小説二集』導言」の中で、未名社は外国文学作品の翻訳紹介を事業の中心にしたと語っている。その未名社が最初に印刷発行したのが、二五年一二月初版の、魯迅訳・厨川白村著『出了象牙之塔』であった。その他に、未名社から出版した魯迅の著作と翻訳は、『墳』『朝花夕拾』『小約翰』がある。

未名社版『出了象牙之塔』未名叢書

一九二六年一月一〇日、『莽原』が半月刊として創刊され、この年に馬神廟西老胡同一号へ転居している。『莽原』は計二巻四六期を刊行し、二七年一一月二五日で終刊。『莽原』に魯迅は雑文「論〝費厄潑頼〟応該緩行」(「フェアプレイ」はまだ早い)や小説「眉間尺」をはじめ、作品と翻訳合わせておよそ四十篇を発表している。

一九二六年八月に魯迅が北京を離れ南下する以前、未名社の査読や編集の仕事は魯迅がしていたが、南下後は、韋素園、李霽野などが主に担当した。二八年一月一〇日、『未名』半月刊創刊、計二巻二四期を刊行し、三〇年四月三〇日に終刊した。

一九二八年、李霽野が翻訳したソ連の文芸理論の著作『文学与革命』(トロツキー著)を印刷発行して、一部を済南第一師範の未名社書籍刊行物代理販売所に分けて送った。そのために、山東軍閥の張宗昌と北京軍閥の張作霖とが結託し、張宗昌は張作霖に打電すると、張作霖が前面に立って四月七日の早朝未名社を閉鎖し、李霽野、韋素園などは逮捕された。一週間後、韋素園は病気を理由に出獄するが、李霽野などは関係者の斡旋、救済により、五〇日後に釈放された。七月、魯迅は改訂本『墳』の再版と韋素園の訳著『黄花集』の準備をして北京に送り、さらなる未名社の文学事業の発展のために同人たちを励ました。一〇月、未名社は北京景山東街に出版部と書籍販売所を開設し、また当局に指名手配されていた王青士と李何林を受け入れ、未名社の仕事に参加させた。以降、ここの書籍販売所が未名社に身元引き受けの資格を持たせ、当局に検挙されていた共産党員や青年十余名を保釈させる責任を負うことになる。

一九二九年五月、魯迅は上海から母親を見舞うべく北京を訪れた際、三度未名社を訪れ同人たちと仕事の打ち合わせをし、また、西山福寿嶺療養院に肺病の韋素園を見舞っている。三〇年以降、李霽野は天津河北女子師範大学で教職に就き、韋素園は病気療養中のまま、魯迅、曹靖華は北京から遠く離れ、その結果、出版事業は管理が粗雑になり、経済的に大きな損失を生じていた。八月中旬以降、未名社の運営は韋叢蕪に任された。

魯迅は、北京を脱出した一九二六年八月二六日から、およそ二カ月後の一〇月四日の「韋素園、韋叢蕪、李霽野宛」書翰の中で、次のように書いている。

上海滞在のおり、章雪村（「開明書店」の章錫琛のこと――筆者）に会いました。彼は『未名叢刊』を（おそらく上海方面だけで）一手に販売したいと言っていましたが、私はみんなに相談しなければならないから、と言って承諾せず、以後はその話はしませんでした。最近彼から手紙が来ませんでしたか。彼の書店は、たぶん比較的信用できる方です。しかしこの話を承諾すべきかどうかは、やはり北京で決定すべきです。

魯迅と「開明書店」の章錫琛との接触をきっかけに、韋叢蕪は開明書店の関係を深めるわけだが、彼は、以前から未名社の金を私的に流用したり、数冊の本の版権を開明書店に渡したりして、他の同人たちとの意見や行動の食い違いがますます大きくなっていた。このような状況の下で、韋叢蕪が未名社の名義で開明書店と契約を結び、同人の著訳書の印刷、発行に関する事務を開明書店に委託した旨、魯迅もこの開明との規定を守るようにとの手紙をうけた。そこで魯迅は一九三一年五月一日「午後、韋叢蕪より手紙、すぐ返信、同時に未名社脱退の声明をする」と反応した。その後その他の同人も前後して離散し、未名社は解体することとなった。

以上の内容に、【資料】の『苦悶的象徴』『出了象牙之塔』の出版年月、出版社、発行部数を考慮に加え、魯迅との関係を中心に、「新潮社」「北新書局」「未名社」及び「未名叢刊」と関係を整理しておくと次のようになる。

①魯迅の第一創作集『吶喊』は、一九二三年八月初版、一二月再版で、北京大学第一院新潮社から出版されている。さらに、魯迅は二〇年八月から、北京大学、北京高等師範学校（のち北京師範大学）、世界語専門学校、北京女子高等師範学校（のち北京女子師範大学）で「中国小説史大略」と題する講義を担当し、油印、鉛印の謄写印刷のテキストを学生に配布していたが、活字印刷にした方が手間が省けるとの理由から、「新潮社」から上・下冊で刊

【資料】 魯迅訳『苦悶的象徴』と『出了象牙之塔』の出版状況

書名	本文／総頁数	出版年月・版本	叢書名	出版社	発行部数（価格）
苦悶的象徴	147／155	1924.12 初版	未名叢刊（巻末）	北京大学・新潮社代售	1,500（5角）
		1926. 3 再版	未名叢刊（巻末）	北平・上海・北新書局	1,500
		1926.10 3版	未名叢刊（巻末）	北平・上海・北新書局	1,500
		1927. 8 4版	未名叢刊（巻末）	上海・北平・北新書局	3,000
		1928. 8 5版	未名叢刊（巻末）	上海・北平・北新書局	2,000
		1929. 3 6版	未名叢刊（巻末）	上海・北平・北新書局	3,000
		1929. 8 7版	未名叢刊（巻末）	上海・北平・北新書局	2,500
		1930. 5 8版	未名叢刊（巻末）	上海・北平・北新書局	3,000
		1931 重印		上海・北平・北新書局	
		無出版日期 10版			
		無出版日期 11版			
		1935.10 12版		上海・北平・北新書局	（5角半）
	139	1960. 8 第1版		香港・今代図書公司	
	104／287	1988. 7 第1版		北京・人民文学出版社	8,290（2.50元）
	85／262	2000. 1 第1版	世界散文名著叢書	天津・百花文芸出版社	4,000（14元）
		2000. 7.20 第1版		台北市・昭明出版	（220台ドル）
	197	2002.12.16 初版	軽経典	台北県新店市・正中書局	（200台ドル）
		2002.12.26 再版	軽経典	台北県新店市・正中書局	
	117	2007. 7 北京第1版	天火叢書	北京・人民文学出版社	5,000（10元）
出了象牙之塔	254／262	1925.12 初版	未名叢刊（表紙）	北平・未名社	3,000（7角）
		1927. 9 再版	未名叢刊（表紙）	北平・未名社	1,000
		1928.10 3版	未名叢刊（表紙）	北平・未名社	2,000
		1929. 4 4版	未名叢刊（表紙）	北平・未名社	1,500
		1930. 1 5版	未名叢刊（表紙）	北平・未名社	2,000
		1931. 8 初版		上海・北平・北新書局	2,000（9角）
		1932. 8 再版		上海・北平・北新書局	
		1933. 3 3版		上海・北平・北新書局	
		1935. 9 4版		上海・北平・北新書局	
		1937. 5 5版		上海・北平・北新書局	
	235	1960. 8 第1版		香港・今代図書公司	
	183／287	1988. 7 第1版		北京・人民文学出版社	8,290（2.50元）
	172／262	2000. 1 第1版	世界散文名著叢書	天津・百花文芸出版社	4,000（14元）
		2000. 7.20 第1版		台北市・昭明出版	（220台ドル）
	154	2007. 7 北京第1版	天火叢書	北京・人民文学出版社	5,000（12元）

豊子愷訳『苦悶的象徴』の出版状況

書名 本文／総頁数	出版年月・版本	叢書名	出版社	発行部数（価格）
苦悶的象徴 （105／107）	1925. 3 初版	文学研究会叢書	上海・商務印書館	（3角半）
	1926. 7 再版	文学研究会叢書	上海・商務印書館	
	1932. 9 国難後1版		上海・商務印書館	

行したのが『中国小説史略』であった。『中国小説史略』は「上冊」初版が二三年一二月に、「下冊」初版が二四年六月に発行されている。そして、二五年二月に発行された「上冊」の再版をもって新潮社は経営を終了する。
②魯迅が金銭、企画、編集などに亘り全面的に支援した後期新潮社にあって、前期新潮社のメンバーである孫伏園、李小峰、宗甄甫たちは新潮社の再興を検討していた。その中、李小峰兄弟が二五年三月に北平・北新書局を開店させるが、書局が正式に開店した時に第一番目に扱った書籍が魯迅訳『苦悶的象徴』であった。『苦悶的象徴』初版本には発行年月が一九二四年一二月と記されているが、この一二月の段階では、魯迅がまだゲラの校正を行っており、実際に印刷が完了し、出版に漕ぎ着けたのは二五年三月である。しかし、翻訳ゲラの校正を処理しながら印刷を手がけたのは、二五年二月段階でまだ存続していた新潮社であり、そこで「初版」印行は北京大学「新潮社」ということになる。ただ、魯迅は「『苦悶的象徴』広告」に、「初版」は「北大新潮社代售」と書いているが、その「新潮社代售」という記述と「北新書局」の正式開店の期日に対してはやや疑問が残る。「新潮社代售」というのは、魯迅に代わって新潮社が販売したということなのだろうか。また、北新書局の正式の開店は二五年三月とされるのだが、『吶喊』第三版が「烏合叢書之一」として、「北新書局」から二四年五月に、四、五〇一～七、五〇〇冊までの計三、〇〇〇冊が発行されている。これは、北京大学新潮社という名称の一字ずつ取って名づけた「北新書局」が、実態を失っていた新潮社に替わって、実質的に印刷・出版・発行を行っていたことを物語るものであろうか。『苦悶的象徴』の「初版」の発行年月は二四年一二月と記載されるが、出版・発行所は未記載であり、だとすれば、「初版」の出版・発行社は北平・北新書局であるとしても間違いではないであろう。しかし、本書では、魯迅が「『苦悶的象徴』広告」に、「初版」は「北大新潮社代售」と書いていることを尊重して、「初版」は北京大学「新潮社」代售としておく。
③北新書局は魯迅の『中国小説史略』（合冊本、一九二五年九月再版、二六年一一月三版、二七年八月四版、二九年一月五

版、三〇年五月七版、三一年七月訂正本初版、三二年七月八版、三三年三月九版、三五年六月一〇版、三六年一〇月一一版）や『小説旧聞鈔』（二六年八月初版、二八年再版）などの他にも、『吶喊』（烏合叢書、二四年五月三版から三〇年七月一四版までに四四、〇〇〇冊発行、さらに三七年六月までに二四版を発行）、『彷徨』（烏合叢書、二六年八月初版から三一年七月一〇版までに四〇、〇〇〇冊を発行、さらに三五年一〇月までに一五版を発行）、『野草』（烏合叢書、二七年七月初版から三六年一一月一一版までに二九、〇〇〇冊発行）、『熱風』（二五年一一月初版から一〇版まで発行、ただし、すべての版に発行年月、発行部数なし）、『華蓋集』（二六年初版から三三年三月までに八版を発行）、『華蓋集続集』（二七年五月初版から三五年九月までに六版を発行）、『而已集』（二八年一〇月初版から三一年四月三版までに一二、〇〇〇冊を発行、さらに三五年一〇月までに五版を発行）、『三閑集』（三二年九月初版から四版を発行、ただし、すべての版に発行年月、発行部数なし）などを次々に出版発行し、魯迅の文壇での地位の確立と共に、北新書局もまた大きく営業活動を展開していった。その魯迅と北新書局の間に起こったのが、前述した「印税未支払い問題」であった。北新書局は「未名叢刊」のような、商売にならない翻訳書はその後は避ける傾向にあったが、『苦悶的象徴』だけは例外で、実質的な初版の印刷発行から第十二版まで、確かな発行部数が判る第八版までで一八、〇〇〇冊、これに、残り四版を加えると、少なく見積もってもおよそ二六、〇〇〇冊以上を発行したと推定される。これは当時の翻訳書としては破格の発行部数である。

④未名社は出版社というよりは、そこに集ったアカデミズムの人たちに支えられた純文学支援団体としての傾向が強い。そこで、世界文学の翻訳紹介をつかさどる「未名叢刊」を自分たちが資金を出し合ってでも発行しようとする。そしてその未名社が最初に印刷発行したのが、一九二五年一二月初版の魯迅訳『出了象牙之塔』であった。その他に、『出了象牙之塔』は「未名叢刊」として、二五年一二月初版から三〇年一月五版までに九、五〇〇冊を発行している。その後、売れると踏んだ北新書局が、「未名叢刊」の肩書きをはずし、再度、三一年八月初版

から三七年五月五版までを発行し、『出了象牙之塔』の総発行部数は少なくとも一九、五〇〇万冊を超えたと推定される。その他、未名社から同じ「未名叢刊」として発行されたものにフレドリック・ファン・エーデン著、魯迅訳『小約翰』がある。『小約翰』は二八年一月に初版一、〇〇〇冊が、二九年五月に再版一、五〇〇百冊が発行されている。また、未名社から出版した魯迅の著作『墳』は、二七年三月に初版が二、〇〇〇冊、二九年に再版が一、〇〇〇冊発行されたが、三〇年四月三版は北新書局に引き継がれ一、五〇〇冊が発行されている。同様に『朝花夕拾』は、「未名新集」として二八年九月初版から二九年七月三版までの四、〇〇〇冊は未名社が出版し、三二年八月三版から三三年一一月五版までの六、〇〇〇冊は北新書局が発行している。

以上のような状況から、魯迅訳の『苦悶的象徴』と『出了象牙之塔』の発行部数がそれぞれ最低二六、〇〇〇冊と一九、五〇〇冊というのは、この二種の翻訳書がいかに売れ筋の良い図書であったかを窺い知ることができる。また、北新書局が近代的出版業としての体裁を整えて発展していったことに対して、魯迅著作がいかに貢献していたかということも察知し得ることである。ここに、売れ筋の本を狙って出版しようとした北新書店の思惑と、魯迅が装幀にこだわり、美術的意匠を施した著作を読者に提供したいとの企画が一致したことにより、魯迅訳の『苦悶的象徴』と『出了象牙之塔』は民国文壇の人々に普及したと考えられる。

二　豊子愷と『苦悶の象徴』との出会いと翻訳・出版までの背景

魯迅『集外集拾遺』の「一九二五年」の項には、「魯迅先生に与うる一通の手紙（王鋳）」（備考）と題するものに、魯迅が返信した「『苦悶の象徴』について」と題される一文が掲載されている。魯迅が『晨報』副刊に一九二四年一〇月一日から「苦悶の象徴」の翻訳を連載（一〇月三一日まで）し、連載初日の一日に「『苦悶的象徴』訳後三日序」で「もともと書名はなかったが、編者（山本修二——筆者注）によって『苦悶の象徴』と名づけられた」

と書いていることに対して、王鋳は書翰で、すでに『学灯』に明権訳「苦悶的象徴」が連載されていること、それは『苦悶の象徴』の「創作論」と「鑑賞論」であり、厨川自身が生前にすでに『苦悶の象徴』の題目で公刊していたこと、さらに死後刊行の『苦悶の象徴』には「文芸の根本問題に関する考察」と「文学の起源」が収められていることを魯迅に伝えている。それに対して魯迅は、二五年一月九日付の返信に、「私が厨川氏の文学に関する著作を読んだのは地震後のことで、『苦悶の象徴』がその最初の本であり、それ以前は決して彼に注目したことはありませんでした」と述べた上で、王鋳が伝えてくれた内容をもう一度自分なりに整理し、さらに次のように書いている。

私が翻訳している時に、豊子愷先生にも訳本があり、『文学研究会叢書』の一つとして、現在すでに印刷に付されたと聞きました。先月『東方雑誌』第二〇号を見ましたら仲雲先生訳の厨川氏の文章が一つあり、これが『苦悶の象徴』の第三章でした。今先生からお手紙を頂き、はじめて『学灯』には早くに掲載されていたことを知りました。この本が、わが国の人々に敬愛尊重されていることがはっきりと解ります。現在私が訳したものもすでに印刷に付されていますので、中国には二種類の全訳本があることになります。

魯迅は、一九二五年一月九日の段階で、『苦悶の象徴』第一章「創作論」・第二章「鑑賞論」（単行本所収の一部）を翻訳した明権本[14]、『苦悶の象徴』第三章「文芸の根本問題に関する考察」を翻訳した樊仲雲本、そして現に印刷中である豊子愷と自分の二種の全訳本『苦悶的象徴』があることを知っていた。同時に印刷中である豊子愷訳『苦悶的象徴』はかなり意識していたと推定される。

厨川白村著『苦悶の象徴』は、東京・改造社から一九二四年二月四日付初版が、厨川の死後刊行物として単行出版されて以降、広く普及する。魯迅が二四年四月八日に東亜公司で購入したのは、『魯迅蔵書目録』に確認できる二四年三月二四日付の第五〇版であろうと推測される。ところが魯迅に較べ、豊子愷は『苦悶の象徴』にかなり早くに出会っている可能性があると思われる。それは、『苦悶の象徴』の初出が二一年一月一日発行の『改造』三巻一号に掲載されているからであり、この初出「苦悶の象徴」（全八節。単行本『苦悶の象徴』第一章「創作論」の全六節を有す。第二章「鑑賞論」のうち「四　有限の中の無限」「五　文芸鑑賞の四階段」「六　共鳴的創作」が欠如したものを、全体一つにして第七節「鑑賞論」としておく。また、第三章「文芸の根本問題に関する考察」の「三　短篇『頸かざり』」を第八節「余論」としておく）の発刊の時期は、豊子愷が二一年早春から冬にかけて一〇カ月ほど東京に滞在した日本留学時期にちょうど重なっているからである。例えば、明権（孔昭綬）が入手し、『時事新報』副刊『学灯』に二一年一月一六日から二二日にかけて連載した「苦悶的象徴」は、『改造』三巻一号の「苦悶の象徴」を翻訳したものである。また、郭沫若、田漢、鄭伯奇、郁達夫等の創造社メンバーが七月の会の成立に先がけ、この雑誌『改造』版「苦悶の象徴」の内容をそれぞれが知っていたように、日本に滞在し、文芸問題に関心を寄せる中国人留学生なら、「苦悶の象徴」は当然誰しもが知り得た話題性のある文章だった。そう考えると豊子愷の場合、すでに存在していた初出の「苦悶の象徴」（『改造』一九二一・一）に出会った可能性はあり、そこから数えると、豊子愷訳『苦悶的象徴』の初版刊行（一九二五・三）には、まる四年の歳月を要していることになる。では、豊子愷は日本留学時に「苦悶の象徴」の存在を認知していたのだろうか。

豊子愷が日本留学した意義を分析した論考を整理すると次のように纏めることができる(15)。

上海専科師範学校で美術教師を勤めていた豊子愷は、教学上で能力不足を感じ日本に留学することを決意する。豊子愷が日本に行く目的は、西洋美術とりわけ油絵を学習することにあったが、日本で彼に強い印象を残し、忘れられぬほど深い感動を与えたのは、東京の古本屋で見つけた竹久夢二の最初の著作集『夢二画集　春の巻』（東京・洛陽堂、一九〇九・一二）であった。この『春の巻』に描かれた「簡略な毛筆」（寥寥数筆的毛筆 sketch 速写）タッチのコマ絵（草画）は、「造形の美しさを以って私の眼に訴えかけたばかりでなく、詩の趣を以って私の心を惹きつけたのである」（『絵画与文学』一九三三・一二作）と表現している。このコマ絵との出会いが、豊子愷を西洋的絵画（model と canvas）から東洋的絵画（詩趣と気韻「rhythm と harmony」）へと方向転換させるきっかけをつくった。豊子愷が夢二の絵に見出したのは、「西洋の構図」を「東洋の筆致」で描く「無声の詩」であった。彼は夢二の『春の巻』に収めた「クラスメート」や「春さめ」等の草画の構図と筆致を模倣しながら、中国伝統の人文画の要素の強い、いわゆる「子愷漫画」といわれる独特の絵を形成することに成功し、ついには中国近代漫画の鼻祖と称されるに至るのである。

さらに、豊子愷が『苦悶の象徴』を三度に亘って受容したことを指摘、分析する興味深い論考がある。(16)

一度目は、「芸術的創作与鑑賞」（一九二四・六・二二作、初載『春暉』浙江上虞春暉中学校刊、三三期、一九二四・九・一六、所収『豊子愷文集』芸術巻一、浙江文芸出版社・浙江教育出版社、一九九〇・九）の中で、厨川白村が芸術鑑賞論を説明するのに描いた図説と同じ「図説」で説明を加えていた翻訳時期と推定される頃である。竹久夢二の草画に無意識の心理から発した共鳴共感の意味を白村理論により理論構築し、夢二受容が白村受容を生み出し、白村受容が夢二受容を決定づけたとする、絵画から文学あるいは音楽へと興味を広げる段階での受容の時期である。

二度目は、谷崎潤一郎著・夏丏尊訳「読『縁縁堂随筆』」の「読後感」（一九四六・四・一一付、初載同年『中学生』戦時半月刊、所収『豊子愷文集』文学巻二）の中で、「私の文章は正に私の二重人格の苦悶の象徴である」と告白したように、「童心と大人心の葛藤による苦悩」という自己内面の葛藤を通して白村理論に強い共感を示した段階での受容の時期となる。

そして三度目は、抗日戦争期に『護生画集』のような芸術の必要性を疑う意見に対し、厨川が述べる「新しき時代の預言者」としての使命感に基づき、絶えず「目前にある現実」ではなく「未来」「将来」のために護生不要論に反論するための理論的根拠として肉付けした受容の段階である。

以上の論考との関係で、ここからは豊子愷と『苦悶の象徴』との関わりを二点に絞って考察する。第一は、楊暁文は「夢二受容が白村受容を生み出し、白村受容が夢二受容を決定づけた」と分析するが、その時期が日本留学中、すなわち雑誌『改造』版「苦悶の象徴」に接することで行われたのか、それとも帰国後のことなのかという問題である。第二は、魯迅は「私が翻訳している時に、豊子愷先生にも訳本があり、『文学研究会叢書』の一つとして、現在すでに印刷に付されたと聞きました」と語り、豊子愷が『苦悶の象徴』を翻訳刊行しようとしていることをかなり意識していることである。一方の豊子愷は魯迅訳『苦悶的象徴』をどう見ていたのか。また、もし魯迅版『苦悶的象徴』を認知していたとすれば、そのことにより自身の翻訳出版に何かしらの配慮があったのかどうかという問題である。

一点目は、雑誌『改造』版「苦悶の象徴」には、第二章「鑑賞論」第六節「共鳴的創作」が欠落しているが、楊氏が一度目の『苦悶の象徴』受容として指摘する、作品への共鳴を生じる心的経路の「図説」は、この「共鳴的創作」の中に収録されている。心的経路の「図説」を載せる「芸術的創作与鑑賞」が書かれたとする一九二四年六月二一日以前、(17)『苦悶の象徴』に関する言説は豊子愷の著述からは見つけられない。すると、厨川白村の死後刊行物である単行本『苦悶の象徴』との出会いが、実質的で意識的な豊子愷の『苦悶の象徴』受容であると考えるのが、現在のところ穏当な判断であろう。

二点目の問題を考察するにあたり、『豊子愷年譜』(18)を参考に、帰国後の豊子愷の居住地と処女出版『苦悶的象徴』刊行までの足跡を以下に簡単に整理しておく。

一九二一年冬に帰国し、上海専科師範学校に復職すると同時に、上海郊外の呉淞の中国公学中学部でも図画と音楽の授業を担当する。上海南市三在里に家を借り、よく虹口にある日本商店に出かけては、日本の製品を購入して、精神的な需要を満足させていた。二二年初秋、夏丏尊の紹介でこの年に開学したばかりの浙江上虞白馬湖にある春暉中学に赴任し、図画、音楽、英語の授業の教鞭を執った。夏丏尊の「平屋」の傍に家を建て、住居の四隅には小さな楊柳の木を植えたので、「小楊柳屋」と自称した。『苦悶の象徴』への共感を「図説」を描くことで明示している「芸術的創作与鑑賞」には、編末に「一九二四年六月二一日、在小楊柳屋梅雨声中」と書いている。二四年の年末、上海立達中学の開設準備のため白馬湖春暉中学を離れ上海に向かう。上海立達中学は二五年二月一日に正式に創設され、二五日から開講されるが、豊子愷は開設資金を賄うために、白馬湖畔の家屋「小楊柳屋」を売り払い、虹口老靶子に校舎用地を借りたり、小西門黄家闕路の元上海専科師範の校舎を借り移ったりと、立達中学の開学に尽力していた。

帰国後、豊子愷が「虹口にある日本商店」に足しげく通った中には、当然、一九一七年に開店し、二九年まで北四川路魏盛里一六九号という路地裏にあり、二九年からは北四川路底の表通りに新店舗を開いた「内山書店」が含まれていただろう。だが、帰国後の上海居住時期には未刊の『苦悶の象徴』は物理的に入手できない。豊子愷が、単行本『苦悶の象徴』の初版が出る二四年二月四日以降、上述の「図説」を書いた六月二一日までに、日本書などはほぼ手に入らない白馬湖畔に居たにもかかわらず、日本語版『苦悶の象徴』を入手できたのは、上海の「内山書店」の存在、あるいは夏丏尊、朱自清、朱光潜、王任叔などの同僚の存在と助けが大きかったと考えられる。そして、二点目の問題に関しては、『年譜』において豊子愷の足跡を追う限りでは、魯迅や魯迅訳『苦悶的象徴』の影はまったく現れてこない。おそらく、「文学研究会」の一会員であった豊子愷は、大手出版社である上海商務印書館から、外国文学の翻訳作品を掲載するために存在した「文学研究会叢書」の名義を借りて、自分の処女出版を発行できるということですでに満足していただろうから、本の装幀にこだわったり、その後の売れ行きを慮ったりということはなかったと想像する。ましてこの時期は、絵画から文学へと転身ないしは興味や関心を拡大させていた時期であり、魯迅版『苦悶的象徴』が試みたような、自分の挿絵を自分の本に添えて「凄艶な新しい装いを施す」などといった配慮はなかったと考えられる。

おわりに

本章では、魯迅訳『苦悶的象徴』が一九二〇、三〇年代の民国文壇に普及した仕組みを中心に論を組み立てた。その結果、以下の結論を導き出すことができる。

第一に、常恵訳『頚かざり』を付け加え、陶元慶の表紙絵で装飾した点については、魯迅は周囲に、フランス語のできる北京大学の学生常恵や許欽文に紹介された陶元慶など、魯迅の企画や発想にすぐに応え、支えてくれる人材に恵まれていたことが判った。また、モーパッサンの短篇『頚かざり』を附録として置き、陶元慶の描いたなまめかしい凄艶な美しさの裸婦像を表紙絵として用いたことは、魯迅自身が美術的効果をかなり意識してのことであったろうと判断できる。さらに、出版社の編集者が、営業重視の観点から陶元慶の絵を欲し、買い手を惹きつけることを意識したが、魯迅自身もかなり図書の売れ行きという観点を配慮した出版物であっただろうと結論づけた。

第二に、魯迅の「新潮社」「北新書局」「未名社」への企画・編集・資金という全面に亘る貢献から勝ち取った出版界での彼の存在の大きさについて考察を加えた。もちろん、草創期の新文学を支えた文壇の大御所としての存在とその知名度からであろうが、魯迅の著書はとにかくよく売れていた。そのことによって、北新書局は近代的な出版業者の体裁を整えて発展した。その中で、魯迅訳『苦悶的象徴』と『出了象牙之塔』も、それぞれ最低二六、〇〇〇冊と一九、五〇〇冊という発行部数で民国文壇に流通したことは、この二種の翻訳書がいかに売れ筋の良い図書であったかを物語った。ここに、出版社である北新書店の営業重視の思惑と、魯迅の文芸書として美術的意匠を施した良書を読者に読んでもらいたいとする意図が一致し、「北新書局」の出版業社としての成長に伴い、魯迅訳『苦悶的象徴』と『出了象牙之塔』は民国文壇の人々への普及を可能にしたものだったことを明らかにした。

第三に、中国漫画の開祖、文人画家としても知られる豊子愷が受容したのは、初版の『改造』「苦悶の象徴」（一九二一・一）ではなく、単行本『苦悶の象徴』（一九二四・二）であったことを明らかにした。さらに、遅れて翻訳に着手した魯迅が豊子愷訳『苦悶的象徴』をかなり意識していたのに対し、豊子愷には魯迅を意識した形跡がなく、また、豊子愷の『苦悶的象徴』が翻訳という行為以外になんの工夫もないのは、彼が本書を処女出版として中国最大手の商務印書館から出せること自体で満足できたという、文壇では駆け出しの立場にあったからであろうと結論づけた。

（1）相浦杲「魯迅と厨川白村」（『伊地智善継・辻本春彦両教授退官記念　中国語学・文学論集』東方書店、一九八三・一二／『中国文学論考』未来社、一九九〇・五）において、相浦氏は、魯迅の『日記』『年譜』をはじめ、著述のすべてを洗い出し、詳細に魯迅と白村の係わりについて言及している。本章において筆者はこの論考を拠りどころにしたところが大きい。

（2）学研版『魯迅全集』一七巻、訳注・許欽文「『魯迅日記』のなかの私」に拠ると、『日記』の一九二四年一二月三日に、「晴れ。昼すぎ、陶璇卿、許欽文来る」と記されているが、これは、許欽文の妹許羨蘇が、かつて魯迅に、兄の友人に絵の上手な陶元慶（璇卿）という者がいる、と話したことがあった。魯迅は、その話を覚えていて、ちょうど校正中だった『苦悶的象徴』の表紙絵を陶元慶に描いてくれるよう、許欽文に頼んだ。欽文と元慶は同郷同学で、ともに紹興会館に住んでいた。元慶は、魯迅の申し出を快諾し、描いた絵を欽文が魯迅に見せたところ、魯迅はすばらしいを連発し、暇な時に二人で遊びに来るようにいったという。こうしてこの日、初めて魯迅は元慶と会うことになった、と記述している。

（3）　薛綏之主編『魯迅生平史料彙編』第三輯（天津人民文学出版社、一九八三・四）「北京時代」を扱うこの第三輯には、「北京における魯迅に関わる人物」として「陶元慶」と「常恵」の項目があるので、ここでの文章を中心に他の工具書での記載を補って整理しておく（学研版『魯迅全集』一〇巻、「『陶元慶出展作品』に題す」釜屋修「訳注」より）。
○陶元慶（一八九三―一九二九・八・六）、字は璇卿。『魯迅日記』には璿卿とも記される。魯迅と同郷の浙江省紹興の人。許欽文の紹介により、魯迅と知り合い、『苦悶の象徴』（新潮社代售、一九二四・一二初版）、『象牙の塔を出て』（北平・未名社、一九二五・一二初版）、『労働者シェヴィリョフ』（北新書局、一九二七・六初版）の翻訳書の表紙絵以外にも、『墳』（北平・未名社、一九二七初版）、『彷徨』（北平・北新書局、一九二六・八初版）、『朝花夕拾』（北平・未名社、一九二八・九初版）、『唐宋伝奇集』（上海・北新書局、一九二七初版）等の表紙の装幀を施す。浙江台州第六中学、上海立達学園、杭州美術専科学校で教鞭を執る。一九二九年八月六日、腸チフスにより病逝、杭州西湖の玉泉路上に埋葬された。この時、魯迅は墓地購入資金三〇〇元を許欽文に託している。
○常恵（一八九四―一九八五）、字は維鈞、『魯迅日記』では惟鈞とも記す。北京の人。北京大学仏文系に在学中、魯迅の中国小説史を受講。一九二三年、『歌謡』週刊の編集に加わり同誌の表紙装幀を魯迅に依頼。一九二四年大学卒業後、北平研究院に就職。広州にいた魯迅から古書の購入を頼まれる。

（4）　常恵訳『項錬』（首飾り）と前田晁訳「頸飾」（所収『短篇十種　モウパッサン集』東京・博文館、一九一一・一二／所収『モウパッサン全集』二巻、東京・天佑社、一九二〇）を使って、モーパッサン『頸かざり』の荒筋を紹介しておく。
　美しさと愛嬌だけがとりえのマチルド（馬底爾得）は、ロアゼル（路娃栽）という文部省（教育部）勤めの薄給の役人に嫁ぐ。彼女はいつも、贅沢三昧を尽くし、美しい衣裳と高価な宝石・宝玉に身を飾り、人に喜ばれたり、人に羨まれたり、人を惑わしたり、人に追いかけられたりすることを夢見、そうではない自分に心苦しめ、癇癪を起こしながら暮らしていた。ある日、夫は妻を喜ばせるために、文部大臣（教育総長）邸で催される夜会の招待状を苦心して手に入れて帰ってきた。彼女は夫の蓄えの四〇〇フランで衣裳は買ってもらったが、身に着ける宝石が無いと貧乏らしく見られるのはいやだと駄々をこねたが、宝石を買う余裕はなく、彼女の友人のフィレスチェ（仏来思節）夫人に頼み、彼女の宝石箱から自らが探しだした立派なダイヤモンドの頸かざりを借りて、夜会に参加した。夜会で、ロアゼル夫人の美しさ、しとやかさ、上品さ、にこやかさは大臣を含めたすべての男たちを魅了し、彼女は酔っては夢中で踊って、幸福の中ですべてを忘れ、一夜の勝利と快楽に酔いしれた。夜会の帰りに、流しの馬車に乗ったロアゼル夫妻は、おそらくはその中でだろうが、借り物の頸かざりを紛失してしまい、借りたものに似た頸かざりを三六、〇〇〇フランの大金をはたいて購入し、フィレスチェ夫人には事情も話さずに返した。二人は、夫の父の遺産の一八、〇〇〇フランに、此方から一、〇〇〇フラン、彼方から五〇〇フラン、此処で五ルイ、其処で三ルイ、もちろん高利貸やあらゆる種類の金貸に関係をつけて工面した借金で、新しい頸かざりを買ったのだった。その後、ロアゼル夫人は貧乏暮らしの恐ろしさを真に体験する。召使は解雇し、住居を変え屋根裏部屋を借り、食器洗い、洗濯、水汲みという勝手働きをし、買い物では値切り、やっと一〇年で借金を返済した。ロアゼル夫人はすっかり老けて、貧乏世帯の世話女房になっていた。ある日、シャンゼリゼ通り（楽田路）で偶然フィレスチェ夫人に逢い、昔の面影がすっかり消えて彼女とは気づかぬ彼女に、頸かざりを無くしこんな状況になったことをはじめて打ち明けると、あの頸かざりは、五〇〇フランの安物だったと告げられるのである。

（5）周国偉編「苦悶的象徴」（中国現代文学史資料叢書（甲種）『魯迅著訳版本研究編目』上海文芸出版社、一九九六・一〇）

（6）魯迅『陶元慶氏西洋絵画展覧会目録』序」一九二五年三月一六日付、『京報副刊』同年三月一八日、所収『集外集拾遺』）

（7）魯迅「陶元慶君の絵画展に際して——わたしの言いたいこと二、三」『時事新報』副刊「青光」一九二七・一二・一九、所収『而已集』）

（8）注（7）に同じ。
（9）筆者は拙稿「魯迅と唯美・頽廃主義――板垣鷹穂『近代美術史潮論』・本間久雄『欧洲近代文芸思潮概論』と美術叢刊『芸苑朝華』を中心に」（大阪教育大学『学大国文』四六号、二〇〇三・三）で、中国においてのワイルド「サロメ」の翻訳における挿画の脱落傾向と、魯迅が語る『近代美術史潮論』の「挿画」の印刷に見る印刷状況の劣悪さ、及び美術叢刊『芸苑朝華』の『蕗谷虹児画選』の原画との対比に見る印刷技術の未熟さを指摘したことがある。
（10）拙稿「魯迅文学と西洋近代文芸思潮」（大阪教育大学『日本アジア言語文化研究』九号、二〇〇二・二）、拙稿「魯迅と自然・写実主義――魯迅訳・片山孤村著「自然主義の理論及び技巧」及び劉大杰著「『吶喊』と『彷徨』と『野草』」を中心に」（『愛知県立大学外国語学部紀要』（言語・文学編）第三七号、二〇〇五・三）、拙稿「魯迅と表現主義――転換期のプロレタリア文芸論受容を越えて」（『愛知県立大学外国語学部紀要』（言語・文学編）第三八号、二〇〇六・三）
（11）「新潮社」「北新書局」「未名社」に関しては、注（1）の相浦氏の論考を参考に、以下の資料を中心に整理した。
・薛綏之主編「魯迅与新潮社」「魯迅与未名社」（『魯迅生平史料彙編』第三輯、天津人民出版社、一九八三・四）
・范泉主編「新潮社」「未名社」（『中国現代文学社団流派辞典』上海書店、一九九三・六）
・周国偉編「中国小説史略」（『魯迅著訳版本研究編目』中国現代文学史資料叢書（甲種）、上海文芸出版社、一九九六・一〇
（12）陳樹萍「従新潮社到北新書局」（『北新書局与中国現代文学』上海三聯書店、二〇〇八・三）
（13）陳明遠「魯迅生活的経済背景――魯迅為版税而奮闘」（『文化人与銭』天津百花文芸出版社、二〇〇一・一）
魯湘元「為版権而闘争的作家――魯迅為版税之権而対簿公堂」（『稿酬怎様攪動文壇――市場経済与中国近現代文学』北京紅旗出版社、一九九八・一）
（14）王成「『苦悶的象徴』在中国的翻訳与伝播」（『日語学習与研究』二〇〇二・一期、三月）において、王氏は、明権とは孔昭綬の字であると指摘している。王氏に拠ると、孔昭綬（一八七六―一九二九）、教育家。字明権、号競成。長沙府瀏陽の人。一九一〇年湖南優級師範を卒業。日本法政大学に留学、法学士の学位を取得。一九一三年湖南第一師範校長

に任ぜられ、「明恥」を校訓として、愛国主義教育を行い、「民主教育の先駆」と賞賛されている、とする。

(15) 豊子愷の日本留学は竹久夢二との出会いがその後の芸術観に大きな影響を与えるが、このことを扱う論考に以下①②③のようなものがあり、筆者が整理した部分は三者にほぼ共通する。

①西槇偉「漫画と文化——豊子愷と竹久夢二をめぐって」日本比較文学会『比較文学』三六号、一九九四・三

②楊暁文「竹久夢二の影を出て——豊子愷と竹久夢二」東方学会『東方学』八八号、一九九四・七

③陸偉栄「豊子愷と竹久夢二——模倣から生まれた独特の絵画世界」『月刊しにか』一二巻六号（通巻一三六号）二〇〇一・六

④西槇偉『中国文人画家の近代——豊子愷の西洋美術受容と日本』（思文閣出版、二〇〇五・四）

三者の違いは、西槇氏は豊子愷が有する絵画・文学・音楽等に秀でる伝統的な文人気質に着目し、夢二のコマ絵に西洋と東洋を融合した「詩趣」性を見出し、④の著書で論説する「気韻生動」に重きを置く中国美術優位論へと傾倒する文人画家の形成のきっかけとして夢二作品を位置づける。楊氏は、豊子愷が夢二の「詩と画を合一した」タッチと構図や含蓄の妙味などの表現手法に影響を受けるとともに、中国文人の「詩中有画、画中有詩」などの伝統的な審美理念や「気韻」などの伝統画論に基づき「子愷漫画」を構築し、さらには、「童心」「仏教的思索」を重視することで夢二の影を飛び出ていくと論じる。陸氏は、豊子愷が受容したのは美人画に代表されるような夢二の画風ではなく、社会主義運動に関わっていた頃に、その運動の機関紙『直言』に掲載された「白衣の骸骨と女」のような初期夢二の作品を収める『春の巻』に代表される作風であると指摘していることである。

(16) 楊暁文「豊子愷と厨川白村——『苦悶の象徴』の受容をめぐって」（日本中国学会『日本中国学会報』五七集、二〇〇五・一〇）

(17) 盛興軍主編『豊子愷年譜』（青島出版社、二〇〇五・九）

この『豊子愷年譜』には、『苦悶の象徴』の訳文は、かつて『上海時報』に連載され、そののち文学研究会叢書の一つとして、一九二五年三月に商務印書館から出版されている、と記されているが、現在のところ『上海時報』は四一年

以降の版のみしか確認できない。

(18)　注(17)に同じ。

※引用に関しては、旧字・旧仮名で書かれていた表記を常用漢字・現代かな遣いに改めた。

第五章　翻訳文体に顕れた厨川白村——魯迅訳・豊子愷訳『苦悶的象徴』を中心に

はじめに

葉霊鳳（一九〇五・四・九—一九七五・一一・二三）は「私のエッセイ作家——文芸随筆の二」（一九三〇・一二・二九付、所収『霊鳳小品集』）の中で、次のように語っている。

日本厨川白村氏の数種のエッセイ集は、中国に紹介されてから一時期おおいに流行した。しかし、中国の新文芸に及ぼした影響はその中の文芸に関する見解についてであって、その軽快な風格とEssay式の文体についてではない。このことは大変おかしなことだ。聡明な人ならもとより珠を買いその珠の入っていた櫝《はこ》は返すであろうが、時には「（取捨選択に際し）櫝を買って、珠を還す」ようなことがあっても構わないではないか。

魯迅の短い文章はまさに厨川白村が言うように「正面から人を罵っているかと思えば、あちらを向いて独りにやにや笑っているといったような趣もある。不用意ななぐり書きのように見せかけて、実は彫心刻骨の苦心を重ねた文章（白村原文・貴い文字）である」。これがまさに魯迅の短い文章の長所である。

冒頭の引用は第二章にも示したが、ここには葉霊鳳の興味深い啓示があるので再度示した。日本語を解さない葉霊鳳が、厨川白村の「軽快な風格とEssay式の文体」を高く評価して、「櫝を買って、珠を還す」ことが起こり得ると語る。そして二つ目の引用は、厨川白村『象牙の塔を出て』に所収の「エッセイと新聞雑誌」の一節を、魯迅の訳文を使って、魯迅の雑感文に厨川が主張するエッセイの長所を見出せることを解説したものである。

一方、第六章で論じるが、民国文壇では無名の中学校教師だった王耘荘が、一九二七年七月頃から二九年六月までのおよそ二年間に浙江省立第十中学で担当した「文学概論」の授業用の講義録をテクストとして編み直した『文学概論』（杭州非社出版部、一九二九・九初版）は、本間久雄『新文学概論』（新潮社、一九一七・一一初版）の章構成を軸に、厨川白村『苦悶の象徴』『象牙の塔を出て』の言説にかなり共感しながら作成されたものだった。テクストの形式は本間久雄に依拠し、実質的な内容は厨川白村に共鳴して出来上がったものであるが、ここでも使用されたのは、魯迅訳の『苦悶的象徴』であった。その点に関しては、王耘荘自身が彼の『文学概論』の中で、著述の際に使用したのは、本間久雄『新文学概論』の翻訳書が章錫琛訳『新文学概論』（文学研究会叢書、前・後編、上海・商務印書館、一九二五・八初版）であり、厨川白村『苦悶の象徴』の翻訳書は魯迅訳『苦悶的象徴』（未名叢刊、新潮社代售、一九二四・一二初版）である、と語っている(1)。

本章では、葉霊鳳に代表される日本語を解さない知識人ですら厨川流の散文体に高い評価を下している点に着目し、彼ら多くの民国文壇の知識人はその著作を翻訳文体で読んだにもかかわらず、なぜ厨川文体に対して評価に値する表現手法を見出していたのか、言い換えると、厨川白村の文章はいかに翻訳されていたのかについて考察を行う。

そこで、一九二〇、三〇年代の普及版となった魯迅訳『苦悶的象徴』(2)の翻訳文体の特徴を中心に考察しながら、豊子愷の翻訳文体の特徴についても併せて考えてみたい。その方法として、まず、魯迅が『苦悶の象徴』の翻訳に際して、「直訳」とし、「語句の前後の順序すらも甚だしくは入れ換えなかった」、「そのことによりできるだけ原文の口調をそのままに保ちたかった」と、自ら説明する方法を検証することで、魯迅の翻訳文体の特徴を提示する。次に、この魯迅の翻訳文体と、ほかの訳者、特に豊子愷の『苦悶的象徴』と、一九八〇年代以降の台湾で普及版となっている林文瑞の『苦悶的象徴』の翻訳文体とを対比し、魯迅と豊子愷の翻訳文体の特徴とはいかなるものなのかについて言及する。その際、比較のために例示する引用は、王耘荘が自著『文学概論』の中で、魯迅訳『苦悶的象徴』『出了象牙之塔』の言説を十六カ所に亘り引用し、その中に『苦悶的象徴』からの引用が十二カ所（図一カ所）あるので、その部分を使用する。

最後に、梁実秋（一九〇一・一二・八―一九八七・一一・三）の魯迅訳厨川文体の評価に触れる。そして全体として、厨川白村の文章はいかに翻訳されていたかを検証してみたい。

一　厨川白村文体の認知の背景

本章の冒頭で示した葉霊鳳の厨川の文体に対する認識は、民国文壇の厨川著作の翻訳者たちによってもたらされたものである。すでに第三章で示した『近代の恋愛観』の翻訳者である任白濤は、『恋愛論』「巻頭語」（一九二三・四）で、「大部分が美しくかつ熱烈な情感文」「詩にも似た散文である」「文章が拙劣な私のような者が、彼の文章の美しさを伝達しきれたとは正々堂々といえないにしても、本書の生命である著者の豊富な情感を私は決して失わなかった」と厨川文体に対する高い評価を与えていた。また、第二章で示した同じ『近代の恋愛観』の翻訳者である夏丏尊は、『近代的恋愛観』「訳者序言」（一九二八・八）の中で、「私が愛読したわけは彼の思想に惹かれたためばかりではなく、大方は彼の文章に惹かれたためである」、「厨川氏は essay に長けており」、「すばらしい essay であるが、残念なことに、私の訳文により、少なからず本来有する風格を減じてしまっている」と厨川のエッセイのよさがもし伝わらないとしたらそれは自分のせいであるとし、劉大杰も、『小泉八雲及其他』「訳者序言」（一九二九・九）の中で、「彼は英文学に造詣が大変深く、文章は流れるように美しいので、Essayistとしていかに人の心を揺り動かしているかということは、我国の青年たちはとっくに知っていることである」、「彼の著作は……（中略）……すべてとりわけ我国の人々の嗜好に合うのである」と多くの中国人の嗜好に合う内容と美しい文体で青年たちの心を摑んだことを述べていた。

一方、台湾、いわば「継続する民国文壇」では、一九二〇、三〇年代に引き続き、厨川著作の翻訳は継続的に行われている。(3) 一九八〇年以降、台湾における『苦悶の象徴』の普及版の翻訳者となった林文瑞は、「関於厨川白村及其作品・代訳序」（一九七九・九付所収、林文瑞訳『苦悶的象徴』台北市・志文出版社、一九七九・一一初版）の中で、次のように厨川白村を評価する。

厨川白村は学者ではあるが、多種の外国語に精通し、博学で優れた記憶力をもち、広範な書物を読破することによって、世界の潮流を把握し、社会の環境と需要を理解して、批評を加え、改革の路を求めることができた。そのことによって、当時と後世に対して重大な影響を残したことは、得がたく貴いことであると言っても差し支えない。彼の作品は現在に至ってもまだ多くの読者の支持を得て、彼の思想が文芸界において長期にわたり影響を保つことができたのも決して偶然ではないのである。

この林文瑞の厨川白村著作の評価において、注目に値するのが、厨川が「当時と後世に対して重大な影響を残し」、「彼の作品は現在に至ってもまだ多くの読者の支持を得て、彼の思想が文芸界において長期にわたり影響を保つことができた」としている点である。

また、一九八六年に、蔣経国が戒厳令解除を宣言して以降（八七・七・一五解除）、徐々に魯迅の著作は禁書ではなくなり、魯迅訳『苦悶的象徴』は「軽経典（手軽な古典）」に入れられ、次のように紹介されている。

厨川白村は平易で親しみやすい筆づかいで、文芸思潮を深く掘り下げながらも解り易く探究した。そこに近代文学の第一人者魯迅の実直にして精緻な訳文が加わって、本書は幅広い読者の愛好を博することとなった。原文に忠実な翻訳であるために、私たちは魯迅テクストの言葉を選りすぐって作った文章を保存してきたのだった。（陳莉苓「譲苦悶的音符跳躍起来」〈魯迅訳『苦悶的象徴』〉台北県新店市・正中書局、二〇〇二・一二）

この「苦悶の音符に跳躍させられて」と題された陳莉苓の「序文」の中で、彼女が指摘する「厨川白村は平易で親しみやすい筆づかい」を「魯迅の実直にして精緻な訳文」に著されたという表現は、まさに魯迅の翻訳文体に対する正鵠を射た評価であり、厨川が「文芸思潮を深く掘り下げながらも解り易く探究した」という評価も、台湾を含む中国語圏の知識人の普遍的な評価であるといえる。

そして、このような厨川白村著作に対する評価は、次の魯迅『苦悶的象徴』「序言」（一九二四・一一・二二付）における評価と呼応して、大陸・中国と台湾の民国文壇の知識人に大きな影響を及ぼしていった。

作者はベルクソン流の哲学に基づき、進んでやまぬ生命力を人間生活の根本とし、また、フロイト流の科学に基づき、生命力の根底を探し出して、文芸――とりわけ文学――の解釈に運用した。しかしながら、旧説とは若干の違いがある。ベルクソンは未来を予測できないとするが、作者は詩人を預言者（先知）とする。フロイトは生命力の根底を性欲に帰するが、作者はその力の突進と跳躍だという。このことがおそらく、現在数多ある同類の書物の中で、科学者のような独断や哲学者のような眩惑とも異なり、しかもなおかつ一般的な文学論者のような煩雑さもないと、言えるところである。作者自身がたいへん独創力に富んでいる。このことにより本書もある種の創作となっている。しかも、文芸に対する多くの独創的な見地と深い理解を示している。

魯迅はここで、フロイトやベルグソンを引き合いに出しながら、「生命力」の根底とは何か、未来を予測するとは何かが『苦悶の象徴』の中で説明されていることを読者に伝えた上で、厨川白村は「たいへん独創力に富んでいる」、「文芸に対する多くの独創的な見地と深い理解を示している」と、高い評価を下している。

そして、この厨川の『苦悶の象徴』の思想とその文体のすばらしさを意識的に中国語に写し撮ったのも魯迅であった。しかし、魯迅ばかりが厨川文体のすばらしさを伝達しようと心がけたわけではなく、彼の著作の翻訳者たちは皆が意識して、厨川文体をうまく伝えようとする苦心の跡を、それぞれの翻訳文体に留めている。そこで、魯迅と豊子愷の『苦悶的象徵』を中心に、次のテクストの翻訳文体も参考にしながら、それぞれの翻訳文体の特徴を検証したい。

【使用テクスト】

（1）魯迅訳『苦悶的象徵』未名社、未名叢刊、一九二四・一二初版

（2）豊子愷訳『苦悶的象徵』上海商務印書館、文学研究会叢書、一九二五・三初版

（3）徐雲濤訳『苦悶的象徵』台南市・経緯書局、一九五七・一二初版（民国四六年）

（4）琥珀出版部編訳『苦悶的象徵』（世界文学名著）台北県板橋市、一九七二・五出版（民国六一年）

（5）徳華出版社編輯部編訳『苦悶的象徵』台南市、一九七五・二初版（民国六四年）

（6）林文瑞訳『苦悶的象徵』新潮文庫二一三、雑文系列、台北市・志文出版社、一九七九・一一初版（民国六八年）

二　『苦悶の象徴』の翻訳文体――魯迅訳の特徴と豊子愷訳との比較を通して

厨川白村の文体は、なめらかで流れるように美しい典雅な文体あるいは詩をも彷彿する流麗な文体、すなわち「個」の尊重を第一とする芸術至上主義的な古雅な文体であったと評される。(4)しかし、厨川の死後、時代は急速に、都市に働く均質的な労働者「大衆」にも解り易い、率直で溌剌とした写実的、現実主義的な文体を用いて表現されることを嗜好する方向へと移行し、厨川のような、江戸時代の流れを引く伝統的な和文体に漢文訓読体を融合させた古雅な文体は時代の前衛性を失っていった。しかし、魯迅、任白濤、夏丏尊、葉霊鳳など、多くの民国文壇の知識人は厨川文体の優美さを認めていた。

魯迅は厨川の文体の翻訳に際して、『苦悶的象徴』「序言」と『出了象牙之塔』「後記」（一九二五・三・三付）の中で、この二作に対していかなる翻訳を施したかについて語っている。

文章はたいてい直訳にした。そのことによりできるだけ原文の口調をそのままに保ちたかった。しかし、私は国語（中国語、現代漢語――筆者）の文法については素人なので、その中には必ずや規範に合わない文章があると思う。

文章はやはり直訳とすることは私がこれまでに取ってきた方法と同じである。そのことによりできる限り原書の口調を保ちたかったので、大抵は語句の前後の順序すらも甚だしくは入れ換えなかった。

魯迅は、『苦悶の象徴』と『象牙の塔を出て』とを「直訳」し、「語句の前後の順序すらも甚だしくは入れ換えなかった」、「そのことによりできる限り原文の口調を保ちたかった」が、「国語の文法」の「規範に合わない文章」もあると説明している。

そこでここでは、「中国語の規範に合わないとは何か」、「語順を入れ換えないとはどういうことか」、また、どのような語彙を翻訳用語に使用したのかを例示する。さらに全体としては魯迅と豊子愷の翻訳文体の特徴について考えてみたい。

①中国語の規範に合わないとは

魯迅も自ら認める、明らかに中国語の規範に合わない例を示してみる（傍線・網掛け等は筆者による。中国語は原文の繁体字のままとした）。

（厨川原文）①潜在意識の海の底の深い深いところに伏在している苦悶、即ち心的傷害が象徴化せられたものでなければ、大芸術はない。浅い上つらの描写は、如何にそれが巧妙な技巧に秀でていても真の生命の芸術のように人を動かさないのだ。突込んだ描写とは風俗壊乱の事象なぞを、事も細かにただ外面的に精写するの謂ではない。作家が自己の胸奥を深く、またより深く掘り下げて行って、②自己の内容の底の底にある苦悶に達して、そこから芸術を生み出すと云う意味である。自己を探ること深ければ深いほど、その作はより高く、より大に、より強くあらねばならぬ。③描かれたる客観的事象の底まで突込んで書いていると見えるのは、実は何ぞ知らん、それは作家が自己そのものの心胸を深くえぐり深く深く探っているに他ならない。（『苦悶の象徴』「第一　創作論・六　苦悶の象徴」改造社、一六八〜一六九頁）

（魯迅訳）倘不是將①伏藏在潛在意識的海的底裏的苦腦即精神底傷害，象徵化了的東西，即非大藝術。淺薄的浮面描寫，縱使巧妙技倆怎樣秀出，也不能如真的生命的藝術似的動人。所謂深入的描寫者，幷非將敗壞風俗的事象之類，詳細地，單是外面底地細細寫出之謂；乃是作家將自己的心底的深處，深深地而且更深深地穿掘下去，②到了自己的內容的底的底裏，從那裏生出藝術來的意思。探檢自己愈深，便比照著這深，那作品也愈高，愈大，愈強。人覺得③深入了所描寫的客觀底事象的底裏者，豈知這其實是作家就將這自己的心底極深地抉剔著，探檢著呢。（魯迅訳『苦悶的象徵』未名叢刊、北平新潮社

代售、一九二四・一二・初版、三九頁）

ところで、魯迅は『苦悶的象徴』「序言」と『出了象牙之塔』「後記」の編末部で、同様に次のようにも断っている。

その中で、特に表明すべきは、何箇所かで、「的」の字を用いずに、故意に「底」の字を使った理由についてである。つまり、形容詞と名詞が連なって一つの名詞となるものは、すべてその間に「底」の字を用いた。例えば、Social being は「社会底存在物」とし、Psychische Trauma は「精神底傷害」などとした。また、形容詞で他の品詞から転成した、語尾が -tive, -tic のようなものは、語尾に「底」を用いて、Speculative,romantic は「思索底」、「羅漫底」と記した。

上記の説明を例示した翻訳に戻してみると、魯迅は「心的」を「精神底」と、「外面的」を「外面底」と、「客観的」を「客観底」（以上、二重傍線部）と訳していることが判る。一方、豊子愷の訳文は「底」と「的」の使い方に一貫性がない。名詞を修飾する前で「的」を用いたり、「底」を用いたり、また、連用修飾語の前で「的」を使用したりしている。ただ、現代漢語と違い、当時はこのような「的」「地」「得」あるいは「底」を分けては使っていない。そのような中にあって、魯迅が一応の使い方を釈明している点は合理的であり、時代の前衛に位置する用い方で、意図はよく解る。

ここで、魯迅が言う中国語の「規範に合わない」用い方とは、おそらく、上記の引用例文の傍線部、①「潜在意識の海の底」、②「自己の内容の底の底」、③「客観的事象の底」のような、日本語の「底《そこ》」として意味で「底《ディ》裏《リ》」（中国語の意味は「内情、実情」）が出てくる場合であろう。「海的底裏」や「内容的底的底裏」や「客観底事象的底裏」は、文章の脈絡からは理解できても、すぐには中国の一般読者には理解できない訳語である。特に「底的底裏」は意味不明であろう。これは、厨川が厳選し、取捨選択の上で使った単語をできる限りそのまま中国語へ移そうとする傾向である。しかし、それも文章の流れから読めば大方理解できる訳語でもある。例えば、単行本として発行された以下の五種類の『苦悶の象徴』の翻訳書で、上記に例示した箇所を較べてみる。(5)

（豊子愷訳） 所以若不是①隱伏於潛在意識的海底極深處的苦腦——即心的傷害底象徵化物，就不是大藝術。淺薄的描寫，技巧上無論何等的巧妙秀麗，總不能像真的生命的藝術似地動人。所謂深入的描寫，不是單就傷風敗俗的事象一情一節地精寫外面的部分之謂，是作家深而又深地向自己底胸奥裏掘下去，②達到了自已底内容底底裏，然後在那裏生出藝術來的意思。應該是自己掘下越深，作品越高，越大，越強。看來是③深入被描寫的客觀事象之底裏而作的，其實正是深深地探掘作家自己底心胸。（豊子愷訳『苦悶的象徵』文学研究会叢書、上海商務印書館、一九二五・三初版、三一～三三頁）

（徐雲濤訳） 如果不是把①潛藏在無意識海底深處的苦悶象徵化，即把心的傷害象徵化，那就不是偉大的藝術。淺薄的浮面描寫，無論是如何美妙優秀的技巧，總不能像真生命的藝術那樣來得動人。所謂深入的描寫，幷非衹是把那種敗壞風俗的事象，細膩而表面地描寫出來之謂；而是說，要把作家自己的胸奥深而又深地發掘下去，②達到自己的内容之底而又底的苦悶所在之處，而從這裏面産生出藝術來。探索自己愈深入，這作品也就愈崇高愈偉大。雖然有時好像可以看作這是③深入客觀事象之底所寫成的，但是其實，這除了是由於深掘深探作家自己的内心所寫成此外沒有別的。（徐雲濤訳『苦悶的象徵』台南市・経緯書局、一九五七・一二初版、二六頁）

（琥珀出版部編訳） 倘不是將伏藏在潛在意識的海的底裏的苦腦，即精神的傷害，象徵化了的東西，即非大藝術。淺薄的浮面描寫，縱使巧妙技倆怎樣秀出，也不能如真的生命的藝術一般動人。所謂深入的描寫（者），幷非將敗壞風俗的事象之類，詳細地，單是外面（底）地細細寫出（之謂）；乃是作家將自己的心底的深處，深深地而且更深深地穿掘下去，到了自己的内容的底的底裏，從那裏生出藝術來（的意思）。探檢自己愈深，便比照著這深，那作品也愈高明、愈偉大、愈強盛。人覺得深入了所描寫的客觀（底）事象的底裏（者），（豈知）其實這就是作家就將這自己的心（底）極深地抉剔著，探檢

著（呢）。（琥珀出版部編訳『苦悶的象徴』世界文学名著、台北県板橋市、一九七二・五出版、三九～四〇頁）

（徳華出版社編輯部編訳） 所以若不是隱伏於潛在意識的海底極深處的苦腦——即心的傷害底象徵化物，就不是大藝術。淺薄的描寫，技巧上無論何等的巧妙秀麗，總不能像真的生命的藝術似地動人。所謂深入的描寫，不是單就傷風敗俗的事象一情一節地精寫外面的部分之謂，是作家深而又深地向自己底胸奧裏掘下去，達到了自己底内容的底裏，然後在那裏生出藝術來的意思。應該是自己掘下越深，作品越高，越大，越強。看來是深入被描寫的客觀事象之底裏而作的，其實正是深深地探掘作家自己底心胸。（徳華出版社編輯部編訳『苦悶的象徴』台南市、一九七五・一初版、三二頁）

（林文瑞訳） 所以如果不是①隱伏在潛意識深處的苦腦——即心靈傷害的象徵化作品，就不是偉大的藝術。膚淺的描寫，無論技巧是何等的奇特秀麗，總無法像具有真實生命的藝術般地動人。所謂深入的描寫，幷不是單就傷風敗俗之類的事物，給予詳細描寫外表，而是作家深入自己的心靈深處挖掘，②達到自己心靈的深處，然後在那裏生出藝術來。掘得越深，作品便越崇高，越偉大，越有力，看來像事③被深入描寫的客觀事象之内部，其實正是深深地探掘作家自己的心靈深處。（林文瑞訳『苦悶的象徴』新潮文庫二一三、雑文系列、台北市・志文出版社、一九七九・一一初版、三〇～三一頁）

上記の例文において、豊子愷も「底《そこ》」を「底裏《デイリ》」と訳し、徐雲濤も「底《そこ》」を「底《デイ》」と訳す。一方、林文瑞は「底《そこ》」を「深處」や「内部」と訳している。魯迅を含め、三人以上の文壇の知識人がそのように訳すからには、「規範に合わない」ことがあっても、十分に理解可能な翻訳であるといえる。そして、ここで注目に値する発見は、上記で括弧（括弧部は琥珀版では省略）や網掛けで示したような微細な変更はあるものの、台湾で一九七〇年代に「琥珀出版部編」から「世界文学名著」として出版された『苦悶的象徴』が魯迅の翻訳本であり、「徳華出版社編輯部編」版の『苦悶的象徴』は豊子愷の翻訳本である事実である。訳者こそ一般の読者には知らされなかったが、一九七〇年代以降、台湾では魯迅訳版と豊子愷訳版の『苦悶的象徴』が一般読者に流通していたことになる。

次に、魯迅は厨川文体の「原文の口調をそのままに保」つために、いかにして「語句の前後の順序すらも甚だしくは入れ換えなかった」のかを検証してみる。ここでは、魯迅訳と豊子愷訳との違いに客観性を持たせるために、一九八〇年代以降台湾で普及版となった林文瑞訳の『苦悶的象徴』の翻訳文体を対象に加える。それは、戦後、国民国家の言説として意識的に北京語を標準語とする言語政策が執られ、現在台湾で使用されている中国語からは、標準的な中国語（共通話、現代漢語）としての規範を確認できるからである。言い換えれば、林文瑞訳を加えることにより、魯迅訳と豊子愷訳のどちらに標準語の規範が体現されているかを立証可能にする。以下、三種のテクストを使用して、魯迅と豊子愷の翻訳文体を比較検討する。

②語順を入れ換えないとは——主語・修飾語・接続語の位置

Ａ　そういう苦悶を経験しつつ、多くの悲惨な戦を戦いつつ人生の行路を進み行くとき、われわれは或は呻き或は叫び、怨嗟し号泣すると共に、時にまた戦勝の光栄を歌う歓楽と賛美とに自ら酔うことさえ稀ではない。その放つ声こそ即ち文芸である。（『苦悶の象徴』「第一　創作論・五　人間苦と文芸」改造社、一五九頁）

（魯迅訳）　一面經驗着這樣的苦悶，一面參與着悲慘的戰鬥，向人生的道路進行的時候，我們就或呻，或叫，或怨嗟，或號泣，而同時也常有自己陶醉在奏凱的歡樂和贊美裏的事。這發出來的聲音，就是文藝。（二二六頁）

（豊子愷訳）　我們歷嘗這苦悶，歷逢這悲慘的戰鬥，而向人生的路上進行，有時呻吟呼叫，有時嗟嘆號泣；又有時歌唱戰勝的光榮而沈醉於歡樂和贊美中，這等時侯的放聲就是文藝。（二二頁）

（林文瑞訳）　我們遍嘗些這苦悶，歷經這些悲慘的戰鬥，而向人生的路上進行，有時呻吟呼叫，有時嘆息哭泣，有時歌頌勝利的光榮，有時沈醉於歡樂和贊美中，這些時侯發出的聲音就是文藝。（二二頁）

例文Ａは、魯迅が、原文の語順の入れ換えを最小限に抑えながら、「原文の口調をそのままに保ちたかった」とする意図が端的に現れた例である。「経験しつつ」「戦いつつ」「進み行くとき」に呼応する語順で、「一面経験着」

「一面参与着」「進行的時候」と連なり、その後に主語「われわれ」「我們」が置かれ、「或は」「或」とリズムよく繰り返され、「時にまた」「而同時也」と続くのも原文と同じである。このことにより、魯迅訳からは厨川文体が有するリズムの良さが伝わっている。一方、豊子愷と林文瑞の翻訳文体はかなり類似している。主語の位置や「或は」を「有時」と訳すなどは、ここを含めて全体的に言えることである。林訳は「徳華出版社編輯部編訳」版あるいは、直接豊子愷版『苦悶的象徴』をモデルあるいは下敷きにしている可能性が高い。現代漢語の規範に照らせば、豊子愷と林文瑞の翻訳文体は規範に忠実な解り易い中国語であることは事実である。

B　酒と女とは主として肉感的に、また歌（即ち文学）は精神的に、いずれも皆生命の自由解放と昂奮跳躍を得るところに、愉悦と歓楽を与えるものである。もとを尋ぬれば、日常生活に於ける抑圧作用を離れ、これによって意識的にも無意識的にもしばしたりとも人間苦を離脱しようとする痛切なる欲求から出たものだ。アルコール陶酔と性欲満足とはともに、文芸の創作鑑賞と同じく、人をして抑圧から離れしむることによって、暢然たる「生の喜び」を味わしめ、「夢」の心的状態を経験せしむるものに他ならぬ。（『苦悶の象徴』「第三　文芸の根本問題に関する考察・六　酒と女と歌」改造社、二二九～二三〇頁）

（魯迅訳）　即酒和女人是肉感底地，歌即文學是精神底地，都是在得了生命的自由解放和昂奮跳躍的時候，給與愉悦和歡樂的東西。尋起那根柢來，也就是出於離了日常生活的壓抑作用的時候，意識地或無意識地，即使暫時，也想藉此脱離人間苦的一種痛切的欲求。也無非是酒精陶醉和性欲滿足，都與文藝的創作鑒賞相同，能使人離了壓抑，因而嘗得暢然的「生的歡喜」，經驗著「夢」的心底状態態的縁故。（一一六頁）

（豊子愷訳）　即酒與女主在肉感方面，歌（即文學）在精神方面，都能在生命得自由解放，昂奮跳躍的時候給與愉悦和歡樂。探求其源，都是從離去日常生活中的壓抑作用，因而意識的地無意識的地都想脱離人間苦的束縛的痛切的欲求上出發的。Alcohol的陶醉和性欲滿足，與文藝的創作鑒賞同様，都不外乎是使人因脱離壓抑而嘗到暢然的「生的歡喜」，經驗到「夢」的

心状的。（八九頁）

（林文瑞訳）　酒與女人指肉體方面，歌（即文學）指精神方面，二者都能在生命中得到自由解放、興奮跳躍的時侯，給與愉悦和歡樂。探求其源，都是從脱離日常生活中的壓抑作用，因而意識地或無意識地，都在想脱離人類苦悶的束縛的痛切欲求上出發的。酒精的陶醉和性欲的滿足與文藝的創作鑒賞同様，都不外乎是使人脱離壓抑而嘗到暢然的「生的喜悦」，經驗到「夢」的心態。（八二〜八三頁）

例文Bは、魯迅が、原文の語順の入れ換えを最小限に抑え、「原文の口調」を保つために、副詞が動詞を修飾する体裁に揃えて、「肉感的に」「精神的に」「得るところに」を「肉感底地」「精神底地」「得了〜的時侯」としており、やはり「原文の口調」重視の直訳体である。この他にも、原文にある「(与える)ものである」とか「しばしたりとも」という言葉もしっかり魯迅は訳している。中国の読者にしてみたら、「与える」とさえ言えば、「ものである」に相当する「的東西」は不要であろう。ただ、「意識的にも無意識的にも」「離脱しようとする」は、魯迅はここでは「〜的に」の訳語に「底」を使用せず、豊子愷が「的」を使用し、この時点ではまだ現代漢語の規範が整っていなかった状況が見て取れる。

C　未だ曾て日本の桜の花を見た経験を持たない西洋人には、桜を詠じた日本詩人の名歌を読んでも、われらがその歌から得る詩興の十分の一をすらも得ることは難いであろう。未だ曾て雪を見た事のない熱帯国の人にとっては、雪の歌は寧ろ感興少き索漠たる文字として終るであろう。(『苦悶的象徴』「第二　鑑賞論・一　生命の共感」改造社、一八二頁)

（魯迅訳）　在毫沒有見過日本的櫻花的經驗的西洋人，即使讀了詠櫻花的日本詩人的名歌，較之我們從歌詠上得來的詩興，怕連十分之一也得不到罷。在未嘗見雪的熱帶國的人，雪歌怕不過是感興很少的索然的文字罷。（五六頁）

（豊子愷訳）　在全然沒有看日本的櫻花的經驗的西洋人，雖讀詠櫻花的，日本詩人底名歌，恐怕難於得到我們從這歌中所得

的詩興底十分之一。在沒有看見過雪的熱帶國的人看來，雪的歌不過是少感興的枯燥的文字罷了。（四七頁）

（林文瑞譯）　在完全沒有欣賞過日本櫻花的經驗的西洋人，雖然讀著歌詠櫻花的日本詩人的名歌，恐怕也難於得到我們從這歌中所得到的詩興的十分之一。在沒有看見過雪的熱帶國的人看來，雪之歌不過是毫無趣味的枯燥的文字罷了。（四二頁）

例文Cは、魯迅訳が「詩興の十分の一をすらも得ることは難い」の語順を意識した直訳であるのに、リズミカルで巧い表現になっている。一方、解り易さを意識して、豊訳と林訳とは語順を換えたのだろうと思われる。

D　才人往くとして可ならざるなく、政治科学文芸のすべてに於て超凡の才能を発揮し、他人目には極めて幸福な得意の生涯だと見えたゲエテの閲歴にも、苦悶は絶えなかったのだ。（『苦悶の象徴』「第一　創作論・六　苦悶の象徴」改造社、一七〇頁）

（魯迅訳）　才子無所往而不可，在政治科學文藝一切上都發揮出超凡的才能，在別人的眼裏，見得是十分幸福的生涯的瞿提的閱歷中，苦悶也沒有歇。（四一頁）

（豊子愷訳）　那多方面的才子，在政治、科學、文藝上都發揮超凡的才能而在他人眼中以為是極幸福的得意的生涯的歌德底閱歷中，也有不絕的苦惱。（三四頁）

（林文瑞訳）　在政治、科學、文藝上都發揮脱俗的才能，在他人眼中看來是極幸福極得意的一代才人歌德，在其一生中也有他不絕的苦悶。（三二頁）

例文Dは、三者三様の翻訳文体ではあるが、厨川文体は「才人」と「ゲエテ」との間に長い長い修飾語を挟んでいるが、魯迅も豊子愷も同じ体裁を採っている。ただ違いは、豊訳と林訳ともに欠落した原文の「往くとして可ならざるなく」という漢文体口調の文句を、魯迅は文語文的表現の「無所往而不可」と訳し上げていることである。

③翻訳用語としての語彙について

E　だから生きるということは何等かの意味に於ての創造であり創作である。工場に働くのも、事務所で計算をするのも、野に耕すのも、市に売るのも、みな等しく自己の生命力の発現である以上、それが勿論ある程度の創造生活であることは否定せられない。しかしながらそれは純粋な創造生活であるべく余りに多くの抑圧制御を受けている。(『苦悶の象徴』「第一　創作論・三　強制抑圧の力」改造社、一四八頁)

(魯迅訳)　所以單是「活着」這事，也就是在或一意義上的創造，創作。無論在工廠裏做工，在帳房裏算帳，在田裏耕種，在市裏買賣，既然無非是自己的生活力的發現，説這是或一程度的創造生活，那自然是不能否定的。然而要將這些作為純粹的創造生活，卻還受着太多的壓抑和制馭。(一一頁)

(豊子愷訳)　因這理由，所謂「生」的一事在某種意義上是創造，是創作。在工場裏勞動的，在事務所裏計算的，在田野裏耕種的，在市街裏買賣的，倘然同様是發見自己底生命力的，就當然是某種程度的創造生活。然而若説是純粹的創造生活，所受的壓抑制御畢竟太多了。(一〇頁)

(林文瑞訳)　因此，所謂「生」，在某種意義來説即是創造。在工廠裏勞動，在公司裏計劃，在田野裏耕種，在商店裏作生意，如果同様是自我生命的表現，當然就是某種程度的創造生活。然而這還不能説就是純粹的創造生活，因為所受的壓抑畢竟太多了。(一二頁)

例文Eは、豊訳と林訳とは「それが勿論……創造生活である」と訳すので「否定せられない」は不要となり翻訳されない。一方、魯迅訳は「それが……創造生活であることは」「勿論……」「否定せられない」と考えるので、「那自然是不能否定的」という原文重視の翻訳になっている。また、「多くの抑圧制御を受けている」は魯迅訳だけがこのままの動詞文で、豊訳と林訳は「抑圧制御を受けることが多い」と形容詞文になっている。

F　換言すれば人間が一切の虚偽や胡魔化しを棄てて、純真に真剣に生きることの出来る唯一の生活だ。文芸が人間の文化生活の最高位を占め得る所以もまたこの点に在る。これに較べると他の総ての人間活動は皆われわれの個性表現のはたらきを滅殺し破壊し蹂躙するものだといっても差支ない。(『苦悶の象徴』「第一　創作論・三　強制圧抑の力」改造社、一四九頁)

(魯迅訳)　換句話説，就是人類得以抛棄了一切虚偽和敷衍，認真地誠實地活下去的唯一的生活。文藝的所以能占人類的文化生活的最高位，那縁故也就在此。和這一比較，便也不妨説，此外的一切人類活動，全是將我們的個性表現的作為加以減削，破壞，蹂躪的了。(一二～一三頁)

(豊子愷訳)　換言之，這是人間捨棄一切的虚偽和欺詐，而能純正地真率地做人的，唯一的生活。文藝所以能占人間底文化生活底最高位，也是為此。與這比較起來，別的一切人間活動都可説是減殺，破壞，且蹂躪我們底個性表現的舉動的。(一〇～一一頁)

(林文瑞訳)　換句話説，這是人類捨棄一切虚偽和欺詐，而能純正、率真地做人的唯一生活。文藝之所以能居人類文化生活中的最高位，因為即在此。與這相比，其他一切人類活動都可説是扼殺、破壞或蹂躪我們個性表現的舉動。(一二～一三頁)

例文Fの「といっても差支ない」は魯迅訳「便也不妨説」の方が豊子愷訳、林文瑞訳の「可説」よりも、日本語のニュアンスをしっかり訳出している。

次に、紙幅の関係上例示できなかった文章を含め、魯迅、豊子愷、林文瑞が使用した翻訳用語を幾つか挙げて比較してみる。

④翻訳用語例

（厨川原文）他人、ある程度、或は、人間活動、人間の文化生活、人間の種々な生活活動、人間苦、はたらき
（魯 迅 訳）別人、或一程度、或、人類活動、人類的文化生活、人類的種種生活活動、人間苦、作為
（豊子愷訳）他人、某種程度、有時、人間活動、人間底文化生活、人類底種種生活活動、人間苦、挙動
（林文瑞訳）他人、某種程度、有時、人類活動、人類文化生活、各種生存活動、人類的苦悶、挙動

（厨川原文）胡魔化し、馬鹿馬鹿しい謬見だ、文士生活の楽屋落、といっても差支ない、換言すれば
（魯 迅 訳）敷衍、糊塗之至的謬見而已、文士生活的票友化、也不妨説、換句話説
（豊子愷訳）欺詐、這真是可笑的謬見、文士生活底游戯談、可說、換言之
（林文瑞訳）欺詐、這真是可笑的謬見、文人生活的游戯閑談、可說、換句話說

以上、やや特徴のある語彙を挙げたが、比較すると、例えば、やや解り難い「楽屋落」（狭い仲間内にだけに解って、他者には解らないこと）を、魯迅が「票友化」（素人役者化）と訳し、豊子愷も林文瑞も「遊戯談」「遊戯閑談」（遊びのような軽い雑談）と訳しているが、魯迅訳が内容を捉えた適訳と言えるだろう。また、中国語の「人間」の意味は、「人の世」「人が生きている現実の世の中」、すなわち「じんかん」のことで、普通「ひと」を意味しない。日本語では、「人間」は「じんかん」と読めば中国語と同じ意味を有するが、一般的には「にんげん」と読み、「人類」または「人」を指す。全般的に、中国語への翻訳者は、厨川が厳選し、取捨選択の上で使った単語をできる限りそのまま中国語へ移そうとする傾向が見られ、日本語で使われた漢字は意味を損なわぬ程度でその漢字を使用する。しかし、「人間」の訳に関しては、脈絡によって「人」「人類」「人間」と三種に使い分けて翻訳する必

要がある。この使い分けは「人間苦」以外の「人間」を「人類」と訳した魯迅においてのみ顕著である。しかし、翻訳者全般に見られる翻訳用語の選択に関しては、魯迅訳だけがとりわけ凝った単語を使用しているというわけでもない。しかしまた、魯迅訳には「糊塗之至的謬見而已」のように、中国語としてのリズムの良さを引き出すために文語文的な音のリズムを使用する箇所、逆に、「換句話説」のように平易な口語体を使用する箇所もあり、魯迅が意識的に厨川文体の持つリズムの良さを中国語に写し撮ろうとした苦心の跡を、我々読者は体感することができる。

そして、翻訳全体として魯迅訳に著しい特徴は、厨川の古雅で流麗な文体の口調を活かすために、副詞的な修飾関係あるいは接続語を使った連語関係を使い、できる限り日本語の修飾関係を維持し、語順の入れ換えを避けながらも、中国語としてのリズムの良さを活かし、できる限り厨川文体の口調に近づけようと努めていることである。これが、魯迅が「語句の前後の順序すらも甚だしくは入れ換えなかった」、「そのことによりできるだけ原文の口調をそのままに保ちたかった」と説明する点であろう。

ここで少し重要な点をもう一度整理しておく。本章に挙げた『苦悶の象徴』の翻訳テクストは、魯迅訳、豊子愷訳、徐雲濤訳、琥珀出版部編訳、徳華出版社編輯部編訳、林文瑞訳の『苦悶的象徴』と全部で六種類だった。しかし、翻訳文体の比較により、琥珀出版部編訳『苦悶的象徴』は魯迅訳で、徳華出版社編輯部編訳『苦悶的象徴』は豊子愷訳であることが判明し、台湾では一九七〇年代から、魯迅訳と豊子愷訳が、覆面を被り普及していた状況が明らかになった。すなわち、「継続する民国文壇」台湾では、厨川白村の著作が継続的に翻訳紹介され続けたが、琥珀出版部編訳の『苦悶的象徴』は魯迅訳であり、一般読者は魯迅訳であることを知らずに読んでいたことになる。

筆者は以前『近代の恋愛観』の翻訳者任白濤と夏丏尊の翻訳文体を比較したことがある。(6) その時次のように指摘した。任白濤訳『恋愛論』は西洋近代の恋愛観を念頭に置く一般論的恋愛論を志向したために、一人の翻訳家として黒子に徹することなく、恣意的な章節の改竄、原文の削除を行っていること、しかし、翻訳された部分だけを原文と比較対照すると、原文の文章表現を訳者の表現で簡単に概括化したり余分に潤色する箇所を加えたりする部分と、かなり逐語訳に近い部分があることが認められ、逐語訳部に関して言えば日本語原文で表現される厨川のエッセイの雰囲気を巧く伝えている、と。一方、夏丏尊訳は原著を一字一句も疎かにしない逐語訳であり、しかも修飾語と被修飾語の語順関係を軸に、できる限り語句の前後の語順をも入れ替えないことにより、厨川白村のエッセイの雰囲気を醸し出そうとする訳文になっていること、その上、中国語に置きかえる際の語順の入れ替えを極力少なくしているにもかかわらず、中国語としてのレトリックには違和感を感じさせない文体である、と。

そして、今回例示した魯迅、豊子愷、徐雲濤、林文瑞の翻訳文体には共通点が認められた。それは、魯迅が「語順の入れ換え」を極力少なくし、「原文の口調」を保とうと意識し工夫したが、その傾向が豊子愷訳にも、徐雲濤訳にも、林文瑞訳にも同様に顕れているという点である。同様に「原文の口調」を保とうとする意識の中で、魯迅の翻訳文体には厨川同様のリズムがあり、豊子愷の翻訳文体には、現代漢語に規範に近い解り易さがあった。要するに、文壇における翻訳者としての知識人は、いかに厨川文体を精確に伝えようとしていたかが窺えるのである。

三　梁実秋の魯迅訳厨川文体の容認について

魯迅と梁実秋の間に、文学における階級性の問題に関わる認識について熾烈な論争があったことは周知の事実である。梁実秋が馮乃超に『拓荒者』二期（一九三〇年二月「文芸理論講座（第二回）」）誌上で、文学の階級性に関わり「資本家の犬」と批判されたのだが、その原因は梁実秋が『新月』に発表した文章「文学に階級性があったのか?」(『新月』月刊二巻六・七合併号、一九二九・九)であった。ところが、本誌にはもう一つ、梁実秋の「魯迅先生の〝硬訳〟」という文章があり、魯迅はこれに答えて「〝硬訳〟と〝文学の階級性〟」(『萌芽』月刊一巻三期、一九三〇・三)を発表した。すると、今度は梁実秋が魯迅と自称無産階級文学家との間に、どんな「連合戦線」があるのかは知らないがと断り書きを記した、一連の「魯迅先生に答えて」「資本家の犬」「無産階級文学」(『新月』月刊二巻九号、一九二九・一一――梁実秋の執筆は、一九三〇・三・二の「左連」成立の直前であろうし、実際の発売は『萌芽』一巻三期と一巻五期の間)と題する文章を発表し、さらに今度は、魯迅が「〝宿無しの〟〝資本家の哀れな犬〟」(『萌芽』月刊一巻五期、一九三〇・五)を発表した、というのがこの論争の流れである。

論争は、次第に感情的なもつれへと発展する様相を呈しているが、ここではこの論争自体を問題にはしないが、魯迅における厨川文芸論への決別表明を考える上では重要な時期といえる。それは、この論争が一九三〇年三月二日の「左連」成立の前後に行われているからである。魯迅にとっては一九二九年四月『壁下訳叢』で厨川文芸論をすでに「旧い論拠」に位置づけ、一九三一年七月二〇日の「上海文芸の一瞥」(社会科学研究会での講演、所収『二心集』)では「彼がこれまで係わりのなかった無産階級の状況や人物に対しては、為すすべ無しで、あるいは誤った描写をするかもしれません」と「新興文芸」の中での厨川文芸論への懐疑を示している。ところで、この論考で必要な材料は、梁実秋「魯迅先生の〝硬訳〟」と「魯迅先生に答えて」に、特に前者の中にある。梁実秋は「死訳」という言葉が周作人の造語であるとした上で、「魯迅先生の〝硬訳〟」で次のように述べる。

死訳の例ははなはだ多いが、私が今魯迅先生の翻訳だけを例としてあげるのは、私たちの誰しもが魯迅先生の小説と雑感がいかに簡潔で洗練された流麗な文体であるかを知っていて、魯迅先生の文体にはケチをつける者などいないからである。しかし、彼の翻訳は「死訳」に近くなっている。魯迅先生が数年前翻訳した文章、例えば厨川白村の『苦悶の象徴』などは、まだ理解できないものではなかったが、最近の翻訳書は風格が変わってしまった。今年の六月一五日大江書舗出版の『ルナチャルスキー・芸術論』、今年の一〇月水沫書店出版の『ルナチャルスキー・文芸と批評』という二つの著書はともに魯迅の近訳であるが、私は今勝手に極端に解り難い幾つかの文章を下記に示して、壮健な文体で知られる魯迅先生が「死訳」を免れていないことを検証する。

梁実秋は、魯迅自身が『文芸と批評』「訳者附記」（一九二九・八・一六付、所収ルナチャルスキー著・魯迅訳『文芸と批評』科学的芸術論叢書之六、上海・水沫書店、一九二九・一〇初版）で、「訳者の能力不足と中国文そのものの欠点のために、訳了して読んでみると、晦渋で、ひどいくらい難解なところもずいぶんとあるが、仂句《ろっく》（主述連語）をばらしてしまうと、今度は本来の精悍な口調が失われてしまう。そこで、私としてはこのような硬訳する以外には〝なすすべなし〟といったところである」と弁明している点に批判を加え、「中国文に〝欠点〟はあるのか」、「〝硬訳〟なら本来の精悍な口調を保つことができるのか」、「〝硬訳〟と〝死訳〟になんらの区別があるのか」と反駁する。さらには、「魯迅先生の近頃の翻訳作品はまったくのところ晦渋であって、まったくのところ難解な点があまりにも多いということを、私はいつでも実例を挙げて証明できる」と、魯迅の最近の翻訳文体に不満を表明したのだった。梁実秋からすれば、一つに、自分とは考え方を異にする、肌の合わない無産階級文学家（新興文学家）の文芸理論を、しかも、昇曙夢、尾瀬敬止、金田常三郎、蔵原惟人、茂森唯士、杉本良吉という翻訳者たちの日本語の重訳本を使って、「本来の精悍な口調」を魯迅が訳出したという言説自体にすでに不満があったのだろう。確かに、魯迅が原文のロシア語からではなく、日本語から翻訳したものに「本来の精悍な口調が失われてしまう」と発言したその翻訳文体に対して、梁実秋に生じた疑義にはそれなりの正当性がある。論敵同士として、毛沢東にまで利用された魯迅と梁実秋の関係だが、その梁実秋が、「魯迅先生が数年前翻訳した文章、例えば厨川白村の『苦悶の象徴』などは、まだ理解できないものではなかった」と、やや譲歩した発言をしていることは、注目に値することである。それは、梁実秋がこの厨川著作に対する魯迅の翻訳文体までは承服できるという評価を下しているからである。

おわりに

本章では、葉霊鳳に代表される日本語を解さない知識人が、なぜ厨川文体に高い評価を下したのかを解明することを目指した。その方法として、魯迅が翻訳書序文で、「直訳」とし、「語句の前後の順序すらも甚だしくは入れ換えなかった」、「そのことによりできるだけ原文の口調をそのままに保ちたかった」と説明していることに考察を加えた。

その結果、以下の結論を導き出した。

第一に、『苦悶の象徴』に代表される厨川著作の中国語への翻訳者は、厨川が厳選し、取捨選択の上で使った単語をできる限りそのまま中国語へ移そうとする傾向が見られた。その一つとして、日本語で使われた漢字を意味を損なわぬ程度にその漢字を使用する方法である。ただそのことにより、誤訳が生じる結果にもなった。例えば、日本語の「底《そこ》の底《そこ》」としての意味で「底的《ディ》底裏《デイリ》」を使ったり、「人間」をそのまま「人間」とする等は顕著な例である。

第二に、魯迅訳『苦悶的象徴』に著しい特徴は、厨川の古雅で流麗な文体の口調を活かすために、副詞的な修飾関係あるいは接続語を使った連語関係を使い、できる限り日本語の修飾関係を維持し、語順の入れ換えを避けながらも、中国語としてのリズムの良さを活かすということである。特に、中国語としてのリズムの良さを引き出すために、文語文的な音のリズムを使用する箇所も散見するが、全体としては平易な表現と厨川文体の持つリズムの良さを写し撮ろうとしている傾向があった。

第三に、魯迅に見られた「語順の入れ換え」を極力避けて、「原文の口調をそのままに保ち」、厨川文体の美しさを読者に伝えようとする翻訳の特徴は、豊子愷をはじめとする厨川白村の著作の翻訳者に見られる共通点であった。そのことが、葉霊鳳に代表される日本語を解さない知識人が厨川白村文体の美しさを直接に実感する大きな要因であったことを立証した。

第四に、台湾いわば「継続する民国文壇」で初めて「魯迅」という実名で出版された魯迅訳『苦悶的象徴』の編集者陳莉苓が、厨川白村の「平易で親しみやすい筆づかい」を「魯迅の実直にして精緻な訳文」に著されたと述べ、厨川は「文芸思潮を深く掘り下げながらも解り易く探究した」と語っているが、この見解は中国語圏の知識人が厨川の著作に与えた普遍的な評価だといえよう。同時に、一九七二年五月から普及した琥珀出版部編訳の『苦悶的象徴』は、訳者魯迅とは知らされずに仮面を被って普及した魯迅訳『苦悶的象徴』であったことが判明した。

（1）拙稿「ある中学教師の『文学概論』(上)——民国期における西洋の近代文芸概説書の波及と受容」(『大阪教育大学紀要』第Ⅰ部門五一巻一号、二〇〇二・九)／拙稿「ある中学教師の『文学概論』(下)——本間久雄・厨川白村・小泉八雲の文芸論の受容と役割」(『大阪教育大学紀要』第Ⅰ部門五一巻二　、二〇〇三・二)

（2）本章で扱う魯迅訳や豊子愷訳以外で、逐次刊行物に掲載された『苦悶の象徴』の部分的な翻訳に次のようなものがある。

①明権訳「創作論与鑑賞論」(『時事新報』副刊『学灯』一九二一・一・一六〜二二)

②樊仲雲訳「文芸上幾個根本問題的考察」(『東方雑誌』二一巻二〇号、一九二四・一〇)

（3）台湾で出版されている厨川白村著作の単行本については、第八章で詳しく提示する。

（4）昭和女子大学近代文学研究室「厨川白村」（『近代文学研究叢書』第二二巻、一九六四・一二）

（5）王成「『苦悶的象徴』在中国的翻訳与伝播」（『日語学習与研究』二〇〇二・三）において、魯迅と豊子愷と樊従予の『苦悶的象徴』の文体比較を行っている。魯迅訳は原文の語義と文型を配慮し、多少中国語としての誤りを冒してでも、原文に忠実な直訳体を施している。豊子愷訳は直訳の原則を遵守しながらも、原文の意味をよく理解し、原文重視の前提のもとで、中国語の表現方法も考慮した翻訳文体である。樊従予の訳文は、中国語の表現方法には気を配っているが、原文の文型や文章構成はさほど配慮しない意訳である、と指摘している。

（6）拙稿「任白濤『恋愛論』と夏丏尊『近代的恋愛観』について」（『大阪教育大学紀要』第Ⅰ部門五〇巻一号、二〇〇一・八）

※引用に関しては、中国語の表現を除いて旧字・旧仮名で書かれていた表記を常用漢字・現代かな遣いに改めた。

第六章　ある中学教師の『文学概論』
――本間久雄『新文学概論』と厨川白村『苦悶の象徴』『象牙の塔を出て』の普及

はじめに

中華民国時期、文芸に関する著作の翻訳紹介をみると、日本人の著作としては、厨川白村、本間久雄（一八八六・一〇・一一―一九八一・六・一一）、小泉八雲（一八五〇・六・二七―一九〇四・九・二六）のものが、他の日本の著名な作家や文芸評論家などの著作に較べ、かなり系統的にしかも再版を繰り返している。一九二〇年代は全般を通して厨川と本間の著作が翻訳・単行出版されている。小泉の著作は欧米で出版された英語版のものが先行して世に出ていたが、二六年七月から毎月一冊ずつ翻訳出版された、第一書房版『小泉八雲全集』全十八巻が二八年一月に完結し、日本語訳版によっても閲読可能になったことも影響してか、三〇年代になると小泉の著作がかなり集中的に翻訳・単行出版されている。その中で、本章では二〇年代の中国に普及する本間久雄『新文学概論』と厨川白村『苦悶の象徴』『象牙の塔を出て』を考察の対象として、論を展開する。

本間久雄『新文学概論』（新潮社、一九一七・一一・一〇初版）は、汪馥泉訳『新文学概論』（前・後編、上海書店、一九二五・五初版、前九二頁・後五四頁）と章錫琛訳『新文学概論』（文学研究会叢書、前・後編、上海・商務印書館、一九二五・八初版、一三四頁）によって、西洋近代の文芸論を紹介する著作として、民国期の多くの知識人に普及する。さらに、本間の『新文学概論』の増訂版である『文学概論』（東京堂書店、一九二六・一一・二五初版）が出版されると、章錫琛はそれも『文学概論』（上海・開明書店、一九三〇・三初版、二五〇頁）として翻訳紹介している。そして、この本間久雄『新文学概論』にも増して、民国翻訳史の寵児として普及したのが厨川白村『苦悶の象徴』であった。

本章では、民国文壇では無名の一介の中学校教師だった王耘荘が、浙江省立第十中学の授業で担当した「文学概論」をテクストとして整理した『文学概論』（上・下巻、杭州非社出版部、一九二九・九初版、上一〇六頁・下四二頁）を資料として、本間久雄『新文学概論』と厨川白村『苦悶の象徴』『象牙の塔を出て』の文芸論の具体的な受容状況を明らかにしたい。

一　王耘荘『文学概論』出版の経緯と「文学概論」の受講生

王耘荘は一九二九年六月三日付の『文学概論』「自序」に、この著作が世に出る経緯と出版の動機を次のように語る。


一六年（一九二七年――筆者）の下半期から、私は浙江省立第十中学で「文学概論」の授業を担当することになったが、適切なテクストが見あたらなかったので、自分で講義録の編集に取りかかった。一六年の下半期は、わずかに巻上の前四章を編集した。一七年の上半期は、父の逝去により学校に戻るのが遅れ、しかも今度は学生が制服問題で授業をボイコットするなどしばらく騒いでおり、さらには卒業する学級は早々と休講になったので、巻上の第五、六、七章の三章を編集しただけだった。一七年の下半期にまたこの授業を担当したが、以前に編集した講義録にはなはだ不満を憶え、手直しを加えようとした。しかし結果は、前四章は何ら手直しするところはなかったが、ただ後三章はわずかばかり手を加えた。一七年度は総じて順調にはかどり、前期は巻上の第八章の半分まで（学生運動が発生し休講になったので）編集し、後期は巻下に予定していた章数が減ったので、どうにか本書を終わらせた。これがこの『文学概論』の生み出された経過である。

私は文学を専門に研究する人ではなく、ただそれが好きなだけである――私は何かを専門に研究していると言えるか。

やはり好きであるにすぎない――好きという理由から、私が文学を研究していると考えた人が、私に「文学概論」を担当させることにし、結果、この一冊の本が生み出されたのである。

講義録を編むのと著作に没頭するのとは違う。著作に没頭する場合はゆっくりと、仔細に、計画が万全になってから書き始めることができる。しかし、講義録を編む場合は思い通りにはならない。時間がいまだ至らずとも、手をつける気がせずとも、時間までに編まねばならないからである。このことはこの二種を経験した人には理解頂けると思う。この『文学概論』は、このように慌ただしい状況の、途切れ途切れの中で、産出を促がされたものなので、意に添わない人がいるとすれば、その人の気持ちはおそらく私が満足しないのと同じであろう。ではなぜ本書を出版しようとするのか。私はこの本が文学の好きな人に何らかの助けになると断言できないにしても、災禍をもたらすとも考えない。なぜなら、災禍を招くとことは滅多にないことであり、私にはまだ人に災禍をもたらすほどの偉大な能力はないと思うからである。

私が本書を印行しようとするのは、今後再びこの授業を担当する時に、ノートを作ったり、書き写したりする苦労を省くためである――いや、違う。ノートを作るにはどうしても書き写さなくてはならない、もし書き写すものがなければ、ノートを作る必要はない――だから本当の原因とは、第一は、一々照合する手間を省くことができるからである。原典という代物はいつも一々つきあわせなければならぬものであり、時間の浪費であるばかりか、面白味に欠けるものである。第二は、出版して、もし誰かが購えば幾分かの酒代を稼ぐこともできる。今年という年が、もし酒代に心配がいらず、雑事にも付きまとわれず、いつも酒にありつけ、しかも酔っぱらって人事不省になるほど酒が飲めたとしたら、本当に幸せであろう。

王耘荘　一九二九年六月三日於永嘉鉄井欄三号

今のところ、王耘荘がいかなる人物かを知る手がかりは彼のこの「自序」しかない。そこで、やや詳しく引用した。ここから読み取れるのは、王耘荘が「浙江省第十中学」で卒業年度の学生を対象に「文学概論」を担当したこと、その時期は一九二七年七月頃から二九年六月までのおよそ二年の間で、その時に使用した授業用の講義録を整理し、今後の授業の準備の手間を省くために、この『文学概論』をテクストとして出版したということである。また『文学概論』奥付に、実価は大洋「五角五分」、出版兼発行者は「杭州平海路長春里二号」の「杭州非社出版部」、取次販売店は各省各大書坊、初版は「一九二九年九月」とある。

「浙江省第十中学」とそのカリキュラムについては現地調査をする必要があるが、ここでは、王耘荘が担当したという卒業年度の学生たちが何歳ぐらいであったかについて確認するため、民国期の学制について概観しておく。

民国元年（壬子・一九一二）九月四日に、日本の教育制度を取り入れ、新教育方針に基づいて「壬子学制」が公布され、その後に各種学校令が公布された。これにより、初等教育は、満六歳から入学する初等小学校四年を義務制とし、これを修了した者は、高等小学校三年に進学するか、簡易な実務教育を施す乙種実業学校三年か、あるいは初等小学校補習科二年に進学するかの途が開かれた。

中等教育は、実業教育より分離された中等普通教育機関としての中学校四年と、教員の育成を旨とする師範学校五年と、完全な実務教育を施す甲種実業学校四年に分かれた。

高等教育は、中学校の年限四年を修了した者には、大学（予科三年・本科三年から四年）と専門学校の四年から五年か、高等師範学校四年（予科一年）への途が開かれ、また高等師範学校は師範学校卒業生には予科一年を免除し、その後研究科二年へと進学する。順当に進めば、満六歳で小学校に入り、専門学校は満二二歳で、研究科は満二三歳で、大学は満二四歳で修了することになる。

民国四年（一九一五）、袁世凱の政治的野望を助けるための保守的な教育政策主導の下に、七月に「国民学校令」、一一月に「予備学校令」が公布され、「壬子学制」で一本化されていた初等小学校は、生活に必要な普通の知識技能を授ける国民学校（四年）・高等小学校（三年）と中学校への入学準備を目的とする予備学校（前期四年・後期三年）に分かれ、「壬子学制」への修正が加えられる。袁世凱は民国五年六月には病没し、「予備学校令」は実施を見なかったが、学令を満六歳より一三歳までの七カ年とし、学令児童の父母、保護者は児童就学の義務を負うとするという国民学校四年間の義務教育制度である「国民学校令」は、中国義務教育史上画期的な制度であり、以後全国小学校の標準となった。ところが、義務教育制度の実施は、各省ともに、政治的不統一、財政的貧困、文化的低水準などにより期待できず、広州市・上海楊思郷・無錫開原郷などに比較的多くの小学校が建設された以外は、大した成果が収められず、民国一七年（一九二八）になっても、未就学児童は八割に達していた。

日本の教育制度はもともとドイツの制度に倣ったもので、国民一般の子弟の教育機関と、裕福な上層階級の子弟の教育機関とは別体系になっており、日本に倣った中国にあっても同様に別々の教育体系になっていた。このような教育体制を改めようとする動きが、アメリカ留学からの新帰国者を中心に議論された。彼らが有力大学・高等師範学校に迎えられ、また教育行政指導機関でも主要な地位に就いていたことと相俟って、ジョン・デューイ（一八五九・一〇・二〇―一九五二・六・一）が北京大学校長蔡元培の招きで民国八年（一九一九）四月三〇日から二年二カ月におよび滞在し、中国の一一省においてプラグマティズム新教育の理論・方法・技術の講演旅行（通訳をコロンビア大学での弟子たち――胡適・陶行知・蔣夢麟ら――が務めた）をしたことが、学制の再検討の時期と呼応した。民国一〇年（一九二一）に広東で開かれた第七回全国教育会連合会において「新学制系統草案」として提起され、民国一一年（壬戌・一九二二）一〇月に済南で開催された第八回全国教育連合会において組織された新学制カリキュラム基準起草委員会が「学校系統改革案」を提出し、一一月一日、大総統の名により「学校系統改革令」が公布された。これが民主的なアメリカの教育制度を採用したといわれる「壬戌学制」であり、ここに、中国に六・三・三制の成立をみる。

初等教育は、満六歳を就学年齢とし、初級小学校四年（義務教育年限）と高級小学校二年から成り、地方の事情によってはそれぞれ単独設置や両者併設を認めたほか、入学年齢も各省区の地方の実情に応じて定めてよいこととした。しかし、実際に義務教育制度が普及していない現状は、民国二〇年（一九三一）度の「全国初等教育統計」によっても、小学校入学の児童は一〇歳までの就学年令に達する児童の二一・八パーセントに過ぎなかったことが示されている。

中等教育は、中学校の修業年限を六年としたが、これを初級三年・高級三年に分けた。これと、小学校六年を連結したものが、いわゆる六・三・三制である。これも初級中学校と高級中学校とは併設が基本であるが、地方の事情によっては初級中学校だけの単独設置も認めた。

初級中学校では普通教育を行うことを原則とし、高級中学校では普通・農・工・商・師範・家事などの課程に分け、地方の事情を考慮し、一課程だけを単設しても、数課程を併設してもよいこととした。また、中等教育では科目の選択制を採用した。

職業学校の年限および程度は各地方の実情にまかせ、師範学校の修業年限は六年としたが、後期二年あるいは三年だけの単設を認め、初級中学の卒業生の入学を許可した。

高等教育は、大学を単科と総合とに分け、修業年限は四年から六年とし、各科の性質に応じてその年限を定めた。また、大学も科目の選択制を採用した。

専門学校は学科や地方の実情に応じて設置され、修業年限は三年以上とした。順当に進めば、満六歳で小学校に入り、大学は満二二歳から二四歳で修了することになる。なお、民国二一年（一九三二）一一月、教育部は「中学課程標準」を公布し、単位制を廃止して時間制にする、科目選択制を廃止し必修科目制にするなどの大幅な改変を行っている(1)。

以上、民国期の学制について略述したが、王耘荘が「文学概論」の授業を担当した一九二七年七月頃から二九年六月までは、「壬戌学制」期にあたり、「浙江省第十中学」が初級中学と高級中学の併設型なのか、初級中学校だけの単設型なのかは現在不明であるが、彼の講義を受講した学生が、初級中学の卒業年度にあたるとしたら満一四歳か一五歳以上、高級中学の卒業年度にあたるとしたら満一七歳か一八歳以上の学生ということになる。しかし、テクストとして使用した『文学概論』の内容がかなり高度であることから判断して、おそらくは高級中学の卒業年度の学生への講義だったと推測される。そしてここで重要なのは、三〇年代文学の発信者あるいは受信者に成長する若い世代層に、王耘荘『文学概論』が授業でテクストとして使われていたという事実である。

では次に、学生たちが受講していた「文学概論」では、どのような内容が講義されていたのだろうか。

二　近代文芸概説書の波及の背景

王耘荘『文学概論』は、構成的には本間久雄『新文学概論』の章立てとそこに述べる西洋近代の文芸論一般を骨格としながら、内容的には『苦悶の象徴』と『象牙の塔を出て』とに描く厨川独自の文芸論を肉付けしているところに特徴がある。その時に王耘荘が使用した『新文学概論』とは、汪馥泉訳『新文学概論』ではなく、章錫琛訳『新文学概論』であり、さらには、『苦悶的象徴』も豊子愷訳ではなく魯迅訳であった。この点は王自身が彼の本の中で明言している。当然、『出了象牙之塔』も魯迅訳である。

ところで、王耘荘が『文学概論』を編むのに使用した魯迅訳『苦悶的象徴』『出了象牙之塔』と章錫琛訳『新文学概論』とには、翻訳文体に対する一連の共通する配慮がある。それは、章錫琛が『新文学概論』「訳者序」（一九二五・三）の中で、次のような断り書きをしていることから窺い知ることができる。

また、本書で用いている「底」の字は、魯迅先生が訳した『苦悶の象徴』の例に倣った。今、魯迅先生の説明を次に記しておく。

すなわち、すべての形容詞が名詞と連なってひとつの名詞に成るものは、その間に「底」の字を用いた。例えば、Social being は社会底存在物とし、Psychische Trauma は精神底傷害としたなどである。また、形容詞へ他の品詞から転化した、語尾が -tive, -tic の類にも、末尾に「底」の字を用いた。例えば、speculative, romantic は思索底、羅曼底とした。（章錫琛訳『新文学概論』の「訳者序」二頁）

このような魯迅と章錫琛に共通する翻訳文体への配慮も手伝って、王耘荘に『新文学概論』『苦悶的象徴』『出了象牙之塔』を一連の近代文芸論を扱う翻訳書として読むことを可能にしたであろう。

王耘荘は第一章「文学的定義」の冒頭、次のように述べる。

世の人は往々にして、これも文学、あれも文学と、まるでこの名詞には疑問とするところがまったくないかのように、手軽に文学という名詞を使っている。もしみなさんが不思議に思って、無作為に何人かに「結局のところどのようなものを文学と呼ぶのか」とたずねたとしたら、たちまちにして、彼らは目を見張り口ごもり答えることはできなくなるだろう。仔細に考えてみると、文学という言葉ほど曖昧模糊としたものはないだろう。ほとんど十人十色、百人百様で、これまでは文学という言葉に対し一つの定義もないのに、大衆には普遍的に承認されていた。（王耘荘『文学概論』一～二頁は、王・一～二頁と記す、以下同じ）

次の文章は本間久雄『新文学概論』第一章「文学の定義」の冒頭の部分である。

文学の研究の出発点においてまず吾々の第一に定めておかなければならないのは文学の定義である。どういうものを文学というか、文学とは何ぞやということの一般概念である。世間普通には何の疑問もなしに文学という言葉を使ってはいるが、仔細に考えて見ると、この「文学」という言葉ぐらい曖昧なものは恐らく、他に余り多くはないであろう。（本間久雄の原文は『新文学概論』新潮社、一九二三年一月版に拠った。本間・四頁、以下同じ）

王耘荘の冒頭の問題提起は本間に呼応したものであることが見て取れよう。ではなぜ、一九二〇年代の民国文壇において、文壇ではあまり名も知られていない王耘荘のような無名の中学教師までもが、「文学」を定義する「文学概論」のような書物を編む風潮があったかであるが、先ほども引用した章錫琛訳『新文学概論』「訳者序」に次のような件《くだり》がある。

わが国で文学を研究する気風は、近頃盛大であるといえるが、しかし文学概論という文学研究の入門書籍に関しては、皆無に近いと言える。このことは実はたいへん奇異なことである。本書は著者の序文に拠れば、社会学的研究という点から、初学者のために文学構成および文学存立の基本条件と理由を解説したものである。本の分量は多くはないが、例証の該博性、条理の整然性、判断の誠実性により、読者は容易かつ明白に理解することができるところが、本書の唯一の優れた点であり、著者本間先生の特徴――去年わたしが彼の『婦人問題十講』を訳したときも、同じようにこの長所があった――であるとも言える。

わが国における文学論という書籍の欠乏から見て、本書の優れた点から見て、本書の翻訳は、わが国の文学を研究および鑑賞する人に対し、必帯の一書だと言わざるを得ない。（章訳『新文学概論』の「訳者序」一〜二頁）

「文学概論という文学研究の入門書籍に関しては、皆無に近い」状況、「文学論という書籍の欠乏」を伝えるこの文章は、ほぼ同時期に、民国文壇の中ですでに著名な存在となっていた多くの知識人が、それぞれになぜ西洋近代の文芸論に基礎をおく文学概論・文学概説等の書物を排出したのか、その社会背景を如実に説明している。

このような社会状況を反映してか、例えば、郁達夫は『文学概説』（上海・商務印書館、一九二七・八初版）を、田漢は『文学概論』（上海・中華書局、一九二七・一一初版）を、夏丏尊は『文芸論ＡＢＣ』（上海・世界書局、一九二八・九初版）を編んでいる。

三　本間久雄『新文学概論』の受容

王耘荘『文学概論』と本間久雄『新文学概論』の各章のタイトルを次頁の表に示したが、このうち「文学的定義」「文学的要素」「文学的特質」を例に用いて、王耘荘が本間久雄の文学論をどのように受け容れ、どのように独自の文学論を構成したのかを検討したい。

1　「文学的定義」について

王耘荘は、文学の概念がどうして曖昧であるのかを、本間久雄がポスネット（Posnett）著『比較文学』から引用した四項目の文章をそのまま借用して次のように書く。

それはなにが原因なのであろうか。ポスネットは四つの原因を挙げている。（王・二頁）

第一は文学という言葉の出所の相違、第二は文学という言葉についての歴史的意義を等閑視するところから生ずるもの、第三は文学製作の諸方法の微細なる変遷、第四は文学製作の諸目的の変遷、この四つが文学の概念をしていよいよ多岐多様ならしめた重要な原因である。（本間・六頁、王・二頁）

この後、王耘荘はなぜ文学の定義が多岐になったのかを、蕭統『文選』「序」、章炳麟『国故論衡』「文学総略」の文章、阮元の文言説、羅家倫の雑誌『新潮』に掲載の「何が文学か」、馬宗霍『文学概論』の例を引き、各人

王耘荘『文学概論』（杭州非社出版部、一九二九・九初版）

自序
〈目録〉
巻上
第一章　文学的定義
第二章　文学的要素
第三章　文学的産生
第四章　文学的特質
第五章　文学的鑑賞
第六章　文学的真実
第七章　文学的分類
第八章　文学的方法上
第九章　文学的方法下
第十章　文学与夢、酒、情人
巻下
第一章　文学与道徳
第二章　文学与革命
第三章　研究文学之方法
第四章　創作家之修養

本間久雄『新文学概論』（東京・新潮社、一九一七・一一初版）

序
〈目次〉
前編　文学通論
第一章　文学の定義
第二章　文学の特質
第三章　文学の起源
第四章　文学の要素
第五章　文学と言語
第六章　文学と形式
第七章　文学と個人性
第八章　文学と国民性
第九章　文学と時代
第十章　文学と道徳
後編　文学批評論
第一章　文学批評の意義・種類・目的
第二章　客観的批評と主観的批評
第三章　科学的批評
第四章　倫理的批評
第五章　鑑賞批評と快楽的批評（附、結論）

がそれぞれの意味で文学という言葉を使用したことを以って、文学の定義が乱れた理由として分析する。さらに、王耘荘は「西洋の文学者が文学に対して下した定義」として、本間久雄が引用したマシュウ・アーノルド（Mathew Arnold）、ウォースター（Worcester）、ストップフォード・ブルーク（Brooke）、シオドル・ハント

(Theodore W.Hunt)、トルストイ(Tolstoy)等に述べる定義を紹介し、最後に「私たちが比較的満足のいく文学の定義は左の如くである」とし、エマーソン(Emerson)、ハドソン(Hudoson)、ポスネット(Posnett)、ハント(Hunt)、蕭子顕の五人の各説を示し、次のように結論づける。

ここに、上述した五家の意見を総合すると、文学の定義は次のようなものとして成り立つ。
文学とは芸術的に組織された文字で人類の感情に訴えるものであり、人類の苦悶の象徴であり、永久性と普遍性を有し、読者と作者との間に共鳴を生じさせることのできるものである。(王・一〇頁)

ここに示した王耘荘の「文学の定義」は、ハントのいう文学が「書かれたる表現」であり、本間久雄が第二章「文学の特質」に引くウィンチェスター(C.T.Winchester)『文学批評の原理』に述べる「感情の永久性」と「作品価値の普遍性」を有するという論理を基礎に、「人類の苦悶の象徴であり」、「読者と作者と間に共鳴を生じさせることのできるものである」とする厨川白村『苦悶の象徴』の文芸論に依拠して結論を導き出したものである。

2 「文学的要素」について

王耘荘は第二章の冒頭、「文学とは芸術的に組み立てられた文字で人類の感情に訴えるものである」(王・一三頁)と述べて、次のように論を展開する。

まず説明しなければならないことは、文学は文字で表現されているということである。芸術には彫刻、絵画、音楽、舞踏などがあるが、文学は芸術の一つであり、文学はこれらのものと並立している。彫刻は立体により表現され、絵画は色と線を以って、音楽は音声を以って、舞踏は動作を以って、そして文学は文字により表現されるのである。

しかしながら文字で表現されたものが必ずしも文学とはいえない。例えば、図録や簿記の類、あるいは政治法律の専門書は決して文学ではない。必ず次に述べる二つの要素が備わっていて、はじめて文学といえる。

第一は、芸術的な組み立て——外観すなわち形式があること。

第二は、人類の感情——内容すなわち感情に訴えること。

この二つ——形式と感情——が文学の要素であり、どちらも欠くことはできない。形式とは感情を表現したものであり、感情とはすなわち表現されたものである。もしも感情を表現できないのなら、それは感情はなかったに等しく、もしも表現できる感情がなかったのなら、形式は無用になってしまう。そこでこの二つはどちらも欠くことはできず、互いに連関するものである。（王・一三〜一四頁）

王耘荘はこの後、劉枋が『文心雕龍』「情采篇」で、水と木を例に、飾りは本質的なものに付随することを説き、虎・豹の皮と犬・羊の革、犀・兕の革を例に物の実質は飾りを伴う必要のあることを説く話から、「形式の要素は美である。美しくなければ人を感動させるに足らず、読者の共鳴を引き起こすことはできない」とする論を引き出す。さらには、『紅楼夢』第九六回の「謬寄純」と呼ばれる「兢遊」（女中）のがさつで醜女であった例、『西廂記』の張生が鶯鶯に一目ぼれした例、ダンテ（Dante）がフローレンスの街なかで偶然会った女性ベアトリーチェ（Beatrice）に心が乱されるほど惹かれた話を例に、「形式が美しくなければ、どんなに深い思いがあっても、人を感動させることはできない」という文学の形式と感情の問題に言及する。ではなぜ、王耘荘が「文学の要素」として「形式」と「感情」に言及するかであるが、それは、『新文学概論』の第四章「文学の要素」の冒頭、本間はウィンチェスター『文学批評の原理』の中で、文学構成の要素を「一、情緒（emotion）二、想像（imagination）三、思想（thought）四、形式（form）。この四つから文学は構成されている」と述べている。ウィンチェスターが述べるこの四つの要素のうち、王耘荘は情緒（＝感情・本間久雄は「文学の要素」の中で、「文学構成の原理として『感情』がその第一の要素であることは恐らく改めていうまでもないのである。ここに『情緒』というのは即ちこの『感情』を指していうのである、と述べる」と説明している）と形式だけを採用している。しかも王耘荘の「形式」とは、本間が第六章「文学と形式」の中で様々な例を挙げて紹介する「形式」のうち、「佛蘭西自然主義の先駆者ギュスタヴ・フロベール（Gustave Flaubert, 1820-1880《ママ》）が尊重した『形式』というもの主としてこの『文体』を指したのであった」（本間・七一～七二頁）と説明した以下の内容が基礎になったものである。

> フロオベエルの云った有名な言葉に、「美しい形式なしには美しい思想はない。又その反対もあり得ない。丁度、一個の肉体から、その肉体を組織するさまざまの性質——色彩とか大きさとかいうもの——を、それを空なる抽象に帰する事なしには、換言すれば、それを破壊することなしには、抽き出すことの出来ないように、内容から形式を引き離すことが出来ない。何となれば内容は形式あって始めて存在し得るからである。」というのであるが、この場合の形式とは狭義に用いられているもので、即ち「文体」というほどの意義であったのである。（本間・七二頁）

王耘荘はこの「文学的要素」の章に、本間の第六章「文学と形式」に描かれる理論を受け容れ、さらには『文心雕龍』等から引用した「形式の要素」には「美」が必要であることを前提としたうえで、「美」と「形式」を以下のように説明する。

> 第一に、いわゆる「美」とはどんな意味か。……（中略）……文学に言う美とはどのような基準で評定するのか。
> 文学に言う美とは、作品を読んで人を動かすことができるかどうか、すなわち読者に共鳴を喚起させることができるかどうかである。できればそれは美であり、できなければそれは美ではない。より人を動かせるほど、より多くの人の共鳴

を喚起できればできるほど、それはより完璧な美であるといえる。

第二に、文学の形式が求める美とは、決して内容を犠牲にして、修辞に折れ合うことではない。いわゆる形式の美とは、表現内容の方法を美化するが、決して形式の美を求めて内容を損なわさせるものではない。

第三に、形式の美とはただ内容の力を増加させるだけで、もしも内容が根本的によくなかったら、形式もまた無力となる。

第四に、形式がたいへん美しくても、内容が人類の感情を述べていないものであれば文学ではない。（王・一六～一八頁）

ここに示した定義は、フロベールの説く「形式」が狭義の意味での「文体」を指しており、王耘荘の論はそれを受けているのだということを知らないと解りづらい内容である。王耘荘の『文学概論』の読者は、「文学の要素」には「外観」すなわち「形式」があり、「形式」には「美」が必要であるというところまでは理解できたであろう。ところが、いつまで経っても「形式」の定義が出てこないため、「形式」の概念規定は読者それぞれに委ねられ、かなり幅のある曖昧なものになっている。ここでの「形式」とは、小説・戯曲・詩歌などのジャンルを指すものではなく、まさしく先に示したフロベールが論じた「文体」の意味であり、「形式の美」とは「文体の美しさ」を指していたが、この点は読者には示されなかった。

次に、王耘荘は「感情」を以下のように定義する。

次に感情を論ずる。感情の内容は以前の事実を叙述することであり、人に人類の過去の真相を明瞭にさせることを意図し、それは歴史学の事柄である。感情の内容は行為の善悪の基準を語り、人に行為がいかにあるべきかを明瞭にさせることを意図し、それは道徳学の事柄である。感情の内容が人間の喜怒哀楽、離合悲観に訴えさえすれば、すべて文学である。いわゆる喜怒哀楽とは、感情の表現である。

そして次の問題は、いかなる感情でもすべて文学になり得るのか、それとも制限があるのかということである。トルストイは彼の『芸術論』の中で、いかなる感情もすべて文学となり得ると言っている。しかし彼は実際には宗教によって制限されていた。なぜなら彼は宗教を感情の善し悪しを評定する基準にしたからである。(王・一九頁)

ここで示された「宗教」については、本間の『新文学概論』の第四章「文学の要素」として示された「思想」と関連がある。「思想」について、本間は「作物を作る人も又作品を鑑賞する人々も共に注意すべき重大事は、『思想』に囚われないようにするということである」(本間・五八頁)、「或る思想に囚われた眼で見ると、その思想に類似したものか、その思想に共鳴したものでない限り、極く低く評価するのは自然のことである」(本間・六〇頁)と説明する。そしてこの思想に囚われた例として、トルストイがモーパッサンのある作品を無価値と評定した原因が、晩年のトルストイは芸術家というよりもむしろ宗教家であり、彼の『芸術論』(本間久雄の原典は『芸術とは何ぞや』、耿済之訳『芸術論』上海・商務印書館、一九二一・三初版)が原始キリスト教の教義を宣伝するための方便としたほど、宗教という「ある一つの思想に囚われていた」と説明する。

本間は「思想はその人の人生観」であり、「この『思想』はその人の『個人性』とかその時の時代思潮とかいうさまざまな方面から影響を受けている複雑なもの」(本間・五八頁)と書き、「思想に囚われた」状態を「宗教」と同義で用いていることが読み取れる。王耘荘は「文学的要素」からもともと「思想」は外していたのだが、ここで「思想」にとらわれた悪例として用いられたトルストイの例を挙げ、「宗教」を「感情の善し悪しを評定する基準」(王・一九頁)という言葉で言い換えている。しかし本来、本間がトルストイの『芸術論』の中から引用した文学の構成要素として重要な「感情」の定義とは以下のようなものであった。

いかなる情緒、感情も文学たり得ないわけではない。

けれども、いかなる情緒も、いかなる感情もその生のままでは決して文学的情緒、すなわち文学の要素となり得るものではない。生のままの情緒なり、感情なりが、文学的情緒となるためには必ずそこに一種特殊の経路を取る必要がある。この特殊の経路を取ることなしには、いかなる感情、情緒も決して文学の要素となり得るものではないのである。（傍点ママ、本間・四六頁）

本間はここに示したように、わざわざ傍点まで振って強調して、さらに、島村抱月の言葉を引用して、「回顧瞑想の気持で営んでいる自己」を「観照（Contemplation）」と名づけ、これが「芸術的情緒の根本の条件」であると し、これにアメリカの美学者サンタヤーナ（Santayana）が用いた「自己を離れる（to project）」「客観化される（to be objectified）」という言葉を加え、「文学の要素」足り得る「一種特殊の経路を取った文学的情緒」とは何かを説明しながら、「情緒」すなわち「感情」を以下のように定義していたのである。

快感ばかりでなく、苦痛もその他一切の情緒は結局自己を離れて、初めて客観化されて島村抱月氏の所謂「観照」の情趣となるのである。であるから文学的情緒ということを約言すれば、客観化された情緒ということになる。すなわち文学的要素としての情緒はすべて客観化されたもの、客観化されない情緒はいかなる情緒であっても断じて文学的要素とはなり得ないということになるのである。（傍点ママ、本間・四八～四九頁）

ここに書く文学的「情緒」「感情」の定義として、「自己を離れる」「客観化される」という必要条件を欠いたまま、王耘荘は本間の『新文学概論』にあるウィンチェスター『文学批評の原理』に語る「文学の感情的な効果に不朽の価値が有るかどうかを評価する五項目」へと論を展開し、以下のように述べる。

ウィンチェスターは、『文学批評の原理』の中で、文学には適さない二種の感情――私利と苦痛の情――があると言っている。彼の言うところの私利の情とは、文学で金儲けしたり、欲を貪ったり、危険を回避したり、敵討ちをしたり、恩返しをしたりすることを指す。苦痛の情とは、嫌悪、恥辱、猜疑、憤怒の類の言葉を指す。彼はまた文学の感情的な効果に不朽の価値があるかどうかを評価する五項目を挙げている。五項（カッコ内は本間原文――筆者）とは、次のものである。

一、感情的正直或適宜（情緒の純正又は適切）；二、感情的生動或有力（情緒の活躍又は力）；

三、感情的持続或恒久（情緒の継続又は確実）；四、感情的範囲或変化（情緒の範囲又は変化）；

五、感情的階級或性質（情緒の階級又は性質）。（王・二〇頁）

王耘荘が上記で述べる「文学には適さない二種の感情」という言葉は、本間の『新文学概論』にはどこにも現われず、王耘荘がウィンチェスターを借りて独自の思い、感慨を語ったものだろう。さらに、王耘荘は「数多くの人の共鳴をどのように獲得するのかということになると、それはまったく描写が深刻かどうかということにある」（王・二二頁）と論を展開させて、厨川の魯迅訳『出了象牙之塔』「観照享楽的生活・一　社会新聞」の次の文章を引用する。

厨川白村はかくの如く上手く説明する。

日ごとに新聞の社会面を賑わしている切ったはったの惨事は言うまでもない、物識りの顔の人たちが「またしても痴情の果て」などと嘲って済ます男女関係から、詐欺泥棒の小事故に至るまで、多くの人々はそれを愚にもつかぬ暇つぶしだと思って読んでいる。しかし若し私どもがこれら事実の表面から更に一歩深く突込んで、それを人間生活上の意義ある現象として考え、思索観照の対境として見るならば、そこには人をして戦慄せしめ驚嘆せしめ憤激せしめるに足る、多くの問題の暗示がある事に気附くだろう。若しもソフォクリイズ（Sophokles）や沙翁やゲエテやイプセンが用いたあのような絶大の表現力を借り来るならば、この市井の雑事の一つ一つが皆悉く芸術上の大作となって、自然と人生との前に大なる明鏡を掲げることになるのだ。〔ここに示す頁は魯迅訳『出了象牙之塔』（以下、魯訳『出』と省略）、用いた文章は厨川の原文。魯訳『出』・七五〜七六頁、以下同じ〕

そこで社会の状態をさらに一歩踏み込み観察できることが、実際に文学者に欠かすべからざるの技能である。（王・二一一〜二二二頁）

第二章「文学的要素」の全般を通して次のようには言えまいか。本間論と厨川論をよく知るものにとっては、王耘荘の繰り広げる途切れ途切れの文芸論の狭間に、本間論と厨川論における言説を埋め込みつなぎ合わせることで、どうにか読み取ることができるということである。だが、理論展開に独自の思い込みと唐突な飛躍があることは否めない。この飛躍は厨川のここで示した文章を受けての結末が、次のように締めくくられることからも見て取れる。

感情の要素とは真実である。真実でない感情は、文学として用いることはできない。つまり真実でないものは根本的に感情ということはできない。しかしながら、感情の真実と理知の真実とは違うものである。いったいどのようなものが感情の真実であるかは、第六章「文学の真実」で述べよう。（王・二二二頁）

3 「文学的特質」について

王耘荘の第四章「文学的特質」の内容は、第二章「文学的要素」に引き続き、『新文学概論』第二章「文学の特質」に述べるウィンチェスター『文学批評の原理』を中心に論が展開する。

ウィンチェスター氏の解釈を本筋として以上を略説すれば、文学は感情を通じて感情に訴えるものであり、そして感情は瞬間的なものである故に、それは永久性を持っているものであり、又感情は、個々の人、個々の場合に依って量質共に千差万別ではあるが、「感情の大洋は洋々として各時代に不変であり」且つ万人に共通な普遍的要素を含んでいるものであるから、文学の特質は感情の永久性と普遍性とを描き且つ伝えるところにあるということになる。そして又文学がその特質を発揮すればするほど、すなわち感情の永久性と普遍性とを描き且つ伝えることの多ければ多いほどその文学は優れた文学であるということになる。（本間・二一六～二一七頁）

ここに示したように、『新文学概論』第二章「文学の特質」は、ウィンチェスター『文学批評の原理』を引用し、「文学の特質」が感情の瞬間性を表現する永久的価値のある文章に、時空間を超えて人類一般に共通する「普遍性」を有するということであると言及し、「永久性」と「普遍性」の関係を整理する。

さて王耘荘は、このようなウィンチェスターと本間久雄の理論をどのように自著に纏めあげたのであろうか。

①文学の「永久的価値」について

ウィンチェスター氏は文学の特質を以て、その作品が「永久的価値の真理を含むばかりでなく、その作品そのものが本質的に永久的価値を持っている」ところにあるとなして、このことを委しく説明している。氏の説明するところに依ると、文学以外にも永久的価値の真理を含んでいるものが沢山ある。例えば暦とか国家の慈善事業の報告とか法律家の書斎を満す書籍のようなものは、大抵は何れも永久的価値の真理を含んでいる。暦の如きは太陽が冷却し星が老耄するまでは吾々に取って必要缺くべからざる真理を書き記したものである。しかしながら、吾々は誰しもこれを以て文学と呼ぶものではない。「蓋しそれらの書物中の事実及び真理には不朽の価値が存しているけれども、以て文学と称することの出来ない所以は、これらの事実は種々の方法でもって他に適用せられ、又更に異なる形式を以て顕わされ、最初にこれを記載した書物は全然消滅しても事柄として一般の人知となって存在する点にあるのである。即ち書物は消滅しても真理は不滅である。

今日吾人は引力の根本原理を究めようとする場合に、ニュートンの原理を読む必要は更にない。之はすでに物理学上の知識となって承認されているから、何もニュートン其の人に因る必要はないのである。文学の正当なる意味から云えば、如何なる文学書も翌年なり次の世紀なりに、これと同一の事を記し、且つ一層精細に記した書物で間に合うものではない。文学は作物そのものが必然不朽たるべき性質を有していて真理を伝達するための一時的容器ではない。」

即ち文学は、必ずしも不朽の興味ある真理を含有する書物ではなくて、その本質として不滅的興味を持っている著作であると、ウィンチェスター氏は云っている。（傍点ママ、本間・一六～一八頁）

なぜ暦や新聞などの多くの印刷物を私たちが文学と称し得ないのだろうか。言うまでもなくそれらのものは、ある有効期間が過ぎれば終わってしまい、決して永久的価値がないからであり、文学には永久的価値が必要である。私たちが二千数百年前の『離騒』や、一千数百年前の『杜詩』を現在めくり返し読んでも、言うに言われぬ纏綿たる悲しみと澎湃たる熱情を覚えるであろう。だから永久的価値を有してこそ初めて文学と言えるのである。……（中略）……例えば、今日万有引力の説を理解しようとすれば、ニュートンの書籍を読む必要はない。なぜなら彼の原理は今日の物理学書の中にはとうに含まれている。また、地球楕円の説を理解しようとすれば、コペルニクスの書籍を読む必要はない。なぜなら彼の原理は今日の天文学書の中にはとうに含まれているからである。しかし文学は決してそうではない。なぜならその中で伝えたい感情は、絶対に別の人あるいは別の方法では伝達することができないからである。（王・三六～三七頁）

ここに本間久雄が引用しウィンチェスターが説明した文学の「永久性的価値」の内容と王耘荘の文章を示した。較べて判る通り、王耘荘の理論は本間の解説が土台になっている。王はこの文章の後、古詩一九首、『孔雀東南飛』『石頭記』『西廂記』『桃花扇』を例として挙げ、「原詩を読まなくてはどうしても原詩を読んだ時に得られる情緒を得ることはできない」、「読み終わっても、この本から引き起こされた情感を再び感じようとした時、この本を再読せざるを得ず、また文学とは確かに私たちに百読させても飽きさせないものでもある」（王・三八頁）として、これが文学の永久性であると結論づける。

②感情の「瞬間性」と文学の「普遍性」について

さて、それならば何故に文学は不滅的興味を持っているか、更に換言すれば不滅的興味を持っている文学は何故に人を感動さすかという、愈々根本の問題に這入ってウィンチェスター氏は次のように説いている。

文学が本質的に不滅的興味を持っているのも、又、人を「動かす」のも、一に人の「感情に訴える力」を根本に於いて持っているのに依るのであるというのである。そして「感情に訴える力」を持っていることが、何故に文学に不滅性、永続性を附与するかということについて、氏は次のような極めて興味ある立論の様式で面白く説明している。「知識と感情との根本的相違の一は、知識は永続するし、感情は消失するところに存する。吾々が或事実を熟知すれば、常にそれを把持して、知識はそれだけ増加したのである。であるから知識に訴える或論文を一度精読して皆知って了えば之れを再読する気は起らぬ。之れは其の論文中の事柄が既に永遠に吾人の所有物となったために該書は自ら放棄せられるのである。然るに感情というものは之と根本的に異なるもので本来瞬間的である。知識は永続する所得であるけれども、感情は常に変化する経験の連続したものである。……(中略)……苟も文学的価値があるものであれば読者は必ずこれを再読せんことを望み、大文学であれば之れを幾度繰りかえし読んでも決して倦きないものである。かくの如くして文学は不朽の書となるのである」。これ、すなわち、感情の瞬間性ということから、逆にその永久性ということに説き及んだものであって文学が永久性を持っているということの説明としては極めて面白い説明である。(傍点ママ、本間・一八〜二一頁)

しかしながら、文学はどのような理由を以ってその永久性を獲得するのであろうか。ホーマー時代の学術はすでに廃れたにもかかわらず、ホーマーは今なお古くはない。このことはどんな原因なのだろうか。これは文学が感情に訴えるという原因から来るものである。

今「感情」に説明を加えていこう。感情と知識とは根本的に違うものである。すなわち知識は永続し、感情は瞬間であるということである。私たちがある種の知識を熟知して、忘れないようしっかり記憶したら、知識は増加させることができる。しかし感情は決してそうではなく、詩を一首読み、小説を一冊読む時、読んだ時に生じる情感は時が経てばなくなってしまう。というのは、知識に訴える一篇の論文は、私たちが理解した後は、この知識が私たちの所有物となり、この論文を再読する必要はなくなる。しかし文学はそうではない。感情は決した私たちの所有物とはならず、時間が経てば、感情も消滅する。まさしく斯くのようなので、一首の詩、一冊の小説は、私たちは再三再四それを鑑賞することができる。確かに文学的価値のあるものは、必ず私たちに一〇編、二〇編読ませても飽きないものなのである。例えば、『連昌宮琵琶行』の一連の詩は、読む時々にそれぞれの意味を感じるものではないのか。なぜなら感情の瞬間性によって文学の永久性が成立するからである。（王・三六～三七頁）

ここに示したのは本間の原文と、それを使って纏めた王耘荘の文章である。両者の説明は、次で示す「文学の普遍性」の説明と合わせて読み比べる必要があるが、あとの文章で本間が「ホーマー時代の学術は既に廃れたけれどもホーマーは今日も尚、老いない」と説明する観点を含め、王耘荘が説明する「感情の瞬間性」の理論も、本間が引用し、説明したウィンチェスター論の内容をそのまま借用している。

次に文学の特質として今一つ挙ぐべきのは文学の「普遍性」ということである。これも又、文学が感情に訴えるという根本的性質から当然に出て来る特質である。これについてもウィンチェスター氏は、以上、文学の永久性を持っているということを説いたのちに、「例えば、ホーマー時代の学術は既に廃れたけれどもホーマーは今日も尚、老いない。何故ホーマーは廃れないのであるかというに、彼は古今不滅の人情に訴えているからである。すなわち個々の感情は瞬間的であるけれども、人類一般の感情の性質というものには通用の点が存する。各感情の大洋は洋々として各時代に不変である」と云っていることなども、文学の普遍性ということを説明しているものと云うことが出来る。すなわちウィンチェスター氏は、個々の感情は瞬間的であり、個的ではあるが、人類一般の感情には共通したもののあることを認め、この共通したあるものは、時間空間を絶して誰人も共感し、共有することが出来るものであるということを認め、そこから文学の普遍性ということを推論しようとしているのである。これはいうまでもなく妥当な見解である。（傍点ママ、本間・二一～二二頁）

第一に、作者の目的の方面から言えば、科学の論文はもっぱら科学を修めた者のために書かれたもので、文学作品は決してもっぱら文学を修めた者のために書かれたものではない。第二に、読者の方面から言えば、一般人は決して科学の専門論文を読みこなすことはできないが、言葉の歴史や格調をまったく理解しない人でも、一首の小詞の情感は味わうことができるのであり、小説の人物構成などをまったく理解しない人でも、小説の悲痛なところまで読むと涙が零れるのである。第三に、読者の嗜好の方面から言えば、代数・幾何を学んだ人でなければ、決して一冊の代数・幾何を探して読もうとはしない。しかし文学の方面においては決してそうではない。どんな人にかかわらず一冊の小説を探して読みたがっているではないか。農民や職人は仕事に疲労した時にでも、唱本や宝巻の類のものを見て楽しんでいるではないか。（第一章で引用したハドソン、ポスネット、ハント諸氏の言説を参考）

このことが文学の普遍性である。（王・三九～四〇頁）

ここに示した「文学の普遍性」の論理について、王耘荘は「第一章で引用のハドソン、ポスネット、ハント諸氏の言説を参考」にしたことに付言しているが、本間原典にはこのような箇所はない。王耘荘は「文学の普遍性」についても、基本的には本間論を土台に、解り易く箇条書きに整理しただけだが、この点から、王耘荘も含め中国の学問の特質が、様々な抽き出しから、色々な情報を取り出してきて、それを一つに纏めあげる概説的能力に長けているところにあることを窺い知れよう。

王耘荘がハドソン諸氏を利用して導き出したとする「文学の普遍性」は、まず、「一篇の文学作品は再三再四鑑賞することができるのであるが、私たちが二度目にその本を読んだ時に起こる情感は、一度目のものとはまったく違うものである。これは感情——喜怒哀楽が私たちの行為であり、行為は状態（Situation）——その意味は刺激べた永久性と普遍性がすなわち文学の特質である」（王・四四頁）と纏め、この章を締めくくる。

(Stimulus）と同じ——だからである。喚起された反応は状態が異なれば、その喚起される反応もまた異なるのである」（王・三八〜三九頁）と説明する。次に、「李白の『夜思』にしても、成仿吾の『一個流浪人的新年』にしても、異郷で読むのと、帰宅して読むのとでは、決して同じではない」（王・三九頁）と論を展開し、だから「一首の詩や一冊の小説が、文学を専攻しているかどうかにかかわらず、どんな人にでも読みたがられている」（王・三九頁）のであり、結果、文学には「普遍性」のあることを帰結する。そして王耘荘論は「文学の普遍性」についてさらに独自の論を展開させるが、ここでは省略する。最後に、王は「文学的特質」の結論を「文学の定義で述べた永久性と普遍性がすなわち文学の特質である」（王・四四頁）と纏め、この章を締めくくる。

四　厨川白村『苦悶の象徴』『象牙の塔を出て』の受容

本来、王耘荘『文学概論』の構成としては第三章「文学的産生」（本間の「文学の起源」と同じ意味）が先に置かれているが、「文学的産生」には厨川白村の『苦悶の象徴』からの引用を用いた理論展開が示される。そこで、「文学的産生」を含め「文学的鑑賞」、「文学的真実」、「文学的分類」、「文学的方法」上・下、「文学与夢、酒、情人」において、王耘荘が厨川白村の文学論をどのように受け容れ、どのように独自の文学論を構成したのかを検討したい。また、王耘荘が厨川の『苦悶の象徴』を引用または援用した箇所が十四カ所、『象牙の塔を出て』は二箇所、合わせて十六カ所あり、そこには第何番目の「引用」と表示し、彼が使用した魯迅訳の章節とその頁を記してあることをあらかじめ断わっておく。

1　「文学的産生」について

王耘荘はこの章の冒頭、ものの発生にはすべて必然的な原因があり、文学がどう生じたかを考えると、「文学の起源」「文学の衝動」「文学の刺激」の問題に波及してくるのだとし、「文学の起源」に関しては、本間の『新文学概論』の第三章「文学の起源」を援用して次のように解説する。

本間久雄は彼の『新文学概論』(第三章)で、文学の起源の問題に触れて、二つの方面から説明する。一つは心理学の方面からで、すなわち所謂芸術衝動(Art-impulse)の研究であり、もうひとつは芸術の発生学における実際方面からの研究である。芸術衝動を心理学的に(心理学底地)研究した学説が幾種かある。たとえば、遊戯本能(Play-impulse)説、模倣本能(Imitative-impulse)説、吸引本能(Instinct to attract by pleasing)説、自己表現本能(Self-exhibiting impulse)説などである。現在私たちは本能の有無に対し根本的に懐疑している。しかも本間久雄はすでに芸術衝動の説明で、単に心理学の説明だけでは到底満足な解決が与えられないと語っている。そこで私たちはこの見解には触れずに置く。芸術の発生学における実際方面からの研究で、本間久雄はヒルン(希倫 Hirn)が著した『芸術の起源』の説を引用して、芸術が最も実際的で非審美な目的から発生したものであると考えている。本間久雄は次のように言う。

ヒルン氏の如上の見解は、云うまでもなく一般芸術の全部に亘った見解であるが、単に文学だけについて云っても無論同一のことが云われる。すなわち文学も亦他の芸術と同じく、実人生と最も密接な関係から生れたものであるということが出来る。永い文学の歴史の上の事実には、実生活そのものと密接であるという程度に於て無論強弱の相違はあるが、文学対人生の本来の関係には、たしかに一種の功利的な密接なもののあることは誰人も承知しなければならないことである、と。(王・二四～二五頁、本間・三六～三七頁)

王耘荘は「彼の説はもちろんその通りである。しかし私たちが不満を覚えるのは、(一)実生活と密接なものは文学だけとは止まらない、(二)実生活の要求からは、文学を生じさせるばかりでなく、外の物も生じさせる」(王・二五頁)と評し、「文学の衝動」へと論を展開する。

「文学の衝動」では、ハドソン『文学研究導言』(*An Introduction to the Study of Literature*)の言説を引用するが、本間の『新文学概論』では採録されない。「文学の衝動」として、「自己表現の欲望」、「人々と人々の行為への興味」、「居住する実在世界及び実現を願う想像世界への興味」、「諸般の形式への愛好」（王・二五頁）の四点が挙げられ、これに対し王耘荘は「彼の説は当然彼なりの理由があろうが、私たちはどうしても文学発生のすべての原因を言い尽くしてはいないと感じてしまう」（王・二五～二六頁）と評し、次のような見解を表明する。

人類が生まれて以来、人類は日々悲痛と苦痛の運命の中で奮闘し、圧迫の中に解放を求め、窮地に活路を求めた。初めは人と獣の戦い、その後人と人の戦い、人と人の戦いとは、まずこちらの部族とあちらの部族の戦いに始まり、以後同じ部族間のこっちの階級とあっちの階級の闘争となり、現在に至ってもずっとまだそうである。人類の文明は日進月歩進化しているのだが、一方では圧迫を受けている大変多くの人がおり、重い重い鎖の下でもがきあがき、解放を求めている。これはかりか、一方ではさらに自然界と戦い、何とかして自然界の災難を取り除き生存を求めなければならない。人類はこの苦悶の空気の中で生活し、知らず知らずに呻吟の声を発し文字に表した。つまりこれが文学である。文学の起源は苦悶に由来し、すべての文学作品の産出は文学家の苦悶に由来する。苦悶は文学の推進器であり、文学の刺激である。そこで第一章で文学を定義した中で、文学は人類の苦悶の象徴であると言ったのである。（王・二六頁）

王耘荘の理論はこの文章を契機に、厨川白村の文芸論へと傾斜していく。

人類は苦悶を受けて、知らず知らずに呻吟の声を発するので、エマーソンの『文学は人類が彼の境遇の劣悪さを補償するための努力である』という言葉は正しい。韓愈『送孟東野序』は世間に受け入れられない憤りを表したもので、屈原、司馬遷、（司馬）相如、楊雄、李白、杜甫の作品はすべて不平を鳴らしたものである。この（上述引用した）説はその通りである。文学とは人類の不平を鳴らしたものである。（王・二七頁）

王耘荘は「厨川白村が解釈した文学の起源が、最も理に適っている。彼は世の中に対して起こった苦悶において、文学と宗教とは同源だと考える」（王・二七頁）と述べた上で、以後「文学の起源」の回答をすべて『苦悶の象徴』の言説に求める。

第一の引用――魯迅訳『苦悶的象徴』「第四　文学的起源・二　原人的夢」

欲求が制限抑圧を受くるところに生ずる人間苦と原始宗教と、それから夢と象徴と、こういう風に連絡を附けて考えるならば、聡明なる読者は文芸の起源が果して何処に在るかを覚られるであろう。まことに原始時代に於ける宗教の祭式と文学との関係は、姉妹であり兄弟であったのだ。「すべての芸術は宗教の祭壇に生れる」という言葉の意味も、またこの点に存することを知られるだろう。〔ここに示す頁は魯迅訳『苦悶的象徴』（以下、魯訳『苦』と省略）、用いた文章は厨川の原文。魯訳『苦』・一二〇頁、以下同じ〕

第二の引用――魯迅訳『苦悶的象徴』「第一　創作論・五　人間苦与文芸」

そういう苦悶を経験しつつ、多くの悲惨な戦を戦いつつ人生の行路を進み行くとき、われわれは或は呻き或は叫び、怨嗟し号泣すると共に、時にまた戦勝の光栄を歌う歓楽と賛美とに自ら酔うことさえ稀ではない。その放つ声こそ即ち文芸である。痛手を負い血みどろになって、悶えつつも、また悲みつつも、諦めんとして諦め得ず、思い止まることの出来ないほどに強い愛慕執着を人生に対して持つときに、人間が放つ呪詛、憤激、讃嘆、憧憬、歓呼の声が即ち文芸ではないか。

（魯訳『苦』・二六～二七頁）

第三の引用――魯迅訳『苦悶的象徴』「第一　創作論・六　苦悶的象徴」

才人往くとして可ならざるなく、政治科学文芸のすべてに於て超凡の才能を発揮し、他人目には極めて幸福な得意の生涯だと見えたゲーテの閲歴にも、苦悶は絶えなかったのだ。彼はみずから言った、「世人は私のことを幸福な人間だと言うが、私は苦悩の一生を送ったのだ。私の生涯は永久の礎を一つずつ積み上げることに捧げられた」。この苦悩からして、彼の大作『ファスト』も『ヴエルテルのわずらい』も『ヴィルヘルム・マイステル』も皆夢となって現われたのであった。

政争の混乱に身を投じ、いくたびか妻に別れ、自らは遂に盲目となる悲運に悶えたミルトンは、『失楽園』と共に『復楽園』を書いた。ベアトリチェの恋に破れ、また流竄の身となったダンテは、『神曲』に地獄界、浄罪界、天堂界の幻想を夢みたのである。恋になやみ妻に先だたれたブラウニングの剛健な楽天詩観を、誰かまたその苦悶の変形転換でないといおうぞ。若しそれ大陸近代の文学に於て、ゾラやドストイエフスキイの小説、ストリンドベルヒ、イプセンの戯曲の如きに至っては、世界苦悩の悪夢に魘される人の呻きの声として聞くべきではなかろうか、夢魔が叫ばせる恐ろしい呪詛の声ではなかろうか。（魯訳『苦』・四一〜四二頁）

王耘荘は、第一の引用の後に「宗教に関わり起こる人間苦の問題」を挙げ、「今最も引くのに好いのは司馬遷『史記屈原列伝』の文章で、文学と宗教とはともに人の世に起こった苦悶であることが証明できる」（王・二七頁）と説明を加える。第二の引用の後は「文学が苦悶の象徴であるとする段階を説明するのは大変明白であり、以下例を挙げてこの段階を証明する」（王・二九頁）として、屈原『離騒』、司馬遷『史記屈原列伝』、杜甫・李白の詩など例に実証する。第三の引用は「厨川白村は文学が苦悶の象徴であると説明するに、幾つかの例を挙げており、今彼の文章を引用しても差し支えあるまい」（王・三一頁）と語った後に示したものである。そして最後に、「そこで私たちが文学家の境遇から考察してみても、確かに私たちに『文学は人類の苦悶の象徴である』というこの言葉を信じざるを得ない」と評し、「ここに郭沫若の文章を記して、本章の締めくくりとする」として、郭沫若「『西廂記』の芸術上の批評とその作者の性格」（『西廂』「序文」上海・泰東図書局、一九二一・九）の冒頭の、次の文章を載せる。

文学は反抗精神の象徴であり、生命が窮迫した時に叫ぶある種の革命である。屈子（屈原）の『離騒』はこうして生み出された。蔡文姫の『胡笳十八拍』はこうして生み出された。ダンテの『神曲』もミルトンの『失楽園』もこうして生み出された。周詩の「変雅」(『詩経』の「大雅」「小雅」の詩篇の一部、「正雅」と対峙し、周政衰亡の作品とされる——筆者)は幽厲(周の幽王と厲王——筆者)時期に生まれたもので、先秦諸子の文章は周末に奮い起こされたもので、ゲーテやシラーはドイツ凋落の時に現われた。トルストイやドストエフスキーはロシア専制の下に生れた。わが国の最近の文壇がすこぶる活気にみなぎる様子なのは、内の武人と外の強い隣国という二重の圧迫を受けたからである。(王・三三頁)

2 「文学的鑑賞」について

この章の表題は、『新文学概論』にはなく、『苦悶的象徴』の「鑑賞論」という表題からの借用である。王耘荘は、本章の冒頭で、鑑賞とは個人の嗜好により、作品の良し悪しの評価が一致することであり、批評とは個人の嗜好を超えたところでの評価であることを簡単な言葉と例を挙げて紹介する。

そして「本章で討論するのは、鑑賞時の心情であり、読者と作品の作者との関係、読者の修養、鑑賞の方法等々の問題である」と説明して、「現在私たちはまず文学を鑑賞する心情を分析していく。そこで説明の都合上、簡単に文学を、風景描写のもの、憂患直抒のもの、物語を記載するものという三つに分類する」(王・四六頁)として、以下この三項を解説する。

①風景描写の文学

王耘荘はこの分類を次のように纏める。

これら(劉宗元「遊黄渓記」、張志和「漁父」、無名氏「菩薩蛮」の詩)は読者の経歴と関係がある。例えば、ある種の情景は読者が今までに見たり聞いたりしたことがない場合、簡単には理解できない。例えば、山に住み山から出たことのない人に湖や海の風景を描写する詩を読ませたり、熱帯に住む人に雪の舞い散る詩を読ませても、詩の美しい面持ちを納

得させることは容易ではない。だから厨川白村は次のように言う。（王・四七頁）

第四の引用――魯迅訳『苦悶的象徴』「第二　鑑賞論・一　生命的共感」

未だ曾て日本の桜の花を見た経験を持たない西洋人には、桜を詠じた日本詩人の名歌を読んでも、われらがその歌から得る詩興の十分の一をすらも得ることは難いであろう。未だ曾て雪を見た事のない熱帯国の人にとっては、雪の歌は寧ろ感興少き索漠たる文字として終るであろう。（魯訳『苦』・五六頁）

②憂患直抒の文学

王耘荘はこの分類において杜厳「客中作一首」や杜甫「春望」などの詩を挙げ、「私たちに読後に、同様の憂患を作者と同じように生じさせ、ほとんど自分が読者であることを忘れさせる」（王・四八頁）、「しかしこれらも読者と作者の経歴がどのようであるか、経歴が同じであれば当然理解しやすく、経歴が違えば当然納得し難いのである」（王・四七頁）と述べている。

③物語を記載する文学

王耘荘は「私たち自身を作品の中に陶酔させ、まるで自分が作中の一員であるかのように、作中の人物と同じような情緒を生じさせる」（王・四八頁）例として、『水滸伝』『紅楼夢』などを挙げ、次のように結論する。

このような文学の鑑賞が成立する訳は、前章で述べた感情の共通性を基礎としているからである。鑑賞が成立する時には、読者と作者の気持ちがまったく同じであり、そこでわれわれが好きな小説や詩歌を読んだ時には、常に「わが意を得たりの如き」の思いがあるのである。この時、つまり読者と作者の間には共鳴作用が起こったのであり、言い換えると、つまり生命の共感が起こったのである。生命の共感は感情の共通性によって成立する。だから先に述べた通り、読者がかつて感じたことのある、考えたことのある、あるいは見たことのある、聞いたことのある、したことのあるすべてのことは、すなわち経験したことのある——直接経験や間接経験を問わず——すべては、作者と同じようなところがある時に、ことのほか容易に成立するのである。もう一方で次のようにも述べる。（王・四九頁）

第五の引用——魯迅訳『苦悶的象徴』「第二　鑑賞論・一　生命的共感」

「作家と共通共感すべき生命を有しない俗悪、没趣味、無理解の低級読者に対しては、たとえ如何なる大作傑作と雖も何等の感銘を与えず」とは、まさに厨川白村の言うとおりである。（魯訳『苦』・五二頁）

王耘荘は前述の自己の三分類が成立する読者と作者の関係を上記の図を以って整理する。

第六の引用——魯迅訳『苦悶的象徴』「第二　鑑賞論・六　共鳴底創作」八二頁の図

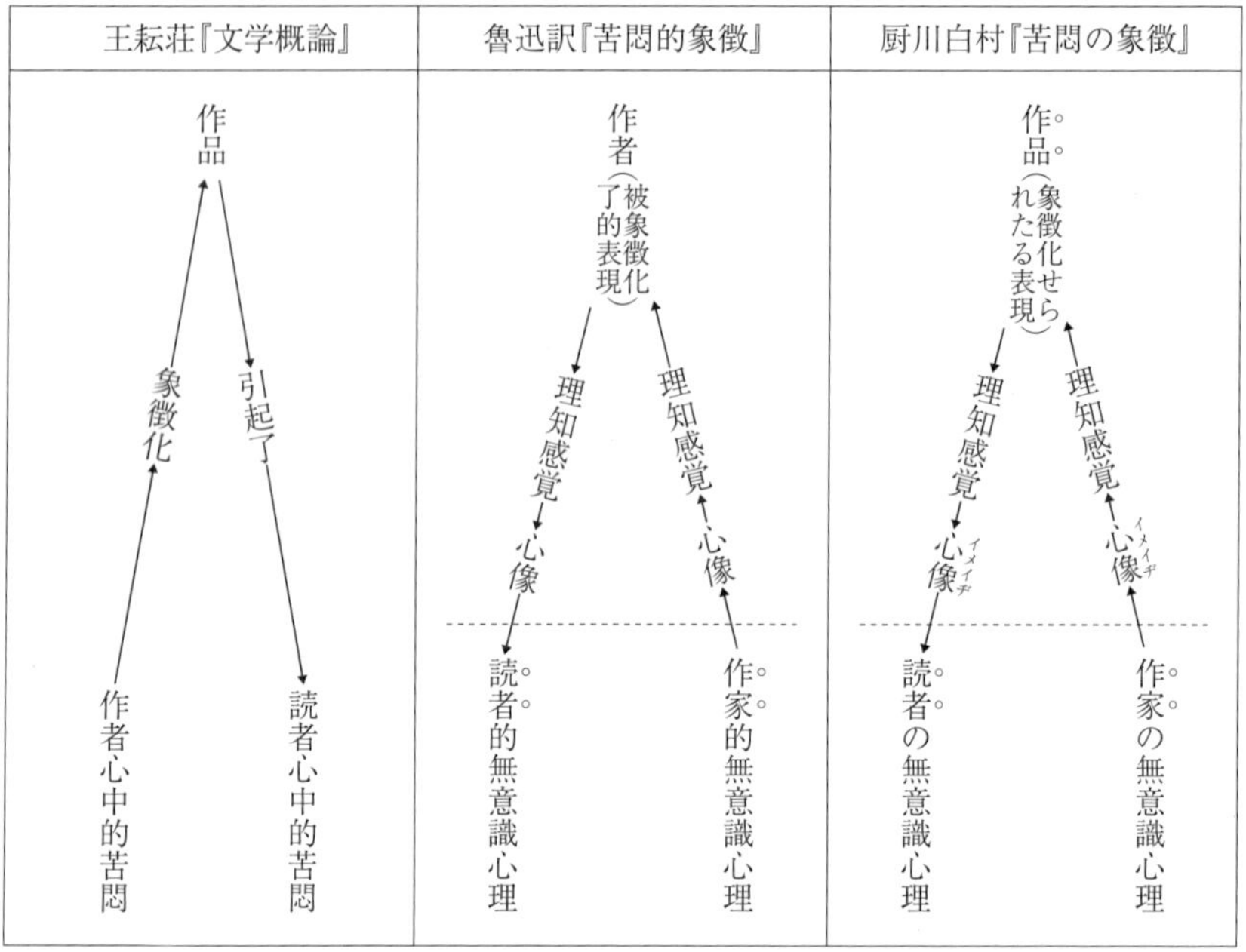

上記の図は、魯迅が翻訳者という立場から厨川論

をそのまま移し替えているのに対して、王耘荘の『文学概論』では、厨川が図の中で前提とするフロイトの精神分析学で説明する「意識」「前意識」「無意識」については扱われないため、フロイト論を排除した形で、厨川論が解り易く図式化されている。

王耘荘は最後に、次に示す厨川の第七の引用に拠って以下のように整理する。

第七の引用——魯迅訳『苦悶的象徴』「第二　鑑賞論・一　生命的共感」

また如何なる大天才大作家と雖もこの種の俗漢に対しては手も足も出ないので、そういう俗漢は要するに、芸術上から言えば縁なき衆生度し難き輩である。かかる場合、鑑賞は全く成立しない。（魯訳『苦』・五二頁）

文学を鑑賞するには「海」字を読むと、青々と洋々たる大海が見えるようで、「山」字を読んだら、高く険しい山頂が見えるようで、単純にただ一個の「海」や「山」の字であってはならない。厨川白村が言う「縁なき衆生度し難き」「低級読者」の文学鑑賞は、ただ作品に叙述する事柄あるいは作品の形式、例えば音節の類に興味を感じたりするだけであり、比較的高い幻想が描き出す形式などには、何の情緒も喚起することはできない。そこで、文学の鑑賞は、必ず読者の心の底に潜んでいる苦悶を燃焼させる時に初めて成功するのである。（王・五四頁）

3　「文学的真実」について

この章の表題も『新文学概論』にはなく、『象牙の塔を出て』「芸術の表現」の内容を整理したものである。

王耘荘は冒頭、「第二章『文学的要素』では形式と感情の二つが、文学の要素であり、感情の要素は真実であることを説明したが、本章で解釈しようとするのはこの真実についてである」（王・五七頁）とし、真実すなわち真には二種あり、一つは科学的真であり、もう一つは芸術的真である。文学は芸術表現の真であり、芸術的真は感情的真、主観的真であって絶えず個人の人格が表現された言葉に活きているが、科学的真は理知的真、客観的真であり、例えば水をH_2Oと分析すると、どのような水でも同じになり、生命を持たず死んでしまう。しかし、二種の真は決して衝突することはない、なぜなら芸術家も水はH_2Oであることを否定することはなく、科学家も炎天下に飲む水を甘露のようだという感想が生じるからであり、さらに、文学が伝えようとするのは人格化された感情的真であるからだ、というのが本章の要旨である。

この内容は以下に示す、一九一九年秋大阪市中央公会堂で開かれた芸術講演会での厨川白村の講演筆記「芸術の表現」（所収『象牙の塔を出て』）からの援用であり、この中で厨川が「昔から絵空事という言葉が出来て居ります、即ち絵は嘘を描くものだというように相場が極って居る」と語ったことから、世間の議論を呼び起こしたものである。王耘荘の論理の基礎となった厨川の原典は次の通りである。

第八の引用――魯迅訳『出了象牙之塔』「芸術的表現」（一二九～一四四頁）

真には二種あり、一つは科学的真で、解剖したり水を分析してH_2Oとするような真で、誰が外面的に描写しても同じimpersonal 非個性的である真と、もう一つは芸術的真で、白髪三千丈というように私たちの直感作用に訴える表現としての真であると説明する。科学と芸術の真には差があり、「科学としての真の場合は、描かれている真が死んで居る、生命をもっていない、殺されて居るということである。解剖し分析それる刹那、其物は生命を失って了う」。「芸術上の表現としての真の場合は活きて居る、描かれたものに生命が賦与されて活躍して居るという点である」とし、水を分析してH_2Oという刹那に水は死に、行く川の流れとか甘露のような水、或はもっと巧い言葉で言い現わされれば、活きて居る特殊な水が頭に浮かぶと解説する。さらに白村は、どう活かすかは、「作家の有って居る生命の内容を通じて表現するのである。作家の有って居る生命の内容即ち生命力というものが描かれた物に乗移って居なければ芸術的表現にはならないのです」と、芸術的表現にはその人の持っている内的経験の総量である個性或は人格が必要であり、芸術とはその人自身の生命即ち個

性を賦与させた極度の個人的活動である、と厨川は結論づける。（傍点ママ、カッコ内は魯訳『出』・一三八〜一三九頁）

4　「文学的分類」について

この章は、文学革命から革命文学論争に至るおよそ十年の間に中国で展開された文学論に対し、王耘荘が独自の見解を述べた部分と、『新文学概論』第六章「文学の形式」を利用し文学を分類した部分に分かれる。このとき、王独自の論の論拠となったのは『苦悶的象徴』「創作論」である。以下、本章に描かれる文学論とその拠りどころとなった厨川論を示したい。

まず、王耘荘は章題の次に示してある概略するキーワードの中で、「不当な分類法の一・貴族文学と平民文学」、「不当な分類法の二・無産階級文学と資産階級文学」、「不当な分類法の三・革命文学と反革命文学」、「不当な分類法の四・各種の何々主義」（王・六七頁）と記し、本章の冒頭で次のように述べる。

> 文学の分類は、各個人の文学に対する定義や意見が違い、分類するときの観点が異なることにより、考え方が大いに分かれる。今まず幾種かの分類法を概略し、それから私たちの分類法を述べる。
> ここ数年来最も流行した文学の分類法は、文学を貴族文学と平民文学の二種に分け、この二つの名詞で一時の趨勢を代表させることは、もしかしたら可能なのかもしれない。しかし、文学をこのような二つの陣営に截然と分けることは、おそらく不可能なことであろう。現在一般に貴族文学と平民文学に分ける基準を、要点を絞って検討してみよう。（王・六七〜六八頁）

王耘荘が上記に掲げた問題提起は、一九一七年二月一日付の『新青年』二巻六号に掲載された陳独秀「文学革命論」に対してなされたことは明らかである。王耘荘は「第一に、貴族文学は宮廷及び貴族社会を取材し、民間文学は民間故実に取材したものだと言われる」、「第二に、貴族文学は定まった規律にかかわり、平民文学は絶対自由であると言われる」「第三に、作者が違う。一つは貴族が、一つは平民が作ったものだと言われる」として、この三点に反論を加え次のように結論する。

こうして見ると、厳格に文学を貴族文学と平民文学の二種に分けることは、まちがいであることが解る。最近、またいわゆる無産階級の文学という名詞が出現した。これは明らかに有産階級の文学に対して言ったものであるが、有産階級の文学という名詞は見たことがない。思想の傾向ということから言えば、私たちはこのような言説も認めることは出来るが、厳格に区分しようとすれば、私たちはやはり認めることはできない。仮に無産階級の（人たちの）文学は無産階級の文学であるとしよう。しかし実直に言って、文学家は決して誰かのために文学を作るものではなく、ただ彼の心の苦悶を訴えるにすぎない。仮に資産階級の家庭に生まれ育った作家の作品は無産階級のものではないとしよう。でも資産階級あるいは小資産階級の人は無産階級に傾倒し革命のために犠牲となる人だっているはずなので、それは工業が発達していない国家でのことである。仮に無産階級出身の作家の作品は無産階級ものだとしよう。がそれもそうとは限らない。階級を売る泥棒はどこにでもいるからだ。（王・六九頁）

ここにおいて王耘荘はさらに革命文学論争の中で書かれた言葉を引いて、次のように述べる。

最近、今度はいわゆる文壇において騒ぎ沸き返っているのが革命文学という名称であり、言うまでもなく、ほかにもう一種反革命文学があると考えられる。ところが実際はおよそ文学は、すべて反抗性を包含している。まさに郭沫若が「文学とは永遠の革命であり、本当の文学はただ革命文学の一種にすぎない」（「革命と文学」『創造月刊』一巻三期）と言っている通りである。文学は苦悶の象徴であり、どこに反抗性が含んでいないところなどあろうか。厨川白村は次のように述

べる。（王・七〇頁）

第九の引用――魯迅訳『苦悶的象徴』「第一　創作論・五　人間苦与文芸」

「情話式の遊蕩記録、不良少年のいたずら日記、文士生活の楽屋落、若しそんなもののみが我が文壇を横行するならば、それは疑もなくわれらの文化生活の禍である。文芸は断じて俗衆の玩弄物ではなく、厳粛にしてまた沈痛なるべき人間苦の象徴であるからだ」（魯訳『苦』・二九頁）

何々主義の類の名目を立てることについては、文学を分類するのに、文学を各種の主義の下に抑制してしまうので、正しくないことである。やはり厨川白村の次の文章を引用しておく。（王・七〇～七一頁）

第一〇の引用――魯迅訳『苦悶的象徴』「第一　創作論・六　苦悶的象徴」

文芸に於て楽天観と厭世観とか、或は現実主義と理想主義とかの別を立てるのは、要するにまだ生命の芸術として根底に触れて居ない表面的皮相的な議論である。現実の苦しみ悩みがあればこそ、われわれは楽しい夢を見ると共に、苦しい夢をも見るのではないか。現在に満たされざる不断の欲求があればこそ、天国という具足円満の境を夢みる理想家ともなれば、また地獄という大苦患大懊悩の世界をも夢想するのではないか。（魯訳『苦』四一頁）

王耘荘が引用した郭沫若の文章は、編末に「民国十五年四月十三日」の日付があるが、掲載は二六年五月一六日付の『創造月刊』であり、この『文学概論』を執筆時とほぼ同時期に当たる。王耘荘は文学の「不当な分類法」として「貴族文学と平民文学」、「無産階級文学と資産階級文学」、「革命文学と反革命文学」、「各種の何々主義」を挙げ、厨川白村の言説を利用して、当時の中国で中心をなしていた文学の分類のあり方に反論していることが読み取れる。

この章の中盤からは「では、何を以って文学を分類する基準とするのか」という問題提起に始まり、王耘荘は「第二章で、文学の要素は形式と感情である」と二つに整理して説明したが、その中で「形式即ち文体」を以って、文学を「詩歌・小説・戯曲」の三つに分類するとして、以下この三分類に説明を加えていく。これは第二章「文学的要素」の説明同様、本間の『新文学概論』を下敷きにしたものである。

5 「文学的方法」上について

この章の表題は、『新文学概論』の題目及び内容にはなく、『苦悶の象徴』「鑑賞論」及び「文芸の根本問題に関する考察」での論拠を中心に、王耘荘が独自に展開した論である。

冒頭から次の厨川の引用に始まる。

第一一の引用――魯迅訳『苦悶的象徴』「第三　関於文芸的根本問題的考察・三　短篇『項鏈』」

或小説家は、自分の直接経験でなければ芸術品の材料にはならないとでも心得てるらしい。馬鹿馬鹿しい謬見だ。若しそうであるならば、泥棒を描くために作家は自分で泥棒をしなければならぬ、人殺しを写すために作家自ら人殺しをせねばならぬ。沙翁のように王侯から卑人に至るまで、殺逆から恋愛から幽霊見物から戦争から高利貸から何から何まで描いた男は、それを一々自分の直接経験で行って居ては、人生五十年はおろか、百年千年生きて居たって出来る話ではなかろう。姦通を描いた作家があれば、あの小説家はたしかに自分で姦通をやったに相違ないと言われ得るだろうか。描かれた事象が立派に象徴として成功して居るならば、また間接経験と雖もそれが直接経験と同じように描かれているならば、嘘八百の拵え物でないように写されているならば、その作品は偉大なる芸術的価値を持っている。文芸は夢と同じく象徴的表現法を取っているからだ。（魯訳『苦』・一〇一頁）

右に引いた厨川白村の言葉は正鵠を射ている。文学の材料は必ずしも作家の直接経験とは限らないし、色々に直接経験することは、事実上達成することができない。しかも下記のような様々な状況が起こる。時には直接経験し、文学家がそんなに真実味があるとは思えなくても、経験した本物のように描き出されることもある。経験とは自分に関することが経験できるだけであり、他人に関することは経験できないので、ただ他人の行動の顚末を知ることができるだけで、他人の心理の途中経過は知ることは出来ない。たとえ本当に過去のことを描かれてあっても、記憶の中の過去はすでに実際の過去ではなくなってしまっている。事柄には経験されてないこと、例えばまだ発生していないことや、理想の世界や、草木鳥獣の心理などがある。そこで、文学家の取材は決して自分の直接経験を必要とするとは限らない。それでは、どのような方法で材料を得たらいいのだろうか。昔の紙の山に、新聞に、友達との雑談に、もとより材料を採取する場所はあるが、その材料は死んでいるので、これらの死んだ材料に生命を与え、活きた材料として供給することができるのは、それは想像（The imagination）である。想像は文学を創作する最重要のもので、最も根本的な方法である。（王・七七～七九頁）

王耘荘はこの後、文学作品が人を感動させるかどうかは経験していることとは関係がないことを説明し、さらにまた厨川白村の次の文章を引用する。

ボードレール（波特来爾：Bandelaire）の散文詩『窓』（窓戸）は、文学家が物語を編集する際のことを大変よく扱ったもので、自ら次のように語る。（王・八〇頁）

第一二の引用——魯迅訳『苦悶的象徴』「第二　鑑賞論・二　自己発見的歓喜」（波特来爾『窓戸』）

開けた窓の内部を外から見ている人は、閉じた窓を見ている人ほど多くのものを見ることは出来ない。蠟燭で明るくなっている窓、それにも増して深みがあり、神秘的であり夢幻的であり、陰暗であり眩惑的であるものがまたとあろうか。皎々たる白日のもとに見られ得るものは、窓硝子の後に在るものよりは、いつも興味の少いものである。あの黒くて明るい穴のなかに、生は生き、生は夢み、生は悩んでいるのだ。

波うてる屋根の彼方に中年の女が一人いる。もう皺が寄って貧乏で、いつも俯向いて何かしている。そとへも出ては行かない。その顔つき、着物、身振から、また何という事はなしに、私はあの女の身の上、その来歴を想像して居た。そして時々それを自分で繰返して見ては泣くのである。

あれが若し女でなく貧乏な老男であっても、私は矢張りその男の来歴を容易く想像したであろう。

そして私は寝に就く、自己以外の他人に於て私は生きもし、悩みもしたことを得意に思って。

君は恐らく言うだろう、「そんな来歴が真であると君は信じているのか」と。わたくし以外の現実が何うあろうと構いわしない。ただ私はこれによって生き、自分が存在すると云うこと、自分が如何なるものであるかと云うこと、それを感じさえすれば可い。(魯訳『苦』六三〜六四頁)

文学家が作る小説、編む脚本は、往々にしてこのようであり、ボードレールのようには説明していないにすぎない。このような方法は想像と呼ばれる。(王・八一頁)

以下に王耘荘は、ゲーテ『若きヴェルテルの悩み』、ツルゲーネフ『前夜』、ゾラ『失業』『猫の天国』を解説しながら、「想像は創造である」という結論を引き出す。

6 「文学的方法」下について

この章では、前章同様、引き続き厨川の言説を引用しながら、「文学が人を感動させるに事柄や現象を表現するのに具体性を備えているかどうか」であり、それは「事の内側に深く入り込むという、描写に深刻さがあるかどうかである」ことを解説する。本章では、魯迅『一件小事』、武者小路実篤『或る青年の夢』などの作品が例に紹介され、王耘荘は厨川白村の以下の文章を再度引用して、「深刻さ」の必要性を次のように整理する。

第二章「文学の要素」でも、引用したことがあるのは厨川白村氏の次の文章である（王・九五頁）。

第一三の引用——魯迅訳『出了象牙之塔』「観照享楽的生活・一　社会新聞」

日ごとに新聞の社会面を賑わしている切ったはったの惨事は言うまでもない、物識りの顔の人たちが「またしても痴情の果て」などと嘲って済ます男女関係から、詐欺泥棒の小事故に至るまで、多くの人々はそれを愚にもつかぬ暇つぶしだと思って読んでいる。しかし若し私どもがこれら事実の表面から更に一歩深く突込んで、それを人間生活上の意義ある現象として考え、思索観照の対境として見るならば、そこには人をして戦慄せしめ驚嘆せしめ憤激せしめるに足る、多くの問題の暗示がある事に気附くだろう。若しもソフォクリイズ（Spokes）や沙翁やゲーテやイプセンが用いたあのような絶大の表現力を借り来るならば、この市井の雑事の一つ一つが皆悉く芸術上の大作となって、自然と人生との前に大なる明鏡を掲げることになるのだ。（魯訳『出』・七五～七六頁）

同じことを新聞で読んでも、暇つぶしの資料になるだけだが、いったん文人の筆にかかると、深く人の心に染み入る作品になってしまうのはなぜであろうか。新聞が私たちに告げるのはことの表面だけであるが、文人は事実の裏側にまで入り込んで、その核心を私たちに顕示してくれる。言い換えると、一つは浅薄であり、一つは深刻である。（王・九五頁）

王耘荘は、ここに示した厨川の「第一三の引用」を基礎に、「文学の要素」たる「深く人の心に染み入る」理由を述べたあとで、魯迅の小説を分析し、魯迅の小説が成功しているのは、「小を以って大を暗示し、部分を以って全体を暗示し、描いているのは魯鎮のことに過ぎないが、私たちは大半の中国人の思想と生活を知ることができるのである」（王・九六頁）というように「描写に深刻さがある」からだと結論づけている。

7　「文学与夢、酒、情人」について

この章の表題は、『苦悶の象徴』「文芸の根本問題に関する考察」に所収の「白日の夢」「酒と女と歌」を下敷きに改題したものであり、論の中心はこの「白日の夢」「酒と女と歌」、それに『象牙の塔を出て』「芸術の表現」での言説に依拠したものである。

王耘荘は章題の次に示すこの章の内容を概略するキーワードの中で、「文学と夢との共通点」、「文学と酒との共通点」、「文学と恋人との共通点」を掲げる通り、文学に向かい合う時と共通の心理状態を立論するものである。そしてさらに注目すべきは、王耘荘が「文学と夢との共通点」を説明する際、文人は夢により現実逃避しているか否かの問題に触れ、魯迅訳の鶴見祐輔（一八八五・一・三―一九七三・一一・一）の文章までを引用している点にある。王耘荘が使用したのは、鶴見祐輔著・魯迅訳『思想・山水・人物』（上海・北新書局、一九二八・五初版）である。このことは、王耘荘が自らの『文学概論』において系統的に魯迅訳を使用していたことを表している。しかし、王耘荘が魯迅訳を意図的に選択したというよりは、むしろ近代文芸論を中国に受容するに際し、重要なポイントに魯迅訳の存在があると見るべきであろう。

①文学と夢

王耘荘は、「人類は矛盾とひどい毒のある社会に長年生活してきたために、冷淡になり、麻痺し、世の中の悲哀に対し、深刻なる感覚を抱けなくなった」、「しかし、私たちに人生を正視させ、私たちに世の中の悲哀を切実に感じさせ、生命の花火を私たちの前で発射させ、私たちの生活力を緊張させ活発にさせるある種のものがある。

それがすなわち〝夢〟である。私たちは楽しい夢を見るのではなく、普通は悲しい夢を見るではないか。この点において、文学と夢とはまさに同じである」、「例えば、魯迅は『小雑感』で、ボロを着た人がやって来るたびに、チンは吠え出すが、本当は犬の主人の意図でも嗾けたものでもない。チンはいつもその主人よりもさらに酷である、と語っている。これは社会で見慣れた出来事ではないか。しかし、私たちがこんな様子を見た後に感じる意味は違ってしまう」とし、夢と文学に表現される個々の感性が錯綜している点に共通点を見出し、次のように厨川論を引き出してくる。

　夢の情景は、往々にして理解できないほどに錯乱している。この点において、文学も夢と同じところがある。第六章『文学的真実』で、紙面における文学表現を説明した時ではなかっただろうか、すでに錯綜変化してしまっていたではないか。文学と夢とは、このように同じところがあり、そこで文学を名づけていわく「白日の夢」とすることができることは、まさに厨川白村が言った通りである。（王・一〇一頁）

　さらに王耘荘は、「ここでさらに説明しなければならないのは、それでは文人は人生を逃避してはいないのだろうかということである。それはそうではない。文人はまさに人生を正視したがために、彼には夢の境地が必要なのである。鶴見祐輔『思想・山水・人物』の一段の文章は、この点を説明するのに採り上げることができる」（王・一〇一〜一〇二頁）とし、次の引用により、文人が夢に現実を逃避しているかどうかの問題に結論を導く。

魯迅訳『思想・山水・人物』「説幽黙」（上海北新書局、一九二八・五初版）

　心眼を開いて正視すれば、我等の住む現実世界は、住むに堪えざる悲惨な世界である。この悲惨を二六時中意識していては、我々は到底生活することは出来ない。我々はここに、一条の活路を見出して、笑ってすますのである。この心中一点の余裕が、憤を変じて笑と化し、涙を変じて笑と為す。ゆえにこの余裕を目して、軽薄と観ずる人より見れば、ユーモアの如きは、人生にあってはならぬ不真面目である。しかし、ユーモアを真に愛する人々より見れば、ユーモアなしには、この世の中は、憤死せずには居られない程、不合理な、悲惨な世界である。ゆえにユーモアなしに生活し得る人は、真面目なる人ではなくして、人生の悲哀をまだ真に意識せざるお人善しか、または知って知らざる振せる偽善者である。（鶴見祐輔『思想・山水・人物』「ユーモアに就いて」大日本雄弁会、一九二四・一二初版、二七〇～二七一頁）

②文学と酒と恋人

歴史的に見ると、文人はたいてい酒好きであり、文人が酒を飲まないというのは、ほとんど例外であって、酒を歌う詩歌に至っては東洋と西洋を問わず枚挙に遑がない。このこともすこぶる玩味するに値することである。厨川白村は次のように言っている（王・一〇二～一〇三頁）。

第一四の引用――魯迅訳『苦悶的象徴』「第三　関於文芸的根本問題的考察・六　酒与女人与歌」

酒と女とは主として肉感的に、また歌は精神的に、いずれも皆生命の自由解放と昂奮跳躍を得るところに、愉悦と歓楽を与えるものである。もとを尋ぬれば、日常生活に於ける抑圧作用を離れ、これによって意識的にも無意識的にもしばしたりとも人間苦を離脱しようとする痛切なる欲求から出たものだ。アルコール陶酔と性欲満足とはともに、文芸の創作鑑賞と同じく、人をして抑圧から離れしむることによって、暢然たる「生の喜び」を味わしめ、「夢」の心的状態を経験せしむるものに他ならぬ。（魯訳『苦』・一一六頁）

現在私たちは今度は文学と恋人に同じところがあるかどうかということについて見ていこう。私たちが引用して説明するのは、厨川白村の幾らかの文章である。引用はすでに多くなりすぎているが、彼の言葉を使うと、自分多くの言葉が省略できるので、やはり下記のように引いておく（王・一〇五頁）。

第一五の引用――魯迅訳『出了象牙之塔』「芸術的表現」

> 諸君のうちに女に惚れた経験のある方は御存知でありましょうが、芸術の鑑賞は女に惚れるのと全く同じです。そのものと自分との間に何処かぴったりうまが合う。うまとは何ぞや、誰にも分りませぬ。けれども、そのものの感情と生命に本当に共鳴が出来るように、所謂催眠術にかかるようなこと、それが本当に惚れたのです。（傍点ママ、魯訳『出』・一四三頁）

以上に示したように、王耘荘の近代文芸論は、厨川白村の『苦悶の象徴』『象牙の塔を出て』の内容を基礎に展開されていることが確認されたと思う。

五　小泉八雲の文芸論への言及――「文学と道徳」について

「文学与道徳」について

この章の表題は、『新文学概論』所収の「文学と道徳」と『苦悶の象徴』「文芸の根本問題に関する考察」に所収の「文芸と道徳」に依拠したものである。この章において王耘荘は、『新文学概論』第一〇章「文学と道徳」に解説するサンタヤーナ『美感論』（The Sense of Beauty）の意見、トルストイ『芸術論』の意見、そして厨川白村と小泉八雲の意見を引用し、最後に自分の意見を述べている。

最初に、王耘荘は「サンタヤーナが『美感論』の中で述べる意見」として次のように整理する。

> あるものは、文学と道徳の出発点の違いからこの問題を討論しようとする。すなわち美的価値（美感）は積極的であり、善であるとする認識であるが、道徳的価値は消極的であり、悪であるとする認識である。また美的価値は自発的な価値で、その対象に対して利害打算の観念を有さないが、道徳的価値はこれに反している。もし人生が快楽と苦痛、遊戯と業務と

いう二つの相反する分野に分けられるとするなら、快楽と遊戯を以って対境とするものが芸術であり、苦痛と教務を以って対境とするものが道徳である、とするものである。（王耘荘『文学概論』下巻、一頁）

この文章は本間のサンタヤーナ論をそのままに用いたものである。

次に、「トルストイが『芸術論』の中で述べる意見」を以下のように整理する。

あるものは、もし芸術の中で伝える感情が当時の宗教の意識によって人にこの宗教が指示する理想に接近させようとするなら、それに賛成し、反対しないということがすばらしい、高尚で価値ある芸術である、とするものである。（王・下巻・二頁）

これは、おそらくトルストイ著・耿済之訳『芸術論』（上海・商務印書館、一九二一・三初版）を参考に整理したものであろうと推測される。ちなみに、後に引く小泉八雲『文学入門』は第五章「最高芸術論」のすぐあとに第六章「トルストイの芸術論」を収録している。

さらに、「厨川白村が『苦悶の象徴』の中で述べる意見」であるとし、次のように整理する。

あるものは、文芸はすなわち生命の絶対自由の表現であり、私たちの社会生活、経済生活、労働生活、政治生活などで見られる善悪利害の一切の価値から離れ、すこしもどのような抑圧作用も受けない純真な生命表現である。そこで道徳的であるとか罪悪的であるとか、美であるとか醜であるとか、利益であるとか不利益であるとかは、文芸の世界ではどうでもいいことである。文芸は人類生命の跳躍との接触なのだから、その中に道徳や法律に束縛されない流動に差支えない新天地の存在である、とするものである。（王・下巻・二頁）

ここで王耘荘が厨川の意見として整理したものは以下の内容である。

第一六の引用――魯迅訳『苦悶的象徴』「第一　創作論・三　強制圧抑之力」

だから生きるということは何等かの意味に於ての創造であり創作である。工場に働くのも、事務所で計算をするのも、野に耕すのも、市に売るのも、みな等しく自己の生命力の発現である以上、それが勿論ある程度の創造生活であることは否定せられない。しかしながらそれは純粋な創造生活であるべく余りに多くの抑圧制御を受けている。利害関係に煩わされ、法則に左右せられて殆ど身動きの取れないような惨さをさえ見るからである。ところが人間の種々な生活活動のうちで茲にただ一つだけ、絶対無条件に、純一無雑な創造生活を営む世界がある。それは即ち文芸の創作である。

文芸は純然たる生命の表現だ。外界の抑圧強制から全く離れて、絶対自由の心境に立って個性を表現し得る唯一の世界である。名利を忘れ奴隷根性を去り、一切の羈絆制縛から放たれて、そこにはじめて文芸上の創作は成立するのである。新聞の月評を気にしたり、原稿料を計算したりするのとは全く違った心境に入って、はじめて真の芸術作品は出来あがる。ただそれ自己の心胸に燃ゆる感激と情熱とに動かされて、天地創造の朝、神が為したのと同じ程度の自己表現を行い得る世界は、ひと文芸あるのみだからだ。われわれが政治生活、労働生活、社会生活等に於て到底見出し得ない生命力の無条件な発現が、茲にのみは完全に存在する。換言すれば人間が一切の虚偽や胡魔化しを棄てて、純真に真剣に生きることの出来る唯一の生活だ。文芸が人間の文化生活の最高位を占め得る所以もまたこの点に在る。これに較べると他の総ての人間活動は皆われわれの個性表現のはたらきを滅殺し破壊し蹂躙するものだといっても差支ない。（魯訳『苦』・一三頁）

最後に、「小泉八雲が「最高の芸術問題」の中で述べる意見」として整理されたものが以下の文章である。

あるものは、最高形式の芸術は、寛大な愛人の心の中に愛の情熱を喚起するのと同様な、道徳的効果を鑑賞者に与えるものでなければならない。このような芸術であってこそ、喜んで人に自己犠牲をなさせ、道徳的観念によって人に何のかかわりもなく死に就かせることができるのである。このような芸術は、そのさらに偉大でさらに高尚なる理想のために、生命、快楽、その他一切をなげうち、大いなる希望を人類に賦与することができるのである。もしもある種の芸術が、私たちをさらに寛大にし、喜んで自己犠牲をなして高尚な仕事に従事させたならば、それが必ず高い類の芸術に属するのである。もしもある芸術品が、彫刻、絵画、戯曲、詩歌の如何を問わず、私たちが読み終わった後、私たちをさらに温和で善良に、さらに寛大にさせることができず、道徳的改善も達成できないならば、いかにその芸術が巧妙に作られていようと、それは決して最高形式の芸術に属するものではない、とするものである。（王・下巻・二一～二三頁）

これは、一九二八年七月一日付出版の『北新』二巻一六期に掲載された、小泉八雲著・侍桁訳「最高底芸術問題」を引用したものである。その時、侍桁が翻訳底本として使用したものは、以下に記載した文章との対比により、明らかにラフカデオ・ヘルン著、今東光訳『文学入門』（東京金星堂、一九二五・一一初版）であることが判る。(2) ちなみに『魯迅日記』に拠れば、魯迅は一九二六年二月二三日にこの今東光訳『文学入門』を、六月一九日にラフカディオ・ヘルン著、三宅幾三郎・十一谷義三郎合訳『東西文学評論』（東京聚芳閣、一九二六・五初版）を北京の東亜公司で購入している。

おわりに

以上の考察を通して以下の結論が導き出せよう。

第一に、無名の一中学校教員が『文学概論』を出版するほど、一九二〇年代後期は文学・文芸に対する関心が高かった。

第二に、王耘荘は一九二七年前期から一九二九年後期までのおよそ二年間授業を担当し、彼が『文学概論』をテクストに授業を行った浙江省立第十中学の受講生が一九二二年一一月公布された六・三・三の「壬戌学制」後に入学した新学制の学生であり、彼らは卒業年度にあたる満一七から一八歳以上の学生であったこと、そのことは来たる三〇年代文学の発信者あるいは受信者に成長する世代に王は講義をしていたことを意味した。その若い世代に本間久雄の『新文学概論』や厨川白村の『苦悶の象徴』『象牙の塔を出て』が紹介されたということは、中国においては、日本以上にこの二人の文学・文芸論の内容を熟知する知識人が多かったことを意味した。

　第三に、本間久雄の『新文学概論』は、アーノルド、ウォースター、ハント、トルストイ、エマーソン、ハドソン、ポスネット、ウィンチェスター、サンタヤーナなどの西洋人の文芸理論を要領よく纏めて紹介したもので、この概説書が翻訳出版されて以降、中国の知識人に彼らが編纂する『文学概論』に章節構成上の形式的なモデルを提供した。一方、厨川白村の『苦悶の象徴』『象牙の塔を出て』は、王耘荘を例にしても判るように、文芸創作論の概念や文芸理論そのものに共鳴・共感する中国知識人を生み出し、彼らに文芸理論の実質的な概念と創作上の動機を提供した。

（1）学制については、以下を参考にして示した。
・周予同著・山本正一訳『学制を中心とせる支那教育史』「現代篇・三　民国新学制の頒布と修正」（東京・開成館、一九四三・一二）
・多賀秋五郎『中国教育史』「第二章近代学校の教育・第二節民国の教育」（岩崎書店、一九五五・五）
・斎藤秋男・新島淳良『中国現代教育史』「第Ⅲ章国民革命と教育・三〝新学制〟とプラグマティズム教育」（国土社、一九六二・六）
・何国華『民国時期的教育』（広東人民出版社、一九九六・一二）

（2）小泉八雲著・今東光訳『文学入門』「最高芸術論」（東京・金星堂、一九二五・一一初版、一六一頁）

最高形式の芸術は必然的に、寛大なる愛人の心の中に、愛の感情が喚起すると同じ様な道徳的感情を鑑賞に起させる様な芸術でなければならない。かかる芸術こそ、その為めには、自己犠牲をなすに値する道徳美の啓示であろうし、又、その為めには、死ぬことも美しい事である様な道徳的理想の啓示であろう。

かかる如き芸術こそ、或る偉大にして、高尚なる目的の為めには、人間として、生命、快楽、その他凡ての物を放擲すべき熱狂的欲求を以って充たせしむべきものである。

恰も、忘我は、熱烈なる感情の真の試金石であると同時に、忘我は最高芸術の最適した試金石であるべきである。かかる芸術は、諸君をして、寛大にならしめ、喜んで、自己犠牲をなさしめ或る高尚なる事業を試みんと焦慮せしむるか？若ししからば、その芸術こそ、仮令、最高なるものでないにせよ、より高き芸術に属すべきである。然し、若し芸術作品にして、彫刻、絵画、詩劇の如何を問わず、吾人をして、親しき気持ちを感じさせず、又、吾人が、その作品を見ない以前よりは、より寛大ならしめず、道徳的に、より高上せられなければ、その時より、私は如何にその作品が巧妙であろうとも、それは芸術の最高形式に属するものとは云い難いのである。

韓侍桁は日本語と英語の両方から小泉八雲作品を翻訳していたようだが、一九二八年七月段階で入手可能な日本語訳に、落合貞三郎訳「最高の芸術に就いて」（『小泉八雲全集』一三巻、第一書房、一九二六・九初版）があるので、その翻訳の文章も参考に記しておく。

芸術の最高形式は、恋愛の情が、気高い心ある求婚者に起させるのと、同一の道徳的結果を、観賞者に起させるような芸術で、是非とも無くてはならぬと、私は云はざるを得ない。かかる芸術は、自我を擲つ甲斐あるほどの道徳的美——そのために身を殺しても、美しいほどの道徳的観念——を啓示するものであろう。かかる芸術は、或る高尚偉大なる目的の為めには、生命、快楽、一切のものを放棄せんとする満腔の熱望を、当然起すべきものだ。丁度無我の心が、強い愛情の真の証拠であるように、無我の心は、最高芸術の真の証拠たるべきものだ。茲に一つの芸術があって、それが諸君に気高い感じを懐かせ、欣然自己を擲つことを欲せしめ、鋭意或る高尚な事業を企てしめるならば、それは最高でなくても、高尚な方の芸術に属しているのだ。が、もし一個の芸術作品が、彫刻、絵画、詩、劇の孰れを問わず、吾々に親切な感情を起させないし、その作品を見なかった以前よりも、吾々を更に気高くて、道徳的に一層善い人にしないならば、如何に巧妙に出来ていても、その作品は、最高芸術の種類に属しないものと、私は云わねばならない。

※引用に関しては、旧字・旧仮名で書かれていた表記を常用漢字・現代かな遣いに改め、ルビを省略した。

第七章　『近代の恋愛観』に描く恋愛論の文芸界への波及・展開

――ビョルンソンとシュニッツラーの翻訳状況を例に

はじめに

厨川白村の『近代の恋愛観』は呉覚農、任白濤、夏丏尊という三人の訳者によって、一九二〇年代に中国に紹介され、任白濤訳の二種の『恋愛論』と、夏丏尊訳による恋愛部の完訳版である『近代的恋愛観』という計三種の単行本の刊行を待って、一般に広く普及した。『近代の恋愛観』に描く恋愛論と他の恋愛論の著作との違いは、厨川本が近代文芸において「恋愛が最も主要な題目となっている」理由を、生活の背後に潜む種々の精神現象とそこに発する苦悩懊悩があるためであるとし、文芸との関わりから恋愛論を展開するところにある。また、厨川は精神現象に発する苦悶懊悩のなかでも、「三角関係」を特に恋愛の癌種として扱い、その「三角関係」を調停する具体的な作品として、ビョルンソンの近代演劇を高く評価している。また、厨川は「純粋恋愛芸術描写に最も著しく成功した」としてシュニッツラーの近代演劇も高く評価している。

本章では、厨川白村『近代の恋愛観』において、同様に高く評価されるビョルンソンとシュニッツラーの演劇作品の扱いに着眼点を置き、民国期におけるビョルンソンとシュニッツラーの作品の翻訳状況と『近代の恋愛観』の受容状況には相関関係があることを示したい。まず、『近代の恋愛観』の中国への移入の際、特に変容されたビョルンソンの作品の扱いは、先行する評価と何らかの関係があるだろうことを、また、厨川の描くビョルンソンの作品の扱いがどのような形に変容されているかを確認する。次に、シュニッツラーの作品の扱いにも同様の先行評価が存在することを提示し、中国の現代主義作家として施蟄存と劉大杰を例に、現代主義作家のシュニッツラーの〝発見〟には『近代の恋愛観』における紹介が補完的役割を演じたのではないだろうかということを指摘する。さらに、施蟄存はシュニッツラーへのフロイト精神分析学の影響を指摘するので、最後に簡単に民国期におけるフロイト精神分析学の受容状況にも触れておきたい。

一　日本・中国におけるビョルンソン作品の翻訳状況

一九一八年六月に『新青年』（四巻六号）で「イプセン特集号」が組まれ、一〇月に『人形の家』（陳嘏編訳『傀儡家庭』上海・商務印書館、説部叢書第三集第五一編、一九一八・一〇初版）が英訳から重訳により刊行されると、周知の通り、中国では『人形の家』は、「傀儡の家庭」を棄てて本当の愛のある本当の生活を求めるノラ、転じて女性解放を求める新しい女性像ノラの話として普及した。またイプセンと彼のほとんどの戯曲も、民国期全般を通じて中国の文化界に広く普及した。しかし、『人形の家』が単なる女性解放の問題劇だけには終わっていないことが今日的な社会においても上演される理由であり、その意味でイプセン作品の芸術性は高い。

世界文学的には、同時代に生きたノルウェーの二人の天才演劇作家、ヘンリック・イプセン（Henrik Johan Ibsen, 1828.3.20-1906.5.23）とビョルンスチェルネ・ビョルンソン（Björnstjerne Björnson, 1832.12.8-1910.4.26）とは肩を並べて対比される存在である。しかし、中国でのビョルンソンと彼の作品の翻訳・紹介は少ない。茅盾が主編となり内容を革新して最初に発行した『小説月報』一二巻一号（一九二一・一・一〇）に、英訳版からの冬芬訳「名劇　新婚夫婦（De Nygifte）」（第一幕）と茅盾「ノルウェー写実主義の先駆ビョルンソン」が、一二巻三号（一九二一・三・一〇）に冬芬訳「名劇　新婚夫婦（De Nygifte）」（第二幕）が、ついで一二巻七号（一九二一・七・一〇）に独訳版からの蔣百里訳「鶩巣」が翻訳掲載されたが、これを最後に、『小説月報』での翻訳・紹介の掲載はなされていない。上記二一年一月の茅盾のビョルンソン紹介が最初であり、また詳細でもある。また、管見の限りでは、他の文芸雑誌での翻訳・紹介は見当たらない。

茅盾「ノルウェー写実主義の先駆ビョルンソン」の冒頭、ビョルンソンは次のように紹介される。

ノルウェーの文豪に言及するとすれば、ビョルンソン(Björnstjerne Björnson)とイプセン(H. Ibsen)とが並び称される。にもかかわらず、イプセンの世界文学における影響はビョルンソンより大きいだろう。ここで「先駆」の二文字を題したのは決して「筆頭に優れた」の意味を含んでいない。しかし、(一)ビョルンソンとイプセンとは同時代の人であり、幼い頃は同級生であったこと、(二)彼の著作、小説、短篇小説、戯曲、詩はすべて広範囲に名を知られていること、(三)彼は比較すれば、ノルウェーにであって、世界的にではないので、彼をノルウェー写実主義文学の先駆と称した。イプセンをけなし、ビョルンソンを持ち上げようとする意味はないので、読者に誤解のないように切に希望する。

以下、茅盾はビョルンソンの生涯と彼の著作を年代順に紹介し、彼の描く社会問題演劇を次のように紹介する。

ここで私たちはが注意を払わねばならないのは、ビョルンソンの『レオナルド』や『挑戦的な手袋』などの社会問題演劇であり、イプセンの社会問題演劇とはわずかに違いがあるということである。イプセンの社会問題演劇の唯一の使命は社会の黒幕をあばき、社会の病原を私たちに突き付けることであるが、一つの救済方法すら語らない。すなわち、病状を見るだけで、処方箋は出さないのである。しかし、ビョルンソンは違う。彼は救済方法の一面をわずかながら説明する。卑近な例を挙げると、例えば『新婚夫婦』には、ビョルンソンがこの問題の解決方法をその間に入れていることが容易に見て取れる。しかし決して誤解してはならないのは、イプセンがビョルンソンのような解決方法を思いつかなかったというのではないことである。イプセンは処方箋を出すことを好まず、観劇した人が自分で頭を使って救済方法を考えることを願ったのである。なぜなら彼は冷静な頭脳と鋭利な眼差しをもった批評家であり、かつまた大戯曲家である。戯曲は主観を交えないことがさらに人を感動させるので、個人の理想は述べない。ビョルンソンは大小説家であり、また理想家でもあり、そこで小説を使った理想が戯曲の雛型に盛り込まれ、常に理想的な色彩を帯びることになる。

この後でも、茅盾のビョルンソンの評価は、「演劇の構成技術について言えば、ビョルンソンはイプセンに遥かに及ばない」と語るように、イプセンとの対比において常に低い。

文芸雑誌以外では、一九二二年七月『婦女雑誌』に薇生訳で本間久雄著「近代劇描写の結婚問題」が翻訳掲載され、その中で『若き葡萄の花咲く時』（中国訳：『小葡萄花開放的時候』）というビョルンソンの演劇作品が紹介される。また、厨川白村『近代の恋愛観』が二三年七月に任白濤によって『恋愛論』と改題して翻訳刊行され、二八年八月には夏丏尊が『近代的恋愛観』と題して上記著作の恋愛部を完訳刊行するが、この二種の訳本の中で、厨川が概略する『恋愛と地理学者』『わかき葡萄の花時に《（ママ）》』という二作のビョルンソンの演劇作品が紹介される。ビョルンソンの作品の単行本発行は一九三〇年一〇月になって、やっと戯曲『破産』（郭智石訳『破産者』上海・商務印書館、一九三〇・一〇初版）が翻訳刊行されただけである。

一方、日本でのビョルンソンの紹介は、明治三一年（一八九八）徳富蘆花が『家庭雑誌』八月号に掲載した「福児伝」に始まる。明治四四年（一九一一）に秦豊吉は雑誌『創作』九月号に「喜劇　若き葡萄の花咲かば」を翻訳掲載するが、明治期は徳田秋声、平塚明子、森鷗外らの人々が十五回に亘り作品を各種雑誌に紹介している。その中で、森鷗外は、明治四四年一月一日発行の雑誌『歌舞伎』に五回（一二七号以下五月一日発行の一三一号まで）連載で「戯曲　人力以上」（のち、大正二年『新一幕物』籾山書店に収録）を、同年一一月一日発行の『歌舞伎』にまた五回（一三七号から翌年三月一日発行の一四一号まで）連載で「戯曲　手袋」（のち、大正八年五月『蛙』玄文社に収録）を翻訳している。また、大正期と昭和二〇年までの単行本としてのビョルンソンの紹介状況で特徴的な事は、二十回（『鷗外全集』に収録する作品は回数から除く）に亘り紹介され、そのほとんどが「〇〇劇大系」「〇〇文学全集」の中での紹介であり、ビョルンソン専訳の単行本は『フォールドの娘』と『森の処女』を数えるのみである。(1) しかし、日本での紹介の回数、翻訳作品の種類は中国に比して断然多い。

ところで、日本におけるビョルンソンの評価の一例を示すと以下のようなものがある。

ビョルンソンの最後の作品は、死の前年七七歳の時の『若きブドウの花咲く時』（一九〇九）という舞台劇である。『若きブドウの花咲く時、古きブドウもまた花咲く』という劇中の科白は最後まで肯定的な人生観を失わなかった作家の特質をよく示している。ビョルンソンの作品はこのように多方面に亙っているのであるが、それらにはいずれも一つの精神的態度が貫かれている。それは人間と人生の積極的、肯定的な側面を発掘し照明をあてようとする若々しい精神である。(2)

この引用からは、後述する厨川と同じように、ビョルンソンに対する高い評価が読み取れる。しかし上記の引用の論者は、「男女平等問題を扱った近代劇『手袋』など今日読んでみると、その女性解放思想はいかにも公式的で生硬であり、それを主張する女主人公の情熱はこちらの胸に訴えかけてこない(3)」として、労働・社会・教育・女性問題を扱う舞台劇作家としてより、子どもが大人へと成長して行く過程、試練を描く農民小説作家として評価する。(4) そしてこのビョルンソン作品の果たした社会貢献的評価が、北欧文学の専門家として論じたこの論者のイプセン流行の社会現象の評価(5)と較べるとかなり見劣りがする。そしてこのことから逆説的に明らかにされるのは、イプセンが労働・女性問題などの社会問題を扱う舞台劇作家として優れていたことが、日本・中国で同じように社会現象を引き起こすほどに説得力をもって受容されたということである。

二　厨川白村と本間久雄の描くビョルンソン

中国における厨川の『近代の恋愛観』の翻訳は呉覚農訳「近代的恋愛観」に始まる。呉訳「近代的恋愛観」は、『朝日新聞』に連載の「近代の恋愛観」を翻訳底本として、一九二二年二月の『婦女雑誌』八巻二号に原作の全体の六割を翻訳して掲載したものである。しかし、呉覚農は本来原著の六節に位置していた「ビョルンソンの作品」は削除した。厨川は「ビョルンソンの作品」で、同じノルウェーのイプセンの作品と対比してビョルンソンの恋愛劇の作風を紹介していたが、呉覚農がこの一節を削除したため、二二年七月に『婦女雑誌』八巻七号に掲載の本間久雄著・薇生訳「近代劇描写の結婚問題」でイプセン『人形の家』『海の夫人』などと対比して取り上げたビョルンソン『若き葡萄の花咲く時』が先に紹介される結果となり、中国の読者は本間久雄経由で先に、近代文芸においていかに恋愛や結婚が重要かを扱うビョルンソン作品を知ることになる。厨川白村経由でのビョルンソン紹介は本間経由の紹介からちょうど一年後の二三年七月に刊行された初訳本の任白濤『恋愛論』の刊行を待たなければならない。

1　本間久雄の描くビョルンソン

本間久雄著・薇生訳「近代劇描写の結婚問題」の中で、ビョルンソンは次のように紹介される。

結婚生活と夫婦生活が、真に演劇のテーマ足り得ることを示したのは、イプセン以後の事であり、彼以前にはほとんど見かけられなかった。一八世紀中頃の通俗劇いわゆるBourgeois Dramaには、多くの結婚生活を題材とする作品があったが、これらはすべていわゆる喜劇式のもので、今私たちはそれが真面目なものだとは言えない。

結婚生活を討論した最初の作品にして、最も真摯で最も有意義なのは、「近代文学の父」と称せられるイプセンの『人形の家』（A Doll's House）である。以後の彼の作品はおよそ結婚問題と家庭問題に関わらないものはなかった。その中の傑作『幽霊』（Ghosts）、『海の夫人』（Lady From the Sea）などは、この方面での最も重要な作品である。イプセン以外の作家では、イプセンと同国人にして同等に名声のあるビョルンソンに始まり、ドイツのズーダーマン（Sudermann）とハウプトマン（Hauptmann）、イギリスのピネロー（Pinero）とバーナード・ショー（Beruard Shaw）、フランスのブリュー（Brieux）とエルビュー（Hervieu）などが、イプセン系統の社会劇作家であり、ほとんどこの問題を筆にしないものはなく、しかも彼らの作品の大部分はこの問題を扱っている。

近代劇が描写する結婚問題には、上述した二種、すなわち結婚生活の悲惨及びその暗黒面を描くものと、光明の方面から何らかの方法でより好い結婚生活へと送り届けるべく暗示するものがある。……（中略）……後者に属するものに、イプセンの『人形の家』『幽霊』『海の夫人』に始まり、ビョルンソンの『新夫婦』『若き葡萄の花咲く時』などがある。

現在の私たちの生活と立脚点から見て、もし同様の不満な、あるいは同様の悲惨な暗黒面の結婚生活を描くとするなら、今度はどうしたらこの不満を取り除くことができるか、どうしたら悲惨な暗黒面からより豊富でより価値のある結婚生活に移行できるかという、積極的な解釈を暗示する作品は、当然上述した消極的解釈の作品に較べ、より多くの興味と意義を有する。先に挙げたイプセンの『人形の家』『幽霊』『海の夫人』及びビョルンソンの『若き葡萄の花咲く時』などの諸作品は、この意味において最も重要視すべき作品である。

近代劇の重要な作品をいちいち詳しく説明していたら冗長になるのでやめておくが、ビョルンソンの『若き葡萄の花咲く時』はどうしても話しておかなくてはならない。先に話したイプセンの作品は、男性に対してよりも女性に対して同情しているが、この作品はそれとは正反対なのが違うところである。『人形の家』などでは結婚生活の不満を、作者はすべて男性の責任に帰していたが、今度は婦人に男性のこのような行為をどのように自覚させるべきかを問題としている。『若き葡萄の花咲く時』では、結婚生活の不満と悲惨とには、実は婦人の罪がより多く、婦人がこの罪を自覚してはじめて結婚生活を円満におくることができると、作者が考えていることは、『人形の家』とたいへん興味深い対照を織り成している。

『若き葡萄の花咲く時』の中の主人公ウィリアム・アルヴィクという老紳士は、熱烈にお互いが愛し合う女性と結婚し、家庭を築いた。子どもたちが次第に成長するにつれて、妻の方はただ家計と子どもを構うだけとなり、徐々に夫に愛情を失った。夫はそのことにより次第に「生の倦怠」感を覚えるに至った。しかも妻は彼を構いさえしなかった。人生に徐々に興味を失い、「若きブドウの花咲く時、古きブドウもまた発酵する」という心情で、ある若い女性の後ろに追随する。この若い女性といっしょに妻を欺き、遠方へと旅行に出かける。妻の方はといえば、夫が姿を消してからやっと自分の行為を自覚し、はじめて近頃夫に対してあまりにも理解がなくわがままであったことを痛感する。この時、夫は偶然にも旅行を取り止めて戻ってきた。彼ら二人はまた仲直りして、新しい生活へと入っていく。以上がこの一篇の要旨である。この作品が私たちに多くの考慮すべき暗示を与えているのは、イプセンの作品に相通じる。イプセンとビョルンソンとは、結婚生活の悲劇の原因を、一方は男性側に求め、一方は女性側に求めており、この点が違っている。しかし言えることは、男女相互に対し悲劇の原因を求め、しかもどうしたらこの悲劇の原因を取り除けるかを、読者と観客に考察ないしは暗示させるようにしている。近代劇、言うまでもなくこれらの作品で描写される結婚問題は、私たちの生活に基づいて見れば、最も暗示に富み、しかも最も多くの意義を含んでいる。

以上、薇生が訳した本間久雄「近代劇描写の結婚問題」の中で、ビョルンソンに関わる言説をすべて抜き出した。ただ、本間の原作が何であり、いつ発表したものなのかは現在のところ不明である。ただ言えることは、厨川も『近代の恋愛観』でビョルンソン『若き葡萄の花咲く時』を紹介しており、この作品が日本ではかなり普及していたということである。また、本間久雄と厨川白村とではビョルンソン評価に違いがある。本間はイプセンとビョルンソンを共に「悲惨な暗黒面からより豊富でより価値のある結婚生活に移行できる」暗示的な演劇として高く評価するが、厨川は調停や調和を提示するという意味においてビョルンソンの演劇をより高く評価する。

2　厨川白村の描くビョルンソン

単行本となった厨川の『近代の恋愛観』は一九二二年一〇月二九日に初版が刊行されるが、その中、ビョルンソンの恋愛劇に対する言説は『近代の恋愛観』の「六　ビョルンソンの作品」と『三度恋愛に就いて言う』の「一一」で行われていた。

中国における厨川の『近代の恋愛観』の単行本による翻訳紹介は、任白濤が一九二三年七月に『恋愛論』と改題して初版を発行したものが最初であった。任白濤訳『恋愛論』には「輯訳」と記される初訳本と「訳訂」と記される改訳本の二種が存するが、そのうち、「日本人の恋愛観」は初訳本の時から削除されていたし、「結婚と恋愛」「人生の問題」「断片語」「えぴろぐ」も初訳本の時から無視されていた。初訳本から改訳本へと改訂された時に、翻訳内容にかなり恣意的な変更が加えられるが、特に大きな変更は原作「五　ノラはもう古い」「六　ビョルンソンの作品」「七　恋愛と自我解放」の三節に集中した。

『近代の恋愛観』は、エレン・ケイの「霊肉一致の恋愛」の観念を骨子としながらも、そこに厨川独自の「自己犠牲の精神」が加味されていることを特徴としており、この厨川独自の主張は上記三節に集中していた。

原作「ノラはもう古い」は初訳「四　ノラは旧婦女子となった」を経て、改訳では「四　恋愛と結婚」「五　ノラはもう古い」の二つに分けられる。任白濤が一九二六年四月「『恋愛論』の修正に関して」の中で述べるように、「厨川氏のこの本は、エレン・ケイ、カーペンター諸士の学説を骨子とはしているが、多くのところでエレン・ケイたちの学説と衝突している。このことはもしかしたら彼がエレン・ケイたちの本を仔細には読んでいなかったのが原因なのだろうと、私は思った」ので、「彼は主張するがエレン・ケイの反対する『自己犠牲』を、私は今回すべて完全に削除した」として、任白濤は厨川流の「自己犠牲の精神」が展開される部分をすべて削除し、エレン・ケイの著作『恋愛と結婚』を意識して第四節を「恋愛と結婚」と改題した。また、原作「ビョルンソンの作品」は初訳本「五　二つの離散復縁の喜劇」を経て、改訳本では削除されている。その上、原作「恋愛と自我解放」は初訳本「六　恋愛と自我解放」を経て、改訳本では「六　相互の発見」と改題されるが、厨川が「自己犠牲」に言及する部分はすべて削除されている。原作「ノラはもう古い」「ビョルンソンの作品」「恋愛と自我解放」の三節を、初訳本では縦組三〇字一二行で約七頁と三分の一、およそ二、六〇〇字で訳されていたものが、改訳本では縦組三〇字一二行で約二頁半、およそ九〇〇字に改訳され、約五頁およそ一、七〇〇字近くも削られている。

任白濤が『近代の恋愛観』の翻訳に際し、初訳本では訳した「ビョルンソンの作品」を改訳本で削除した理由は、西洋近代の著名な恋愛論を概説的に紹介するという彼独自の翻訳意図から来るものである。そしてもう一つの要因として、中国では茅盾のビョルンソン紹介に代表されるように、ビョルンソン作品がイプセン作品との対比においてかなり低い評価にあり、その上に、任白濤の「彼がエレン・ケイたちの本を仔細には読んでいなかった」という厨川に対する不信感が加わって、ビョルンソンに高い評価を与えた彼の作品紹介部分が削除されているのだと考えられる。

さて、厨川「ビョルンソンの作品」は、彼の主張する「恋愛に於ては、自我を否定する事が更により大いなる自我の肯定である」ことを具体的な作品を挙げて例示した箇所である。厨川はこの中で、同時代に生きたノルウェーの二人の天才劇作家イプセンの『人形の家』『ヘッダ・ガブレル』とビョルンソンの『恋愛と地理学者』

『わかき葡萄の花時に《（ママ）》』の演劇とを対比し、彼らの人間性の資質の違いが恋愛劇の作風の違いとなっていることを説明している。さらにこの中で、厨川はイプセンの文学の逃げ場のないぎりぎりの現実描写が「暗い行詰ったもの」であるのに対し、ビョルンソンの演劇は「三角劇の癌腫」を描きながらも、最終的には調和の可能性を提示する「明るい詩的な肯定的楽天的の性質」であると、ビョルンソンの演劇を高く評価する。そして、「全く狭い自己本位で他を顧みる遑のない個人主義者に向って、ビョルンソンが、もっと力強い非難を加えたのは『わかき葡萄の花時に《（ママ）》』の喜劇である」、彼は「『わかき葡萄の花時に《（ママ）》』を書いて、イプセンのノラ式の思想に補正を加えた」と紹介する。

一方、一九二三年七月に初版が刊行された任白濤訳『恋愛論』の「二つの離散復縁の喜劇」では、ビョルンソンの二篇の演劇の梗概を翻訳したもので、厨川の原著を何行かは省略したものの、ほぼ原文の梗概通りにその内容を正確に伝えている。しかし、省略した部分とは、厨川原著においては論展開上重要な内容である「恋愛に於ては、自我を否定する事が更により大いなる自我の肯定である」とか、「全く狭い自己本位で他を顧みる遑のない個人主義者に向って、ビョルンソンが、もっと力強い非難を加えた」という部分である。さらに、厨川原文では『わかき葡萄の花時に《（ママ）》』の作品紹介でも、主人公アルヴィクの三人の娘を「世間なみに自由解放を求める新思想をはき違えた女たち」と書いてあるのに、任訳では「自由解放の新思想を懐いた娘たち」と改訳したりし、「自我主義の女房に見放された男」という、アルヴィクに対する厨川の意志を反映するこの修飾語を省略している。

次に、厨川の『近代の恋愛観』に収録する『三度恋愛に就いて言う』「一二」は、「ビョルンソンの作品」という節で「三角劇の癌腫に罹った場合」を説明するのに二つの演劇を例に挙げていたが、それをさらに一般論的な説明と多くの具体的な作品に描かれる事例とで説明を補った部分である。ここでは、イプセンとビョルンソンの演劇以外に、ハウプトマン、メーテルリンク、ダヌンツィオ、ショー、ズーダーマンたちの演劇を例として挙げて、厨川は近代文芸において三角劇の多い理由を、「三角関係」の「葛藤は一きわ沈痛深刻の悲劇となって、直ちに生命の核心を突き崩すだけの強烈な破壊力となって動く」からであると説明する。

ところが、任白濤『恋愛論』では、『近代の恋愛観』収録の『再び恋愛を説く』『三度恋愛を就いて言う』という二章を『実際生活より恋愛を論ず』という一章に整理し、『三度恋愛を就いて言う』「一一」の内容のうち、厨川叙述の一般論的な「三角関係」の言説を中心に一節を設け、第「八」節「三角関係」という新たな題目を付けて整理している。しかし、一般的な論として整理しても、どうしても論の中心として使用したイプセンとビョルンソンの演劇に関わる内容だけは留めざるを得ず、次のように結論づけられた。

任白濤『恋愛論』「八　三角関係」初訳本

恋愛結合の一方がそれとは別に他の相手を愛すること、これは「三人の劇場」と呼ばれ、また通称「三角関係」と称される。三角関係には多くの憎悪、嫉妬、恐怖、羨望、復讐などの不良分子が含まれ、人類苦悩の姿の万華鏡はそこに展開する。

三角関係による苦悶の心理は昔から今に至るまで変わらず、とりわけ個性の発達した近代人は何らかの不良分子が性的結合に混じっていることを許さない。いったん不良分子が混じると、生命の核心は爆発してしまいそうになり、沈痛で深刻な悲劇がもたらされる。近代文芸の中で、三角劇が特に多いのは上述の理由による。

三角関係は恋愛において、確かに一種の癌腫であり、人生の苦悶の種となる。このような苦悶の種を免れたいなら、前もって予防すべきであり、予防の方法は以前に述べたように、貴い恋愛に対し、努力し培養擁護の工夫を活用しなければならない。このことは我々の生命を維持する方法と同じで、衛生養生の法を重んじる以外には、別のどんな長生術もない。

不幸にしてすでに三角関係の癌腫に罹ったとしたら、最上の道はやはり「自由」の外にはない。性的選択の自由はいかなる場合や場所においても棄て去られてはならない。もしまったく愛のない者と夫婦関係を持続しつつ、他の人に想を寄せながら、胡魔化して偽りの日々を過ごしているとすれば、信じられないような手段で人を欺くよりもさらに罪悪が大きいのだ。

しかし、多年の同居による両性関係は、浪漫的色彩を失い潜在的となるため、たとえ三角関係の癌腫に罹ったとしても、もし仔細に省察すれば、意外にも力強い夫婦愛を必ずや発見できるように、やはり壊れた鏡を再生することができる。上篇で挙げたビョルンソンの二つの作品や、イプセン作の『海の夫人』のようなものが、すなわち例証である。そこで三角関係の癌腫に罹った場合、双方はくれぐれも軽挙妄動に出てはならない。『海の夫人』という劇の結末は、決して狂言綺語が結ぶところの虚構ではなく、その中に実は玄妙深遠なる「愛」の心理が含まれる。このことは形式万能の因襲道徳の徒が夢想だにもしない新道徳の勝利であり、「自由」と「愛」との最後の凱旋である。

以上、任白濤が提示したのは、実生活の恋愛において陥りやすい癌種である「三角関係」であり、それを治癒するための教訓的な「愛」と「自由」の「新道徳」理念である。しかし、任白濤は、ビョルンソンの近代劇は「三角関係の癌腫」に陥った具体例が提示される作品であること、さらには作中に積極的な解決策を暗示し調停する作品であることをいったんは初訳本で提示したものの、改訳本では「上篇で挙げたビョルンソンの二つの作品」の紹介を削除したため、彼は改訳本では「八　三角関係」の節からビョルンソンの名前を削除する。そして任白濤は、「三角関係には多くの憎悪、嫉妬、恐怖、羨望、復讐などの不良分子が含まれ、人類苦悩の姿の万華鏡はそこに展開する」ので、さらには「個性の発達した近代人は何らかの不良分子が性的結合に混じっていることを許さない」ので、近代文芸作品が特に多く「三角関係」を取り上げていることを紹介し、「三角関係」は近代文芸においては重要なテーマなのだと提示した。このことは、民国期における厨川の『近代の恋愛観』の受容史の中で、ビョルンソン受容は、『近代の恋愛観』の変容された受容形式を経て、近代文芸において重要なテーマである「三角関係」の紹介というテーマ論へと転化されてしまったことを意味する、と筆者は考える。ビョルンソン受容が「三角関係」というテーマ論へと転化されて受容されたのは、先に示した「ノルウェー写実主義の先駆ビョルンソン」における茅盾のビョルンソン評価の低さがかなりの影を落とし、痕を引きずる形で『近代の恋愛観』の受容形式にまで影響を与えたのではないかと考えられる。その上、民国期におけるビョルンソン作品の翻訳状況と合わせて判断する時、ビョルンソン紹介が、一般論としての「三角関係」とは何かの紹介と、なぜ「三角関係」が近代文芸の主要なテーマなのかの紹介とに変容される程に、社会背景に恋愛熱現象が存在したことを想像するに難くない。

三　日本・中国におけるシュニッツラー作品の翻訳状況

厨川白村『近代の恋愛観』の言説の中で、近代演劇と恋愛関係において重要な人物がビョルンソンの他にもう一人いる。それは、アルトゥーア・シュニッツラー（Arthur Schnitzler, 1862.5.15-1931.10.21）である。日本におけるシュニッツラーの紹介は、明治三〇年（一八九七）森田思軒が『新小説』八月号に掲載した「羅馬人叢話」に始まり、明治期の紹介は十八回を数えるが、うち九回は森鷗外訳である。鷗外は、明治四〇年（一九〇七）一一月・一二月一日発行の『歌舞伎』九一号・九二号に「観潮楼一夕話」の見出しのもと「脚本『剣を持ちたる女』の訳」（のちに、明治四二年六月『一幕物』春陽堂、大正一一年八月『森林太郎訳文集巻二墺太利劇篇』春陽堂に収録）としてシュニッツラー作品を紹介したのを皮切りに、「アンドレアス・タアマイエルの遺書」（明治四一年一月『明星』一号、のちに、明治四三年一〇月『現代小品』弘学館書店、大正四年一月『諸国物語』国民文庫刊行会に収録）、「戯曲猛者」（明治四一年一一月『歌舞伎』一〇〇号、のちに、明治四二年七月『一幕物』易風社に収録）、「耶蘇降誕祭の買入」（明治四二年一月『新天地』二巻一号、のちに、明治四三年一月『黄金杯』春陽堂、『森林太郎訳文集　巻二　墺太利劇篇』に収録）、「みれん」（明治四五年一月一日から三月一〇日まで断続的に『東京日日新聞』に五五回に亘って連載、同年七月五日単行本『みれん』籾山書店が出版）、「戯曲　恋愛三昧」（明治四五年四月一日発行の『歌舞伎』一四二号から大正元年九月の一四六号まで五回に分けて連載、のちに、大正二年二月単行本『恋愛三昧』「近代脚本叢書第一編」現代社、『森林太郎訳文集巻二　墺太利劇篇』収録）、「一人者の死」（大正二年一月発行の雑誌『東亜之光』八巻一号、同年『十人十話』実業之日本社に収録）の計七作品を、すべてドイツ語原典から翻訳している。

以上のように、明治後期から大正初期にかけては森鷗外がかなりシュニッツラーに着目していたが、明治期全般での翻訳紹介回数ではビョルンソンとほぼ同じであった。しかし、シュニッツラーは大正期になると、一躍脚光を浴びる。大正期全般では四四種類の作品が七三回に亘って、単行本、シュニッツラー選集、近代劇大系・全集、「〇〇翻訳集」に所収される形で盛んに翻訳紹介され、シュニッツラーの戯曲はイプセンの戯曲以上のブームを呈している。

一方中国では、民国期のシュニッツラーの普及は下記に示した上海図書館所蔵分の調査だけでも、十五種の単行本で十作品が翻訳出版されている。この他にも一九三七年一月付の施蟄存訳『薄命的戴麗莎』（薄命なテレーゼ）の「訳者序言」附録「シュニッツラー重要著作目録」には、おそらく三一年の神州国光社版の施蟄存訳『婦心三部曲』があることが明記されており、十作品が十六種の単行本として翻訳刊行されている。そのうち施蟄存訳が最多で、五作品を翻訳紹介している。

【シュニッツラー作品翻訳単行本資料】（以下【資料】と記す）

(1)郭紹虞訳『阿那托爾』文学研究会叢書、上海・商務印書館、一九二二・五初版（*Anatol*：日訳「アナトール」）

(2)施蟄存訳『多情的寡婦』上海・尚志書屋、一九二九・一初版（*Frau Bertha Galan*：日訳「美しき寡婦――ベルタ・ガルラン夫人」）

(3)趙伯顔訳『恋愛三昧』（ほかに『緑鸚鵡』を収録）上海・楽群書店、一九二九・八初版（*Liebelei*：日訳「恋愛三昧」）（*Der grüne Kakadu*：日訳「緑の鸚鵡」）

(4)趙伯顔訳『循環舞』上海・水沫書店、一九三〇・五初版（*Reigen*：日訳「輪舞」）

(5)段可情訳『死』上海・現代書局、一九三〇・一一初版（*Sterben*：日訳「みれん」または「死」）

(6-1)劉大杰訳『苦恋』上海・中華書局、一九三二・七初版（*Frau Bertha Garlan*）

(6-2)李志萃訳『苦恋』（通俗本文学名著叢刊）上海・中学生書局、一九三四・四初版（*Frau Bertha Garlan*）

(7)施蟄存訳『薄命的戴麗莎』上海・中華書局、一九三七・四初版（*Therese, Chronik eines Frauenlebens*, 底本英訳：*Theresa the Chronicle of A Woman's Life*：日訳「テレーゼ――ある女の一生の記録」）

(8-1)施蟄存訳『孤零』（婦心三部曲之一）文化出版社、一九四一・五初版（*Frau Bertha Garlan*）

(8-2)施蟄存訳『私恋』（婦心三部曲之二）言行社、文化出版社、一九四一・五初版（*Frau Beate und ihr Sohn*：日訳「ベアーテ夫人とその息子」）

(8-3)施蟄存訳『女難』（婦心三部曲之三）文化出版社、一九四一・五初版（*Fräulein Else*：日訳「令嬢エルゼ」）

(8-4)施蟄存訳『婦心三部曲』言行社、一九四七・二初版（*Frau Bertha Garlan*）（*Frau Beate und ihr Sohn*）（*Fräulein Else*）

(9)施蟄存訳『愛爾賽之死』南平・復興出版社、一九四五・八初版（*Fräulein Else*）

(10)施蟄存訳『自殺以前』福建・十日淡社、一九四五・九初版（*Leutnant Gustl*：日訳「グストル少尉」）

(11)可文基訳『哀爾賽姑娘』（大家作品叢書5）上海・大家出版社、一九四九・一初版（*Fräulein Else*）

管見のおよぶところ、民国期におけるシュニッツラー及び彼の作品の紹介では、「文学研究会叢書」として刊行された上述【資料】(1)の郭紹虞訳『阿那托爾』（アナトール）に所収する一九二二年三月二五日付の鄭振鐸著の「序」

に紹介するものが纏まった紹介としては一番早い。

『アナトール』は七幕が独立した脚本を連結させて一作の「独幕の連環劇」(One act Cycle)を作り上げている。劇中の主人公アナトールを中心かつ糸口として全篇を連結させて一編をなす。第一幕はアナトールと一人の女性カレンのことを叙述する。第二幕はアナトールと一人の既婚女性カボーリのことを叙述する。第三幕はアナトールと一人の女性ビーンジャのことを叙述する。残りの四幕もかくの如しで、男性の主人公はすべてアナトールである。女性主人公は各幕で異なる。

この戯曲の著者は現代オーストリアの演劇作家アルトゥーア・シュニッツラー(Arthur Schnitzler)である。シュニッツラーは一八六二年オーストリアの都ヴィーンに生まれる。現在なお健在である。彼の父親は著名な咽喉科の医者である。彼自身も医学を学んだ。ヴィーン大学を卒業後、彼は医者となり、十年の久しきに亘りその仕事を継続した。一方でまた常に多くの長篇小説や短篇小説と戯曲を書いた。しかも戯曲はとりわけ有名になった。

オーストリアの演劇とドイツの演劇とは同じ言語で描かれながら、精神においては大いに違うところがある。普通の人はよく二つをごっちゃにしている。実のところ一つはベルリンの精神を表現し、一つはヴィーンの精神を表現している。シュニッツラーは際立ったヴィーン派の代表である。彼の戯曲の精神とズーダーマン(Sudermann)及びハウプトマン(Hauptmann)のそれとは決して同じものではない。彼も多くの近代的なヴィーン演劇作家と同じように、描いているのは人生劇場の一、二の劇に過ぎず、しかもこれらごく少数の出来事を常に簡単な繰り返しで表現している。しかし決して繰り返しが気にならないし飽きもしない。それはまるで琴の達人のようで、琴の弦は数本しかないが、彼の演奏により、琴の音色には高低抑揚があり、その変化には限りがなく、時には迅雷疾雨のように速く激しく、時には清渓静流のようにゆったりと静かで、時に深夜の静寂の中寡婦の哀哭が聞こえてくるかのようで、時に微風が松林を過るかのように悠然と清廉である。彼の芸術の手法はいわゆる崇高無比である。私たちはとりあえず彼の数篇の戯曲で観察を試みよう。『アナトール』において、七幕の出来事はほとんど同じである。すなわち一人の男性と一人の女性の関係を叙述することである。

しかし彼の叙述はそれぞれに違い、生き生きとしていてしかも自然であり、決して人生の繰り返しを感じさせない。『アナトール』と同じ循環劇〝Reigen〟でも、同様にシュニッツラーの驚きに値する芸術を表現している。〝Reigen〟は合わせて十幕であり、一幕ごとに一人の男性と一人の女性の関係を叙述する。しかし一人の主人公で劇全体を貫徹させているわけではない。彼が用いた貫徹の方法とは、連環の方法である。第一幕で叙述されるのは一人の娼婦と一人の兵士の関係であり、第二幕はその兵士と一人のウエイトレスの関係が叙述される。以後各幕では、そのウエイトレスと一人の青年の関係、その青年と一人の若い女性の関係、その若い女性と彼女の夫の関係、彼女の夫と一人の女性の関係、その女性と一人の詩人の関係、その詩人と一人の女優の関係、その女優と一人の貴族の関係と次々に叙述される。第十幕に至り、その貴族と第一幕で語られたあの娼婦の関係が叙述される。語られているのは男女関係の簡単な琴線に過ぎないが、彼が表現したのは変幻自在で精巧にしてかつ面白い。

この二篇の戯曲ばかりでなく、彼が叙述した出来事はあまりにも簡単で同じ様なものであり、あらゆる彼の戯曲もすべて同様である。彼の題材はいつも一人の愛人か一人か二人の女性である。彼には著名な〝Liebelei〟（売弄風情——『思わせぶり』、その後日本でも中国でも『恋愛三昧』と訳される——筆者）という戯曲がある。Ashly Dukes（アシュレイ公爵）は「実際に、〝アナトール〟から〝ミッツィ伯爵夫人〟（Countess Mizzi）に至るまで、彼らはすべて〝思わせぶり〟である」と語った。このような簡単な琴の弦からこんなにも多くのすばらしい音色を弾き出すことができることに、私たちはシュニッツラーの才能を大いに称賛すべきである。

シュニッツラーの才能は、一方で一種の空気、一種の秋の夕暮れの朦朧とした微かな光のような空気、一種の大変愛しむに値する極めて幽玄な空気を創造できたことにある。彼が創り出した夢想世界は、象徴主義者が描いているのと同じだが、実際は象徴ではないというように変幻怪奇である。

シュニッツラーの作品には、悲劇も何篇かある。例えば〝Liebelei〟はその一例である。〝Liebelei〟で彼が主人公にしたのは一人の女性であって男性ではない。彼女は一人の男性を愛し、彼の妻となるが、彼女は毎日毎日自分の夢想生活の中で生きていく。彼女の夫はほかの婦人が原因で、男と決闘して死んでしまう。結果は大変悲惨である。しかし大抵のシュニッツラーの著作はやはり喜劇を多としている。

シュニッツラーは、ただ愛情の変幻を描写するだけで、またただ〝思わせぶり〟な事跡を描写するだけだが、そのことをまったく道徳的に相応しくないとする多くの道徳家がいる。私たちが今『アナトール』を紹介すれば、おそらく多くの人は道徳家の観点で非難するだろう。事実シュニッツラーは一介の芸術家である。彼は何らの道徳も気にしない。彼はただ実在の現象を忠実に描写する。しかも彼の仕事には醜悪な表現は決してない。彼は彼の秀麗な芸術手腕で一切の薄汚れた肉欲描写を拒否した。このことは確かに大変貴いことである。しかし彼は結局のところは大胆にして恐れを知らない。およそ言葉として発することができるものならば、彼はすべてを完全に赤裸々に言及し、決して隠すことはない。他の作家が敢えて喝破しないところでも、彼はとりわけ勇敢であり、とりわけ憚ることなく言及する。このことが彼の最も追随を許さないところである。

そこで私たちが『アナトール』を紹介するのは、一方でもとよりオーストリアの代表的名著作を紹介するということが、シュニッツラーの代表的な著作（公爵 Dukes は『アナトール』が最もシュニッツラーへの空気を鮮明に伝えていると考えている）を紹介するということであり、一方でシュニッツラーの精神と芸術を紹介するということは、いまだ芸術家の歩んだことのない人生劇場をみなさんに呈示して見せることになるからである。


以上、序文のほぼ全文であり、大変長い引用になったが、シュニッツラーと彼の作品に対する最初の詳しい説明である。ここでの鄭振鐸のシュニッツラー評価はかなり高い。読者に思わず読んでみようかと思わせる評価である。なおこの後には、『アナトール』の翻訳底本が一九一七年に出版された「近代叢書」（Modern Library）に所収するコルボーン（Colbron）訳『アナトール及びその他の戯曲』の英訳版に拠ることが記されている。この鄭振鐸の「序」を掲載する郭紹虞訳『アナトール』初版が一九二二年五月に出ていることは、次に論じる中国の現代主義作家のシュニッツラーの〝発見〟との関係において重要である。

四　シュニッツラーの〝発見〟とフロイト精神分析学

施蟄存におけるシュニッツラーの〝発見〟を斎藤敏康は、一九二三年から二七年にかけての時期とする。それは施蟄存が、(1)二三年上海大学、二五年大同大学、二六年震旦大学と渡り歩いた二三年から二七年にかけては、西欧文学を原文で読み、自己の文学に移植するに必要な英語・フランス語を学習していた時期にあったこと、(2)二六年から二八年にかけては、翻訳文学を熟読し、時には書き写すという行為を通じて、西欧現代小説の作法を掌握するための試行錯誤の時期で、この時期に革命文学論争をきっかけにプロレタリア文学が隆盛する時代を迎え、自分の持っている文学資質がプロレタリア文学とは異なることを悟り、プロレタリア文学とは距離を置こうと決意した時期にあったこと。そこで、施蟄存のまなかいに映じていたのは、プロレタリア文学にやや遅れて二〇年代の五四白話文学を挟撃する形で中国に紹介された「現代主義」と呼ばれるモダニズムの文学思潮であり、施蟄存のその後の創作に即して具体的にいえばフロイト、ハヴロック・エリスの心理学、そしてA.シュニッツラーの一連の心理分析小説なのであった(6)、と指摘する。

同じく現代主義作家として出発し、施蟄存同様、のちに中国古典文学研究者に身を投じる劉大杰は、日本留学中の一九二八年晩秋、広島の第三書房という本屋で『ベルタ・ガルラン夫人』（日訳は一九二一年に伊藤武雄『シュニッツレル短篇集』岩波書店が出版されている）の英訳版を手に入れ、留学中の二九年秋から翻訳を始め、上海・帰国後の三〇年後半に翻訳出版の話がまとまり、取り急ぎ全訳した状況を、前述【資料】(6-1)『苦恋』「訳者の言葉」に書いている。劉大杰は二六年日本に留学し、早稲田大学文学科で欧州文学を専攻、『トルストイ研究』（上海・商務印書館、新知識叢書、一九二八・三初版）、『イプセン研究』（上海・商務印書館、文学叢書、一九二四・四初版）、『ドイツ文学概論』（上海北新書局、一九二八・六初版）などの研究業績を残す一方、彼は厨川白村の著作には絶えず注目していた。厨川白村著作の中国における翻訳紹介は、劉大杰が最多の三作品『走向十字街頭』『小泉八雲及其他』『欧美文学評論』である。

そこで、この世界文学との共時性を志向した劉大杰(一九〇四年生)と施蟄存(一九〇五年生)という二人の知識人の、一九二〇年頃から二八年頃までの事跡を簡単に触れておく。劉大杰は、幼時より古典詩文に親しみ、一九一二年武昌旅鄂中学に入学、二二年武昌高等師範に進学後、恩師郁達夫に随伴し二五年冬上海に出て、二六年武昌師範大学中文系を卒業後は、郭沫若の激励を受けて日本に留学、三〇年帰国後上海大東書局に勤務している(三一年から、復旦・安徽・大夏・四川・曁南大学などで教鞭をとる)。一方、施蟄存もやはり一八年江蘇省立第三中学に入学後に、古典詩文に親しみ、二二年杭州之江大学入学、二三年に上海大学再入学、二五年大同大学転入、二六年再度震旦大学フランス語特別クラスに籍を置き、二八年に第一線書店、水沫書店を創設する(三二年『現代』主編となる)。

二人のうち劉大杰のシュニッツラーの〝発見〟は日本という環境、厨川白村著の翻訳、早稲田大学文学科で欧州文学を専攻した等の要因によりある程度明快である。

例えば、厨川白村『近代の恋愛観』の中で、シュニッツラーは次のように紹介される。

欧洲現代劇の作家として、純粋恋愛芸術的描写に最も著しく成功した第一人者といえば、誰しも先ず指を墺多利のシュニツラアに屈するであろう。かれの『アナトオル』、『恋愛三昧』以下の諸篇は、恋愛心理の極めて芸術的な描写として、『わかき維納』のために万丈の気を吐いた不朽の名作である。

現代文学といえば階級闘争とか、社会問題とか、肉欲描写とかばかりが主題だと思っている人たちは、シュニツラァやポルト・リイシュやドンネの美しい恋愛劇を見て、太古から今に至るまで変る事なき『恋』といふ人生の詩鏡が、如何に現代の文芸に於て取扱われているかを知るが可い。

以上が、厨川白村が『三度恋愛に就いて言う』「三六」の中で言及する、シュニッツラーと彼の演劇に関する内容である。劉大杰がこの文章を日本語原文で読んでいたことは想像に難くない。

厨川の『近代の恋愛観』の翻訳本である、一九二三年七月出版の任白濤『恋愛論』初訳本でも、二六年四月以降にさらに削除を加える改訳本でも、このシュニッツラーの演劇に関する紹介は同じく次のように訳されている。

オーストリアのシュニッツラーのような人は恋愛の芸術的描写において最も成功を顕した第一人者である。もし現代文学はもっぱら階級闘争や社会問題や肉欲描写を主題にすると思っている人たちは、シュニッツラーやリイシュやドンネの美しい恋愛劇を見たら、太古から今に至るまで変らない『恋』の詩の情趣が、いかに現代文芸界において処理されているかを知ることになろう。

さらに、一九二八年八月に出版された夏丏尊訳『近代的恋愛観』では次のように直訳的に紹介される。

欧洲現存劇作家の中で、純粋恋愛の芸術描写において最も著しく成功した者は、第一にオーストリアのシュニッツラー(Schnitzler)を推すであろう。彼の『アナトーオル』(Anatole)、『恋愛三昧』以下の諸篇は、恋愛心理の芸術描写において、『青年のヴィーン』のために万丈の気を吐いた不朽の名作であるといえる。

現代文学といえば、ただ階級闘争や社会問題あるいは肉欲描写を主題にすると考えている人たちは、シュニッツラーやポルト・リイシュ及びドンネの美しい恋愛劇に去就を伺ったらいいだろう。太古から今に至るまで変わらないいわゆる『恋愛』という人生の詩鏡が、いかに現代の文芸において扱われているかを見ることになろう。

これだけの短い紹介であるが、民国期における中国の現代主義作家たちのシュニッツラーの〝発見〟という意味においては重要である。というのは、前出した【資料】(1)の郭紹虞訳『アナトール』が一九二二年五月に出版されて以来、次の(2)施蟄存訳『多情的寡婦』(多情なる寡婦)が出版される二九年一月までの間に、厨川白村『近代の恋愛観』の翻訳書が中国において普及するためである。任白濤訳は一九二三年七月二〇日初版、二四年三月二〇日再版、二四年一〇月一五日三版、二六年四月以降に改版が刊行されている。夏丏尊訳は一九二八年八月に初版、二九年四月に再版が刊行されている。そこで、劉大杰のシュニッツラーの〝発見〟は二二年五月出版『アナトール』の鄭振鐸「序」において、または『近代の恋愛観』の任白濤訳本において、または二六年から三〇年にかけての日本留学中においてであろう。同様に、施蟄存のシュニッツラーの〝発見〟は二二年五月出版『アナトール』の鄭振鐸「序」において、または『近代の恋愛観』の任白濤訳本において、または二八年八月の夏丏尊訳『近代的恋愛観』においてであろう。また興味深いのは、三一年七月に初版が刊行される【資料】(6-1)劉大杰訳『苦恋』とは、『ベルタ・ガルラン夫人』の翻訳であり、施蟄存、劉大杰ともに同じ作品を翻訳している。

ところで、施蟄存は【資料】(7)の『薄命なテレーゼ』の「訳者序言」（一九三七・一）の中で、次のように語る。

シュニッツラーの作品はすべて性愛を主題としていると言うことができる。なぜなら性愛は人生の様々な面とそれぞれに密接な関係を持つからである。しかし彼が性愛を描写したのはこの事実を描写したりその行為を描こうとしたからでは決してなく、彼はおそらく性心理の分析を重要視したからである。彼のこの方面での成功に関し、私たちは彼が彼と同郷のフロイトに匹敵し得ると言うことができる。彼は意識的にフロイトの影響を受けたと言う人もいるかもしれないが、しかしフロイトの理論が文芸に実証されたことは、ヨーロッパの現代文芸にこれにより新しい路を特別に開かせたことであり、その後にひいてはイギリスにロレンスやジョイスのような精神分析の大家を生む結果となったのも当然で、このことはフロイトの功績に帰すべきである。とりわけジョイスの著名な小説ユリシーズに応用されている内的独白式（Interior

Monologue）の文体は早くにシュニッツラーによって『令嬢エルゼ』（原文：『愛爾賽小姐』）『グストウル少尉』（原文：『戈斯特爾副官』）の二つの中篇小説の中で使用されたことがあった。

さらに、【資料】(9)の『エルゼの死』の「題記」（一九四五・六・二四付）と【資料】(10)の『自殺以前』（『東方雑誌』掲載時は訳題「生の恋」）の「題記」（一九四四・六・二四付）は同じ内容であるが、その中で次のように語る。

シュニッツラーは新浪漫派の作家に属する。彼の作品での主題はほとんど愛と死という二つだけである。彼のあらゆる脚本と小説はすべて近代の愛と死の葛藤を表現していて、彼が言う「愛」はまたほとんどが「性愛」である。また、彼が心理分析学家フロイトの影響を受けた最初の作家であり、そこで彼の作品には常に心理分析の描写があることに特に注意を払う必要がある。

施蟄存はシュニッツラーとフロイトの関係をこのように指摘した。そこで最後に、中国におけるフロイト精神分析学の受容を簡単に紹介する。

中国でのジークムント・フロイト（Sigmund Freud, 1856.5.6-1939.9.23）の精神分析学の紹介は、一九一四年五月『東方雑誌』一〇巻一一号の銭智修「夢の研究」に始まり、二〇年一二月『民鐸』二巻五号の張東權「精神分析を論ず」、三一年『東方雑誌』一八巻一四号に朱光潜「フロイトの潜在意識と心理分析」、二二年『心理』創刊号と一巻二期に余天休「フロイトの学説」「フロイト学説の批判」、二三年『東方雑誌』二〇巻六号と二〇巻一一号に楊澄波「析心学略論」と呉頌皐「精神分析の起源と派別」、二六年『民鐸』七巻四号の余文偉「フロイト派の心理及びその批判」、二九年五月初版の世界書局、ABC叢書、張東權『精神分析学ABC』と進展し、フロイト著作の翻訳は二五年『教育雑誌』一七巻一〇・一一期の高卓訳「心の分析の起源と発展」、二九年五月初版の開明書店、夏斧心訳『群集心理と自我の分析』、三〇年一〇月初版の商務印書館、章士酥訳『フロイト自叙』と進展している(7)。

おわりに

以上の考察を通して以下の結論が導き出せよう。

第一に、ビョルンソンについて紹介された一九二一年一月一〇日発行の『小説月報』一二巻一号には「文学研究会宣言」が掲載されるが、茅盾と鄭振鐸はともに文学研究会創設当初からの会員であった。中国ではこの文学研究会の二人が紹介した、茅盾「ノルウェー写実主義の先駆ビョルンソン」と鄭振鐸『アナトール』「序」の文章がビョルンソンとシュニッツラーの作品について詳しく言及した最初のものであることを提示した。その結果、茅盾のビョルンソン作品の紹介と鄭振鐸のシュニッツラーの作品の紹介が、その後のビョルンソンとシュニッツラーの民国時期における作品の翻訳状況を如実に顕在化し、投射するリトマス紙的役割を果したであろうことを検証した。

第二に、茅盾のビョルンソン作品の評価の低さは厨川白村『近代の恋愛観』の翻訳である任白濤『恋愛論』改訳本に典型的に反映され、ビョルンソンの近代劇は、「三角関係の癌腫」に陥った具体例が提示される作品であるという扱いから、近代文芸において重要なテーマである「三角関係」の紹介というテーマ論に転化されてしまったことを明らかにした。

第三に、鄭振鐸のシュニッツラー作品の評価の高さは、十作品が十六種類の単行本となって翻訳刊行されていることに典型的に投影されていることを示した。その上で、中国現代主義作家として挙げた劉大杰と施蟄存のシュニッツラーの作品の〝発見〟の時期と出処に触れた。施蟄存によるシュニッツラーの〝発見〟は一九二三年五月初版発行の郭紹虞訳『アナトール』の鄭振鐸「序」での紹介が最有力であるが、二三年七月二〇日初版刊行以来再版が繰り返される任白濤訳『恋愛論』と、二八年八月に初版が刊行される夏丏尊訳『近代的恋愛観』という厨川白村『近代の恋愛観』でのシュニッツラー紹介も補完的に〝発見〟に寄与していると推測できると結論付けた。また、劉大杰によるシュニッツラーの〝発見〟も鄭振鐸「序」が最有力であり、二六年から三〇年秋までの日本留学時に原文で読んでいたであろう厨川白村『近代の恋愛観』でのシュニッツラー紹介も補完的に〝発見〟に寄与していると推測できると結論づけた。

（1）ビョルンソンとシュニッツラーの翻訳作品回数は『明治・大正・昭和翻訳文学目録』国立国会図書館編、風間書房、一九五九・九に拠った。
（2）中村都史子「農民小説の青春像――B．ビョルンソンと伊藤左千夫」（東大比較文学会『比較文学研究』三〇号、一九七六・九、一四〇頁）
（3）注（2）に同じ、一五〇頁
（4）注（2）に同じ
（5）中村都史子『日本のイプセン現象――一九〇六―一九一六年』（九州大学出版会、一九九七・六）
（6）斎藤敏康「施蟄存とA．シュニッツラー――『婦心三部曲』と「霧」「春陽」」（『野草』六六号、二〇〇〇・八）
（7）呉中傑、呉立章主編『中国現代主義尋踪――一九〇〇―一九四九』「精神分析学」（学林出版社、一九九五・一二）
※引用に関しては、旧字・旧仮名で書かれていた表記を常用漢字・現代かな遣いに改めた。

第八章　台湾における厨川白村——継続的普及の背景・要因・方法

はじめに

張我軍[1]（一九〇二—一九五五）は、一九二四年一月から一〇月まで北京師範大学夜間部補習班での学習経験を有し、五四新文化運動からの中国の文壇の動きをよく把握している人物である。彼は『台湾民報』（月刊）に掲載された「研究新文學應讀什麼書」（三巻七号、一九二五・三・一）では、「文学史」として『文芸思潮史』と『近代文学十講』を推薦し、「文学理論」として『苦悶的象徴』を推薦している。また、同じく『台湾民報』（週刊）に載せた「至上最高道徳——恋愛」（七五号、一九二五・一〇・一八）においては、『近代の恋愛観』を「恋愛の本質、発生、恋愛観の歴史、恋愛が神聖な理由」などの観点から紹介し、「『乱都之恋』詩集序文」（八五号、一九二五・一二・四）においては、「苦悶」という言葉を使用することによって『苦悶の象徴』への傾倒を明示していた。このような張我軍の経歴と著作からは、台湾でも一九二〇年代に、五四新文化運動の影響があったという既知の事実以外にも、厨川白村の著作に熱い視線を送る知識人がいたという事実を確認できる。

張我軍以外にも、一九二〇年に明治大学での日本留学経験をもち、『台湾民報』や『台湾新民報』へ寄稿していた陳虚谷（一八九六—一九六五）や、一八年に神田正則英語学校、二七年に中央大学での留学経験をもち、三一年に『南音』を創刊した葉栄鐘（一九〇〇—一九七八）や、二八年以降何度か東京に住んだ経験をもち、『台湾文芸』

『フォルモサ』にも寄稿していた劉捷（郭天留、一九一一―二〇〇四）などにおける厨川からの影響が指摘されている。(2) しかし、日本統治期の台湾ではもちろん日本語で読んでいたのであろう台湾の知識人が、厨川の著作に傾倒していたという事実は、前述した少数の例を除けば、あまり明確には確認できない。ところが、四九年、大陸で共産党との内戦に敗れて、一五〇万から二〇〇万（うち軍属八〇万）に達する人々を引き連れた蔣介石国民党政権が台湾に渡って以降、多くの台湾の知識人が厨川の著作に熱い視線を向けたことが確認できる。それも、多くの知識人は日本語からではなく、翻訳された中国語によって厨川著作を知り、その内容に傾倒している点は興味深い事実である。

本章では、初めに、民国期における厨川著作の流行の終着点について考察を加え、次に、台湾において、国共内戦に敗れて台湾に移り住んだ国民党系の人々、いわゆる外省人たちを中心に、厨川の著作が継続的に普及した背景と要因および方法を分析する。最後に、香港における受容について提示したい。

一　民国期における厨川白村流行の終着点について

厨川白村が鎌倉の別荘「白日村舎」（俗称「(近代の)恋愛館」）に滞在の折、関東大震災で起こった津波に巻き込まれて死去したのが一九二三年九月二日、一方、有島武郎（一八七八・三・四―一九二三・六・九）は厨川が逝去するおよそ三カ月前、軽井沢の別荘「浄月庵」で婦人記者波多野秋子と心中、その生涯を終えたのが六月九日である。魯迅が共鳴・共感を寄せていた二人の日本知識人有島武郎と厨川白村の死に対し、ある時代の終焉と新しい潮流の到来を実感したのは、おそらく有島武郎の「宣言一つ」（一九二二・一）と「芸術について思うこと」（一九二二・一）を訳出し『壁下訳叢』（上海・北新書局、一九二九・四初版）に収録した頃である、と筆者は推測する。それはこの翻訳叢書に収めた論文を通して、芸術がやがて知識階級の人々の手を離れて「社会問題の最も重要な位置を占むべき労働問題の対象たる第四階級と称せられる人々」（有島）、すなわち新興階級の人々の手に移り、彼らがやがて社会的な指導力となり、新興階級である彼ら自身の「自分の内部的要求」（有島）に基づく新芸術が主要な勢力になるというのが歴史的社会的必然性である、と魯迅が認識したのだと推測するからである。その意味において、魯迅にとって有島論は新しい時代へと繋ぐ橋梁となったが、繋いだ本人有島は内的葛藤、内的動揺から旧い時代に留まってしまった。厨川は、新聞に掲載された一女教師の有島への暴言に刺激されて、また恋愛至上説への擁護もあってか、有島の「重複自殺《ダブル・スイサイド》（情死）」に対する釈明を、一九二三年八月一日刊行の『改造』五巻八号に「有島氏の問題（有島さんの最後）」（その後『十字街頭を往く』に所収）と題した文章を寄せ、その編末を「有島さんも亦最後の解決を死に求めず、更に強く生きる事によって自己の罪の呵責を受け、この地上に於てその大建築を完成すべきではなかったろうか。私としてはそういう風に考えたいと思う」と締めくくっている。

有島が逝き、厨川も震災で逝ってしまう。有島と厨川の死去した一九二三年は、八月二日に魯迅は周作人夫婦との不和がもとで、およそ四年住んだ新街口八道湾の四合院を出た年でもある。魯迅は、二四年六月一一日、周作人夫妻に罵倒されながらも家具と書籍を持ち出して以来、再びこの家を訪れることはなかった。また、この慌しく過ぎ去った年から、『壁下訳叢』刊行まではおよそ六年の歳月が流れる。そして、筆者は二四年四月の『魯迅日記』「書帳」の変化を以って、魯迅における意識的な文芸理論受容の始まりの年と位置づけ、この段階の最後に『壁下訳叢』を位置づける。この翻訳集に厨川白村の著作を二篇、有島武郎の著作を六篇採録した時、慌しい中でなんらの感慨に浸ることもなかった二人の死と弟周作人夫婦のことが甦ったとしてもなんら不思議ではない。また、近代文芸思潮の変遷をかなり強く意識し、「やや旧い論拠」（較旧的論拠）に基づく文芸と「新興文芸」とに類別しながら編集した『壁下訳叢』の刊行当時に、魯迅が一つの文芸思潮の終焉と転換期を感じ取ったとも考えられる。

長堀祐造は、有島武郎と魯迅という同時代の資質的にも共通する作家の、有島が死に、魯迅が生きたことについて、「両者の進路を分かった内在的要因の一つとして考えられるのが同伴者作家論ではなかろうか。自らが骨の髄まで知識人たることを認識していた魯迅は、有島同様第四階級の未来を承認しながらも階級移行論を容易に信じようとしなかったが目前には第四階級と連帯して闘わざるをえない中国の現実があった。その間隙を埋める理論が同伴者作家論ではなかったかということである(3)」として、生きて自らの階級に挽歌を奏でながら革命に向けて前進しうる途を指示したトロツキーの同伴者作家論に、魯迅におけるトロツキー文芸理論の意義を見出している。

有島武郎の理論に触発されて新しい時代の到来を予感した魯迅が、一九二九年四月に世に示した翻訳集『壁下訳叢』での分類区分からすれば、厨川白村は「やや旧い論拠」に基づく文芸理論家として扱われている。魯迅が、同書の中で「旧い論拠」「新興文芸」などという言葉と対比して用いるのが「西洋文芸思潮」という言葉であり、「文芸思潮」とは旧いとか新しいとかの範疇を越えた通時的な変遷の概念である。三一年七月二〇日、魯迅が「文芸思潮」という観点に揶揄や風刺の手法を交えて行ったのが、社会科学研究会での講演「上海文芸の一瞥」(所収『二心集』)である。この中で魯迅が、時代の潮流に照らし、厨川文芸論の論的基準に時代への不適合の念を抱き始めていたことは確かであろう。そこで、現存の中国の左翼作家は読書人(知識階級)なので、無産階級文学は描けないと語った上で、「旧い社会に生まれ育った」「旧い社会の情況を熟知し」「旧い社会の人物に馴染んでいた」作家が無産階級のための新しい文芸、いわゆる「新興文芸」の書き手にはならないと、魯迅は文芸思潮の変遷に則った考え方を示している。

しかし、厨川白村は魯迅において決して否定されたわけではなく、意識的な封じ込めがなされたと考えるのが自然である。事実、魯迅は、一九三三年一一月二日付の「陶亢徳宛」の書翰の中で、次のように語っている。

お手紙とご教示頂いた『青光』に掲載の文章（長谷川天渓・胡行之訳「多数少数と評論家」を指す――筆者）は、読みましたが理解できないのは、作者はもしかして自分ではユーモアか風刺だと思っているのかもしれません。日本では最近とりわけ厨川白村のような人物は見かけません。近頃の出版物を見ても、西脇順三郎の『ヨーロッパ文学』がありますが、捉えどころがないほどとても玄妙です。長谷川如是閑はちょうど全集を出版したところですが、この人の観察はきわめて深刻で、文章難渋で解り難く、最近まで作品は一度発禁になっていたのですが、その弊害は同様にどれも読んでも解りづらく、翻訳もきわめて困難です。随筆の類も時に出版され、これを読んでも大抵は浅薄で味わいがなく、あってもなくてもよいものです。要するに、社会と文芸のよい批評家は見あたらないということです。

厨川は、魯迅にとって、一九三三年一一月段階でも「社会と文芸のよい批評家」であると同時に、文芸理論としては「やや旧い論拠」として扱われる。

この点は、長堀祐造が、「芸術と生活と政治との不可分性及び不混合性」を認める「トロツキーの『文学と革命』は、魯迅の中に培われてきた厨川受容以来の「腹の足しになる」（中野重治）芸術と「芸術の独自性」の統一という文芸観に抵触することなく、革命と文学の問題を彼に引き受けさせた」と指摘したように[(4)]、本来厨川やトロツキーの文芸論は「生活のための」や「芸術ための」などの二元論を統一することを目指していた。しかし例えば、「生活のための」芸術と「芸術ための」芸術とを併記・併用すれば、どうしても「二元論」的な傾向があるという理由から潜伏を余儀なくされた。ここに至り、民国文壇において、魯迅の功績により大きく普及した厨川『苦悶の象徴』に代表された文芸理論は、一段階目の受容を終了する。

これ以降、通時的な視点からの文芸理論は、方璧（茅盾）『西洋文学通論』（上海・世界書局、一九三〇・八初版）や顧鳳城『新興文学概論』（上海・光華書局、一九三〇・八初版）などに代表される「来るべき文学」が階級性を意識したプロレタリア文学の方向を目指すことになる。

茅盾『西洋文学通論』は、西洋文学の進展と現在に至る状況に対し、社会階級の意識の反映として文学を位置づけたものであり、来るべき文学がどのようなものであるかを文芸思潮の観点からの予測しようとしたものである。そして、今後の文学のキーワードとして「新しい写実主義」を提起する。

ところで、蔵原惟人「プロレタリア・レアリズムへの道」(『戦旗』一号、一九二八・五)の翻訳タイトルを、林伯修は「到新写実主義之路」(『太陽月刊』七号停刊号、一九二八・七)とした。このあたりからProletarian Realismは「新しい写実主義」と呼ばれるようになり、茅盾が模索した「新しい写実主義」とは、「無産階級の写実主義」であることが解る。

そして、顧鳳城『新興文学概論』は、蔵原惟人著・之本訳『新写実主義論文集』(上海・現代書局、一九三〇・五初版)などの蔵原の文章に多くを依拠しながら、「什麼是普羅列塔利亞文学?」(何がプロレタリア文学か)、「普羅列塔利亞文学的内容与形式」(プロレタリア文学の内容と形式)、「什麼是普羅列塔利亞写実主義?」(何がプロレタリア写実主義か)、「普羅列塔利亞文学批評的基準」(プロレタリア文学批評の基準)などの項目を立て、社会的階級的史観、唯物論的弁証法の観点から理論を構成する。

一方、共時的な視点からは、『壁下訳叢』「序文」において、魯迅が厨川の文芸観は「やや旧い論拠」と位置づけたものの、魯迅訳『苦悶的象徴』は一九三五年一〇月の第十二版まで、魯迅訳『出了象牙之塔』は三七年五月の北新書局版の第五版までが刊行されている。

王耘荘『文学概論』は、章構成とその項目名及び理論展開に関わる形式を本間久雄『新文学概論』に依拠し、「文学は苦悶の象徴であり」「生命の絶対自由の表現」であるとするような文芸理論の実質的な内容を厨川白村『苦悶の象徴』『象牙の塔を出て』に依拠していた。『新文学概論』からの影響は文学論を構成する「文学的定義」「文学的特質」「文学的要素」などの形式面に関わる部分であり、その形式面の影響は一目瞭然であり、各章で解説されている内容が一致するかどうかを読めばいいので影響は判別しやすい。ところが、厨川の文芸論からの影響は、ある章の中の一部である場合が多い。例えば、郁達夫『文学概説』（上海・商務印書館、一九二七・八初版）、田漢『文学概論』（上海・中華書局、一九二七・一一初版）、趙景深『文学概論講話』（上海・北新書局、一九三三・三初版）などをはじめとする「文学概論」にその典型が見出せる。そして同時に、魯迅訳『苦悶的象徴』『出了象牙之塔』出版以降、民国文壇の知識人が執筆する「文学概論」のテクストに厨川著述の影響を見出せるものを挙げていたら枚挙に遑がない。一般には、第六章で示した通り王耘荘『文学概論』などに見られるように、いわゆる章節構成としての形式が本間久雄、理論的な実質部分が厨川からの影響が典型である。

ところが、許欽文『文学概論』（上海・北新書局、一九三六・四初版）は、各章各節の題目までも、厨川の『苦悶の象徴』で述べられる内容をタイトル名に使用している。例えば、「発生文学的原因」「創造文学的情形」「化粧出現」「便化」「具象化」「暗示」「共鳴作用」「普遍性」「真実性」「浄化作用」「断篇的描写」「幽黙与諷刺」「観察」「描写形容和譬喩」「文学作品的鑑賞」などであり、すべて『苦悶の象徴』で説明される内容を項目として立てて整理したものである。

民国文壇における本格的な厨川白村受容の終着は、この許欽文『文学概論』であると推定される。そして、抗日戦争の開始（一九三七・七）により、厨川著作の流行は一時終結する。

二　台湾における厨川白村著作の継続的普及の背景と要因および方法

1　厨川白村著作の継続的普及の状況

筆者による台湾（継続する民国文壇）での調査によって、以下の十二種類（蔵書目録の検索により、他に翻訳者不明の水牛版『近代的恋愛観』一種がある。また④⑦⑩は未見）の厨川白村の著作の翻訳本があることが判明した。

①徐雲濤訳『苦悶的象徴』台南市・経緯書局、一九五七・一二初版（民国四六年）
②金溟若訳『出了象牙之塔』（新潮文庫8、雑文系列）台北市・志文出版社、一九六七・一一初版（民国五六年）／一九八八・一再版（民国七七年）
③琥珀出版部編訳『苦悶的象徴』（世界文学名著）台北県板橋市、一九七二・五出版（民国六一年）
④摹容菡訳『苦悶的象徴』台北市・常春樹書坊、一九七三出版（民国六二年）未見
⑤徳華出版社編輯部編訳『苦悶的象徴』台南市、一九七五・二初版（民国六四年）
⑥陳暁南訳『西洋近代文芸思潮』（新潮文庫128、文学評論及介紹）台北市・志文出版社、一九七五・一二初版（民国六四年）／一九九六・五再版（民国八五年）
⑦顧寧訳『苦悶的象徴』（附録：「近代恋愛観」）台中市・晨星出版社、一九七六・三版（民国六五年）未見
⑧林文瑞訳『苦悶的象徴』（新潮文庫213、雑文系列）台北市・志文出版社、一九七九・一一初版（民国六八年）／一九九五・六再版（民国八四年）／一九九九・八再版（民国八八年）
⑨青欣訳『走向十字街頭』（新潮文庫224、雑文系列）台北市・志文出版社、一九八〇・七初版（民国六九年）
⑩呉忠林訳『苦悶的象徴』台北市・金楓出版社、一九九〇・一一出版（民国七九年）未見
⑪魯迅訳『苦悶的象徴』（『出了象牙之塔』を収録）台北市・昭明出版社、二〇〇〇・七・二〇初版（民国八九年）
⑫魯迅訳『苦悶的象徴』（軽経典28）台北県新店市・正中書局、二〇〇二・一二・一六初版／二六再版（民国九一年）

ここに示したように、台湾すなわち「継続する民国文壇」では、厨川の著作が新たな翻訳者を獲得しながら、継続して翻訳・出版されている。彼の著作の翻訳は、一九五〇年代に徐雲濤訳『苦悶的象徴』が、六〇年代に「新潮文庫」から金溟若訳『出了象牙之塔』が出版されたのち、七〇年代に五人の訳者（摹容菡・顧寧・林文瑞と二

人の覆面訳者）による『苦悶的象徴』が、さらに『近代文学十講』を改題した陳暁南訳『西洋近代文芸思潮』と青欣訳『走向十字街頭』が出版されている。つまり、厨川の著作集全九種のうち計五種が出版されたのだ。

ところで、第五章で解明したように、ここに示した③と⑤の翻訳テクスト、つまり「琥珀出版部編訳」の『苦悶的象徴』は魯迅訳本であり、「徳華出版社編輯部編訳」の『苦悶的象徴』は豊子愷訳本であった。このことは、翻訳者が誰かは一般の読者には知らされなかったが、一九七〇年代以降、台湾では魯迅訳版と豊子愷訳版の『苦悶的象徴』が一般読者に流通していた事実を示している。そして、二〇〇〇年七月に、正式に魯迅訳『苦悶的象徴』（台北市・昭明出版社）が出版され、〇二年一二月に次の魯迅訳『苦悶的象徴』（台北県新店市・正中書局）が、「手軽な古典（軽経典）」シリーズとして刊行されているに至って、陳莉苓が言うように、厨川白村の「平易で親しみやすい筆づかい」に「近代文学の第一人者魯迅の実直にして精緻な訳文が加わって」できた『苦悶的象徴』を、実は七二年五月から読んでいたことに気づき、「魯迅テクストの言葉を選りすぐって作った文章を保存してきた」のが台湾の「民国文壇」であったことを認識した知識人もいたであろう。

また、「琥珀出版部編訳」すなわち魯迅訳『苦悶的象徴』は「世界文学名著」という扱いを受けて、多くの大学の図書館、研究所に所蔵されており、魯迅の翻訳文体での『苦悶的象徴』がかなり定着していたことも認められる。

さらに、台湾の志文出版社「新潮文庫」は、出版に際し厨川白村の著作を以下に示す「雑文系列」「文学評論及介紹」の二つに分類し、ここに示すように、書籍の表題だけでは分からない多くの作品を網羅していることが認められる。

（a）雑文系列：『出了象牙之塔』『苦悶的象徴』『走向十字街頭』

②の金溟若訳『出了象牙之塔』に所収の作品（作品名は原典の表記、以下同じ）

『象牙の塔を出て』：「象牙の塔を出て」「観賞享楽の生活」「芸術の表現」「芸術としての漫画」「現代文学の主潮」「文学者と政治家」「芸術より社会改造」「遊戯論」「霊より肉へ、肉より霊へ」

『小泉先生そのほか』：「小泉先生」「ルウベイルの漫画」「ヴロットンの版画」「英国思想界の今昔」「アナトオル・フランス」

『印象記』：「欧州戦乱と海外文学」

⑧の林文瑞訳『苦悶的象徴』に所収の作品

『苦悶の象徴』：「第一　創作論」「第二　鑑賞論」「第三　文芸の根本問題に関する考察」「第四　文学の起源」

『小泉先生そのほか』：「わかき芸術家のむれ」「お伽噺の話」「現代英国文壇の奇才」「神秘思想家」「老女優サラ・ベルナアル」「女の表情美」「戯曲『亡霊』に序す」「ケルト文芸復興概観」

『近代の恋愛観』：「近代の恋愛観」

⑨の青欣訳『走向十字街頭』に所収の作品

『十字街頭を往く』の二五作のうち二二作、『小泉先生そのほか』の「病的性欲と文学」

（b）文学評論及介紹：『西洋近代文芸思潮』

⑥の陳暁南訳『西洋近代文芸思潮』に所収の作品：『近代文学十講』

厨川白村著作の翻訳者および編集者はどのように彼の著作を評価しているのだろうか。

『苦悶の象徴』に関しては、第五章で編集者陳莉苓と翻訳者林文瑞の評価を示した。陳莉苓の評価はすでに何度か紹介しているが、林文瑞については「厨川白村は学者ではあるが、多種の外国語に精通し、博学で優れた記憶力をもち、広範な書物を読破することによって、世界の潮流を把握し、社会の環境と需要を理解して、批評を加え、改革の路を求めることができた」、そして「彼の作品は現在に至ってもまだ多くの読者の支持を得て、彼の思想が文芸界において長期にわたり影響を保つことができたのも決して偶然ではないのである」と、厨川と彼の著作を高く評価していることを述べた。

その他、おそらくこの文章は編集者の評価であると思われるが、陳曉南訳『西洋近代文芸思潮』に所収の「関於厨川白村及其作品」（所収、陳曉南訳『西洋近代文芸思潮』台北市・志文出版社、一九七五・一二初版）の中では次のように書かれている。

この『西洋近代文芸思潮』（原書名『近代文学十講』）は、厨川白村早期の代表的な傑作であり、日本の知識界や青年たちが西洋思想を理解しようとまさに渇望していた折に、時宜を得て本書を同邦人に向けて送り出したものであって、出版のち、各方面からの好評と大いなる共鳴を引き起こした。（……中略……）本書は近代西洋文学史を形成していると見做せるばかりでなく、同時に、作者は博識のうえに懐が深いので、文学作品の内面部と文学家が表現しようとしている意識を探索している。同時にまた、このような文学が生み出される時代背景を提示し、文学作品に深く影響を及ぼしている哲学や思想にまで筆が及んでいる。そこで、本書は思想史を形作っているとも見做すことができる。一人の文芸批評家として、厨川白村は客観的な論述を忠実に為しているばかりでなく、同時に、彼の鋭い眼力によって、一目で各種文芸流派の変遷を見抜き、創意溢れる批評を提示することで、読者を深く西洋文芸の堂奥にまで導いてくれる。

ここで、『西洋近代文芸思潮』の編集者は、『近代文学十講』が「近代西洋文学史を形成している」ばかりでなく「思想史を形作っている」こと、さらには厨川が「博識のうえに懐が深いので、文学作品の内面部と文学家が表現しようとしている意識を探索し」、「各種文芸流派の変遷を見抜き、創意溢れる批評を提示することで、読者を深く西洋文芸の堂奥にまで導いてくれる」とかなりの高い評価を下している。

さらに、陳暁南自身が「関於『西洋近代文芸思潮』──代訳序」（一九七五・八・二二）を書き、この著作から得た知識と感染力を、次のように整理し、この『近代文学十講』を高く評価する。

『西洋近代文芸思潮』は、その名の示す通りの内容であって、近代の西洋文芸潮流の変遷の軌跡を客観的に叙述したものである。本書が言う近代とは、十九世紀中葉以降から二十世紀初めの最近五、六十年間を指している。当然、近代の範囲は決して五、六十年ぐらいに留まるものではない。しかし、厨川白村がこの書籍を書いていた頃とは、一九一二年であり、つい最近の事実を歴史の舞台に設定しなければならず、彼がこのように範囲を限定した理由があったとするのは、事実上さほど無理なことではない。

近代の西洋文芸思潮は、錯綜しており、各種文学流派が乱れ並び、訳がわからない。しかしながら、文学は時代の反映であり、文学は基本的にその時代の象徴であって、現代の精神を把握しさえすれば、文学の変遷の筋道を大方理解することができる。

近代西洋の時代精神とは自然科学である。自然科学はその一時代の物資文明の発展を促し、人々に内在する情緒に影響を及ぼすが、このような思潮を文学として表現したのが、写実主義と自然主義である。写実主義は浪漫主義の反動であるが、まだ多少なりとも浪漫主義の遺業を受け継いでいた。自然主義が出現するに至ってはじめて、人生の一切の理想と浪漫的色彩を徹底的に剝ぎ取り、病的状態の世相の描写に専心するようになる。このことから、写実主義と自然主義とはわずかながら違いがあるものの、程度における度合いの差にすぎない。言い換えると、自然主義は写実主義よりもずっと科学と文学の間の関連性に工夫を凝らしたのである。

（……中略……）

もし私たちがすべて存在する物にはその存在理由と最初の価値が必ずあるはずだと考えるならば、それぞれの文学流派と理論が次から次へとの出現することに対してもその違いが認められなくなってしまう。ある流派と文学理論は今日においてはすでに時節はずれで役に立たなくなったり、引き続き起こった文学潮流のために埋没させられたりと、ことに最近の文学流派の出現は、まるで月下美人の花が一瞬咲いては散ってしまうようではあるが、しかし、本当の文学の価値は決して理論や流派にあるのではなく、作品に内在する価値であり、また人に感染力をもたらすものである。

以上、「彼の作品は現在に至ってもまだ多くの読者の支持を得て、彼の思想が文芸界において長期にわたり影響を保つことができたのも決して偶然ではないのである」、「本書は思想史を形作っているとも見做すことができる」、「彼の鋭い眼力によって、一目で各種文芸流派の変遷を見抜き、創意溢れる批評を提示することで、読者を深く西洋文芸の堂奥にまで導いてくれる」と、最高の表現で厨川著作を称賛している。

2　普及の背景と要因および方法（引用されるテクスト）

背景　一九四九年五月、蔣介石国民党政権は、戒厳令を敷いて軍事独裁政権として台湾を支配し、いずれは故国である大陸に帰るのだという短期居留者気分と、アメリカを後ろ盾に反共国家として、虚構的な中華文明の伝統の継承者という姿を演じた。そこで、五〇年代は、政権統治者からの「反共」が文壇を牽制する一方、大陸から来台した、いわゆる外省人第一世代作家による「郷愁」（懐郷）の文学がこの時期を特徴づける潮流となった。一九六〇年四月、台湾大学外文系で学んでいた白先勇（一九三七―、広西省桂林出身）、王文興（一九三九―、福建省福州出身）、陳若曦（一九三八―、台北市出身）、欧陽子（一九三九―、台湾南投出身）、李欧梵（一九四二―、台湾新竹出身）

らが中心になって、六〇年代台湾モダニズム文学の基地となる『現代文学』（一九七三年九月までの一二年間、計五一期を刊行）を創刊し、「欧米思潮の移植」を進めた。この時期の特徴は、幼少年期を大陸で過ごすが、三〇年代、四〇年代の中国文学を継承できない外省人第二世代作家白先勇の小説『台北人』（一九六五〜七一）に代表される、「無根と放逐」を基本的精神とし、欧米モダニズム文学を糧に現実から遊離した文学を創出したことにある、と評されている。(5)

山口守は「一九六〇年代台湾モダニズム文学の特徴とは、国民党による言論統制の下で、五四新文化運動や日本統治期台湾文学を継承する道を閉ざされていた若い世代が、閉塞状況の中で、中国古典の近代的解釈を実践し、近代を想像する参照例として西洋文学を受容して、自分たちのアイデンティティ・クライシスを起点に作品創作を実践したことにある(6)」と述べている。

そこで、台湾における厨川白村著作の翻訳の意義は次の二点に整理されよう。

（1）中国二〇年代、三〇年代の文学状況を熟知する外省人第一世代作家にとって、プロレタリア文学に取って代わられるまで、かなり力のある「創作論」「文学論」「文芸思潮論」として受け容れられていた厨川白村著作は、「郷愁」（懐郷）文学の一環としての翻訳著作として機能していた、と判別される。

（2）中国三〇年代、四〇年代の中国文学を継承できない外省人第二世代及び六〇年代に大学に在籍していた新しきインテリは、『現代文学』を基地に、新しく欧米のモダニズム文学の移入に努め、山口守が「六〇年代台湾モダニズムにとって、西洋モダニズム文学ではなく、西洋近代文学そのものが新しさの標識であったことが想像できる(7)」と語るように、彼らにとっては、啓蒙的概説書としての色彩の強い厨川白村の著作自体が「西洋近代文学」を簡便に理解するテクストとして機能していた、と判断される。

要因　一九四七年一〇月に商務印書館台湾分館が設立され、四九年の中華人民共和国成立以降は、台北市重慶南路に店舗を構え台湾・商務印書館として独立する。一方、五三年に開明書店は青年出版社と合併して中国青年出版社となるが、人民共和国成立以降に上海の開明書店から独立して台北市中山北路に店舗を構えたのが台湾・開明書店である。このような、大陸の大手の出版社が台北に本拠を移し、すでに発行された様々な大陸の図書を復刻したことにより、台湾の知識人にかなり大きな影響を与えたと推定される。一つに、日本統治下で日本語による創作活動を行っていた知識人は、以後の台湾においては中国語による表現法を身につけなければならないという現実を突きつけられたことである。もう一つは、文壇における五四新文化運動以来の文学上の常識や知識の空白を埋めるために、新たに台湾で出版された一九二〇〜三〇年代の図書への対応が迫られたことであろう。

この復刻された図書のうち、本論と関わる「文学概論」には以下のようなものがある。

1　本間久雄著・章錫琛訳『新文学概論』前・後編、（文学研究会叢書）上海・商務印書館、一九二五・八初版

↓本間久雄著・章錫光訳『新文学概論』（人人文庫、王雲五主編）台湾・商務印書館、一九六七・七初版（民国五五年）

2　本間久雄著・章錫琛訳『文学概論』上海・開明書店、一九三〇・三初版

↓本間久雄著、台湾・開明書店訳『文学概論』台湾・開明書店、一九五七・一一台湾一版（民国四六年）一九七四・三台湾六版（民国六三年）

3　馬宗霍『文学概説』（文学叢書）上海・商務印書館、一九二五・一〇初版

↓馬宗霍『文学概論』（人人文庫、王雲五主編）台湾・商務印書館、一九六七・七初版（民国五五年）

↓馬宗霍『文学概論』香港・明遠出版社、一九七五・五、三版

4-1　夏丏尊『文芸論ＡＢＣ』（ＡＢＣ叢書）上海・世界書局、一九二八・九初版

4-2　夏丏尊『文芸論』（所収『文芸講座』）上海・世界書局、一九三五・三再版

↓夏丏尊『文芸論』（所収『文芸論評研究』国文入門叢書）台湾・信誼書局、一九七八・七初版（民国六七年）

ここに四種を例示したが、本間久雄の商務印書館版と開明書店版の二種の「文学概論」のうち、商務印書館版の章錫琛訳『新文学概論』は、一九二〇～三〇年代の大陸・中国において、その後多くの「文学概論」を編む知識人に、章節構成の形式的なモデルを提供していることを筆者はすでに指摘した。(8) ただ、訳者は章錫琛ではなく章錫光となっている。開明書店版でも訳者の名前は消え、台湾・開明書店訳となっている。一方、『文学概論』と表題を変えた商務印書館版の馬宗霍『文学概説』と夏丏尊『文芸論』（台湾版では「第一七章　創作家与革命」と論の典拠を示す「第一八章　結言」が落ちている）は共に厨川白村の著作を適切に紹介している。

馬宗霍は、日本の厨川白村が（『近代文学十講』で）、欧州において知らず知らずに変遷する文芸思潮の痕跡を区分して、一八世紀を冷淡主知的な傾向の啓蒙期で、偏理主義（rationalism）、古典主義（classicism）の時期、一九世紀前半を浪漫派（romanticism）全盛の時期、一九世紀中葉を現実主義（realism）、自然主義（naturalism）全盛の時期、最近になって新主観主義（new-subjectivism）の文学、すなわち新浪漫派（new-romanticism）の時期になった、と極めて大雑把な区分であるにもかかわらず、ほとんど余すところなく説明している、と紹介している。

夏丏尊は、近代の多くの学者がフロイト（Freud）派の精神分析学を応用し、作家と作品の関係を研究しているが、日本の厨川白村著『苦悶の象徴』（魯迅氏と豊子愷氏に訳本がある）もまた精神分析学から出発した文芸論であり参考に値する、と紹介している。

以上のような、大陸の復刻版からの知識が、徐雲濤訳『苦悶的象徴』（一九五七）、金溟若訳『出了象牙之塔』（一九六七）、琥珀出版部編訳（実質は魯迅訳）『苦悶的象徴』（一九七二）、徳華出版社編輯部編訳（実質は豊子愷訳）『苦悶的象徴』（一九七五）、陳暁南訳『西洋近代文芸思潮』（『近代文学十講』の訳、一九七五）、林文瑞訳『苦悶的象徴』

（一九七九）、青欣訳『走向十字街頭』（一九八〇）などの翻訳著作が普及できる要因を作りあげていたと考えられる。

方法　台湾における大学の中文系（中国文学学部）のカリキュラムは、大学一年あるいは二年時までに、必修科目として「文学概論」を受講することが義務づけられている。この状況の下で編まれたのが張健『文学概論』である。これは大学の授業用に編まれたテクスト「大学用書」で、台北市の五南図書出版公司から、一九八三年一月初版一刷が出されて以来、二〇〇六年三月初版一九刷までを発行し、大学生用の教科書として長期にわたるベストセラーになっている。このテクストの「自序」には次のように書いてある。

民国六一年の秋から、私は台湾大学中国文学系で必修科目の「文学概論」を一年間に六単位担当しだした。そこで、その年の夏休みから講義の原稿を書き始め、前後して三百種類近い書籍を参考に、私の二、三十年来の鑑賞、創作、批評、研究の成果を融合させた。（……中略……）

今年の秋（「七十二年十月在台湾大学」の奥付、一九八三年――著者注）、私はさらに国立中山大学の兼任教師の招聘に応じて、二週に一度高雄に赴いて、「文学概論」の授業を四時間講義することになった（一学期二単位、全学年合計四単位）。

教育部が大学の各学部学科の必修科目の単位数を削減させたことにより、私の台湾大学での授業は一学期三単位（学部主任は私の意見を採り入れて改定した）に変更になり、三単位とはつまり週三時間で、一学期は十五、六週に満たないので、授業する内容にも実際は限界が生じた。そこで、私はこの十年以上にわたる講義原稿に増補改訂を加え出版することを決心した。そのことにより、私の授業を受ける学生に役立ち、その上、他校の同一の授業の教科書としても供することができ、さらには一般に文学に関心がある世の若者及びその他の分野の専門学校の学生たちの助けにもなるだろう。

さらに、張健は二〇〇一年五月に書いた「一版十五刷序」の中で、氏の五南版『文学概論』が発行されて十八年以上になり、十五次の再版を繰り返し、多くの大学で「文学概論」のテクストとして採用され、好評であったことに感謝を述べ、「しかし、この十数年の間に、本書は予期せぬ境遇に遭った。その最も深刻で愚かしい出来事が、龔鵬程先生の『文学散歩』事件である」と書き、学術界の友人から勧められて、その誤解を解くとして次のように述べる。

民国七四年（一九八五年――筆者）、龔君『文学散歩』（漢光版）が出版され、その自序の中で、三書――私の『文学概論』、王夢鷗という先人の『文学概論』及びアメリカのウェレック、ウォーレン共著の『文学理論』（別訳『文学論』）が大げさに批判された。その中、私の部分では、彼は日本の本間久雄著『新文学概論』の章節目録と私の本の章節の類似したタイトルを羅列し、一つ一つを対比した後、曖昧な言葉で多少当て擦ったが、私の本と本間久雄の本の違う章節は、一切省略して提示しなかった。今仮に、私の本と本間久雄の本の章節タイトルとがすべて同じであったとしても（文学概論に必要な論述の範囲は、本来大差ない。私の古い同級生の劉廣定教授曰く、一般的な化学の教科書はそれぞれ違った版本でも章節はまったく同じである、と）、内容がまったく違うのであれば、私にどうして過失があるのだろうか？　まして二者の章節の違うところは少なくない（半分近く）なのだから！　しかし、内容が全然異なるのだ。本間のものは商務の「人人文庫」に訳本があるので、読者は自ら照合審査していただいたら、真相は簡単に明らかになる。

張健『文学概論』の二つの「序」からは、台湾の大学の中文系に必修科目として課された授業のために『文学概論』のテクストが必要であったこと、一九二〇～三〇年代に本間久雄『新文学概論』の章節構成をモデルに多くの「文学概論」のテクストが出現したように、一九八〇年代の台湾で作成したテクストが「本間久雄著『新文学概論』の章節目録と私の本の章節の類似したタイトルを羅列し」た、と指摘される事実が発生していたことが読み取れる。

そこで、龔鵬程『文学散歩』（中国文学研究叢刊、台湾・学生書局、二〇〇三・九）に眼を向けてみる。龔鵬程は民国「七十四年端陽」（一九八五・旧暦五・五）付で書いた「文学理論・文学概論・文学散歩――代序」の中で、「文学概論」と「文学理論」の違いを説明している。

「文学理論」は、文学批評の原理と文学史の法則を説明するだけで、文学の発展や変遷、批評観の紹介の波及などの問題は扱わない。「文学概論」は、文学に内在する知識の規則及び方法を論じて基礎的な問題を学ぶ。例えば、文学とは何か、文学がとるべき方法とはいかなるものか、文学知識はどうやって獲得するか、文学知識の性質とは何か、その機能とは何か等々を問うものである、と説明する。ところが、多くの「文学概論」では、文学の起源が、遊戯、宗教、労働、恋愛、戦争、模倣等々を起源とすると言ってみたり、文学の定義とは、天上の星、精神の癌、心霊の鬱血、苦悶の象徴であるというような、漠然としたものであることを例証にして、読者を濃く深い霧の中に落とし入れて苦しめる。これが現在の「文学概論」に共通の欠点であり、旧態依然とした方法であり、「甲は本間久雄が大正十五年に書いた『新文学概論』であり、乙は張健先生が七十二年に出版した書籍で、時間こそかなり隔たりがあるが、明らかに前者の形式と限界を踏襲したものであり、しかも過ちをさらに増やしている。このような文学概論がどうして人をがっかりさせないでいられようか[9]」と述べ、「私が知るところでは、現在文学概論を教授する時、比較的理想的なのは、ウェレック、ウォーレン（Wellek & Warrem）の『文学理論』（*Theory of Literature*）を採用することである」、「しかし、ウェレックとウォーレン氏の本書は〝新批評〟として、一家の言を成しており、引用と専門用語は純西洋に属しており、研究者からすれば、確かにすばらしい参考資料ではあるが、テクストとするにはあまりよろしくない[10]」と述べている。

ここから読み取ることができるのは、台湾では「文学概論」が本間久雄や厨川白村の流れを引く古い論述スタイルのもので、「文学理論」は欧米の流れを引く新しい論述スタイルのものだ、とする認識である。

以下に示すのは、筆者が入手および目睹した「文学概論」「文学理論」のテクストである。

(1)韋勒克・華倫著、王夢鷗・許国衡訳『文学論――文学研究方法論』（新潮大学叢書3）台北市・志文出版社、一九七六・一〇初版（民国六五年）／一九九〇再版（民国七九年）／二〇〇〇再版（民国八九年）

(2)RENE & WELLEK《ママ》著・梁伯傑訳『文学理論』（大林学術叢刊13）台北市・大林出版社、一九七七（民国六六年）

(3)張健『文学概論』（大学用書）台北市・五南図書出版公司、一九八三・一一初版一刷（民国七二年）／二〇〇六・三初版一九刷（民国九五年）

(4)涂公遂『文学概論』台北市・五洲出版社、一九九〇初版（民国七九年）／二〇〇四・一再版五刷（民国九三年）

(5)沈謙『文学概論』台北市・五南図書出版公司、二〇〇二・三初版一刷（民国九一年）／二〇〇六・一〇初版五刷（民国九五年）

(6)朱国能『文学概論』台北市・里仁書局、二〇〇三・九初版（民国九二年）／二〇〇五・四増訂（民国九四年）

(7)周慶華『文学理論』台北市・五南図書出版公司、二〇〇四・一初版一刷（民国九三年）

(8)楊宜修編『文学概論』（文学院）台北市・鼎茂図書出版公司、二〇〇七・一初版（民国九六年）

上記のテクストの(1)(2)が、張健と一緒にテクストとするにはふさわしくないと批判された「アメリカのウェレック、ウォーレン共著の『文学理論』（別訳『文学論』）」であり、これはRené Wellek and Austin Warren: *Theory of Literature*（First published in the U.S.A., 1949）の翻訳である。一九四九年の初版と五四年の再版はアメリカとイギリスのジョナサン・ケープ社から、六二年の三版以降六六年・六九年版まではペレグリン・ブックスから章錫琛訳・本間久雄著『新文学概論』
（上海・商務印書館、文学研究会叢書、一九二五・八初版）

出版されている。また、改訂版はペンギン・ユニバーシティー・ブックスから七三年に、ペレグリン・ブックスから七六年と七八年に、改訂版再版はペリカン・ブックスから八二年に出版されている。要するに、大変流行し、ベストセラーになった「文学理論」の書籍だということである。日本でも、ルネ・ウェレック、オースティン・ウォーレン著、太田三郎訳『文学の理論』（筑摩書房、一九五四・一初版、一九五七・六普及版、一九六七・五原著第三版訳）が出版されている。

ところで、前記の「文学概論」「文学理論」のテクストは次の三タイプに分けられる。

（イ）ウェレック、ウォーレン著の翻訳『文学理論』に見られるように、同時代的なアメリカの「文学理論」の章節構成のカテゴリーに属するもので、（7）の周慶華『文学理論』（二〇〇四）がこのタイプに分類できる（以下、このタイプを「文学理論」タイプと称す）。

（ロ）本間久雄『新文学概論』の影響を受けて、一九二〇〜三〇年代に流行し、今に継続している章節構成の範疇に属すもので、（3）の張健『文学概論』（一九八三）、（4）の涂公遂『文学概論』（一九九〇）、（5）の沈謙『文学概論』「上編　原理論」（二〇〇二）がこのタイプに分類できる。もちろん、張健が二つ目の「序文」で、「文学概論に必要な論述の範囲は、本来大差ない」、「章節の違うところは少なくない」「内容が全然異なる」と述べる通りであろうが、ウェレック、ウォーレンのものと較べると形式的な章節構成は本間に近いという分類である（以下、このタイプを「文学概論」タイプと称す）。（ハ）「文学概論」というよりは「中国文学概論」の範疇に属するもので、（6）の朱国能『文学概論』（二〇〇三）がこのタイプに分類できる。

例外は、（8）の楊宜修編『文学概論』（二〇〇七）で、これは台湾の公立・私立大学の転入学試験および大学院受験のための参考書であり、色々な「文学概論」「文学理論」の概説書の内容と重要作品の一部を収録している他、実際に大学で出題された過去の試験問題と解答例からなっている。

引用されるテクスト　ここまで述べてきたように、『文学概論』のテクストは、台湾の中文系の学生に、また、公刊されることで機会を得たより多くの人々に読まれていた。それでは、この三タイプのテクストの中で、厨川白村の著作はどのように扱われているかを見ていく。

（イ）タイプの章節構成の特徴は、「文学」自体の性質や機能の解説よりは、「文学研究」のための方法論の解説に重点が置かれていることである。そこで、文学研究のために、心理学、社会学などからの「外在的アプローチ」と、文体、韻律、隠喩やジャンルなどからの「内在的研究」があることが紹介される。周慶華（二〇〇四）は、「第五章　文学の創作メカニズム理論」「第四節　文学の創作メカニズムの可変と不変」の中で、創作エネルギーの変化において、無意識（潜在意識）が文学創作にかなりの影響力を及ぼしていることに言及し、「もしフロイト説を基準にすると、無意識は『性的欲求』の代名詞に過ぎず、人が幼時に抑圧を受けて隠蔽されてしまったものであるとし、もしユング説を基準にすると、無意識は『種族の記憶』あるいは『原始の情趣』を示していて、人の始祖から代々受け継がれてきたものであるとする。しかし、以下に示す意見を基準にすると、無意識にはまた別の意味がある」として、林文瑞訳『苦悶的象徴』(一九七九版)の一節を二六〇字あまり引用して、「性的欲求」(厨川原文:「性的渇望」)に代わる無意識の意味として、「興味」、「自我衝動」、「意欲」、そして厨川の主張する「生命力の突進跳躍」が無意識の別名になっていることを説明している。

(ロ)タイプは、章節構成の形式において、本間の『新文学概論』を継続的に継承している「文学概論」である。張健(一九八三)は、第二講「文学的起源」の中の第三節「自我表現本能説(Theory of Self-Exhibiting Instinct)」では、第一部「創作論」第三章「強制抑圧の力」から「文芸は純然たる生命の表現だ。外界の抑圧強制からまったく離れて、絶対自由の心境に立って個性を表現し得る唯一の世界である」と述べる四六字(中国語)、第四節「吸引本能説(Theory of Instinct to Attract others by Pleasing)」の「宗教起源説」では、第四部「文学の起源」第二章「原始人の夢」から、原始時代においては宗教の祭式と文芸の関係が姉妹であり、兄弟であり、森羅万象皆生きていると観て、万物に喜怒哀楽の情を見出し、詩と宗教という双生児が生まれた、と述べるおよそ二〇〇字(中国語)を、徐雲濤訳『苦悶的象徴』の文章で引用して解説を加えている。

涂公遂(一九九〇)は、台湾では入手しやすい『近代文学十講』の陳暁南訳『西洋近代文芸思潮』(一九七五)ではなく、羅迪先訳『近代文学十講』(上、一九二一・八初版)に当たりながら、第一章「導言——文学与人生」において、第一講「序論」第二節「時代の概観」と第二講「近代生活」第三節「疲労及び神経の病的状態」、および第四節「刺戟」の文章を次のように引用する。「近代の物質文明が人々の生活を俗化、平凡化し、詩的で翫賞本位の傾向は散文的で実用本位へと移り、物質的進歩は近代の外部生活を無味枯淡ならしめ、生存競争の苦痛を一層激しく感じさせるだけであって、現代を名づけて『急速』（haste）と『醜悪』（ugliness）の時代と称す」、と説明する部分のおよそ三〇〇字（中国語）と、「疲労し精神病的状態に陥った近代人は過度な刺激――官能的な刺激やタバコ、酒などの刺戟――を必要し、何とか人工的に心身を興奮させようとする。現在の平凡な生活の中に、わざと醜悪な一面を暴露して、原始時代から伝わってきた野性を見出し、その中に強烈な刺戟を探し出す」、と一四〇字程度に纏めて現代人の特性を紹介する。

沈謙（二〇〇二）は、第二章「文学的起源」第二節「発生学から文学の起源を論ず」第三項「宗教説（Theory of Religion）」において、張健が引用した第四部「文学の起源」第二章「原始人の夢」と同じ部分を、より詳しく、徐雲濤訳『苦悶的象徵』（一九六八・三版）でおよそ二五〇字（中国語）程度を引用している。

（八）の「中国文学概論」に属する朱国能の『文学概論』（二〇〇三）では、第一章「文学的定義」の中で、「厨川白村は〝文学は苦悶の象徴である〟と、苦悶が一切の文学創作の根源であると強調している」と書かれているに留まり、書名も出典も明記されていないが、ただ、〝文学は苦悶の象徴である〟という表現イコール厨川という認識がかなり浸透していた事実は確認できる。

受験参考書として編まれた楊宜修編『文学概論』（二〇〇七）では、第二章「文学与人生的関係」において、出典は明記されずに、「物質文明が人々の生活を俗化、平凡化し、詩的で翫賞本位の傾向は散文的で実用本位へと移り、物質的進歩は近代の外部生活を無味枯淡ならしめ、生存競争の苦痛を一層激しく感じさせるだけであって、現代を名づけて『急速』（haste）と『醜悪』（ugliness）の時代と称す」という説がある、と涂公遂『文学概論』の引用を使用した解説がなされている。また、第四篇「批評篇」第一五章「文学鑑賞論」では、林文瑞訳『苦悶的象徴』第二章「鑑賞論」の第一節「生命的共鳴」と第二節「自我発現的喜悦」は、八頁およそ六、八〇〇字に亘る長い翻訳そのままで掲載されている。

以上概観してきたように、厨川著作の『苦悶の象徴』と『近代文学十講』の二作は、台湾で編まれている『文学概論』のテクストにおける文学論の理論的モデルとして多く引用されているという事実が判明した。

3　香港における厨川白村

アヘン戦争後の南京条約で永久割譲された香港島と、九九年の期限付きで租借した深圳河以南の九龍半島および二三五の島々を、一九九七年七月一日、イギリスが中華人民共和国に返還して香港が「特別行政区」となると、公的な言語としての英語と生活用語としての広東語に、さらに北京語も加わった。

では、香港では、厨川白村の著作はブームになったことはあったのであろうか。結論から言うと、なかった。一九九七年七月以前の、公用語・英語圏では特定の研究者が厨川に興味を持つことがあっても、香港全体としての流行はない。ただ、以下の二種の出版物が確認される。

①魯迅訳『苦悶的象徴』香港・今代図書公司、一九六〇・八、初版（所蔵、香港大学図書館：Hing Wai Storage）

②魯迅訳『出了象牙之塔』香港・今代図書公司、一九六〇・八、初版（所蔵、香港大学図書館：Hing Wai Storage）

しかし、長年公的言語としては英語の影響力が強かった香港においては、「文学概論」「文学理論」のテクストも英語原版の「文学理論」タイプからの受容が中心であった。以下に挙げるのは香港大学と香港中文大学に所蔵される代表的な著作である。

（1）Theodore W. Hunt: *Literature, its principles and problems*, New York; London, Funk & Wagnalls, 1906.

（2）René Wellek and Austin Warren: *Theory of Literature*, First published in the U.S.A.; Published in Great Britain by Jonathan Cape, 1949.

また同様に、香港大学と香港中文大学に所蔵される中国語で書かれた「文学概論」「文学理論」のテクストは、大陸・中国版と台湾版の量がほぼ半々ずつを占め、香港から出されているテクストはほとんど見ることはできない。そのような数少ない香港版中国語のテクストの一つが次の著作である。

（3）思芸編『文芸学浅談』香港開智図書公司、一九七八・五、初版

このテクストの目録に、第一篇「文学的認識」、第二篇「文学作品的分析」、第三篇「文学的発展」とあるように、『文芸学浅談』は「文学理論」タイプのテクストである。そこで、香港では、厨川白村著作は「引用されるテクスト」にはなっていない。ただ、一つの発見は、次に示す一九八〇年代に中国で出版された厨川白村著作が、大陸での厨川白村の再受容の傾向に呼応して、香港の大学や研究機関に導入され、香港において新しく中国現代作家と厨川白村の関係を考察する知識人を輩出する一定の役割を担ったであろうと推測されることである。

③魯迅訳『苦悶的象徴』『出了象牙之塔』北京・人民文学出版社、一九八八・七、北京第一版（所蔵、香港大学図書館：FPS Library）

また、厨川白村と中国近代作家について、詳細で緻密な成果を上げている研究者に香港教育学院の梁敏兒がいるが、梁氏の研究成果については終章（二九六頁）で紹介する。

おわりに

以上の考察を通して以下の結論が導き出せよう。

第一に、魯迅が『壁下訳叢』の「序文」において、厨川白村の文芸観は「やや旧い論拠」と位置づけて以降、プロレタリア文芸論があまねく周知され新しい理論となって浸透するまでの過渡期的な段階において、厨川が本格的に受け容れられた文芸理論書として、許欽文『文学概論』があることを示した。民国期の典型的な章節構成は本間久雄『新文学概論』を踏襲している「文学概論」の解説書が多い中、許欽文『文学概論』は、各章各節の

題目までも、厨川白村『苦悶の象徴』で述べられる内容をタイトル名と使用するほど厨川文芸論に傾倒していた。その結果、大陸・中国の民国文壇における本格的な厨川白村受容の終着点は、許欽文『文学概論』（一九三六・四、初版）であると結論づけた。

第二に、国共内戦により国民党が敗れ台湾に渡り、継続する「民国文壇」が台湾で形成され、大陸への「郷愁」と西洋モダニズムへの希求を背景に、西洋近代文学そのものを受容した台湾モダニズム文学が展開されると、「西洋近代文学」を簡便に理解する啓蒙的概説書として、厨川白村の著作が翻訳出版を繰り返した。初版本だけでも、一九五七年一二月から二〇〇二年一二月までの間で、最低十二種類が出版されたが、そのうちの六種類が七〇年代に集中することからも、西洋近代文学とは何かを説明する概説書として機能していたことが認められた。また、厨川白村著作の翻訳者や編集者は、その文芸観を高く評価し、各種「文学概論」の教科書では厨川白村著作、特に『苦悶の象徴』『近代文学十講』は「引用されるテクスト」になっていることが解明した。

第三に、香港でも、魯迅訳『苦悶的象徴』『出了象牙之塔』（一九六〇・八、第一版）が、香港・今代図書公司から出版されている。しかし、香港の知識人たちにある程度以上に認知されるのは、大陸・中国で厨川白村の著作が再び受け容れられたのに呼応したからだと考えられる。そして、香港の各大学図書館に北京・人民文学出版社の魯迅訳『苦悶的象徴』『出了象牙之塔』（一九八八・七）が所蔵されて以降、厨川白村に着目する知識人も出現したということだろう。

（1）　張光正編『張我軍全集』（台北市・人間出版社、二〇〇二・六）

（2）　劉紀蕙『心的変異——現代性的精神形式』（台北市・麦田出版、二〇〇四・九、一二八～一三〇頁）三人の経歴に関しては、彭瑞金著、中島利郎・澤井律之訳『台湾新文学運動四〇年』（東方書店、二〇〇五・三）の

「訳注」を参考にした。

（3）長堀祐造「魯迅革命文学論に於けるトロツキー文芸理論」（『日本中国学会報』四〇集、一九八八・一〇、二一〇頁）

（4）長堀祐造「魯迅『革命人』の成立――魯迅に於けるトロツキー文芸理論の受容　その一」（『猫頭鷹』新青年読書会刊、一九八七・九、八～九頁）

（5）葉石濤著、中島利郎・澤井律之訳『台湾文学史』（研文出版、二〇〇〇・一一）を参照しながら、筆者なりに纏めた。

（6）山口守「『台北人』解説」所収、白先勇著、山口守訳『台北人』（国書刊行会、二〇〇八・三、二六五頁）

（7）注（6）に同じ、二六三頁

（8）工藤貴正『民国翻訳史における西洋近代文芸論受容に果たした日本知識人の著作に関する基礎的研究』（平成一五年度～平成一八年度科学研究費補助金、基盤研究（C）報告書）二〇〇七・三、本書「附録」に収録。

（9）龔鵬程著『文学散歩』（中国文学研究叢刊、台湾・学生書局、二〇〇三・三、Ⅸ～Ⅹ頁）

（10）注（9）に同じ、Ⅹ頁

※引用に関しては、旧字・旧仮名で書かれていた表記を常用漢字・現代かな遣いに改めた。

終章　回帰した厨川白村著作とその研究の意義

はじめに

厨川白村が『苦悶の象徴』において普及に努めたのは、絶対自由の「個」の意識的な解放を実現する知的芸術的完成度の高い表現手法を駆使した、いわば唯心論的な文芸論である。また、『近代の恋愛観』において提言したのは、意識改革と国民性改造の必要性を唱える文芸論的な社会論であり、さらに、『象牙の塔を出て』『十字街頭を往く』などにおいて主張したのは、社会改造や文明批評を伴った革新的な文芸論である。特に、『苦悶の象徴』と『象牙の塔を出て』は、翻訳者に魯迅を得たこともあり、民国文壇の知識人に広く普及した。しかし、一九二〇年末から三〇年代以降に展開される「新しい写実主義」[1]の確立を目指すプロレタリア文学理論の受容に重点が移ることにより、厨川の文芸論は唯心論的であると判断されて一時的な終焉を迎える。特に一九四二年五月の毛沢東が行ったいわゆる「文芸講話」（延安講話）以降、人民共和国成立後も長く、文芸論を発信する側も、受信する側も、創作と鑑賞の視点は、「個人」が「集団」や「階級」に、「芸術性」が「社会性」を重視した識字率の低い「大衆への普及」という方向転換がなされてしまう。そこで、「個」の絶対自由を主張し、知的芸術性も高いが、一般大衆・労働者の社会性も重視するというような、二元論統一の芸術観は完全に否定される。しかしまた、「文芸講話」からちょうど五〇年後の一九九二年春節、鄧小平が八八歳の高齢を押して深圳、珠海、上海など南方の開放都市を視察し、改革開放を再加速するため、それぞれの訪問地で重要講和といわれる「南巡講和」を発表して以降、今度は、西洋現代主義的な文芸論も「近代化」（中国語では「現代化」）[2]を目指す体制イデオロギーとして肯定されることになる。そして、ここで目標とされた「近代」とは、民国文壇の知識人たちが文学革命、五四文化運動以来追及してきた西洋をモデルとする近代であった。すると前衛に立つ中国知識人は、自分たちの存在の場と生き残りを懸けていわゆるモダン・モダニティ・モダナイゼーションやモダニズムが、自分たちとどのような関係を持とうとしているかの積極的な探求を展開する。

李怡は『現代性：批判的批判――中国現代文学研究的核心問題』[3]の中で、一九八〇年代は「走向世界」（世界をめざして）をキーワードに、例えば「魯迅与厨川白村」に代表されるような比較文学の研究方法から中国文学が世界に追いつこうとした時期、九〇年代は「現代性」をキーワードに、「現代性」とは何かを学習、分析する中で、文学史の時期区分に問題点を投げかけ、果たして中国現代文学は真の意味での「現代文学」と言いえたかを再考する「現代性」論争の時期であったとし、二〇〇〇年代は経済の「全球化」（Globalization）をキーワードに、中国社会も「全球化」に取り込まれていく中、中華民族の自己中心の観念が瓦解し、世界的に生活、文化、文学の同質化が生じる現象に対して、文学における「民族」や「伝統」の問題を「現代性」との密接な関わりから再構築しようとする時期である、と分析している。

しかし、四川大学大学院の博士指導教授の李怡のようなかなりのインテリを除けば、ごく普通の民衆と一般的な知識人にとっての「近代化」の認識とは、多くの点において西洋の模倣、西洋化の過程と言っても過言ではない。それは、文学においても同様の状況である。そのような時、中国の知識人たちは、一九二〇年代を中心に民国文壇で翻訳紹介された厨川白村の著作を、文芸という形式を使って西洋近代モデルを意味づけた一つの貴重な先例として意識するに至る。特に『近代文学十講』では具体例を使って大変解り易い西洋近代文芸思潮の変遷が、

『苦悶の象徴』には個の精神世界を重視する文芸論のモデルが、そして『近代の恋愛観』や『象牙の塔を出て』『十字街頭を往く』には意識改革や社会改造のために改革・漸進していく精神性重視の文芸論的社会論が紹介してあり、これらの著作を読めば、現在中国に浸透しつつある西洋的な「近代」の意味を解釈することができると意識するに至った。

厨川白村は死後、日本では急速に忘れ去られてしまう。しかし、戦後日本人が去り、一九四七年の「二・二八事件」以降の国民党統治下の台湾、いわば「継続する民国文壇」では、厨川の著作は継続的に翻訳された。また、母語を中国語とする知識人の中には、大陸・中国に居ても、香港に居ても、大陸を離れて台湾に渡っても、日本に来ても、厨川の辛辣で仮借のない批評に「快刀乱麻を断つ」ような痛快さを覚える者、また、彼の批判に「天馬空かける」ような超然とした精神界の戦士の姿を見出す者、そして、リズム感があり歯切れのいい厨川文体自体に惹かれる者、彼の著述内容に西洋近代を独特な視点で紹介している意義に気づく者、あるいは西洋近代文芸思潮の紹介手法に「独創的な見地と深い理解」を見出す者が多いように思える。

また、近年では、日本語の「近世」「近代」「現代」の特徴が折り込まれながら交錯する中国語の「現代」という言葉独自の含意性を念頭に置きながら、かなり意識的にそして方法論的に、「現代性」(modernity)をキーワードとして、個人の生命エネルギーが民族の〝生命衝動〟に転化される時に共有される「国家」意識の形成の問題を、〝苦悶〟〝生命力〟〝心傷〟などの厨川が提供した用語がもたらす〝自我拡大〟と〝民族生命〟という〝心〟(精神)的共同体の問題として分析し、自分たちを取り巻く東アジアにおける「民族」や「国家」という問題を客体化しようとする研究[4]が見受けられるようになっている。さらには、プロレタリア文芸論の理論的基盤が浸透した現在の大陸・中国においては、厨川の文芸理論に対し、マルクス主義・社会主義的唯物論史観の体験を経た新たな運用により、以前とは違う評価が誕生している。

そこで終章では、日本ではなぜ厨川白村は重視されず忘れ去られたのかを、一九二〇年代から戦後すぐの日本での評価を整理再検討し、それに中国での受容の意義を加味して考察する。最後に、一九八〇年代以降の中国人における厨川著作の再受容と再評価の様相に分析と考証を加える。

一　日本における厨川白村の終焉

1　戦前日本における厨川白村

第一章において、『近代文学十講』に対する新聞各紙の書評を紹介し、一方は紹介的概括的であり独創の説がなく初学者向きであるとし、一方は一般的な学説を一度消化した自己の知識であり学者の書だとする、二つの意見が混在していることを示した。このような、「一般的な学説を一度消化した自己の知識として、解り易くした概説書」であることが、実はこれが厨川白村著作の真骨頂であり、魯迅をして「独創的な見地と深い理解」があると言わしめた厨川白村の思考法と文章の特徴である、と筆者は考えている。

また、『文芸思潮論』について、廣瀬哲士が、厨川の思考法が二元論的であり、特に霊肉二元論を例示する対立用語が月並みであるとの不満を示したことに対し、筆者は厨川の霊肉二元論統合の矛盾を衝かぬ限り、厨川論を批判したことにはならないだろうと書いた。

この点に関し、土田杏村は、『近代の恋愛観』における厨川が、霊肉二元の生活の不調和に悩む人間が、性的本能（すなわち性欲）と性的理想（すなわち恋愛）との間に合一点を見出し、両者の矛盾衝突を解消する必要があることを力説するが、その合一の理論を明らかにしていないと主張する。そして、厨川の恋愛論には、第一に「生命活動を食欲と性欲とに二大別し、それによりあらゆる社会文化問題を解明しようとしたことは……（中略）……幾許の価値をも持ち得ないこと」、第二に「労働と愛とが生活の二大中心になるとは、人間の価値生活の批判として余りに粗雑であること」、第三に「経済は必ずしも物質生活では無く、却って文化的、価値的生活であって、恋愛生活と並立の関係にあること」、第四に「本能的活動としての性欲から其他の宗教や芸術の活動やの分化することをフロイド派の精神分析学がどんなに詳しく証明するにしても、それはわたくし達の価値生活の価値生活たる本質を毫も基礎づけ得ないこと」であるとする四つの誤謬があることを掲げ、「経済と恋愛とは、互いに重なり合い、合一化すべき二つの活動では無く、それぞれに平行して、それぞれに独自の文化価値を追求して行く、二つの別の人格活動である。一方が物質的、他方が精神的なものでは断じて無い」と断じ、こうした誤謬が生じたのは、人間の生活を論ずるに、〝霊〟と〝肉〟というような実在的、形而上学的二元論に立脚するからである。実在的に、形而上学的に異ったものを、合一することは困難であり、性欲と恋愛とを実在的、形而上学的の二元と見ないで、同一物の見方の相違、すなわち前者を理想化される資料、後者はそれを理想化する形式であるとする認識論的二元論の立場から見ることにより解決できるのではないかとの意見を出していた。

また、日本においては、厨川白村の文体にまで評価を加える文章は多くない。一つは、第一章で、井汲清治が厨川の文章はエッセイの要件たる「自分の個人的人格的の色彩を濃厚に出す事」に成功し、「褒めて言えば〝他人の褒貶を意とせず、敢て自分の信ずる所を発表するという態度は彼の全生涯を通じて変らなかった〟のである」が、「そこで私の受けた感じも痛快ではなく不快」なエッセイであり罵倒録である、と評定したことを示した。文体へのもう一つの評価は、戦後に日本近代文学研究者チームが個人研究の叢書として編集した「厨川白村」の中に見出す、京都帝国大学学生山本修二が恩師厨川の文章を「流麗な文体と透徹した批評」と評したものである。さらに同書では厨川の翻訳詩の文体について次のように評価している。

白村は訳詩について「随分苦心したのであるが、遂に認められなかった」（矢野峰人「思旧帖」）と述べていたそうであるが、"gray"を「灰色」と訳さないで「薄墨色」とするなど古典趣味豊かで流麗な訳出振りは上田敏の流れを汲むものであった。しかし時代はすでに敏のロマンティックな時代から遠ざかっていた。詩壇には民衆詩の運動なども盛んであって、有島武郎をはじめとしてホイットマンに傾倒する者もすくなくなかった。したがつて、典雅な言葉遣いよりは率直な、はつらつとした表現の方により関心が示されていたのである。

（昭和女子大学近代文学研究室「厨川白村」『近代文学研究叢書』第二二巻、一九六四・一二）

この二つの文体評価に、『新潮　日本文学小辞典』（新潮社、一九六八・一初版）の「厨川白村」の項で安田保雄が「彼は、大正時代に、有島武郎と並んで青年の人気を二分するほどのはなやかな存在であったが、その博識に比して独創に乏しく、忘れられることも早かった」と書いた評価を加えると、厨川白村が彗星のように現われては消えていったのに対し、有島武郎がなぜその後も文壇に名を留め続けたかの理由を推測できよう。

というのも、近代以降の日本では、文学における創作の主眼が詩から小説に移り、創作といえば小説であって、詩でもエッセイでもなく、エッセイは決して独創性のある創作とは見なされず、小説を残さなかった厨川は後世の批評家から独創性のある文学者だとは評価されなかったということである。さらにいうなら、厨川自身は文芸思潮の流れが浪漫主義、自然主義、新浪漫主義と移り、自分が今芸術の円熟期にある新浪漫主義の時代潮流にいると自負していた。そこで、『近代文学十講』『近代の恋愛観』『苦悶の象徴』でも、思想内容においては、他者から反発を食らうほど改革・改変的な斬新さを具えていた。ところが、時代の要請は、同時代に生まれた新浪漫主義的、言い換えればモダニズム的な要素とプロレタリア文学が必要とする文学要素とを同時に求めていた。そこで、文体に関していえば、滑らかで流れるように美しい典雅な文体、あるいは詩や詩にはあらねど詩をも彷彿とさせる流麗な文体、すなわち「個」の尊重を第一とする芸術至上主義的な古雅な文体は、都市に働く均質的な労働者「大衆」にも解り易い、率直で潑剌とした現実主義的な文体か、逆に、はっと一目を惹く新感覚的な文体を嗜好する時代へと移行した。だから、厨川のような江戸の流れをひく伝統的な和文体に漢文訓読体を融合させた古雅な美文は、仮に一時的に評価されても当時の時代の前衛性を失っていたということであろう。

2　戦後日本における厨川白村

戦後日本で、厨川白村著作として単行出版されたのは次の三作品である。

1『近代の恋愛観』東京・苦楽社、一九四七・五初版
2『近代文学十講』東京・苦楽社、一九四八・一初版、一〇再版
3『苦悶の象徴』東京・山根書店、一九四九・六初版
4『近代の恋愛観』東京・角川書店（角川文庫21）、一九五〇・四版
5『近代文学十講』東京・角川書店（角川文庫115）、一九五二・三版

管見のおよぶ限りではあるが、ここに示したように戦後すぐの日本で、『近代の恋愛観』『近代文学十講』『苦悶の象徴』の三作が再版されたのが確認できるが、それ以降、厨川白村著作として出版されたものは確認できない。確認できたのは、シリーズものの叢書の中に、幾人かの著者に交じり、厨川白村の著作が採用されているケースである。例えば、以下に示すものである。

1「創作論」所収『現代文芸評論集（一）』東京・筑摩書房（現代日本文学全集94）、一九五八・三
2「近代の恋愛観」所収『鑑賞と研究　現代日本文学講座＝評論・随筆2　大正期』東京・三省堂、一九六二・七
3「近代の恋愛観」所収『ヒューマニズム』東京・筑摩書房（現代日本思想大系17）、一九六四・三初版、一九六

七・三、五版

4「小泉先生」所収『現代文芸評論集』東京・講談社（日本現代文学全集107）、一九六九・七初版、一九八〇・五増補改訂版

5「小泉先生の旧居を訪ふ」（『十字街頭を往く』に収録）所収『現代日本紀行文学全集』補巻1、東京・ほるぷ出版、一九七六・八

6「北米印象記」所収『日本人のアメリカ論』東京・研究社出版（アメリカ古典文庫23）、一九七七・八初版、一九八七・二、三版

7「近代の恋愛観」所収『大正思想集2』東京・筑摩書房（近代日本思想大系34）、一九七八・二

8「新生活の意味」所収『婦人問題講演集』第二巻、東京・日本図書センター（石川六郎編『婦人問題講演集』東京・民友社、全一〇輯、一九二〇～一九二三の復刻版、全六巻）、二〇〇三・一〇

9「『近代文学十講』（抄）第二講「近代の生活」三、四」『編年体大正文学全集』第一巻、一九一二初版、東京・ゆまに書房、二〇〇〇・五

10「戦争と海外文学」（『印象記』に収録、原題「欧州戦乱と海外文学」）所収『編年体大正文学全集』第六巻、一九一七初版、東京・ゆまに書房、二〇〇一・三

11「近代の恋愛観」（抄）『編年体大正文学全集』第一〇巻、一九二一初版、東京・ゆまに書房、二〇〇二・三

厨川の単著は、角川版の一九五二年三月を最後に、出版されることはなくなっている。戦後の日本で『近代の恋愛観』が再版されるに際して、白村の長男厨川文夫は「『近代の恋愛観』あとがき」（一九四六・一一・二三付、苦楽社版『近代の恋愛観』）の中で、父白村が『近代の恋愛観』を著した時代は、表面的には民主主義、自由、解放、改造と叫ばれながら、反面旧時代の封建的思想と因習が牢固として蔓延っていた新旧闘争の時代で、封建的な家

族制度が憲法によって護持された、新思想が不利な時代であり、父が二十三年前に『近代の恋愛観』において、あらゆるものを賭して主張したのは、「人間」の解放であった、と述べる。そして、戦後の現在にまた再版する意義を次のように語った。

　満州事変このかた過去十数年にわたって極端な国家主義が跋扈した結果、日本の社会生活のあらゆる面に封建時代の因習が再び勢力を盛り返し、それが終戦後今日に到ってもなお人々の行動を無意識のうちに左右し、判断を狂わしめているのである。そういう時代に父の「近代の恋愛観」が再びでることになった。もしこれが真剣に思考する人々にとって心の糧となるならば、父がこの論を公けにした本来の意図に適うことになる。そう考えてこの再版を決意したわけである。

『近代の恋愛観』の内容は、西洋近代において文芸作品に描かれる恋愛のありさまから派生させて、近代人としての意識・精神の持ち方とは何かを男女間の恋愛を軸に考察し、厨川自身の意見を提言したものである。そこでは、封建的な因習が蔓延する前近代に対して、「近代」とは何か、また近代人はいかに行動すべきかが語られ、「前近代」から「近代」のステージに移る際の、日本の知識人としての意識改革と精神葛藤の過程が示されている。それは、優秀な知識人としての宿命だろうが、一般の人たちに先駆けてなされた葛藤であり、厨川流にいえば、「預言者としての」知識人の宿命なのだろう。厨川が有島武郎と婦人記者波多野秋子との「重複自殺《ダブル・スイサイド》（情死）」に直面し、有島の名誉の釈明に書いた「有島氏の問題（有島さんの最後）」（『改造』五巻八号、一九二三・八）などに象徴されるように、現実の恋愛事件と彼の著書『近代の恋愛観』とは明らかに密接な関わりを有していた。

　情死や恋愛スキャンダルが多発する大正時代に、恋愛論ブームのさきがけになったのが、大正一〇年に東京朝日新聞に連載された厨川白村の「近代の恋愛観」であり、著名人の恋愛事件やその事件をめぐる論争という話題性のあるテーマにメディアが飛びつき、以後「恋愛」を冠したおびただしい数の単行本が出現し、結果、続発する恋愛事件は一般の人々に対する関心を呼び起こすと同時に、その恋愛を疎外する社会状況を普遍的な問題として考えさせる基盤を創出した、そして、厨川が恋愛を蔑視する社会風潮を「反抗せんがため」に書いたこの著作により、恋愛が考察し評論に値するテーマとして、男性知識人の前に浮上してきた、と菅野聡美は指摘している。(5)

しかし、継続的な自己抑圧と社会矛盾に抗するたゆまぬ生命力の統合があって、はじめて達成されるという厨川流の絶対自由の境地など解せぬ二一世紀に活きる日本人が、西洋的「近代」がすでに形成あるいは達成されていると安直に考えるなら、「近代の恋愛観」というタイトルだけを手がかりに、その内容から「恋愛」に関して、何か新しい知識や実践的な助言を得ようとしても、それは適わぬのだろう。

ただ、『近代の恋愛観』も読み方によっては、厨川文夫も提言するように、「極端な国家主義が跋扈」すれば、また「封建時代の因習が再び勢力を盛り返し」、「人々の行動を無意識のうちに」「狂わ」せるのである。日本の現代もまさしくそのような時代にある。多くの日本人は厨川白村の死後、すぐに彼を忘れ去り、彼が主張した自己内面の矛盾と社会に存する矛盾の洞察を通して、現在そこにある「近代」を客体化するという作業を無意識のうちに捨象した。しかし、西洋的な「近代化」に直面している大陸・中国では、知識人たちにとって、この「近代」が諸刃の剣となって引き起こす多くの内面的な矛盾は切実な問題である。

一方、『近代文学十講』については、魯迅が一九二九年四月に刊行した『壁下訳叢』の「小序」で言っているように、「西洋文芸思潮を紹介した文章」に新しいも古いもない。その点からすると、厨川の『近代文学十講』は、西洋近代文芸の初心者には、概説的で、解り易い最適の概説書である、と筆者にも思える。

しかし、戦後すぐに『近代文学十講』『近代の恋愛観』『苦悶の象徴』の三作が出版され、一度浮上したかに思えた厨川白村という名前は、日本が高度成長期に入ると、急速に忘れ去られてしまう。実は、忘れ去られたのではなく、著作としての存在価値を認められなかったのだろう。中国人によって評価された「独創性」は、日本では学問的な考証性に欠けた都合のいい援用程度に判断される。例えば、『近代文学十講』が発行された当初、ロシア文学の専門家片上伸から実際の考証性に欠けるとしてかなり痛烈な批評を浴びていたように、専門が細分化してくると、厨川流の独創性に富む文芸論は風呂敷を広げたように大摑みだと評される。その上、論者自身が自分で、フランス語やドイツ語やロシア語などを習得して原典に当たるようになると、厨川自身が自分の見地を籠めながら独創的に描いた概説書などは歪曲された解釈であり、不要だと見なされる。このような状況の下で、厨川の著作は、専門領域の研究を得意とし、細分化された知識を道具に、まっすぐに西洋の「近代」に向けて突進した日本の知識人にはあまり好まれないものとなった、と筆者は推定する。

例えば、永井太郎は、「厨川白村の『近代文学十講』（明四五・三）は、現代文学について概観した啓蒙書である」と前置きして、明治、大正における心理学でいう「潜在意識」、心霊主義でいう「潜在自我」、精神分析学の「深層心理」とマイヤーズ、メーテルリンク、ベルグソンなどの理念の、日本における定着状況と、厨川におけるフロイトの受容について考察を加え、その上で、『近代文学十講』『苦悶の象徴』『近代の恋愛観』の評価を次のように結論する。

自分の文学観を正当化するために、かつて、（『近代文学十講』では──筆者）潜在意識の説を受け入れたのと同じ形で、白村は、（『苦悶の象徴』では──筆者）フロイトを受容した。さらに、（『近代の恋愛観』では──筆者）精神分析は、以前からの、白村自身の、真の自己、生命に基づく恋愛観、社会観にも適用された。それは、リビドーや抑圧の意味のずれに見られるように、都合のいい援用の色合が強いということが出来るが、白村にとっては、一般的な、人間の意識に関する最新の学問である精神分析は、これまでの自らの考えの正しさを証明してくれる学説として、意味があったのである。

そして、その思想全体を、精神分析の用語で統一したことは、大きなインパクトをもったのである。(6)

このように、日本国内での国文学および欧米文学の研究者による厨川白村の文芸論の評価は、依然として高くない。永井氏の見解に見られるような「自分の文学観を正当化する」ための、当時流行した専門概念の「都合のいい援用」であり、取り込みであって、「独創的な見地」とは判断されない。また、『近代文学十講』において、ヴェルレーヌの詩を訳すにあたって、原文フランス語ではない、英訳詩を使用することによって起こった誤訳やフランス語のリズム感が捨象された問題を指摘する論考もある。(7)

日本において概説書は、既存の資料や他書の見解の借用を中心に整理し纏めたものと見なされる。以前の見解との対比があって新説や新資料は意味をもつし、逆に新説や新資料の解説だけでは概説書にはなり難い。そこで、概説書に独創性を持たせるとすれば、旧説との違いについて新資料を示し、新説を披露解説することになるのだろう。この意味で、厨川の著作には確かに独創性がある。しかし、それはあくまで自分の専門領域内でのことに留まり、それも自分が捜し出した新資料・新手法を示してはじめて言えることである。自分の専門領域を越えて門外者が生半可な知識で越境してくる場合、その独創性は鼻で笑われてしまう。それが日本である。

ところで一方、中国における厨川白村の著作の回帰と再評価の特徴は、単に西洋の「近代」を導入するための道具としてあったばかりでなく、マルクス主義・社会主義芸術論の浸透と通過により、厨川の文芸論は文芸心理学（唯心論）と文芸社会学（唯物論）の合流・結合がなされた文芸理論として高く評価され、「厨川白村研究」「厨川白村文芸思想研究」という新しい語彙と領域が出現していることにある。この点についてのちに紹介する。

そしてまた、大陸・中国における厨川著作の受容の再燃現象を予見し、その理由の解明を示唆する卓越した見解を示す論考が存在する。それは、日本国内の中国近現代文学研究者の論考である。長堀祐造は、魯迅におけるトロツキー文芸理論の受容とその論争に関する一連の研究成果を上げている。[8] 長堀氏は、丸山昇が指摘[9]した厨川白村の文芸観において、文学が「人生のためのもの」であると同時に、文学が他の目的から独立したものであり、「二つの統一の上に立つ」という主張に魯迅と厨川の共鳴があったことを示し、ブロークの文芸観及びトロツキーの文芸観にも厨川の文芸観との共通性があることを指摘する。長堀氏は先に、「毛沢東なども『文芸講話』でトロツキーの主張は『政治―マルクス主義的、芸術―ブルジョア的』の二元論だと非難している[10]」ことに言及したうえで、厨川とトロツキーの文芸論の共通性および魯迅における厨川白村翻訳後のトロツキー受容の意義について、以下のように論を展開する。

厨川白村からブロークへは、「革命」というモチーフの点でやや飛躍はあるものの、両者の基本的な文芸観に於ける共通性は容易に見てとれよう。厨川とトロツキーの観点も、文芸の独自性を強調するということでは一致する。トロツキーの典型的な論を見ておけば、「マルクス主義の原律によってのみ芸術的創作を批判し、或いは反対し、或いは賛成することの不当なることは全然同感である。芸術品は第一にその固有の法則、即ち芸術の法則によって批判されなければならぬ。」(茂森唯士訳『文学と革命』東京・改造社、一九二五・七)ということになる。

ではトロツキーが厨川翻訳期を経た魯迅に新たに付与したものは何だったのだろうか。それは、マルクス主義的視点の柔軟にして鮮新且つ的確な文芸への適用方法であり、そして何よりも現実の革命の只中に身を置く革命家による「文学」と「革命」の関係についての考察、究明である。[11]

現在の中国学術界において、厨川白村の文芸論の分析に、「マルクス主義的視点の柔軟にして鮮新且つ的確な文芸への適用方法」を援用する視点と、トロツキー理論的な「二元論統一」容認の状況が加わった今、再評価と再運用が大陸・中国において進行しているという現実からは、長堀論に先覚先見の見地が認められる。

二　回帰した厨川白村著作とその研究の意義

一九八〇年代以降の厨川白村の著作の受容の意義を考察するに先立ち、一九二〇～三〇年代における、日本・中国の厨川の著作に対する評価の共通点と相違点を簡単に整理しておく。

1　一九二〇～三〇年代評価の特徴

【共通点】

（1）『近代文学十講』に対する評価

厨川が『近代文学十講』を著して以降、西洋近代文芸の初心者に対し、「文芸思潮」という視点から講義形式の手法を用いて啓蒙的概説として解り易く紹介したという点が評価され、日本では、概説書にはこの著作を模して『〇〇十講』『〇〇十二講』という形式の書物が数多く現れた。一方、中国でも、西洋近代文芸を「文芸思潮」という視点から解り易く解釈している点が評価されている（例・田漢・馬宗霍など、七〇年代台湾では『近代文学十講』を『西洋近代文芸思潮』と改題し、その内容を表題にしている）。

（2）『近代の恋愛観』に対する評価

「霊肉一致の恋愛」「恋愛至上主義」「恋愛の自由」「自我の解放」などをキーワードに、日本と中国に共通した儒教的倫理観に対峙し、近代的「個」の確立を前提とした自由な恋愛・結婚観を提示したという評価である（例・任白濤・夏丏尊など）。

（3）『十字街頭を往く』『象牙の塔を出て』に代表される著作に対する評価

これらの著作で、厨川は、自国の国民に対する忌憚なき、仮借なき社会批評・文明批評を加えたとする評価である。また、自国の国民の欠点の指摘は、国民性改造という新たな社会批評の問題意識を提示するが、この方法論は、褒貶両面を有する諸刃の剣の評価となって、厨川および評者自身に覆い被さってくるという認識である（例・魯迅・夏丏尊など）。

【相違点】

（1）『苦悶の象徴』に対する評価

中国では、「文芸は苦悶の象徴である」という表現が郭沫若や創造社の成員によって広く敷衍されたように、『苦悶の象徴』は創作論や創作手法を解説する理論書として高く位置づけされている。さらに、本間久雄『新文学概論』と並んで、『苦悶の象徴』は民国文壇の知識人が「文学概論」のテクストを編むときの必須文献として利用され、章構成を『新文学概論』に依拠し、細部の実質的内容を『苦悶の象徴』に依拠して編纂が行われているケースが多い。すなわち、『苦悶の象徴』は文芸理論書として高い評価を受けている。また、三〇年代以降は、日本人著作と革命ロシアからの社会主義の唯物論的文芸論が翻訳導入されて、厨川の文芸論は唯心主義であるとして批判されて、文壇から一掃される。一方、日本では、『苦悶の象徴』はあくまでも厨川独自の文芸芸術理論を理解、把握する上での根底的な著作であり、「文芸は厳粛にして沈痛なるべき人間苦の象徴である」「文芸は痛ましい人間苦から出た夢の symbol である」（『英詩選釈』一九二二・二）と述べる創作論と、「読者が作者から受けるものは自己発見の喜びである」とする鑑賞論に、その特徴があると評される。また、厨川はフロイトの汎性欲論的学説に対して批判的であったにもかかわらず、「自由不羈の生命力を発揮するためにはわれわれ人間社会はあまりにも複雑であり、人間の本性もまた多くの矛盾を蔵しているが、生に対する欲望と因襲や道徳や利害などのもたらす抑圧との葛藤衝突から、意識の深層に心的傷害が生じそれが文芸の原動力となる」という観点は、フロイトの精神分析学に共感し、その理論を重視していたと評されている。

（2）厨川流散文体に対する評価

日本では、厨川に親しい人々が「流麗な文体と透徹した批評」と評してはいたが、全体としては時代遅れの古雅な文体という評価が強かった。一方、中国では、厨川流散文体に対する評価は高い。全体としては、「美しくかつ熱烈な情感文」であるとか、「流れるように美しいessay」であるとか、「流麗」かつ「雅美」な散文として高く評価されていた。また、日本語で表現された厨川流散文体が流麗で雅美であることを解さぬ、すなわち日本語を解さぬ中国の知識人に伝えていたのが、魯迅の翻訳体であったことも、留意すべき事実であった。

2　中国における厨川白村著作の再受容とその研究の意義

一九八〇年代は「走向世界」をキーワードに、「魯迅与厨川白村」に代表されるような比較文学の研究方法から、一九九〇代は「現代性」をキーワードに、西洋近代文芸思潮との関わりを文芸思想と置き換えた研究方法から、二〇〇〇年代は「民族性」「人間性」「生命観」「現代性」などを含む様々な視点から、厨川白村著作は再び受容れられ始めている。ただ、ここで注意しなければならないのは、いずれのケースも学術界における受容である。そこで、すでに示した民国期の受容とはどのように違うかを、八〇年代の傾向、九〇年代の傾向、二〇〇〇年代の傾向をそれぞれについて紹介し、厨川白村著作の受容回帰の意義について考察を加える。

管見の限りではあるが、筆者がＣＮＫＩ（中国学術文献オンラインサービス）からの検索と独自の調査により判明した論文を示すと、以下の通りである。Ⓐ Ⓑ Ⓒ群共にすべて中国語で書かれているものである。ただし、Ⓑ群には日本語に翻訳されたものも含めた。

Ⓐ**【表題中に厨川白村あるいは彼の著作名が付く論文――中国での公刊、年・月（期）、※は未見】**

1　温儒敏「魯迅前期美学思想与厨川白村」哲学社会科学版『北京大学学報』一九八一・一〇（五期）

※2　曾鎮南「讀厨川白村『苦悶的象徵』」『讀書』一九八二・九

3　劉柏青「魯迅与厨川白村」長春『日本文学』一九八四・一

4　許懐中「魯迅与厨川白村的『苦悶的象徵』及其他」中国社会科学出版社、魯迅研究学会『魯迅研究』一九八四・八（四期）

※5　魯枢元「一部文藝心理学的早期譯著——讀魯迅譯『苦悶的象徵』」哲学社会科学版『鄭州大学学報』一九八五・一

※6　王吉鵬「『野草』与厨川白村」哲学社会科学版『広西師範学院学報』一九八六・一

7　程麻「『苦悶的象徵』和魯迅的文藝心理思想——論文学創作的心理動力問題」人文社会科学版『福建論壇』一九八六・五

8　姚春樹「魯迅与厨川白村及鶴見祐輔——関於魯迅雑文理論主要淵源的探討」『魯迅与中外文化』厦門大学出版社、一九八七・七

9　趙憲章「文藝社会学和文藝心理学的合流与厨川白村」哲学・人文・社会科学『南京大学学報』一九八七・一〇（四期）

10　姚春樹「魯迅与厨川白村——関於魯迅雑文理論主要淵源的探討」『雑文界』一九八八・一

※11　史玉宝「『苦悶的象徵』与中国現代作家」社会科学版『貴州大学学報』一九九〇・四

※12　小谷一郎、劉平譯「厨川白村与田漢的早期創作」『社会科学輯刊』一九九〇・四

※13　王宜山「『紅楼夢』——苦悶的象徵」『山東社会科学』一九九〇・五

14　梁敏兒「『苦悶的象徵』与弗洛伊徳学説的傳入——厨川白村研究之一」中国現代文学研究会、中国現代文学館『中国現代文学研究叢刊』一九九四・一〇（四期）

15　袁荻涌「独到的見地深切的会心—厨川白村為何得到魯迅的賛賞和肯定」『日本学刊』一九九五・三

16　王向遠「厨川白村与中国現代文藝理論」華東師範大学中文系、中国文藝理論学会『文藝理論研究』一九九八・三（二期）

17　倪濃水「〝苦悶的象徵〟」『遠程教育雑誌』一九九九・一

18　王向遠「胡風与厨川白村」『文藝理論研究』一九九九・三（二期）

19　于秀娟「厨川白村・魯迅・『野草』」哲学社会科学版『聊城師範学院学報』一九九九・三
20　黄徳志「厨川白村与中国新文学」『文藝理論研究』二〇〇〇・三（二期）
21　梁敏兒「完全性的追求――魯迅、『苦悶的象徴』与浪漫主義」北京魯迅博物館『魯迅研究月刊』二〇〇〇・三
22　黄徳志・沈玲「魯迅与厨川白村」『魯迅研究月刊』二〇〇〇・一〇
23　任現品「『苦悶的象徴』的傳播及其意義――兼論魯迅対中国現代文学理論」『斉魯学刊』二〇〇一・三
24　王燁「論『苦悶的象徴』對銭杏邨三〇年代文学批評的影響」『中国現代文学研究叢刊』二〇〇一・四
25　任現品「内在契合与外在機運――中国現代文壇接受『苦悶的象徴』探因」哲学社会科学版『煙台大学学報』二〇〇二・一
26　王成「『苦悶的象徴』在中国的翻譯与傳播」『日語学習与研究』二〇〇二・三（一期）
27　王文宏「厨川白村与社会文明批評」『外国文学研究』二〇〇二・四
28　方長安「五四文学発展与厨川白村『苦悶的象徴』」『江漢論壇』二〇〇二・九
29　王文宏「情緒主観是文藝的始終――厨川白村文藝思想研究」社会科学版『北京郵電大学学報』二〇〇二・一〇（四期）
30　王文宏「情緒主観：文藝進化的主流――厨川白村文藝思想研究」『東疆学刊』二〇〇二・一二（四期）
31　沈上・銭理群評「苦悶的象徴（外一篇）――論『項鏈』」『全国優秀作文選』（高中）、二〇〇三・二
32　王文宏「厨川白村与『近代文学十講』」『外国文学研究』二〇〇三・五
33　王文宏「魯迅与厨川白村」社会科学版『北京郵電大学学報』二〇〇三・七（三期）
34　王文宏「厨川白村与弗洛伊徳」『東疆学刊』二〇〇三・一〇（四期）
35　史玉宝「柏格森、厨川白村与胡風」『臨沂師範学院学報』二〇〇四・四（二期）
36　王文宏「厨川白村的主観文藝進化論」『北京電子科技大学学報』二〇〇四・九（三期）
37　黎楊全「論厨川白村對周作人文学観的影響」『南京師範大学文学院学報』二〇〇五・三（一期）
38　余連祥「魯迅・豊子愷・『苦悶的象徴』」『魯迅研究月刊』二〇〇五・四
39　黎楊全「論厨川白村對周作人文学観的影響」人文社会科学版『海南大学学報』二〇〇五・六（二期）

40　張敏「試論『苦悶的象徴』對老舍小説創作的影響」『滁州学院学報』二〇〇五・六（三期）
41　王文宏「一個具有悖論情結的文学思想家——厨川白村文芸思想研究」『東疆学刊』二〇〇五・七（三期）
42　王鉄鈞「従審美取向看厨川白村文藝観的価値認同」哲学社会科学版『山西大学学報』二〇〇五・九（五期）
43　周濤「聚焦生命：魯迅与厨川白村」『紹興文理学院学報』二〇〇六・二（一期）
44　彭小燕「魯迅的〝戦士真我〟及其譯作『出了象牙之塔』」人文社会科学版『汕頭大学学報』二〇〇六・五
45　熊暁艶「厨川白村与周作人文学史建構比較」『淄博師専学報』二〇〇七・一
46　何衛「郁達夫与厨川白村文藝思想之比較探析」社会科学版『北京航空航天大学学報』二〇〇七・三（一期）
47　趙小琪「互文性：魯迅『野草』与『苦悶的象徴』的譯介」『社会科学輯刊』二〇〇七・四
48　李強「中国厨川白村研究評述」『国外文学』二〇〇七・一一（四期）
49　熊飛宇・劉紅雲「魯迅与『苦悶的象徴』」『安徽文学』（下半月）、二〇〇八・一
50　王丹丹「〝苦悶的象徴〟——『蒙娜麗莎的微笑』評析」『芸術百家』二〇〇八・一
51　彭正華「従〝白日夢〟到『苦悶的象徴』——論厨川白村對弗洛伊徳心理学的接受与批判」『唐山師範学院学報』二〇〇八・一
52　李強「〝現代〟視野中的厨川白村与『近代的恋愛観』」『日本研究』二〇〇八・二
53　周濤「在認識中闡釋生命本体——魯迅与厨川白村文芸観比較」『晋陽学刊』二〇〇八・四
54　陳方競「『苦悶的象徴』与中国新文学関係考辨」社会科学版『中山大学学報』二〇〇八・五
55　黄徳志「厨川白村在現代中国的譯介与傳播」哲学社会科学『常熟理工学院学報』二〇〇八・九

Ⓑ**【表題中に厨川白村あるいは彼の著作名が付く論文——日本と台湾での公刊】**(12)

1　張華、鶴田義郎訳「魯迅と厨川白村」熊本学園大学附属海外事情研究所『海外事情研究』一〇号、一九八三・二
2　呉之桐（広州・中山大学）「従北村透谷到厨川白村——評日本近代的生命文学論」台湾成功大学外文系『小説与戯劇』

一九九四・六（六巻）

3　梁敏兒（香港教育学院）「厨川白村与中国現代作家」京都大学文学部、中国文学会『中国文学報』五三冊、一九九六・一〇

4　梁敏兒「厨川白村与中国現代文学裏的神秘主義」『中国文学報』五六冊、一九九八・四

5　程麻（中国社会科学院）、後藤岩奈訳「『苦悶の象徴』と魯迅の文芸心理学思想——文学創作の心理原動力の問題を論ず」（1）『県立新潟女子短期大学研究紀要』三六集、一九九九・三

6　程麻、後藤岩奈訳「『苦悶の象徴』と魯迅の文芸心理学思想——文学創作の心理原動力の問題を論ず」（2）『県立新潟女子短期大学研究紀要』三八集、二〇〇一・三

7　山田芳明「路翎与厨川白村」『文化女子大学紀要』人文・社会科学研究、一〇集、二〇〇二・一

Ⓒ**【厨川白村を単独で扱う著書】**

1　王文宏『生命力的昇華——厨川白村文藝思想研究』吉林人民出版社、二〇〇三・二、第一版、二〇〇七・九／第二版、全一五五頁

2　李強『厨川白村文藝思想研究』崑崙出版社、東方文化集成、日本文化編、二〇〇八・三、全四六〇頁

Ⓐ群には、一九八〇年から二〇〇八年までのＣＮＫＩによる論文検索により、キーワード「厨川白村」で検索すると二三〇件がヒットしたが、その中で、表題中に厨川白村あるいは彼の著作名が付く論文だけを掲載し、これに現地で調査した論文を加え、五五篇を示した。

この計五五篇の論文を略読し、さらに注釈を点検して驚くのは、中国の研究者の中には、先行研究という意識がかなり欠如し、先論を尊重し、それを展開したところに新たな論が成立するという意識が希薄なものが数多い

ことである。そこで、何度も何度も同じことを繰り返しながらまた初めから概説的に紹介する。あるいは、他の人の研究から得た知識なのか自分のオリジナルなのかを曖昧にしながら、自分の論の中にさりげなく採り込んだり、他の論考をそのまま持ってくる「拿来主義《ナアライ》」（魯迅の言葉で、役立つものなら何でも採取して持ってくるという意味）の論考も多く存する。さらには、例えば、37と39の例に見られるように、同じ論文が違う雑誌に何度か掲載される。20は、本書の中では「附録・参考資料編」で【参考資料1】として表に示したものについて、翻訳者と発表時期、掲載誌を年代順に解説し文章化し、その上で厨川白村の翻訳が中国新文学に与えた影響が多大であること、写実派、自然派の重要を主張した茅盾、文芸進化論の観点を示した朱希祖、その他には、魯迅、郭沫若、郁達夫、胡風などにその影響があることを論証し、特に魯迅の散文詩『野草』に与えた影響について詳しく論じたもので、内容と論理的展開には説得力を持ち興味深い論考である。しかし、22は、20の中で魯迅の散文詩『野草』を中心に論じたところ、つまりその影響について〝第一、象徴主義、夢幻など文学創作精神、創作手法に与えた影響〟、〝第二、『野草』の思想内容、題材の方面で『象牙の塔を出て』などから受けた啓発と影響〟を論じる内容とほぼ同じであり、全体としては、20の一部の焼き直しに過ぎない。また、55などは、表題を変えただけで、20と同じ内容である。ただ、20と55は、同一人物の著作なので許せる範囲である。そこで、五五篇の論文が、実質的に内容の異なる論文であるとは言えないことを、明記しておく。

しかし、このような他の論か自分の論か曖昧模糊で識別不能になるような、人が人を食うような殺伐とした研究環境の中でも、誠意ある優秀な研究は確実に存在する。

ところで、中国近現代文学研究において、厨川白村を巡る論考は、以下のような魯迅の厨川白村の解釈が基礎になっていることを、先に述べておく。

【魯迅の『苦悶の象徴』評価】

魯迅は『苦悶の象徴』「序文」に、厨川は「文芸に対する独創的な見地と深い理解にあふれている」として、その独創性を次の三点に纏める。第一に、象徴主義の解釈に対して、十九世紀末に生じたフランス象徴主義ばかりではなく、文芸の表現法が広義の象徴主義であって、古往今来のすべての文芸はみな象徴主義の手法をもちいているとする。第二に、ベルグソン（Henri Bergson, 1859-1941）の哲学では、進んでやまぬ生命力を人類生活の根本とし、未来は予測できないという観点を示したのに対し、厨川は詩人に預言者（先知）としての能力を認め、未来を予測可能としている。第三に、フロイト（Sigmund Freud, 1856-1939）は生命力の根底を性欲に帰して、文芸——特に文学——を解釈するが、厨川は生命力が抑圧を受けるところに生ずる苦悶懊悩が文芸の根底であり、文芸とは生命力の突進と跳躍であるとする。そして、魯迅は「天馬空かけるような大精神がなければ大いなる芸術は生れない」と述べ、厨川自身に「天馬空かける精神」を見出していることである。

この解釈が基礎になり、厨川白村に関わる研究史は以下のように展開する。以下、著者が重要と思う論者と論考を選定し、論の要点を纏める。

【一九八〇年代】

温儒敏　八〇年代初めに、現実主義者としての魯迅の作品を、厨川白村が提示したベルグソンの〝生命力〟、フロイトの〝変態性心理分析〟、厨川自身の〝人間苦〟などの〝唯心〟的用語を使って分析した温儒敏「魯迅前期美学思想与厨川白村」（一九八一）が、「厨川白村」を美学思想（すなわち審美的芸術論）と比較文学の視点から、中国近現代文学の研究方法に導入できることに先鞭をつけた。氏は厨川の美学思想は唯心主義であっても、具体的な論点においては唯物主義的な成分を含意していることを提示した。そしてまた、氏の比較文学的手法から魯迅と厨川白村の共通性を際立たせ、その根底にある美学思想の内実を解き明かすという研究は、近年に至るまでその水脈を保ち、王文宏や李強が提示する「厨川白村の文芸思想」自体を闡明しようとする「厨川白村研究」という用語と領域が出現する先駆けになったことは論を俟たない。

程麻　温儒敏が提唱した美学思想という術語は、程麻「『苦悶的象徴』和魯迅的文藝心理思想——論文学創作的心理動力問題」（一九八六）によって、文芸心理（学）思想という言葉に置き換えられている。そして、程麻のかなり理論的分析的で能弁な厨川白村文芸論の解釈によって、厨川白村は研究に値する素材であることの基盤を確立した。程麻は日本・中国で文芸心理学が導入されるに至る受容史から説き起こし、厨川の象徴概念は文芸を、純粋に客観世界を研究する自然科学及び主に社会問題を分析する社会科学と区別し、文学の中に融合している人文主義の価値観を際立たせた、とする。程麻は、東西の韓愈、杜甫、王国維やマルクス、アインシュタイン、マズローなどの偉人哲人の言説と、『文芸思潮論』『象牙の塔を出て』『近代文学十講』『苦悶の象徴』に述べる言説とを照らし合わせ、そこに述べる厨川理論にいかに正当性があるかを立証する。人生の苦悶が文芸創作の心理原動力となる文芸理論や、「高級象徴」と呼んだ「広義の象徴」範疇としての文芸理論は、機械的唯物論の束縛から脱却することのできる理論として、また、客観主義と主観主義の融合、理想主義と現実主義の統一の実現を期待できる理論として高く評価され、「厨川白村の文学の苦悶の象徴に関する命題は、東洋において創始的な意義をもつことは、肯定されるべきである」と結論する。そして最後に、魯迅とフロイト、魯迅と厨川白村とを対比し、魯迅の厨川に対する共感で締めくくる。なお、この程麻の論考には、後藤岩奈訳「『苦悶の象徴』と魯迅の文芸心理学思想——文学創作の心理原動力の問題を論ず」（一九九九・二〇〇一）があり、これは『溝通与更新——魯迅与日本文学関係發微』（中国社会科学出版社、一九九〇）から訳出されたものである。

趙憲章　温儒敏が提唱した、厨川の美学思想は唯心主義であっても、具体的な論点においては唯物主義的な成分を含んでいるという観点は、さらに程麻が語った厨川の「広義の象徴」範疇には、客観主義と主観主義の融合、理想主義と現実主義の統一の実現に期待できるという観点へと深まり、趙憲章「文藝社会学和文藝心理学的合流与厨川白村」（一九八七）によって継承される。趙憲章は、厨川白村を文芸社会学と文芸心理学という二つの研究領域の〝双方向の合流〟を果たした文芸理論家の代表者であり、先駆者であると位置づける。現実主義は社会現実への関心と真実の反映を特徴とし客観を重視する。浪漫主義は主観世界の心理表現を特徴とし主観を重視する。そこで、文芸思想においては、現実主義と文芸社会学、浪漫主義と文芸心理学とは同一の体系に属し、文芸社会学は文芸の客観研究（外部関係、現実の再現、理性分析、巨視的描写、意識形態の共通性、社会的意識の探究など）に重点をおき、文芸心理学は文芸の主観研究（内部関係、審美主体の創造、感情の把握、微視的体験、個性的特徴、個体の深層心理など）に重点をおくものだとする。そして、テーヌの提起した〝種族・環境・時代〟の三要素による唯物論的な分析に始まり、フロイトの〝潜在意識〟を使った審美的な深層心理の発掘を経て、プレハーノフが唯物論的歴史観の視点から〝社会心理学〟の重要性を認め、文芸社会学と文芸心理学とがお互いの優劣を補い結合した〝文芸社会心理学〟の必要性の主張へと至るが、この二つを統合させ、文芸学研究の理想的境地と未来の方向を切り開いたのが厨川白村であるとする。具体的には、ベルグソンの〝生命哲学〟とフロイトの〝性欲〟を否定する厨川白村の〝独創的な見地と深い理解〟を『苦悶の象徴』と『近代文学十講』を中心に解説する。

姚春樹　八〇年代のもう一つの特徴は、姚春樹の「魯迅与厨川白村及鶴見祐輔——関於魯迅雑文理論主要淵源的探討」と「魯迅与厨川白村——関於魯迅雑文理論主要淵源的探討」という二つの論考に窺見できる。それは、厨川白村の『象牙の塔を出て』に描かれるEssay（小品文、随筆）の明晰透徹した論述が、魯迅及び中国現代散文（雑感文）全体の発展に与えた影響は計り知れないものがあることを提示したことであり、そのことによって、厨川白村は中国現代散文批評の啓蒙者として位置づけられたことである。

［一九九〇年代］

九〇年代は、梁敏兒、王向遠に代表される論考に研究方法の典型が窺い知れる。

梁敏兒　香港に在住し、日本で学位を取得（博士論文『厨川白村与中国現代作家』取得機関：京都大学、取得年月：一九九六年二月）した梁敏兒は、かなり意欲的に一九二〇年代中国の状況を分析しながら、厨川白村に関わる研究に対して、以下のような四篇の系統的な研究成果を残している。

①「『苦悶的象徴』与弗洛伊徳学説的傳入――厨川白村研究之一」（一九九四）

②「厨川白村与中国現代作家」（一九九六）

③「厨川白村与中国現代文学裏的神秘主義」（一九九八）

④「完全性的追求――魯迅、『苦悶的象徴』与浪漫主義」（二〇〇〇）

これら一連の論考は、実証的な受容史研究、フロイト精神分析学の移入史及び浪漫主義と近代文明論への考察を通して、厨川白村の研究意義を提示している。日本で発表された②と③の二篇の中国語の論考は、『近代文学十講』と『文芸思潮論』についての受容史と影響研究について、徹底した実証主義の立場から論証したものである。②は両書の翻訳紹介者である田漢、謝六逸（麓逸）、朱希祖、羅迪先、汪馥泉、樊仲雲と、田漢との関係から郭沫若、鄭伯奇、徐祖正、張鳳挙と厨川白村に係わる事跡と論評とを詳細に洗い出し、中国の二〇年文学への影響について、例えば、創造社や文学研究会という異なる文学背景をもつ社団の成員であっても、その垣根を越えて厨川白村とその理論が広く浸透していたことを論証したものである。③は、先行研究と日記などを中心に、『近代文学十講』『文芸思潮論』『苦悶の象徴』『象牙の塔を出て』『十字街頭を往く』と魯迅と周作人との係わりを実証的に論証し、さらにドイツ浪漫主義の汎神論の流れを引き、ルドルフ・オットー（Rudolf Otto, 1869-1937）の著作『西と東の神秘主義』（West-östliche Mystik, 1926）に代表されるような神秘主義や、ウォルター・ピーター

（Water Pater, 1839-1894）の『文芸復興』（Studies in the History of the Renaissance, 1873）に描く唯美主義の理論が、『文芸思潮論』と『苦悶の象徴』の構成にどのように影響を与えたかを考察した上で、魯迅の散文詩集『野草』の数篇を比較文学の影響研究の手法により作品の思想性を分析したものである。

一方、①は、フロイト精神分析学が中国に移入されると、性の啓蒙、新しい道徳観の提唱とエディプスコンプレックス（Oedipus complex）が創作手法への応用に影響を残したことを論証することで副題に「厨川白村研究」とあるように、厨川文学理論の特性を考察する。厨川文学理論がフロイト説の〝本能〟を〝理性〟と、〝親相姦的欲望〟を〝社会的因襲に屈した抑圧阻止された欲望〟と、乳児の授乳を〝性的本能〟ではなく〝飢餓の回避〟とする理性的な解釈に加え、文学は反抗抑圧に対する表現であるとする厨川の文芸論は、二〇年代中国の需要に適合し、理性的基準を作り上げたが、日本でも、中国でもあまりにも彼の著作がベストセラーになったがために、時代の試練に耐え切れず、すぐに時代遅れになってしまった、と分析する。また、興味深い観点として、両極の調和に力を注ぐ厨川の表現法に多く見られる〝美の醜〟〝醜の美〟などの矛盾したロジックには、民衆の無意識はただ天才によってのみ看取できるとする表現法が反映されており、それは文芸が個人の主観の自由な表現であると共に、その個性には普遍性をも伴わねばならぬとする認識からくるものであって、この矛盾を突き抜けることによって、民衆の合一、人心の合一、個人と群体の合一の可能性のあることを指摘していることである。

④は、工業文明が人間の精神に破壊と傷害をもたらすことを感受したシラー（Friedrich von Schiller, 1759-1805）が提言した〝完全性〟をキーワードに、近代人の内面の分裂を重要命題とした浪漫主義の分析を通して、英国ビクトリア王朝の浪漫主義文学の研究者である厨川が『苦悶の象徴』の執筆に際し、理性的な浪漫主義文学とニーチェの伝統的因襲を攻撃する理性的哲学とに共感を投影させ、現代文明における分裂と統合の問題を、魯迅が評した「天馬空かける精神」を軸に検討を加えたものである。シラーは、自己の感情と理性とが調和して、はじめ

て真の文明社会、真の自由な国家が存在し、そのような国家の国民にして、はじめて文明的な国民と称せられ、このような状態を名づけて〝完全性〟とした。当時中国では、まだ科学と哲学とを切り離すという段階にあり、近代文明の亀裂を感受することはいまだできなかった。そこで、厨川が『苦悶の象徴』の中で成し遂げた近代人に対する苦悶の解剖は、西洋社会の急所を完全に衝くことができるとは見なされなかった。しかし、魯迅が訳した〝完全的人〟を介して窺い知れるように、魯迅も厨川もシラーの称した〝完全性〟を追求していたことを論証している。

王向遠　王向遠「厨川白村与中国現代文藝理論」（一九九八）は、中国近代文学の作家と文芸理論家に対する厨川白村と彼の著作の影響について論じた比較文学的な視点からの論考である。王向遠は、当時の浪漫主義的傾向を有する作家、郭沫若、郁達夫、田漢、徐祖正、黄廬隠、石評梅、胡風、路翎などは、多く厨川の文芸論の薫陶を受けたことを、また、田漢、許欽文、君健、章希之、曹百川、陳穆、隋育楠などの中国近代文学理論を建設した文芸理論の著作には、『苦悶の象徴』が多大で重要な影響を与えていることを個々に例示し、実証的に論証している。また〝プロレタリア文学〟運動が勃興すると、左翼文芸理論の批評家から厨川の文芸論は唯心主義だと〝裁定〟し、厨川に対する批判や否定が進展する二〇年代末期におよんで、厨川の文芸論の影響は次第に衰退する、という論点を示している。さらに、厨川からの影響がかなり深い文芸理論家として胡風を挙げ、胡風の〝主観的戦闘精神〟と〝自我の拡張〟は厨川の〝生命力の突進と跳躍〟から、胡風の〝精神隷属の外傷〟は厨川の〝精神的傷害〟の理論の啓示が深く浸透していることを指摘する。その上で、胡風を中核とする〝七月派〟の作家たちが、人物の激動し苦痛する生命の過程を表現し、人物の動揺し安らぐことのない霊魂と内心の激烈な衝突が引き起こす苦悶を展開し、驚愕怒濤のような力みなぎる芸術的な意気込みを追及しているのも、すべて厨川の文学観念が内在的に深く関わっていることを提示している。

以上の論考がさらに深まったものが「胡風与厨川白村」（一九九九）である。王向遠はこの論考で、厨川が日本でさほど評価を受けない理由と、中国人がどのような点を厨川白村に、ひいては日本に学ぶべきかを示唆し、次のように書いている。

彼（厨川――筆者）は作家ではないので、日本文学史においてはそんなに高い地位を得て語られることはなく、ほぼすべての『日本文学史』には彼の名前さえ捜し当てることはできない。理論家としても、彼の文芸理論の著作の価値は日本における文学理論批評史家として普遍的な認可を得てはいない。……（中略）……しかし、本国では決して重視されなかった厨川白村だが、中国での影響は日本のいかなる著名な理論家、批評家をも遙かに凌いでいる。日本人研究者たちの見方とは正反対に、中国で真っ先に厨川白村を翻訳紹介した魯迅は、厨川白村および『苦悶の象徴』には独創性があると考えている。……（中略）……私は、魯迅があまたの〝文学論者〟の中から厨川白村を選択し、〝同類の群書〟の中から『苦悶の象徴』を選び取った、彼ならではの慧眼を高く評価する。魯迅が『苦悶の象徴』は〝独創力がある〟というのは、ただ単にそれ自体の長所だけに基づいているのではなく、同類の理論家、同種の著作と充分に比較してのものなのである。日本では、厨川白村の前にも後にも、西洋文学を紹介し論評する書籍は枚挙に遑がないし、文学を講ずる書籍となるとほとんど汗牛充棟の感に近いが、たとえ今日の我々からしても、厨川白村およびその著作はその中にあって間違いなく図抜けている。確かに、厨川白村の基本的な理論体系、基本的な概念用語は大方西洋から借用したものである。しかし、日本文明の独特の構築方法――外来のものを吸収し、改造と消化を加え、さらに合理的でさらに精緻に進歩させていくこと――は、厨川白村の理論構築に大変明快に表されている。この点を、魯迅は明確に見抜いていた。

［二〇〇〇年代］

二〇〇〇年代の研究の特徴は、中国近現代文学研究者の間に厨川白村の重要性が浸透し、かなりの多様性をもって展開することである。以前同様に一九二〇年代に厨川白村の文芸論が移入された必要性と意義を考察する一方で、周作人、老舎、銭杏邨、胡風、徐懋庸、路翎などの作家・批評家および『文芸心理学』(上海開明書店、一九三六初版)の著者朱光潜までに拡大されて、厨川白村の文芸論との影響関係を分析したり、または自らの文芸論の精神的糧となったことを考察する論考、あるいは同じ『苦悶の象徴』の受容の意義を考察するのにも、マルクス主義的唯物史観を使い、『苦悶の象徴』が普及した当時の中国人の精神構造に対する「内在的符合」と、社会状況から見る「外在的機運」との関連から考察を加える論考、あるいは厨川白村の辛辣で仮借のない批評に「快刀乱麻を断つ」ような痛快さ覚え、彼が著す社会批判・文明批評の言葉に「天馬空かける」ような超然とした精神界の戦士の像を見出した魯迅と著者厨川白村には、内在する深層心理の根底で繋がる同様の生命哲学が存在することを分析する論考など、厨川に関わる論考の拡大と展開の様相を呈している。また、九〇年代半ばから大々的に展開する「現代性」(modernity)論争の影響から、「個」と「群」及び「公」、「国家」と「国民」及び「民族」などへの関心が高まり、文芸批評の方法論としては、この「現代性」をキーワードにしたり、間主観性または間主体性(inter-subjectivity、中国語「主体間性」)と間テクスト性(inter-textuality、中国語「文本間性」「互文性」)などの新しい観点を取り入れたりと、道具としての厨川白村から、研究対象としての「厨川白村」へと転換している。

二〇〇〇年代を代表する研究者は、王文宏、李強の二人であり、本書の刊行の趣旨に興味深い回答を与えているのが王鉄鈞の論考である。

王鉄鈞　王鉄鈞「従審美取向看厨川白村文藝観的価値認同」(「審美的基準から見る厨川白村文芸観の価値同一性」二〇〇五)は、厨川白村の文芸観は疑いもなく中国二〇年代文学に奥深い思考力と視野の拡大を提供し、創作や文芸理論に多大な喚起と影響を与え、中国ではかなり高い評価を受けているのに、なぜ日本では、また大正文壇では共鳴や共感を獲得できなかったかを考察した論考である。

王鉄鈞は厨川白村の文芸理論が日本で受け容れられなかった理由を次の三点に纏める。第一に、『源氏物語』、『平家物語』、江戸や明治を経て大正期の〝私小説〟に至るまで、日本文学の美学観は、凄艶、哀婉、哀傷、哀愁、感傷を基調とする個人の心情を発露することにあり、これに対し厨川白村は、苦悶により生じる精神的葛藤の審美的価値を肯定し、文学とは生命力が抑圧される苦悶による自我の表現であると認識し、一切の個性を拘束、束縛する自我に反対するという、日本の伝統的審美観と対立する文芸創作論を主張した。第二に、厨川白村の文芸理論が登場したのは、自然主義文学が文壇で重要な位置を占めていた時期であったにもかかわらず、彼が自然主義文学はすでに時流に合わないと終結を宣言し、客観的よりも主観的、経験よりも直観、観察よりも思索という、個人の内心の表現を重視する現代主義（新浪漫主義）文学の到来を告げたことは、当時の大正文壇の知識人たちとアイデンティティを共有できなかった。第三に、現実を逃避し自己憐憫の状態にあった大正文壇では、厨川白村の社会を改造するために文学はあるとする、強烈な社会批評精神に富んだ文芸理念に共鳴・共感を獲得できなかった、としている。

ここまで、筆者なりに論文を取捨選択し、厨川白村に関わる研究史を追って来た。ここで取り上げなかった中国での多くの研究の特徴は、先にも書いたのだが、研究者各人が先行研究を受けて次へと進展させていくという傾向が見られず、研究者各々が調べ考えたままを書くことに顕在する。ゆえに、同じことの繰り返しになる。この傾向を変えたのが王文宏と李強の研究で、二人は研究史を念頭に自己の研究の位置づけをする。

王文宏

・「厨川白村与社会文明批評」（二〇〇二）
・「情緒主観是文藝的始終――厨川白村文藝思想研究」（二〇〇二）
・「情緒主観：文藝進化的主流――厨川白村文藝思想研究」（二〇〇二）

・「魯迅与厨川白村」(二〇〇三)
・「厨川白村与弗洛伊徳」(二〇〇三)
・「厨川白村与『近代文学十講』」(二〇〇三)
・『生命力的昇華——厨川白村文藝思想研究』吉林人民出版社、二〇〇三・二、第一版、二〇〇七・九、第二次印刷、全一五五頁
・「厨川白村的主観文藝進化論」(二〇〇四)
・「一個具有悖論情結的文学思想家——厨川白村文芸思想研究」(二〇〇五)

王文宏は、著書『生命力的昇華——厨川白村文藝思想研究』の「序言」で厨川白村の研究状況を三段階に分けて次のように説明する。

一、熱烈期。これは二〇世紀二〇年代から三〇年代を指す。この時期の中国文壇は厨川白村に対し基本的に熱烈歓迎の状態で、厨川白村の文芸思想の合理性が肯定されて、積極的に受容した。主な代表作家は魯迅、郭沫若などの人である。彼らは厨川白村が中国作家に与える影響を積極的に称揚し、しかも、厨川白村の理論を用いて自分の創作活動を総括した。しかし、この時期の受容は明らかに理性的な思考を欠いていた。
二、静寂期。これは三〇年代中期から八〇年代前期を指す。プロレタリア文学が中国文壇で次第に隆盛することによって、厨川白村の文芸思想は埋没したばかりか、批判を受け、唯心主義であるとして文壇から一掃された。その後、長く半世紀の間、厨川白村は中国ではほとんど影も形もなくなり、『中国現代文学史』が外国文学の影響を受けたことに言及する時でも、厨川白村を挙げることはまずないか、例えあったとしても、ほんのわずかばかりに過ぎなかった。
三、回復期。これは八〇年代以降を指す。中国現代文学研究の突破に伴い、魯迅研究の高潮が到来し、中国現代文芸心理学研究の隆盛と、厨川白村とはまた彼の頑強な生命力を以って中国文壇に入り込んだ。厨川白村の研究は新しい様相を呈

している。主に次の二つの方面に現れている。一つは、魯迅研究に伴って、人々は、魯迅の美学思想（審美的芸術論――筆者）を研究するにはどうしても厨川白村と切り離すことができず、魯迅美学思想の発展過程の中で、厨川白村は極めて重要な人物であり、厨川白村の文芸思想は魯迅の美学思想に影響を及ぼし充実させたということに気づいた。代表的なのは、温儒敏「魯迅前期美学思想与厨川白村」（一九八一）、劉再復『魯迅美学思想論稿――関於真善美的思考和探索』（中国社会科学院出版社、一九八一・六）と曾鎮南「讀厨川白村『苦悶的象徴』」（一九八二）である。彼らの研究は、我々のために多くの研究課題を提供した。もう一つは、趙憲章「文藝社会学和文藝心理学的合流与厨川白村」（一九八七）は、厨川白村の社会文明批評家としての使命感を提示し、王向遠「厨川白村与中国現代文藝理論」（一九九八）と黄徳志「厨川白村与中国新文学」（二〇〇〇）は、二〇、三〇年代中国の特殊な歴史状況と結びつけ、厨川白村を特定の歴史段階に位置づけ、厨川白村の中国新文学に対する影響を深く検討することによって、二〇、三〇年代の文学現象を総括し、突破した。

ここで二度使われる「突破」という言葉には目的語がない。何を突破したかが明示されないが、おそらくは「マルクス主義・社会主義」一元論あるいは「文芸社会学」と「文芸心理学」を個別の二元論として扱う文芸論を突破したことなのであろうか。

王文宏の『生命力的昇華――厨川白村文藝思想研究』は完全に「厨川白村研究」の著書である。本書で考察の対象になるのは『近代文学十講』と『苦悶の象徴』および『象牙の塔を出て』と『十字街頭を往く』が中心で、『小泉先生そのほか』（『小泉八雲及其他』）と『文芸思潮論』が補足される。厨川の出生から死去にいたる生涯の略伝、彼を育んだ日本文化の〝含蓄・淡泊・質素・曖昧・纖細〟な土壌と〝和〟の精神構造の特徴及び日本文学、特に『源氏物語』の〝もののあわれ〟（物哀）と〝幽玄〟の審美観から意識形成をされ、さらに、彼が師事した小泉八雲と上田敏を通して、前者からは西洋人と日本人の思惟方法の違いを客体化する分析手法を、後者からは〝情緒主観は文芸のすべてである〟という芸術観を形成されことに、厨川論の礎は構築される。そして、厨川が語る西洋文芸思潮の変遷において、「抑も文芸思潮の本流は明らかに情緒主観にある」という〝情緒主観〟をキーワードに、〝情緒主観〟が文芸進化の主流であり、文芸進化の触媒は〝時代精神〟にあることを分析し、さらに、結果として〝芸術のための芸術〟も〝人生のための芸術〟も共に正当性があるが、ただ〝無功利〟な自己の内面世界を〝凝視観照〟するところに生まれる芸術であってはじめて真の芸術とする主張に、厨川の文芸思想の特徴があることを分析する。また、〝人間苦〟と〝生命力〟の昇華を中心に繰り広げられる『苦悶の象徴』論と、社会文明批評家としての厨川像を中心に展開される『象牙の塔を出て』『十字街頭を往く』論とにおいても、日本民族の血液に流れる〝もののあわれ〟の美意識と〝情緒主観〟の重視をキーワードに据えているという独自性があるが、全体としては先行研究を土台により詳しく考察しているところに特徴がある。

そして最後に、「厨川白村と中国現代文芸心理学」という一章を立て、特に「朱光潜と厨川白村」では、朱光潜（一八九七―一九八六）と厨川との関係について論じ、朱光潜が厨川にはまったく無関心を装いながらも、実は『小泉八雲及其他』（劉大杰訳、上海・啓智書局、一九三〇・四初版）のほとんど全部の資料を基礎に自著「小泉八雲」を書き上げていることを指摘し、さらに、朱光潜は『象牙の塔を出て』と『十字街頭を往く』を読んで、〝思わず反感を感じた〟厨川の社会・文明批評家としての姿に否定的態度を取り、のちには文壇の左派や魯迅からまでも批判されるが、彼は〝芸術のための芸術〟を保持した中国「文芸心理学」理論の創始者であったとする。これらは評価に値する論点である。

ところで朱光潜は、香港大学（一九一八―二二）、エジンバラ大学（二五―二九）、ロンドン大学大学院（二九―三三）で西洋美学を研鑽し、帰国後に『文芸心理学』（上海・開明書店、一九三六初版、一九三九・一、三版）を著した中国現代美学の創始者である。

・「中国厨川白村研究評述」（二〇〇七）
・『厨川白村文藝思想与社会批評研究』（博士論文、取得機関：北京大学、取得年月日：二〇〇八・一・四）
・「〝現代〟視野中的厨川白村与『近代的恋愛観』」（二〇〇八）
・『厨川白村文藝思想研究』崑崙出版社、東方文化集成、日本文化編、二〇〇八・三、全四六〇頁

最後に李強を取り上げ、本章の締めくくりとする。氏の研究は前記の著書『厨川白村文藝思想研究』という表題に顕されるように、日本の土壌と厨川自体の思想に根ざした本格的な「厨川白村研究」である。本書の目録は以下の通りである。

『厨川白村文藝思想研究』目録

序　言　厳紹璗
諸　論　厨川白村研究的学術史和方法論説明
第一章　厨川白村文藝思想発生的文化語境
第二章　厨川白村早期文藝観探源
第三章　現代文藝批評意識的確立
第四章　従文藝批評到社会・文明批評
第五章　『苦悶的象徴』――文藝理論及美学思想的集大成
結束語
参考文献
附録

この著書には、まず、厳紹璗の注目に値する識見が論及されている。厳氏は、「序言」の中で、「私たち中国学

術界の絶対多数の学者にとって、厨川白村は〝熟知した見知らぬ人（陌生人）〟であり、これは興味深い〝逆説〟である」と冒頭で語り、この〝不案内（陌生）〟の原因が、厨川の著作を中国語で翻訳・紹介した五〇数篇の論説だけでのみ知っていて、厨川白村という〝人〟の〝総体的なテクスト〟の把握が浅いこと、この〝不案内感（陌生感）〟の原因は我が国の研究者だけに問題があるのではなく、今日の日本の学術界では、〝厨川白村学説〟はほとんど忘れ去られた〝学術存在〟であり、厨川白村自体が彼ら（日本人）にとっての現代学術（の価値基準）により潮流の圏外へと放り出された〝幽霊〟であることを述べている。

李強のこの著書は、「厨川白村の文芸思想」の特質自体を究明している点で研究としての大きな意義を有する。氏は厨川の文芸思想が生み出された時代の雰囲気や社会背景を基礎に、〝個性〟〝時代〟〝情緒主観〟〝時代精神〟〝人間性〟〝生命〟〝遺伝子〟などのキーワードを用いて分析し、厨川が社会・文明批評として述べた理論実践を通して、彼の文芸観が深化と外延への広がりを見せ、そして、文芸理論と美学思想の集大成として評価できる『苦悶の象徴』は、ベルグソン、フロイト、クローチェ理論の独自の解釈により、日本の文芸批評と理論建設のために個別研究と実証的なテクストを提供した、と結論づける。また、この著書は現代性論争を経た後に達成されたものだけあって、〝現代性〟をキーワードに用い考察を展開している点が興味深い。

ただ、本書で必要なのは「なぜ、厨川白村著作が回帰したか」にあるので、紙幅の関係上、李強の研究方法が今までの中国人研究者とは違う点と「厨川白村研究」の問題意識とその成果にしぼり概観していく。

李強の著書が他のものと一見して容易に判る違いは、李強論が先行研究への周到な目配りを施している点と、著書全四六〇頁中、【附録】が二〇三頁を占めるように、著書作成に至るまでにかなり緻密な準備と地道な調査を施している点にある。

例えば、【附録】の表題を挙げてみると、「厨川白村年譜」「厨川白村著作初版一覧表」「厨川白村全集二種の編集比較」「厨川白村死後著作出版一覧表」「日本における厨川白村研究（文章）論文一覧表」「厨川白村著作中国語訳本初版一覧表」「厨川白村著作（文章）中国語訳本初版一覧表」「中国における厨川白村論文（文章・専著）一覧表」「『近代文学十講』目録」「『苦悶の象徴』の雑誌『改造』版と改造社版単行本の比較」の一〇項目ある。この中の、「日本における厨川白村研究（文章）論文一覧表」と「中国における厨川白村論文（文章・専著）一覧表」が示すように、本書は従前の中国人の研究に乏しかった先行研究重視の姿勢が貫かれる。そして、この現れが「諸論　厨川白村研究の学術史と方法論説明」の中で「日本の厨川白村研究」と「中国の厨川白村研究」とに整理されている。

「中国の厨川白村研究」は前記「中国厨川白村研究評述」（二〇〇七）の論考の内容と一致するが、その中で、「中日現代文学交流関係の角度から、厨川白村は日本大正期の文芸思想家、評論家、理論家として、中国で紹介され、引き合いに出されることの最も多い、しかも、影響力が一番大きかった人物である。二〇世紀一〇年代末から始まり、厨川白村は中国現代文壇に翻訳紹介される重要な対象となった(13)」と述べた上で、中国における厨川白村の紹介と研究の状況を建国前と建国後に時期区分しながら、次のように整理する。

（新中国成立以前）
一、翻訳・紹介、普及、影響の時期（一九一九～一九二九）
二、疑義と衰微の時期（一九三〇～一九四九）
（新中国成立以降）
一、批判と静寂の時期（一九五〇～一九七九）
二、蘇生と研究の時期（一九八〇～　）

○「翻訳・紹介、普及、影響の時期」は本書で紹介している通りなので省く。
○「質疑と衰微の時期」も本書で触れているが、「前世紀二〇年代末に始まった無産階級文学の勃興と展開につれて、魯迅も含む一連の文学者と文芸批評家たちの厨川白村の文芸観と美学思想に対する質疑と批判が提示され、厨川白村ブームは冷めだした」が、「心ある論者は引き続き、魯迅と厨川白村との影響関係に注意を払った」として、許欽文著『文学概論』（一九三六・四初版）の中で、「『野草』を読むと、深層に理解できるのは、文学は〝苦悶の象徴〟だ、という意味である」と語ったこと、欧陽凡海著『魯迅の本』（桂林・文献出版社、一九四二版）の中で、「だから、『野草』の一部の散文詩は、『苦悶の象徴』の実践だということができる」と語ったことを挙げ、研究としての奥行きは欠けるものの、「〝現代〟と〝比較〟の視点が体現された良好な研究のさきがけと言うべきである」[14]としている。

筆者は、第八章で、「民国文壇における本格的な厨川白村受容の最終は、この許欽文『文学概論』（一九三六・四初版）であると推定される」と書いた。この考え方に変わりはない。なぜなら、徐懋庸『文芸思潮小史』（一九三九・一〇初版）は、「前記」において、「この小冊子は決して著作と言えるものではなく、幾種類かの文学史や文芸思潮史の内容を要約したものにすぎない。とりわけ、フリーチェ（弗理契）『欧洲文学発達史』、コーガン（柯根）『世界文学史綱』などの数種を主な論拠にしている。また、この二種は中国でわずかに存する比較的詳細な唯物史観の世界文学史でもあり、青年諸君に一読をお奨めする」（傍点、筆者）と書きながらも、著作の数箇所と構成において、厨川白村『近代文学十講』『文芸思潮史』の影響を留めていた。しかし、大陸・中華民国期の最終の本格的受容となると許欽文『文学概論』だといえよう。

ただ、李強がここで言う「現代」（近代）を視角に入れた「比較」研究の発端があるとは、昨今話題にあがる現代性論争を意識してのことだろうし、「現代性」は二〇年代にも適応できる述語ではあるが、この当時に負の「現代」も意識した modern の含意があったかどうかはやや疑問である。

○「批判と静寂の時期」とは、「厨川白村は唯心主義と反動的な理論家と見做され、手厳しい批判を受けた」時期で、「厨川白村研究も基本的には停滞と中断の状態に置かれていた」としている。

○「蘇生と研究の時期」は、厨川白村研究の視点を次の五つに分けて説明する。

(一)　魯迅研究の突破につれて、一部の学者が敏感に注意を払ったのは、魯迅の美学思想を研究しようとすると、厨川白村が影響源の一つになっていることは飛び越えることはできないということである。

(二)　文芸学の設立と研究の需要により、八〇年代中期から、厨川白村『苦悶の象徴』における文芸心理学と社会学的な観点が、学者たちの注目を引く人気スポットになり始めた。

(三)　新時期に入り、三十年以上にも亘って静寂していた象徴研究が蘇生することができた。中国現代文学と西洋象徴主義の影響関係を探求するため、多くの学者が厨川白村に眼差しを向けた。

(四)　日本の八〇年代以降の研究状況と類似して、比較研究が中国新時期の厨川白村研究の一つの人気スポットになった。

(五)　方法論から見ると、八〇年代に始まった統一的な政治化から多元的な学術化に方向転換することによって、〝階級性〟や〝唯物〟あるいは〝唯心〟という画一的な思想様式や、教条主義的な常套句と学術用語を用いて厨川白村研究をするやり方は、次第に修正され克服された。このようにして、厨川白村を客観的で公正な研究にするための道はできあがった。

このように説明した上で次のように総括する。

上述したことを纏めると、中国における厨川白村研究は、一九一九年一一月、朱希祖の厨川白村「芸術の進化」の翻訳から数えるとすでに八八年の歴史を有し、もし、一九二一年六月、田漢が「白梅之園的内外」で厨川白村に対する評価をしたことから数えるとするならば八六年の歴史を有している。厨川白村研究は中国では、高潮であったことも、低潮であったこともあった。当然、批判と静寂の時期もあった。中国の厨川白村研究は、初めの頃のささいな短評から数え、現在までに百十篇の論文がある。とりわけ八〇年代の回復正常化した研究以来、厨川白村に対する研究は従来の単一的な影響研究から、文芸思想、文芸美術、文芸心理学、文芸社会学などの領域にまで拡大し、研究の文章はますます多くなっており、レベルもますます高くなっている。現在の研究状況から判断して、中国文壇で八十年以上も継続して言説されてきた厨川白村は、研究者の視野から離れることがなかったばかりか、今後もさらに関連する研究領域で引き続き言説されていくことを証明するには充分である(15)。

ここにおいて、李強により「厨川白村研究」という術語が確立する。ところで、李強自身が「批判と静寂の時期」があったと書くように、「中国文壇で八〇年以上も継続して言説されてきた」のではない。まったく無視された衰退の休止状態があった。「継続する民国文壇」の台湾も大陸・中国の一部と扱えばその論は成り立つが、しかし、日本はもちろん、現在のところ大陸・中国ではまだ台湾における研究動向に論及する動きは見られない。

最後に、本書の「なぜ、厨川白村著作が回帰したか」という問いに照らし、李強はなぜ厨川の文芸思想研究の必要性を感じたのか、また、氏の「厨川白村研究」はどのような成果を上げたか、これらの点を概観する。

①厨川白村の評価を巡っては、中国と日本とには大きな差異が存在していることに、私たちは気づいている。中国では、〝「苦悶の象徴」説を樹立したことによって世界級の学者〟として称えられていて、その地位はニーチェ、ベルグソン、クローチェやフロイトとも肩を並べている。しかしながら、故国では、『近代文学十講』、『象牙の塔を出て』と『近代の恋愛観』が一時流行したものの、厨川白村の文芸論と美学思想の集大成として編まれた『苦悶の象徴』は死後出版の遺著であり、さらに一部は未完の著作であった。そのようなこともあり、厨川白村は、日本の文芸理論界や評論界から、主流にある文芸思想家や評論家としては決して承認されてはおらず、実際に、厨川白村は〝イギリス文学研究者〟か〝社会・文明

批評家〟という地位に置かれている。ほとんどの人が彼を主流とする文芸思想家や評論家として研究を行うことはない。一九六〇年七月、文学座談会の中で、歴史学者の上原専禄が、「厨川白村には比較的高い評価が与えられている。それは中国でのことだが」と言ったことがある。(16) そこで、中・日両国にある厨川白村に対する評価の差異、このこと自体が大いに研究価値を有する課題である。

②厨川白村研究は中国では古くて新しい課題である。古いというのは、厨川白村は二〇世紀初めにすでに中国人の視野に入り、しかも繰り返されて言及されているからである。新しいというのは、今に至っても厨川白村に対してはまだ全面的で、系統的でそして適切な研究と評価に欠けているからである。中国では、厨川白村は〝日本の著名な文芸理論家〟と称されるが、昨今の研究論文を一読すると、絶対多数の論者が注意力を厨川白村と中国現代文学の〝比較研究〟に集中させている。……(中略)……しかし、〝日本の著名な文芸理論家〟の角度から厨川白村その人その作品を専門的に研究するのは大変少ない。大量に発表された〝比較研究〟に比べ、厨川白村研究の中で際立った難題とは、厨川白村の文芸思想の研究にはほとんど誰も顧みることはないということである。(17)

③厨川白村が文芸を自分の終生の仕事に選択した当初から、……(中略)……「政客、俗吏、成金、坊主の輩は文士という言葉に非常な軽蔑の意味を寓しているが、教育界となれば尚烈しい。文学を以て琴書に等しき遊戯なりと罵った者もあれば、不健全不道徳の本家本元だと心得ている者も甚だ多い。生徒に向って雑誌や小説類の閲読を禁止し、殊に演劇に対しては殆ど之を蛇蝎視せるが如き学校もある」(傍点は厨川原文は次のように続く……如き学校は、かの開化したる野蛮国たる独逸の事情はいざ知らず、日本を措いて他の文明国では絶対にみられないことである――筆者)という時代で、これに反抗と叛逆が生じ、彼は鋭気才気を発露し、独立独歩の、時代潮流と生活環境とに公然と争う気質と性格の特徴を養成した。その結果、彼は文学に従事した当初から、〝人生のため〟を重視し、また〝芸術のため〟にも関心を寄せる二元論的な文芸観を形成した。……(中略)……厨川白村は文学に従事した当初から二元論的な境地に陥ったことにより、彼の思考する問題は一般人からすればおそらくは永遠に円満な解決の適わないことと思われるだろう。しかし、彼は終世一途に自分の信念を堅持した。(18)

④厨川白村が文芸批評に従事した接点は〝人〟と〝時代〟であり、関心を寄せたのは〝情緒主観〟と〝時代精神〟であり、見たところいささか雑然としているようだが、しかしそこには〝人間性〟と〝生命〟という魂がある。厨川白村が一生関心を寄せて思索した文芸問題もこの核心問題を巡って展開した。厨川白村の文芸思想の〝現代性〟について言えば、統合し難い二元論の特徴も具えている。一方は、彼の現実を先取りする思考を以って、同時代人が関心を寄せる共通主題を超越して、ある種の〝理想的な人間性〟を独自に追求することである。もう一方は、直面する社会現実に不安を懐き、時代と社会の変遷に積極的に注目し、独特の方法を以って活路を探し求めていることである。文芸思想に反映されるのは、一つは世俗を超脱する審美的な現代性であり、もう一つは世俗に絡みまといつく啓蒙的な現代性である。このことが彼が一生苦悶し煩悶した根本的な原因である。彼はこの二つを共に解決する妙案を探し出そうとした。同時代の知識人と違うことは彼が文学を選択したことで、文学によって、自分のために安逸と拠りどころを探し求めた以外にも、世人の〝理想的な人間性〟を追求しようとした。彼が行う社会・文明批評とは〝文芸〟を用いて〝社会現実〟に関心を注ぎ改造しようとするものであり、彼は文芸研究を国民性改造の唯一の根本的な手段であると見做し、過度に文芸の役割を重視し、文芸が彼の生命のすべてであると考えて、文芸を用いてすべてを改造しようとした、このことが厨川白村の限界である。厨川白村の二重の性格と彼が従事した〝専門研究〟は、彼に自己解脱の道を苦しみのうちに探し求めさせた。もし啓蒙的な現代性に対する思考と追求で彼を語れば〝世俗に入る〟ということであり、審美的な現代性からすれば〝世俗を出る〟ということである。(19)

上述した内容を整理すると、厨川白村は中国では、「ニーチェ、ベルグソン、クローチェやフロイトとも肩を並べている」ほどの「世界級の学者」と称されているにも関わらず、「熟知した見知らぬ人」である。その原因は、中国に体系的な「厨川白村研究」がないことと、故国である日本ではほとんど忘れ去られた「学術存在」であり、「幽霊」であり、精々「イギリス文学研究者」か「社会・文芸批評家」という評価に留まっていることにある。そこで、「中・日両国にある厨川白村に対する評価の差異、このこと自体が大いに研究価値を有する課題である」。一方、厨川の生涯に照らしておこなった「厨川白村研究」から得られた結論は、厨川白村は仕事として文学・文芸を選択した当初から、社会では文学を軽視する風潮があり、そこに反抗と反逆が生じたため、彼の文学は「人生のため」と同時に「芸術のため」とする二元論の文芸観を形成したが、彼はこの二つを共に解決する妙案を探し出そうとした。そして、「厨川白村の文芸思想」を「現代性」の観点に照らして考察すると、「統合し難い二元論の特徴も具え」ていて、一方は「世俗を超脱する審美的な現代性」であり、もう一方は「世俗に絡みまといつく啓蒙的な現代性」であり、前者は「世俗を出る」ことで求め、後者は「世俗に入る」ことに求める「現代性」であるとしている。

李強は彼が受けとめた「現代性」とは何かを明確には言及していないが、おそらくは、現存する古い文芸思想状況になんらかの改善・改良・改変を加えて新しい文芸思想の理念を構築する性状を指しているのだろう。それは、氏が「〝現代〟視野中的厨川白村与『近代的恋愛観』」（二〇〇八）の中でも、厨川の有する独特の「現代」（日本語では「近代」）認識を闡明する上で、『近代の恋愛観』は必要不可欠のもとし、「恋愛観の新しい定義」や「〝性欲〟と恋愛関係の〝現代〟による解釈」などで、厨川が伝統的な恋愛・結婚観を超克・漸進し、新しい価値観を築こうとしたことを分析している点からも推測できる。

おわりに

一九八〇年代以降の中国では、魯迅訳『苦悶的象徴』（北京・人民文学出版社、一九八八・七第一版／天津・百花文芸出版社、世界散文名著叢書、二〇〇〇・一第一版／北京・人民文学出版社、天火叢書、二〇〇七・七北京第一版）と『出了象牙之塔』（同前）だけが再版されている。一つは「世界散文名著叢書」という扱いで、厨川文体の好さが評価されたわけである。もう一つは「天火叢書」（プロメテウス叢書）という扱いである。この「天火」はここでは自然災害としての火事ではなく、いわば、人類に火を伝えたプロメテウスのように中国人に火のような役立つ知識を与えるという意味で、そのように評価されて再版されているのである。

魯迅訳版の再版と相俟って、中国の学術界では、一九八〇年代以降、厨川白村著作の受容の意味を再度分析する論文が多く表れている。そこで、本章においては、五四新文化運動以降の二〇年代における西洋近代の厨川白村著作経由での受容の意味と、八〇年代以降の受容の意味を分析し、大陸・中国における厨川白村の再評価に関わる研究の成果と意義について考察を加えた。

一点だけ論を補強すると、李強は、厨川白村の二元論の統一、例えば、「恋愛至上主義」による「霊肉一致の恋愛観」に現れるような二元論の統一は審美的現代性内部での統合であり、啓蒙的現代性との統合はなかなか難しいことを示唆する。このことは、菅野聡美が、厨川の「再び恋愛を説く」について「白村は、ほかのいかなる価値よりも恋愛が至上だと言っているのではなく、〝結婚に就ては恋愛を最大最上の条件とせよ〟という趣旨だと述べている。これは、『近代の恋愛観』冒頭の思想と比べると、かなりの議論の後退である」[20]と指摘し、厨川が「象牙の塔を出て」「今度はずっと卑近に、社会とか道徳とか実際生活から恋愛を観ようとする」と、結局は「御都合主義的改革論[21]」者であるという結論に導かれる。この点、李強の「彼が行う社会・文明批評とは〝文芸〟を用いて〝社会現実〟に関心を注ぎ改造しようとするものであり、彼は文芸研究を国民性改造の唯一の根本的な手段であると見なし、過度に文芸の役割を重視し、文芸が彼の生命のすべてであると考えて、文芸を用いてすべてを改造しようとした、このことが厨川白村の限界である」という指摘は、かなり説得力があった。

最後に、序章に問題提起した、厨川白村の翻訳書が中国語圏で流行し、人気を博したのは、中国語訳により厨川文体・厨川白村の土着化すなわち中国化（帰化）があったからなのだろうか、それとも逆に、中国語訳の日本化・厨川白村化（異化）が行われたからなのであろうか、という点に関しては、大陸・中国でも、台湾でも、翻訳文体においては、中国語訳の日本化・厨川白村化が行われていたといえる。

ただ、一九八〇年代以降、大陸・中国において繰り広げられた厨川の著作の受容の再燃現象の理由には、「帰化」や「異化」の問題ではなく、厨川が提唱した二元論合一・統合の問題が大きな関心事であったと考えられる。大雑把に言えば、政治は共産党が掌握し個人の行動を統制し、経済は自由競争主義の市場経済が個人の生活を支配する、というまさしく二元論の世界である。そこで、このような二元論を統合し正当化することは決して矛盾と見なされなくなった。厨川の文芸論の場合、それは例えば、土田杏村が提案したような、「形而上学的の二元と見ない」「同一物の見方の相違」、すなわち「理想化される資料と理想化する形式」とする「認識論的二元論」の視点を通して一元化して考えるか、あるいは、文芸心理学（唯心論）と文芸社会学（唯物論）の統合という観点から分析するか、幾つかの選択が可能であったと思われる。しかし、政治と経済という国家の根幹の場において二元論が許されるという現実のお墨付を得て、マルクス主義・社会主義的文芸史観、いわば唯物論的な文芸史観が浸透していた八〇年代の中国において、三〇年代以降に唯心論的であるとして批判された視点が再び統合されても、なんら不思議もない。かくて、文芸心理学（唯心論）と文芸社会学（唯物論）の統合を可能にする「厨川白村の文芸思想」の特徴を解明しようする新たな研究方法と、さらに、従来の比較文学型の研究方法ばかりではなく、「厨川白村研究」という厨川自体に焦点を当てる研究方法が加わった。このことが回帰した厨川白村現象の大きな特徴である、と筆者は考える。

（1）　林伯修「到新写実主義之路」（『太陽月刊』七号停刊号、一九二八・七）は、蔵原惟人著「プロレタリア・レアリズムへの道」（『戦旗』一号、一九二八・五）の翻訳である。

「新しい写実主義」に関する論考に次のようなものがある。
蘆田肇「銭杏邨における「新写実主義」――蔵原惟人の「プロレタリア・レアリズム」との関連での一考察」（『東洋文化』五二号、東京大学東洋文化研究所、一九七二・三）
中井政喜「茅盾（沈雁冰）と『西洋文学通論』について」（『平井勝利教授退官記念中国学・日本語学論文集』白帝社、二〇〇四・三）

（2）砂山幸雄は、『思想空間としての現代中国』（汪暉著、村田雄二郎・砂山幸雄・小野寺史郎訳、岩波書店、二〇〇六・八）の「解説」の中で、日本人の伝える「近代」と中国人の伝える「現代」の認識の違いを次のように説明する。
日本語の「近世」・「近代」・「現代」が交錯しつつ折り込まれたような含意を、中国語の「現代 xiandai」は帯びている。「近代」が外国の侵略と内部の停滞を招いた時期として、ネガティブなイメージで語られることが多かった（これ自体、ある種ヨーロッパ中心主義的な「帝国―国家」二元論として、本書でも著者が鋭く批判するところだが）のに対して、「現代」は変革や発展に関わる主体性・能動性を喚起する、というのが私なりの整理である。したがって、著者は現代性 modernity を分析のキーワードとするのであるが、日本では「近代化」「伝統近代」「近代の超克」など、同じ問題系がどちらかというと「現代」ではなく「近代」で示されることが多い。

そこで、本書で使っている言葉も、日本語の「近代」イコール中国語の「現代」とまっすぐに結ばれるものではなく、問題認識の用語として、日本語の「近代」は中国語の「現代」にあたるということである。

（3）李怡著『現代性：批判的批判――中国現代文学研究的核心問題』（猫頭鷹学術文叢、人民文学出版社、二〇〇六・四）

（4）劉紀蕙「心的翻訳――中国／台湾現代性的実体化論述」（台湾）交通大学社会与文化研究所、二〇〇三・一一、所収「心的翻訳――自我拡張与自身陌生性的推離」（『心的変異――現代性的精神形式』台北市麦田出版、二〇〇四・九）

（5）後掲注(12)の⑪、二二一〜二二八頁

（6）永井太郎「新ロマン主義と潜在意識――厨川白村を中心として」（京都大学文学部国語学国文学研究室『国語国文』六九巻三号、中央図書出版社、二〇〇三・三、二二二頁）

（7）薄井歳和「ヴェルレーヌ詩の翻訳――上田敏と厨川白村の翻訳をめぐって」（『千葉大学人文研究』二一号、一九九二・三）

（8）以下の論考が長堀氏の研究成果である。
①長堀祐造「魯迅『革命人』の成立――魯迅に於けるトロツキー文芸理論の受容　その一」（『猫頭鷹』新青年読書会刊、一九八七・九）
②長堀祐造「魯迅におけるトロツキー観の転回試論――魯迅と瞿秋白」（『中国文学研究』早稲田大学中国文学科、一三期、一九八七・一二）
③長堀祐造「魯迅革命文学論に於けるトロツキー文芸理論」（『日本中国学会報』四〇集、一九八八・一〇）
④長堀祐造「一九二八～三二年における魯迅のトロツキイ観と革命文学論」（『慶應義塾大学日吉紀要　言語・文化・コミュニケーション』一五号、一九九五・六）
⑤長堀祐造「「トロツキー派に答える手紙」をめぐる諸問題」（『日本中国学会創立五十年記念論文集』汲古書院、一九九八・一〇、九二一～九三六頁）
⑥長堀祐造「「トロツキー派に答える手紙」をめぐる諸問題（続）」（『一三十年代中国と東西文芸』蘆田孝昭教授退休記念論文集、東方書店、一九九八・一二、九九～一一六頁）

（9）後掲注（12）の①の論考

（10）注（8）の①、三頁

（11）注（10）に同じ、九頁

（12）本文で挙げた以外に、日本で刊行された図書、学術誌に発表された厨川白村関係の論文の中で、表題に「厨川白村」を関する論文には、以下のようなものがある。
①丸山昇「魯迅と厨川白村」（魯迅研究会『魯迅研究』二一、一九五八・一二）
②楠原俊代「魯迅と厨川白村」（京都大学文学部中国文学会『中国文学報』二六冊、一九七六・四）

③中井政喜「厨川白村と一九二四年における魯迅」(『野草』二七、一九八一・三)
④相浦杲「魯迅と厨川白村」(『伊地智善継・辻本春彦両教授退官記念　中国語学・文学論集』東方書店、一九八三・一二／『中国文学論考』未来社、一九九〇・五／『考証・比較・鑑賞――二十世紀中国文学論集』北京大学出版社、一九九六・八)
⑤横松宗「近代的生命観からの出発―厨川白村と魯迅」(『魯迅――民族の教師』東京・河出書房新社、一九八六・三)
⑥藤田昌志「魯迅と厨川白村」(大阪市立大学中国文学会『中国学志』五号(需号)、一九九〇・一二)
⑦牧陽一「早期曹禺論――厨川白村文芸観の受容を中心に」(中国文芸研究会『野草』五〇号、一九九二・八)
⑧林叢「魯迅と白村、漱石」(日本比較文学会『比較文学』三七号、一九九五・三)
⑨張競「大衆文化での「恋愛」受容――厨川白村とエレン・ケイ」(『近代中国と「恋愛」の発見――西洋の衝撃と日中文学交流』東京・岩波書店、一九九五・六)
⑩後藤岩奈「胡風と厨川白村の文芸観について」(『新潟大学言語文化研究』四号、一九九八・一二)
⑪菅野聡美「厨川白村はなぜ売れたか」(『消費される恋愛論――大正知識人と性』東京・青弓社、二〇〇一・八)
⑫楊暁文「豊子愷と厨川白村――『苦悶の象徴』の受容をめぐって」(日本中国学会『日本中国学会報』五七集、二〇〇五・一〇)
⑬李承信「〈恋愛〉ブームの時代――厨川白村の『近代の恋愛観』をめぐって」(筑波大学大学院博士課程日本文化研究学際カリキュラム紀要『日本文化研究』一六号、二〇〇五)
⑭陳朝輝「「象牙の塔」を出る「苦悶」――魯迅と厨川白村に関する再検討」(『東京大学中国語中国文学研究室紀要』一〇号、二〇〇七・一一)

(13) 李強「中国厨川白村研究評述」(『国外文学』総一〇八期、二〇〇七・一一(四期)、六六頁)

(14) この段落の引用はすべて注(13)に同じ、六九頁

(15) 注(13)に同じ、七一～七二頁

（16）李強『厨川白村文藝思想研究』（崑崙出版社、二〇〇八・三、三七～三八頁）
（17）注（16）に同じ、三八～三九頁
（18）注（16）に同じ、二五九～二六〇頁
（19）注（16）に同じ、二六〇～二六一頁
（20）注（12）—⑪に同じ、一四八頁
（21）注（20）に同じ、一三九～一七一頁

※引用に関しては、旧字・旧仮名で書かれていた表記を常用漢字・現代かな遣いに改め、ルビを省略した。

【民国翻訳史のなかの西洋近代文芸論に関する日本人著作】

民国翻訳史における西洋近代文芸論に関する日本知識人の著作を次の四項目に整理、分類し、その具体的な著作を掲げた。第五項は、一項から四項で挙げた翻訳テクストなどを通して、中国の知識人が、自国へと導入した文学・文芸理論の書籍の具体例を示した［関連書以下は出版年代順］。

一　文学・文芸の概論及び批評を中心に論述する著作の翻訳目録
二　文芸思潮及び諸外国の文学・文芸論を展開する著作の翻訳目録
三　その他――西洋的な「近代」の認識を拠りどころに文学・文芸論に波及する著作の翻訳目録
四　プロレタリア文芸論に関する著作の翻訳目録
五　中国知識人による西洋近代文芸論の紹介の著作目録

一　文学・文芸の概論及び批評を中心に論述する著作の翻訳目録

1-1　本間久雄著・王馥泉訳『新文学概論』前・後編、上海書店、一九二五・五初版
1-2　本間久雄著・章錫琛訳『新文学概論』前・後編、（文学研究会叢書）上海・商務印書館、一九二五・八初版
2　黒田鵬信著・豊子愷訳『芸術概論』上海・開明書店、一九二八・五初版
3　上田敏著・豊子愷訳『現代芸術十二講』上海・開明書店、一九二九・五初版

4 金子筑水著・蔣径三訳『芸術論』上海・明日書店、一九二九・六初版
5 小泉八雲著・韓侍桁編訳『西洋文芸論集』（文芸論述之一）上海・北新書局、一九二九・九初版
6-1 宮島新三郎著・黄清媚訳『文芸批評史』上海・現代書局、一九二九・一一初版
6-2 宮島新三郎著・高明訳『文芸批評史』上海・開明書店、一九三〇・二初版
7 本間久雄著・章錫琛訳『文学概論』上海・開明書店、一九三〇・三初版
8 小泉八雲著・楊開渠訳『文学入門』上海・現代書局、一九三〇・一一初版
9 田中湖月著・孫俍工訳『文芸鑑賞論』上海・中華書局、一九三〇・一一初版
10 夏目漱石著・張我軍訳『文学論』上海・神州国光社、一九三一・一一初版
11 小泉八雲著・惟夫訳『文学講義』北平・聯華書局、一九三一初版
12 小泉八雲著・楊開渠訳『文学十講』上海・現代書局、一九三三初版
13 小泉八雲著・侍桁訳『文学的畸人』上海・商務印書館、一九三四・三初版
14 劉大杰編訳『東西文学評論』（現代文学叢刊）上海・中華書局、一九三四・三初版
15 芥川龍之介、武者小路実篤著・高明訳『文芸一般論』上海・光華書局、一九三四・四初版
16 森山啓著・廖苾光訳『文学論』上海・読者書房、一九三六・七初版
17 丸山学著・郭虚中訳『文学研究法』（百科小叢書）上海・商務印書館、一九三六
18 小泉八雲著・石民訳『文芸譚』上海・北新書局、出版年不明

二 文芸思潮及び諸外国の文学・文芸論を展開する著作目録の翻訳目録

1-1 厨川白村著・羅迪先訳『近代文学十講』（上）（学術研究会叢書之二）上海学術研究会叢書部、一九二一・八・一初版
1-2 厨川白村著・羅迪先訳『近代文学十講』（下）（学術研究会叢書之四）上海学術研究会叢書部、一九二二・一〇・一初版
2 山岸光宣著・海鏡訳『近代德国文学主潮』（小説月報叢刊）上海・商務印書館、一九二四・一一初版

3　厨川白村著・樊従予訳『文芸思潮論』（文学研究会叢書）上海・商務印書館、一九二四・一二初版
4　本間久雄著・沈端先訳『欧洲近代文芸思潮概論』上海・開明書店、一九二八・八初版
5　片山孤村他・魯迅訳『壁下訳叢』上海・北新書局、一九二九・四初版
6　昇曙夢著・陳俶達訳『現代俄国文芸思潮』（民衆文庫）上海・華通書局、一九二九・一〇初版
7　宮島新三郎著・張我軍訳『現代日本文学評論』上海・開明書店、一九三〇・七初版
8　相馬御風述・汪馥泉訳『欧州近代文学思潮』（常識叢書）上海・中華書局、一九三〇・一〇初版
9　千葉亀雄等著・張我軍訳『現代世界文学大綱』上海・神州国光社、一九三〇・一二初版
10-1　小泉八雲著・孫席珍訳『英国文学研究』（現代文学講座）上海・現代書局、一九三二・一一初版
10-2　小泉八雲著・孫席珍訳『英国文学研究』（漢譯世界名著）上海・商務印書館、一九三六・三再版
11　吉江喬松著・高明訳『西洋文学概論』上海・現代書局、一九三三・五初版
12　成瀬清（無極）著・胡雪訳『現代世界文学小史』上海・大光書局、一九三四・八初版
13　岡澤秀虎著・韓侍桁訳『郭果爾研究』上海・中華書局、一九三七・一初版、一九三九・一一再版
14　昇曙夢・胡雪訳『高爾基評伝』上海・開明書店、一九三七・六初版
15　板垣鷹穂著・魯迅訳『〝以民族底色彩〟為主的近代美術史潮論』（所収『魯迅全集』第一五巻）上海魯迅全集出版社、一九三八・六初版

三　その他――西洋「近代」の認識を拠りどころに文学・文芸論に波及する著作の翻訳目録

1　生田長江、本間久雄著・周布海訳『社会問題概観』（新文化叢書）上・下冊、上海・中華書局、一九二〇・一二初版
2-1　生田長江、本間久雄著・林本等訳『社会改造之八大思想家』（新智識叢書之一四）上海・商務印書館、一九二一・九初版
2-2　生田長江、本間久雄著・林本等訳『社会改造之八大思想家』（社会科学叢書）上海・商務印書館、一九三三・九国難后一版
3-1　厨川白村著・任白濤輯訳『恋愛論』（学術研究会叢書之六）、上海学術研究会叢書部一九二三・七初版

3-2　厨川白村著・任白濤訂訳『恋愛論』上海・啓智書局、一九二六年版
4　山川菊栄著・祁森煥訳『婦人和社会主義』上海・商務印書館、一九二三・一一初版
5　本間久雄著・姚伯麟訳『婦女問題十講』（学術研究会叢書一〇及一一）上海学術研究会叢書部、一九二四・二初版
6　厨川白村著・魯迅訳『苦悶的象徴』（未名叢刊）北平・新潮社代售、一九二四・一二初版
7　厨川白村著・豊子愷訳『苦悶的象徴』（文学研究会叢書）、上海・商務印書館、一九二五・三初版
8　厨川白村著・魯迅訳『出了象牙之塔』（未名叢刊）北平・未名社、一九二五・一二初版
9　張嫻訳『与謝野晶子論文集』（婦女問題研究会叢書）上海・開明書店、一九二六・六初版
10　本間久雄著・章錫琛訳『婦女問題十講』（婦女問題研究会叢書）上海・開明書店、一九二六・一〇再版
11　山川菊栄著・呂一鳴訳『社会主義的婦女観』（社会経済小叢書）北平・上海・北新書局、一九二七・三再版
12　米田正太郎著、衛恵林訳『恋愛之価値』上海・民智書局、一九二七・八初版
13　松村武雄著、謝六逸訳『文芸与性愛』（文学週報社叢書）上海・開明書店、一九二七・九初版
14　厨川白村著・緑蕉、大杰共訳『走向十字街頭』（表現社叢書）上海・啓智書局、一九二八・八初版
15　厨川白村著・夏丏尊訳『近代的恋愛観』上海・開明書店、一九二八・九初版
16　山川菊栄著・李達訳『婦女問題与婦女運動』上海・遠東図書公司、一九二九・一初版
17　厨川白村著・沈端先訳『北美印象記』上海・金屋書店、一九二九・四初版
18　厨川白村著・緑蕉訳、一碧校『小泉八雲及其他』上海・啓智書局、一九三〇・四初版
19　厨川白村著・夏緑蕉訳『欧美文学評論』上海・大東書局、一九三一・一初版
20　板垣鷹穂著・蕭石君訳『美術的表現与背景』上海・開明書店、一九三一・六初版

四　プロレタリア文芸論に関する著作の翻訳目録

1　昇曙夢著・畫室訳『新俄文学之曙光期』（新俄文芸論述第一編）北平・上海・北新書局一九二七・二初版

2 昇曙夢著・畫室訳『新俄羅斯的無産階級文学』（新俄文芸論述第三編）北平・上海・北新書局一九二七・三初版
3 昇曙夢著・畫室訳『新俄的演劇運動与跳舞』（新俄文芸論述第二編）北平・上海・北新書局一九二七・五初版
4 平林初之輔著・陳望道訳『文学及芸術之技術的革命』（文芸理論小叢書）上海・大江書舗、一九二八・一二初版
5 平林初之輔著・方光寿訳『文学之社会学的研究』（文芸理論小叢書）上海・大江書舗、一九二八・一二初版
6 青野季吉著・陳望道訳『芸術簡論』（文芸理論小叢書）上海・大江書舗、一九二八・一二初版
7 片上伸著・魯迅訳『現代新興文学的諸問題』（文芸理論小叢書）上海・大江書舗、一九二九・四初版、一九三〇・二再版、一九三二・一〇三版
8 （蘇）盧那触爾斯基（A. Lunacharsky）著・魯迅訳『芸術論』（芸術理論叢書）上海・大江書舗、一九二九・六初版
9 藤森成吉著・張資平訳『文芸新論』上海・聯合書店、一九二九・九再版
10 尾瀬敬止著・雷通群訳『蘇俄新芸術概観』上海・新宇宙書店、一九三〇・五初版
11 蔵原惟人著・之本訳『新写実主義論文集』上海・現代書局、一九三〇・五初版
12 青野季吉、蔵原惟人、田口憲一、本荘可宗著・王集叢訳『新興芸術概論』上海・辛墾書店、一九三〇・六初版
13 青野季吉、蔵原惟人、田口憲一、本荘可宗、山田清三郎、小堀甚二、金子洋文、小林多喜二、貴司山治、片岡鉄平、三好十郎、三木清著・馮憲章訳『新興芸術概論』上海・現代書局、一九三〇・七初版
14 樊仲雲編著『新興文芸論』上海・新生命書局、一九三〇・一一初版
（平林初之輔著・樊仲雲訳「文学之社会学的研究」、青野季吉著「芸術新論」、加藤一夫「社会芸術論」、樊仲雲著「唯物史観与文芸」他）
15 岡澤秀虎著・陳雪帆訳『蘇俄文学理論』（芸術理論叢書）上海・大江書舗、一九三〇・一二初版
16 甘粕石介著・譚吉華訳『芸術学新論』上海・辛墾書店、一九三五初版
17 高瀬太郎、甘粕石介著・辛苑訳『芸術史的問題』（文芸理論叢書）東京・質文社、一九三七・四初版
18-1 （蘇）G・V・蒲力汗諾夫（Plekhanov）著・魯迅訳『芸術論』（科学的芸術論叢書之一）上海・光華書局、一九三〇・七初版

18-2 (蘇)G・V・蒲力汗諾夫著・雪峰訳『芸術与社会生活』(科学的芸術論叢書之二)上海・水沫書店、一九〇九・八初版
18-3 (蘇)波格達諾夫(Bogdanov)著・蘇汶訳『新芸術論』(科学的芸術論叢書之三)上海・水沫書店、一九二九・五初版
18-4 (蘇)盧那察爾斯基・雪峰訳『芸術之社会的基礎』(科学的芸術論叢書之四)上海・水沫書店、一九二九・五初版
18-5 (蘇)蒲力汗諾夫著・雪峰訳『芸術与文学』(科学的芸術論叢書之五)上海・光華書局
18-6 盧那察爾斯基・魯迅訳『文芸与批評』(科学的芸術論叢書之六)上海・水沫書店、一九二九・一〇初版
18-7 馬克思等著・成文英訳『文芸論集』(科学的芸術論叢書之七)上海・光華書局
18-8 (徳)F・梅林格著・雪峰訳『文学評論』(科学的芸術論叢書之八)上海・水沫書店、一九二九・九初版
18-9 雅各武莱夫著・憲法章、侍桁合訳『蒲力汗諾夫論』(科学的芸術論叢書之九)上海・光華書局
18-10 列什涅夫著・沈端先訳『文芸批評論』(科学的芸術論叢書之十)上海・光華書局
18-11 烏略諾夫等著・馮乃超訳『芸術与革命』(科学的芸術論叢書之十一)上海・光華書局
18-12 (蘇)伏洛夫斯基著・画室訳『社会的作家論』(科学的芸術論叢書之十二)上海・光華書局、一九三〇・三再版
18-13 蒲力汗諾夫著・雪峰、鏡我合訳『文学論』(科学的芸術論叢書之十三)上海・光華書局
18-14 蔵原外村輯・魯迅訳『文芸政策』(科学的芸術論叢書之十四)上海・水沫書店、一九三〇・六初版
18-15 梅林格著・江思訳『文学史論』(科学的芸術論叢書之十五)上海・水沫書店
18-16 苐理契(Friche)著・洛生訳『芸術社会学』(科学的芸術論叢書之十六)上海・水沫書店
18-17 M・伊可維支(Mare Ichowicz)著・戴望舒訳『唯物史観的文学論』(科学的芸術論叢書)上海・水沫書店、一九三〇・八初版
19-1 柯根原著(コーガン Kogan, Pyetr Semenvich 著・昇曙夢訳『プロレタリア文学論』——筆者)・沈端先訳『新興文学論』上海・南強書局、一九二九・一一初版、一九三〇・七再版
19-2 倍・柯根原著・夏衍訳『新興文学論』上海・雑誌公司、一九三九・四(一九二九年の縮刷版)

五　中国知識人による西洋近代文芸論の紹介の著作目録

1　謝六逸『西洋小説発達史』（文学研究会叢書）上海・商務印書館、一九二三・五初版、

2　愈之等訳述『写実主義与浪漫主義』（東方文庫六一種）上海・商務印書館、一九二三・一二初版、一九二四・一〇再版、一九二五・七、三版

3　謝六逸訳述『近代文学与社会改造』（東方文庫六二種）上海・商務印書館、一九二三・一二初版、一九二四・一〇再版、一九二五・七、三版

4　馬宗霍『文学概説』（文学叢書）上海・商務印書館、一九二五・一〇初版

5　張資平『文芸史概要』武昌・時中合作書社、一九二五・一二初版

6　沈天葆『文学概論』上海・梁渓図書館、一九二六・八初版

7-1　郁達夫『文学概説』（百科小叢書第一三七種）上海・商務印書館、一九二七・八初版

7-1　郁達夫『文学概説』上海・商務印書館（万有文庫第一集七五三）、一九三〇・四初版

8　滕固『唯美派的文学』（獅吼社叢書）上海・光華書局、一九二七・七初版

9　田漢『文学概論』（常識叢書第三一種）上海・中華書局、一九二七・一一初版

10　劉大杰『托爾斯泰』（百科小叢書）上海・商務印書館、一九二八・三初版

11　劉大杰『易卜生』（百科小叢書）上海・商務印書館、一九二八・四初版

12　劉大杰『徳国文学概論』上海・北新書局、一九二八・六初版

13　夏丏尊『文芸論ＡＢＣ』（ＡＢＣ叢書）上海世界書局、一九二八・九初版

14　劉大杰『表現主義文学』上海・北新書局、一九二八・一〇初版

15　郭抹若『文芸論集』上海・光華書局、一九二九・七初版

16　王耘荘『文学概論』杭州非社出版部、一九二九・九初版

17　許傑著『新興文芸短論』上海・明日書店、一九二九・一二初版

18 王森然『文学新論』上海・光華書局、一九三〇・五初版
19 周毓英『新興文芸論集』上海・勝利書店、一九三〇・六初版
20 顧鳳城『新興文学概論』上海・光華書局、一九三〇・八初版
21 方璧（茅盾）『西洋文学通論』上海・世界書局、一九三〇・八初版
22 銭杏邨『文芸与社会傾向』上海・泰東書局、一九三〇・一〇初版
23 樊仲雲『新興文芸論』上海・新生命書局、一九三〇・一一初版
24 張崇玖『文学通論』上海・楽華図書公司、一九三〇・一一初版
25 銭歌川『文芸概論』上海・中華書局、一九三〇・一二初版
26 張伯符『欧州近代文芸思潮』（万有文庫七五七）上海・商務印書館、一九三一・四初版
27 呂天石『欧州近代文芸思潮』（万有文庫七六一）上海・商務印書館、一九三一・四初版
28 曹百川『文学概論』上海・商務印書館、一九三一・五初版
29 趙景深『文学概論』上海・世界書局、一九三二再版
30 趙景深『文学概論講話』上海・北新書局、一九三三・三初版
31 胡行之『文学概論』上海・楽華図書公司、一九三四・三初版
32 譚正璧『文学概論講話』上海・光明書局、一九三四・九初版
33 薛祥綏『文学概論』上海・啓智書局、一九三四・一二初版
34 夏丏尊等『文芸講座』上海・世界書局、一九三五・三再版
35 許欽文『文学概論』上海・北新書局、一九三六・四初版
36 徐懋庸『文芸思潮小史』（青年自学叢書）上海・生活書店、一九三九・一〇初版
37 郭抹若『文芸新論』成都・莽原出版社、一九四三・一初版

【民国時期の文芸理論書に見る日本人著作からの影響】

前第五項で示した「中国知識人による西洋近代文芸論の紹介の著作目録」の中から、①王耘荘『文学概論』（杭州非社出版部、一九二九・九初版）、②顧鳳城『新興文学概論』（上海・光華書局、一九三〇・八初版）、③張伯符『欧州近代文芸思潮』（上海・商務印書館、一九三一・四初版）、④趙景深『文学概論講話』（上海・北新書局、一九三二・三初版）、⑤許欽文『文学概論』（上海・北新書局、一九三六・四初版）を例に挙げて、中国（Mainland China）の民国期に形成された文芸理論が、中国語に翻訳された日本知識人の構成した文芸理論の著作から、どのような影響を受けているのかについて基礎的な考察を加えておく。

上記①〜⑤の図書は出版年代順に挙げたが、前記の項目の順序に合わせて、（一）文学・文芸の概論に関する著作、（二）文芸思潮に関する著作、（三）プロレタリア文芸論に関する著作、の順に基本的な考察を加える。

（一）文学・文芸の概論に関する著作

①王耘荘『文学概論』

王耘荘『文学概論』（杭州非社出版部、一九二九・九初版）	本間久雄『新文学概論』（東京・新潮社、一九一七・一一初版）
自序	序
〈目録〉	〈目次〉
巻上	前編　文学通論
第一章　文学的定義	第一章　文学の定義
第二章　文学的要素	第二章　文学の特質
第三章　文学的産生	第三章　文学の起源
第四章　文学的特質	第四章　文学の要素
第五章　文学的鑑賞	第五章　文学と言語
第六章　文学的真実	第六章　文学と形式

第七章　文学的分類 第八章　文学的方法上 第九章　文学的方法下 第十章　文学与夢、酒、情人 巻下 第一章　文学与道徳 第二章　文学与革命 第三章　研究文学之方法 第四章　創作家之修養	第七章　文学と個人性 第八章　文学と国民性 第九章　文学と時代 第十章　文学と道徳 後編　文学批評論 第一章　文学批評の意義・種類・目的 第二章　客観的批評と主観的批評 第三章　科学的批評 第四章　倫理的批評 第五章　鑑賞批評と快楽的批評(附、結論)

王耘荘『文学概論』に関しては、本書、第六章「ある中学教師の『文学概論』——本間久雄『新文学概論』と厨川白村『苦悶の象徴』『象牙の塔を出て』の普及」において詳しく論証しているので、以下、簡単に要点のみ纏める。

王耘荘『文学概論』は、中国にあっては意味の曖昧であった「文学」の定義を西洋近代の文芸論を骨格に中国へ移植させる。その時、理論の構成の順序は本間久雄『新文学概論』の形式に依拠した体裁を採用するが、実質的な理論に関わるところは「文学は苦悶の象徴であり」、「生命の絶対自由の表現」であるとする厨川白村『苦悶の象徴』『象牙の塔を出て』の内容に依拠していた。すなわち、形式本間、実質厨川という内容で構成されていた。

この王耘荘『文学概論』が、民国期の知識人が編む「文学概論」のテキストの一つの典型といえる。すなわち、文学理論の解説の形式を本間に依拠し、文学が文学であるための原理を厨川理論に依拠し、要所要所に厨川言説をちりばめるという方式である。この方式は、本間の『新文学概論』の影響が色濃く出ているものと、厨川の『苦悶の象徴』の影響が強いものとに分かれる。以下、その傾向を概観する。

④趙景深『文学概論講話』

趙景深『文学概論』（上海・世界書局、一九三二年再版） 序言 〈目次〉 第一章　諸論 第二章　文学的定義 第三章　文学的特質 第四章　文学与想像 第五章　文学与情感 第六章　文学与思想 第七章　文学与個性 第八章　文学与語言 第九章　文学的分類 第十章　文学与鑑賞 第十一章　文学的起源 第十二章　文学与時代 第十三章　文学与国民性 第十四章　文学与道徳	本間久雄著・汪馥泉訳『新文学概論』（上海書店、一九二五・五初版） 原序 〈目次〉
趙景深『文学概論講話』（上海・北新書局、一九三三・三初版） 例言 〈目次〉 第一章　文学的定義 第二章　文学的特質 第三章　文学的要素 第四章　文学与個性 第五章　文学与語言 第六章　文学的形式 第七章　文学的起源 第八章　文学与道徳 第九章　文学与国民性 第十章　文学与道徳 第十一章　文学批評訳論 第十二章　裁判批評 第十三章　倫理批評 第十四章　科学批評 第十五章　鑑賞批評 第十六章　社会批評	本間久雄著・章錫琛訳『新文学概論』（文学研究会叢書、上海・商務印書館、一九二五・八初版） 訳者序 原序

前編　文学通論
第一章　文学底定義
第二章　文学底特質
第三章　文学底起源
第四章　文学底要素
第五章　文学与形式
第六章　文学与言語
第七章　文学与個性
第八章　文学与国民性
第九章　文学与時代
第十章　文学与道徳
後編　文学批評論
第一章　文学批評底意義、種類与目的
第二章　客観的批評与主観的批評
第三章　科学的批評
第四章　倫理的批評
鑑賞批評与快楽批評(附、結論)

〈目次〉
前編　文学通論
第一章　文学的定義
第二章　文学的特質
第三章　文学的起源
第四章　文学的要素
第五章　文学与形式
第六章　文学与言語
第七章　文学与個性
第八章　文学与国民性
第九章　文学与時代
第十章　文学与道徳
後編　文学批評論
第一章　文学批評的意義・種類・目的
第二章　客観底批評与主観底批評
第三章　科学底批評
第四章　倫理底批評
第五章　鑑賞批評与快楽批評(附、結論)
索引

趙景深は、『文学概論講話』「例言」の中で、本書は「完全に日本本間久雄の『文学概論』(章錫琛訳本、開明版がある)に依拠している」と明言している。逆に言えば、一九三三年三月出版の趙景深『文学概論講話』を最初に例示したのは、以下に年代順に示す民国文壇の知識人の「文学概論」のテキストにおいて、趙景深以外のテキストでは自らの著作が本間久雄『新文学概論』に依拠したことを明言しないのである。

一九二五年に、本間久雄著・汪馥泉訳『新文学概論』(上海書店、一九二五・五初版)と本間久雄著・章錫琛訳『新文学概論』

（文学研究会叢書、上海・商務印書館、一九二五・八初版）が相次いで中国語で翻訳刊行されて以来、民国文壇の知識人が執筆する「文学概論」のテキストは、本間の「新文学概論」の章立ての構成と項目、またその内容までも踏襲する傾向が見られる。趙景深『文学概論講話』は本間の章立てから以下を採取する。「文学通論」からは「文学の定義」「文学の特質」「文学の起源」「文学の要素」「文学と言語」「文学の形式」「文学と個人性」「文学と国民性」「文学と時代」「文学と道徳」を採取し、「文学批評論」からは「文学批評の意義・種類・目的」「客観的批評と主観的批評」「科学的批評」「倫理的批評」「鑑賞批評と快楽批評」を採取している。これに対し、例えば、一九二五年一〇月出版の馬宗霍『文学概説』（上海・商務印書館、一九二五・一〇初版）は、全二四章の構成に対し、「文学の起源」「文学の特質」「文学と言語」「文学と時代」の四項目が採取され、一九二六年八月出版の沈天葆『文学概論』（上海・梁渓図書館、一九二六・八初版）は、全二一章の構成に対し、「文学の定義」「文学の起源」「文学の要素」の三項目が採取されている。

ところで、一九二七年七月一六日、魯迅は広州知用中学で許広平を広東語の通訳として「読書雑談」（現在『而已集』に収録）と題する講演を行っている。その中で魯迅は、文学をするのにはどんな本を読むべきかという問いに対して次のように答えている。

もし新しいところで、文学を研究するなら、自分でまず各種の小冊子を読んでみる。例えば本間久雄の『新文学概論』や、厨川白村の『苦悶の象徴』や、ヴォロンスキーらの『ソヴィエト・ロシアの文芸論戦』などである。その後自分でもう一度考えてみて、読む範囲を広げていく。なぜなら文学の理論は、二と二が必ず四となる算数とは違い、議論が大きく分かれるからである。

魯迅訳『苦悶的象徴』が実質的に発行されたのは一九二五年三月で、汪馥泉訳と章錫琛訳の『新文学概論』が発行されたのも同年五月と八月である。魯迅が文芸理論書として『苦悶的象徴』『新文学概論』を推薦したのは発行からおよそ二年後のことである。またこの一九二七年には、田漢『文学概論』（上海・中華書局、一九二七・一一初版）が出版されるが、以下のように、田漢はすべての章構成を本間久雄に依拠している。

○田漢『文学概論』

田漢『文学概論』（常識叢書第三一種、上海・中華書局、一九二七・一一初版）（目次）	
上編　文学的本質 第一章　緒言 第二章　文学的定義 第三章　文学的特性 第四章　文学的要素 第五章　文学与個性 第六章　文学与形式	下編　社会的現象之文学 第一章　文学的起源 第二章　文学与時代 第三章　文学与国民性 第四章　文学与道徳

一九二九年には、民国文壇の知識人の間で、厨川の『苦悶の象徴』と本間久雄著『新文学概論』の存在はかなり浸透してきていると推定される。そしてその具体的な顕れが王耘荘『文学概論』（杭州非社出版部、一九二九・九初版）であると考えられる。

さらに、一九三〇年代に入っても、相変わらず趙景深以外の著者は本間の『新文学概論』に依拠して自らのテキストを執筆したことは明言しないが、以下に示す三種の「文学概論」のテキストが同書に依拠した執筆であることは明白である。

○曹百川『文学概論』

曹百川『文学概論』（上海・商務印書館、一九三一・五初版）（目次）	
第一編　文学之定義 第二編　文学之特性 第三編　文学之起源 第四編　文学之要素 第五編　文学之形式	第六編　文学与人生 第七編　文学与時代 第八編　文学与国民性 第九編　文学与道徳 第十編　文学批評

○胡行之『文学概論』

胡行之『文学概論』（上海・楽華図書公司、一九三四・三初版）（目次）

第一篇　緒論
第一章　緒言
第二章　文学的定義
第三章　文学的特性
第四章　文学的要素
第五章　文学与功價

第二篇　合論
第一章　文学与語言
第二章　文学与文字
第三章　文学与理智
第四章　文学与主義
第五章　文学与道徳
第六章　文学与時代
第七章　文学与環境
第八章　文学与個性

第三篇　分論
第一章　論文
第二章　論詩
第三章　論小説
第四章　論戯劇
第五章　論詞与詩
第六章　論民間文学

第四篇　余論
第一章　旧文学与新文学
第二章　文学上底各種主義
第三章　研究文学底方法

○薛祥綏『文学概論』

薛祥綏『文学概論』（上海・啓智書局、一九三四・一二初版）（目録）

第　一　章　文学之定義
第　二　章　文学之類別
第　三　章　文学之要素
第　四　章　文学之特性
第　五　章　文学之功効
第　六　章　文学与語言
第　七　章　文学与文字
第　八　章　文学与個性
第　九　章　文学与国民性
第　十　章　文学与時代
第十一章　文学与地理
第十二章　文学与道徳
第十三章　文学与学術
第十四章　文学与環境
第十五章　文学与争論（上）
第十六章　文学与争論（下）

以上が、本間の『新文学概論』を彼ら民国文壇の知識人自身の「文学概論」の骨格として文芸論を組み立てている例である。

ただ、田漢『文学概論』が典型的な現れ方をしているのだが、この図書を一見した時、筆者は本間『新文学概論』の翻訳かと思った。しかし、よく読むと、孔子や屈原や厨川白村や周作人などの言説を織り交ぜながら、田漢独自の文芸論を展開しているが、それでも論の骨格はどう読んでも本間の構成であることには変わりはない。このような盗作かと見紛うような引用の傾向は曹百川『文学概論』、胡行之『文学概論』、薛祥綏『文学概論』にも共通している。田漢と薛祥綏はまだ「編」としているが、曹百川と胡行之は「著」としている。これに対して、学術書を書く姿勢として誠実なのは趙景深『文学概論講話』である。趙景深は「完全に日本の本間久雄の『文学概論』に依拠している」と明記した上、編末に「参考書目」を記載し、各章ごとに他にどのような文献に依拠して、自説を組み立てているか明言している。趙景深が挙げる本間『文学概論』以外の日本人の著作は以下の通りである。

・夏目漱石著・張学軍訳『文学論』神州国光社
・千葉亀雄著・張我軍訳『現代世界文学大綱』神州国光社
・厨川白村著・魯迅訳『苦悶的象徴』北新書局
・厨川白村著・夏緑蕉訳『欧美文学評論』大東書局
・平林初之輔著・方光寿訳『文学之社会学的研究』大江書舗
・宮島新三郎著・黄清娟訳『文芸批評史』現代書局
・本間久雄著・沈端先訳『欧洲近代文芸思潮概論』開明書店
・厨川白村著・羅迪先訳『近代文学十講』啓智書局
・柯根著・沈端先訳『新興文学論』海南強書局
・岡澤秀虎著・陳雪帆訳『蘇俄文学理論』大江書舗

⑤許欽文『文学概論』

許欽文『文学概論』（上海・北新書局、一九三六・四初版）（目録）

引言
総論
一　文学的地位
二　文学的内包
三　文学的成分
四　文学的意義
五　文学的新旧
六　発生文学的原因
七　創造文学的情形
八　化粧出現
九　便化
一〇　具象化
一一　暗示
一二　共鳴作用
一三　普遍性
一四　真実性
一五　浄化作用
一六　文学的派別

分論
一七　小説的意義和地位
一八　断篇的描写
一九　小説的体裁
二〇　小説的結構
二一　詩歌和散文詩
二二　劇本
二三　童話
二四　随筆

余論
二五　幽黙与諷刺
二六　観察
二七　描写形容和譬喩
二八　文学作品的鑑賞
二九　文学同生活
三〇　作品一班

王耘荘の『文学概論』が、章構成とその項目名及び理論展開に関わる形式を本間久雄『新文学概論』に依拠し、「文学は苦悶の象徴であり」、「生命の絶対自由の表現」であるとするような文芸理論の実質的な内容を厨川白村『苦悶の象徴』『象牙の塔を出て』に依拠していたことを先述した。『新文学概論』からの影響は文学論を構成する形式面に関わる部分であるために、たとえ本間久雄から影響であることを明言せずとも識別しやすい。まして、各章で解説されている内容が本間久雄の言説と一致していればなおさらのことである。ところが、厨川白村の文芸論からの影響はある章の中の一部である場合が多い。例えば、郁達夫『文学概説』（上海・商務印書館、一九二七・八初版）や田漢『文学概論』（上海・中華書局、一九二七・一一初版）や趙景深『文学概論講話』（上海・北新書局、一九三三・三初版）をはじめとする「文学概論」にその典型が見出せる。しかし同時に、魯迅訳『苦悶的象徴』『出了象牙之塔』出版以降、民国文壇の知識人が執筆する「文学概論」のテキストに厨川白村著述の影響を見出せるものを挙げていたら枚挙に遑がない。さらに、王耘荘『文学概論』などは各章各節の内容が実質的には魯迅訳『苦悶的象徴』『出了象牙之塔』の言説を中心に論説されるが、各章各節のタイトルの題目と言説の構成は本間であること、いわゆる形式本間、実質厨川であることに再三言及している。ところが、先に「目録」を示した許欽文『文学概論』（上海・北新書局、一九三六・四初版）は各章各節の題目までも、厨川白村『苦悶的象徴』で述べられる内容をタイトル名と使用している。例えば、「発生文学的原因」「創造文学的情形」「化粧出現」「便化」「具象化」「暗示」「共鳴作用」「普遍性」「真実性」「浄化作用」「断篇的描写」「幽黙与諷刺」「観察」「描写形容和譬喩」「文学作品的鑑賞」などであり、すべて『苦悶的象徴』で説明される内容を項目として立てて整理したものである。

(二)文芸思潮に関する著作

文芸思潮に関する著作に関しては、厨川白村著『近代文学十講』『文芸思潮史』の編纂手法を軸に本間久雄・昇曙夢などの日本人著作をアレンジとする「文芸思潮」論が基本である。

管見の限りではあるのだが、民国文壇の知識人が近代文芸思潮について論じた著作として、以下の四種類がその当時の文壇での近代文芸思潮の受容の特徴をよく表した理論構成になっている。

- ・方璧（茅盾）『西洋文学通論』（上海・世界書局、一九三〇・八初版）
- ・張伯符『欧州近代文芸思潮』（万有文庫七五七、上海・商務印書館、一九三一・四初版）
- ・呂天石『欧州近代文芸思潮』（万有文庫七六一、上海・商務印書館、一九三一・四初版）

・徐懋庸『文芸思潮小史』(青年自学叢書、上海・生活書店、一九三九・一〇初版)

以下、日本知識人の文芸思潮に関わる著作が上記著作にどのように影響しているかについて概観しておく。そこで先に、中国語に翻訳された図書の目次を示しておく。

○厨川白村著・羅迪先訳『近代文学十講』

厨川白村著・羅迪先訳『近代文学十講』(上／下、上海学術研究会叢書部、一九二一・八・一／一九二二・一〇・一初版)(目次)

○厨川白村著・樊従予訳『文芸思潮論』

厨川白村著・樊従予訳『文芸思潮論』（文学研究会叢書、上海・商務印書館、一九二四・一二初版）（目次）

○本間久雄著・沈端先訳『欧洲近代文芸思潮概論』

本間久雄著・沈端先訳『欧洲近代文芸思潮概論』（上海・開明書店、一九二八・八初版）（目次）

（二）宗教改革及啓蒙期思潮
第二章　古典主義
第三章　浪漫主義
第四章　浪漫主義的作家
（一）歌徳与席勒
（二）華茲華斯与辜勒律己
（三）拜輪雪萊濟慈
（四）雨果及其他
第五章　拉菲爾前派運動
第六章　写實主義与自然主義
第七章　写實主義及自然主義的作家
（一）福勞貝爾与莫泊桑
（二）愛彌爾左拉
（一）屠格涅夫
（二）杜思退益夫斯基
（三）托爾斯泰
第十章　世紀末的文学思潮
第十一章　頽廢派及象徴派
（一）頽廢派
（二）象徴派
第十二章　英国的唯美派
（一）英国唯美派的経路
（二）王爾徳
（三）英国的頽廢派

○昇曙夢著・陳俶達訳『現代俄国文芸思潮』

昇曙夢著・陳俶達訳『現代俄国文芸思潮』（民衆文庫、上海・華通書局、一九二九・一〇初版）（目録）

第一講　国民文学的構成和写實主義的確立
第二講　一八四〇年代思潮
第三講　一八六〇年代思潮
第四講　民情主義思潮
第五講　田園文明的挽歌
第六講　馬克斯主義的思潮
第七講　近代主義的思潮
第八講　都會文藝的思潮
第九講　革命文壇的各流派
第十講　無産階級的文学
第十一講　共産黨的文藝政策

『近代文芸十二講』の「第一講　近代思想の諸相」は厨川『近代文学十講』の焼き直しかと思うほど酷似している。この『近代文芸十二講』に関しては、一九二四年四月『小説月報』に掲載の謝六逸訳「法蘭西近代文学」（『小説月報』第一五号号外「法国文学研究」上海・商務印書館、一九二四・四、所収は生田長江・昇曙夢・野上臼川・森田草平著『近代文芸十二講』「第六講　仏蘭西近代文学」東京・新潮社、一九二一・八初版）の存在が散見できるが、この著作全体を訳出したものは確認できない。

ちなみに、『近代文芸十二講』の目次を示すと次の通りである。

○生田長江、昇曙夢、野上臼川、森田草平『近代文芸十二講』

生田長江、昇曙夢、野上臼川、森田草平『近代文芸十二講』（東京・新潮社、一九二一・八初版）（目次）

第一講	近代思想の諸相	第七講	南欧近代文学
第二講	自然主義的精神の解剖	第八講	独逸近代文学
第三講	輓近思想界の趨勢	第九講	スカンヂナヴィヤ近代文学
第四講	文芸に於ける擬古主義、浪漫主義、自然主義	第十講	露西亜近代文学
第五講	新浪漫主義文芸の勃興	第十一講	英米近代文学
第六講	仏蘭西近代文学	第十二講	世界文壇の現勢

他に、千葉亀雄等著・張我軍訳『現代世界文学大綱』（上海・神州国光社、一九三〇・一二初版、千葉亀雄著「現代世界文学概観」所収『世界文学講座』一二・一三巻、一九三〇・五・二八／九・二三等）がある。また、張我軍が一九二五年三月一日発行の『台湾民報』三巻七号に掲載された「研究新文学應讀什麼書」の中で、日本人が著したものでは、「文学史」として『近代文芸十二講』（生田長江等、東京・改造社）、『文芸思潮史』（厨川氏、東京・大日本図書株式会社）、『近代文学十講』（同上）、「文学原理」として『文学概論』（横山氏、泰文社、東京・久野書店）、『苦悶的象徴』（厨川氏、東京・改造社）、「芸術論」として『現代芸術講話』（川路柳虹著、東京・詩壇社）、「芸術史」として『近代芸術十六講』（一氏義良、東京・弘文社）を挙げていることを追記しておく。

○方壁（茅盾）『西洋文学通論』

方壁（茅盾）『西洋文学通論』（上海・世界書局、一九三〇・八初版）（目次）

茅盾は自著の『西洋文学通論』がどのような書籍を典拠としているかは触れない。西洋文学の進展と現在に至る状況を社会階級の意識の反映として文学を位置づけるものであり、来たるべき文学がどのようなものであるかを文芸思潮の観点から予測しようとしたものである。そして、今後の文学のキーワードとして「新しい写実主義」を提起する。この茅盾『西洋文学通論』については、中井政喜「『西洋文学通論』について」（所収『一九二〇年代中国文芸批評論』汲古書院、二〇〇五・一〇、初出「茅盾（沈雁冰）と『西洋文学通論』について」『平井勝利教授退官記念中国学・日本語学論文集』白帝社、二〇〇四・三）における考察が詳しい。中井氏は第七章以降に考察を加え、茅盾は『西洋文学通論』を書くことにより、一九二〇年代創造社との論争の中で出現した課題を、マルクス主義文芸理論の立場からさらに深い解明を進め、また、西洋文学の中の「新しい写実主義」の意義を明らかにする作業がなされ、かつて止揚された「新しい写実主義」を一九二九年当時の中国の現実の社会の中で実現することは可能かどうか、もし可能にするとすれば、それはどのような創作方法としての「新しい写実主義」なのかを、マルクス主義文芸理論の立場から西洋文学史の検討を通して、その理論としての確認がなされたことを論証している。

○呂天石『欧州近代文芸思潮』

呂天石『欧州近代文芸思潮』（万有文庫七六一、上海・商務印書館、一九三一・四初版）（目録）	
第一章　近代思潮与文学	第四章　自然主義運動
第二章　浪漫運動	第五章　各国自然主義運動史
第三章　各国浪漫主義運動史	第六章　新浪漫主義

呂天石の『欧州近代文芸思潮』には、序言も参考文献などの提示もなく、本論があるのみである。そこで、彼がどのような読書経歴からこの図書を編み直したかは不明である。ただ、第一章の冒頭、「文学は時代の反映であり、どのような時代であろうとも必ず文化の中心となる思想があり、様々な活動の根拠となっている。文学の変遷とは多くが思想の変化につれて起こるものなので、一時代の文学と一時代の思想とには、密接な関係がある」という文章で説き起こす点や、茅盾『西洋文学通論』よりも後に発行されているにもかかわらず「新浪漫主義」までのみを概説の範囲としているなどから、厨川白村『近代文学十講』が論設定の拠りどころになっていると推定される。ただ、「文芸思潮」において、「運動」や「運動史」を中心とする論構成は日本人の思潮史概説には見当たらない。このあたりは次の徐懋庸『文芸思潮小史』のように、西洋人の著作からの引用であるのかもしれない。

○徐懋庸『文芸思潮小史』

徐懋庸『文芸思潮小史』（青年自学叢書、上海・生活書店、一九三九・一〇初版）（目次）	
第一章　決定文藝思潮的力量	第六章　從浪漫主義到現實主義
第二章　上古和中世紀的文藝思潮	第七章　所謂「世紀末」的文藝思潮
第三章　文藝復興	第八章　二十世紀的種種傾向
第四章　古典主義	第九章　新現實主義
第五章　從古典主義到浪漫主義	第十章　中国文藝思潮的演變

徐懋庸（一九一〇・一二・一〇もしくは一九一一・一・一五—一九七七・二・七）は、一九三三年に上海・華通書局からロマン・ロラン『トルストイ伝』（托爾斯泰傳）を翻訳出版するが、この事が縁で魯迅の知遇を得た当時を回顧し、「言うのも大変奇妙な話なのだが、その当時、魯迅の書籍が私に与えた影響はかなり大きく、それは、彼が翻訳した日本の作家厨川白村の二冊：『苦悶の象徴』と『象牙の塔を出て』といったしろものである」（『徐懋庸回憶録』新文学史料叢書、北京・人民文学出版社、一九八二・七）とやや卑下した口調で厨川からの影響を語っていることが示す通りに、次の彼の編著『文芸思潮小史』のように、時代は「唯物史観」的文芸論を重視する傾向へと移っている。

徐懋庸『文芸思潮小史』は、数箇所と構成において、厨川の『近代文学十講』『文芸思潮史』の影響を留めているものの、徐が「前記」において、「この小冊子は決して著作と言えるものではなく、幾種類かの文学史や文芸思潮史の内容を要約したものに過ぎない。とりわけ、フリーチェ（弗理契）『欧洲文学発達史』、コーガン（柯根）『世界文学史綱』などの数種を主な論拠にしている。また、この二種は中国でわずかに存する比較的詳細な唯物史観の世界文学史でもあり、青年諸君に一読をお奨めする」と書いている通りである。ここで徐懋庸が挙げたフリーチェとコーガンの著作については、次のような日本語による翻訳書が存在する。

・フリーチェ（ウラジーミル・マクシモヴィチ　Friche, Vlaimir Maksimovich, 1870.10.15-1929.9.4）著・外村史郎訳『欧洲文学発達史』

①マルクス主義芸術史叢書、東京・鉄塔書院、一九三〇・一二初版

②マルクス主義芸術史叢書、東京・鉄塔書院、一九三二・一〇普及版

③改造文庫第一部第七二篇、東京・改造社、一九三七・三初版

・コーガン（ピョートル・セミョーノヴィチ　Kogan, Pyetr Semenvich, 1872.6.1-1932.5.2）著・昇曙夢訳『プロレタリア文学論』

①マルクス主義文学叢書第一輯、東京・白揚社、一九二八・四初版

②改造文庫第一部第八七篇、東京・改造社、一九三三初版

・柯根原著・沈端先訳『新興文学論』上海・南強書局、一九二九・一一初版、一九三〇・七再版

コーガンの主要図書には『西欧文学史概説』（全三巻、一九〇三―一〇）と『近代ロシア文学史概説』（全三巻、一九〇八―一二）があるが、おそらく、『世界文学史綱』は前者に収められ、『プロレタリア文学論』は後者に収められていると思われる。また、上海図書館ではフリーチェ『欧洲文学発達史』の所蔵は確認できなかった。

③張伯符『欧州近代文芸思潮』

張伯符『欧洲近代文芸思潮』（万有文庫七五七、上海・商務印書館、一九三一・四初版）（目録）

第一章　欧洲近代思潮的源流
一　近代文芸思潮的特色
二　近代文芸思潮的泉源
三　希臘思潮和希伯來思潮
四　文藝復興的根本意義
第二章　浪漫主義的消長
一　對古典主義的反動
二　浪漫主義与其時代
三　浪漫主義的意義
四　浪漫主義文藝之諸相
第三章　写實主義和自然主義的運動
一　写實主義的勃興
二　写實主義的歴史
三　写實主義的意義
四　写實主義的主張
五　積極的写實主義之主張
第四章　新浪漫主義的面面観
一　世紀末的思想
二　托思加
三　徳加坦的傾向
四　唯美主義
五　新浪漫主義的效果
第五章　改造期的文藝思潮
一　社会意識的發見
二　文藝上的人道主義
三　欧洲大戦与法国文学
四　徳国的表現主義
五　英国文学的社会的傾向
六　新理想主義的思潮
七　結論

張伯符の『欧州近代文芸思潮』にも、序言や参考文献などもない。ただ、確実なのは、張伯符において厨川の『近代文学十講』と『文芸思潮論』での理解が根底に息づいていることである。それは、近代に至る文芸の進展を希臘思潮（Hellenism）と希伯来思潮（Hebraism）の霊と肉の葛藤、闘争の思潮と位置づけ、「揺れ動く気持ちとさらに完全な生活を送りたいとする景仰、渇望、要求があってはじめて、強烈な刺戟性に富む、永遠に価値のある芸術を育むことができる。このような揺れ動く気持ちと完璧な生活への景仰、渇望、要求がすなわち、近代主義（modernism）の中心的な生命である」として、文芸・文学を「刺戟力」「生命力」「近代精神の発見」などの観点から分析する点にある。その他、「世紀末」「唯美主義」については、本間久雄著・沈端先訳『欧洲近代文芸思潮概論』(上海・開明書店、一九二八・八初版、原典：本間久雄著『欧洲近代文芸思潮概論』早稲田大学出版部、一九二七・七初版）や、「写実主義」については、昇曙夢著・陳俶達訳『現代俄国文芸思潮』（民衆文庫、上海・華通書局、一九二九・一〇初版、原典：昇曙夢著「現代ロシア文芸思潮」所収『大思想エンサイクロペヂア一〇文藝思想』東京・春秋社、一九二八・一初版）、及び「表現主義」については、片山孤村著・魯迅訳「表現主義」（所収『壁下訳叢』上海・北新書局、一九二九・四初版、原典：「表現主義」所収『現代の独逸文化及文芸』東京・京都・文献書院、一九二二・九初版）などからの理解と受容も散見する。

（三）プロレタリア文芸論に関する著作――受容と中国独自の進展が同時進行

前記、第四項「プロレタリア文芸論に関する著作の翻訳目録」に示した通り、一九二七年から三〇年三月の「左翼作家連盟」結成前後までに、日本人著作で翻訳出版されたものは（1）から（9）までの九種ある。一方、魯迅を中心に編まれた（18-1）から（18-17）までの合わせて十七種の「科学的芸術論叢書」は、日本語の翻訳から重訳したものと、ロシア語・ドイツ語などの原典から翻訳したものとが併在したが、一九二九年五月から一九三〇年一〇月までの間に、集中的に上海の「水沫書店」と「光華書局」から発行されたものである。東京・叢文閣から発行された「マルクス主義芸術理論叢書」は全十二冊あり、『魯迅蔵書目録』でそのすべての所蔵が確認され、魯迅は「科学的芸術論叢書」の編集に際しこの叢書を利用している。魯迅が入手した順序にその書名を示すと以下の通りである。

（魯迅入手年月日・アラビア数字）

①1928・10・10　プレハーノフ著、蔵原惟人訳『階級社会の芸術』（叢書二、一九二九・一〇）

②1928・11・7　プレハーノフ著、外村史郎訳『芸術論』（叢書一、一九二八・六）
③1928・12・7　ルナチャールスキイ著、外村史郎訳『芸術の社会的基礎』（叢書四、一九二八・一一）
④1928・12・20　フランツ・メーリンク著、川口浩訳『世界文学と無産階級』（叢書三、一九二八・一二）
⑤1929・4・13　マーツア著、藏原惟人、杉本良吉訳『現代歐洲の藝術』（叢書八、一九二九・四）
⑥1929・11・14　ハウゼンシュタイン著、川口浩訳『造型芸術社会学』（叢書六、一九二九・一一）
⑦1930・1・25　エム・ヤ・ギンズブルグ著、黒田辰男訳『様式と時代：構成主義建築論』（叢書九、一九三〇・一）
⑧1930・5・23　プレハーノフ著、外村史郎訳『文学論』（叢書一〇、一九三〇・五）
⑨1930・10・22　フリーチェ著、蔵原惟人訳『芸術社会学の方法論』（叢書一一、一九三〇・一〇）
⑩1930・12・3　エス・ドレイデン編、藏原惟人ほか共訳『レーニンと藝術』（叢書一二、一九三〇・六）
⑪1931・2・21　フランツ・メーリング著、川口浩訳『美学及び文学史論』（叢書七、一九三一・二）
⑫1931・4・11　ルナチャールスキイ著、外村史郎訳『マルクス主義芸術理論』（叢書五、一九三一・四）

また、以下に示した通り、同時に、民国文壇の知識人たちは独自の「プロレタリア文学・文芸論」の著述も残しており、「プロレタリア文芸論」における中国における受容に関しては、日本と同時進行しながらも、日本よりも一歩先に進んだ理論構成と理論分析の状況を呈していたことが見て取れる。

・許傑『新興文芸短論』（上海・明日書店、一九二九・一二初版）
・周毓英『新興文芸論集』（上海・勝利書店、一九三〇・六初版）
・顧鳳城『新興文学概論』（上海・光華書局、一九三〇・八初版）
・銭杏邨『文芸与社会傾向』（上海・泰東書局、一九三〇・一〇初版）
・樊仲雲『新興文芸論』（上海・新生命書局、一九三〇・一一初版）

前記の書籍にその傾向が現れているが、ここでは、顧鳳城著『新興文学概論』（上海・光華書局、一九三〇・八初版）を例に、日本から受容されたプロレタリア文芸論の一端を示しておきたい。

②顧鳳城『新興文学概論』

顧鳳城『新興文学概論』（上海・光華書局、一九三〇・八初版）（目次）

上篇　什麼是普羅列塔利亞文学
第一章　文学的本質
一　什麼是文学？
二　文学的起源
三　文学与社会生活
四　文学的階級性
第二章　文学与唯物史観
一　文学的基礎与上層建築
二　社会心理与意識形態
三　文学与意識形態
第三章　什麼是普羅列塔利亞文学？
中篇　普羅列塔利亞文学的内容与形式
第四章　普羅列塔利亞文学的内容与形式
一　唯物辨證法的考察
二　三個必要的条件
第五章　什麼是普羅列塔利亞写實主義？
一　三種写實主義的考察
二　普羅列塔利亞写實主義的前途
第六章　〝文藝的大衆化〟的問題
下篇　普羅列塔利亞文学批評的基準
第七章　普羅列塔利亞文学批評的基準
一　布爾喬亞文学的批評観
二　普羅列塔利亞文学批評的基準
三　普羅列塔利亞文学批評的前途
第八章　文学之唯物史観的考察
附録
一　中国普羅文学概観
二　世界普羅文学概観
三　世界普羅文学名著紹介
四　世界普羅文学家略傳

中国における自然・写実主義の受容に関して、中国語に翻訳された「文芸思潮に関する著作」においても、また魯迅や茅盾など民国文壇の知識人が使用する文学批評用語においても、Realism（リアリズム）に相当する中国語には「写実主義」が当てられている。ところが、現代の中国語では「現実主義」が当てられる。この Realism なる言葉が、中国語で「写実主義」と訳される場合と、「現実主義」と訳される場合の転換期はどこにあるのかに注意を払いながら、日本からのプロレタリア文芸論の受容について基礎的な考察を加えてみる。

例えば、金子筑水著・蔣徑三訳『現實主義哲学的研究』（哲学叢書、上海商務印書館、一九二八・三初版、原典：『現代哲学概論』思想叢書第四編、東京堂書店一九二二・一二初版）において見受けられるように、哲学用語として、realism は日本語の訳語として一九二二年段階ではすでに「現実主義」が使用されており、Realism が「写実主義」と訳されるのは、どうも文芸・文学の批評用語であるらしい。

蔵原惟人「プロレタリア・レアリズムへの道」（『戦旗』一号、一九二八・五）の翻訳タイトルを、林伯修は「到新写実主義之路」（『太陽月刊』七号停刊号、一九二八・七）とした。このあたりから Proletarian Realism を「新しい写実主義」と呼ぶようになっている。茅盾が模索した「新しい写実主義」とは、「無産階級の写実主義」であったことが判明する。このことを念頭に、顧鳳城の『新興文学概論』の「第五章　何がプロレタリア写実主義なのか」（什麼是普羅列塔利亞写實主義？）の要点を以下に箇条書きにし纏めておく。また、顧鳳城には「蔵原惟人は次のように語る」と蔵原からのかなり長い引用を計八回使用している。

顧鳳城「何がプロレタリア写実主義なのか」の要点

・写実主義には資産階級（ブロジョア）の写実主義、小資産階級（小ブルジョア）の写実主義、無産階級（プロレタリア）の写実主義の三種があること。

・資産階級の写実主義はフローベルとモーパッサンの作品に代表され、小資産階級の写実主義はゾロとイプセン及び茅盾の作品——三部作「幻滅」「動揺」「追求」——に代表されること。

・プロレタリア写実主義は唯物弁証法の立場から現実を観察する。唯物弁証法とは、この社会をどのような方向に前進させるか、何が社会の本質的なことで、何が偶然的なことかを理解できるように我々を教え導くものである。プロレタリア写実主義は、この方法に依拠し、複雑極まりない社会現象から本質を見定め、社会が当然進行する方向の観点から描写する。弁証論的な唯物論に立つプロレタリア写実主義は社会という観点に基づいて一切の現象を見る。個人の性格や思想や意志などは決して先天的にあるものではなく、社会の環境の中で変化、発展するものなので、ある個人の性格、思想、意志は、同時に、ある一定の時代、社会、階級、集団に属すものである。そこで、社会的階級的観点から一切を見て描写しなければならない。
・ブルジョア写実主義作品の主要な主題は、人間の生物的欲望であり、小ブルジョア写実主義は社会の正義と博愛であり、プロレタリア写実主義は階級闘争である。

【参考資料1】民国期における厨川白村訳著の単行出版状況(出版年代順)

	書名(頁数)	訳者	版本	叢書名	出版社	発行部数(価格)
①	近代文学十講(上)(二三〇)	羅迪先	一九二一・八・一 初版 一九二三・五 再版 一九二五・一〇 五版 一九二八・四・三〇 六版	学術研究会叢書之二	上海学術研究会叢書部	(六角)
	近代文学十講(下)(二四五)	羅迪先	一九二二・一〇・一 初版 一九二九・一・一 三版 一九三四・六 七版 一九三五・四 八版	学術研究会叢書之四	上海学術研究会叢書部	(六角)
②	恋愛論 輯訳(八二)	任白濤(一碧)	一九二三・七・二〇 初版 一九二四・三・二〇 再版 一九二四・一〇・一五 三版	学術研究会叢書之六	上海学術研究会叢書部	(二角)
	恋愛論 訳訂(七〇)		一九三二・一二 七版 一九三四・一二 九版		上海・啓智書局	(四角)
③	文芸思潮論(一三一)	樊従予(樊仲雲)	一九二四・一二 初版 一九二七・三 再版 一九三二・一二 国難後一版	文学研究会叢書	上海・商務印書館	(三角五分)

④	苦悶的象徴（一四七）	魯迅	一九二四・一二　初版	未名叢刊	北京大学・新潮社、代售	一五〇〇（五角）
			一九二六・三　再版	未名叢刊	北平・上海・北新書局	一五〇〇
			一九二六・一〇　三版	未名叢刊	北平・上海・北新書局	一五〇〇
			一九二七・八　四版	未名叢刊	上海・北平・北新書局	三〇〇〇
			一九二八・八　五版	未名叢刊	上海・北平・北新書局	二〇〇〇
			一九二九・三　六版	未名叢刊	上海・北平・北新書局	三〇〇〇
			一九二九・八　七版	未名叢刊	上海・北平・北新書局	二五〇〇
			一九三〇・五　八版	未名叢刊	上海・北平・北新書局	三〇〇〇
			一九三一　重印		上海・北平・北新書局	
			無出版日期　一〇版		上海・北平・北新書局	
			無出版日期　一一版		上海・北平・北新書局	
			一九三五・一〇　一二版		上海・北平・北新書局	（五角半）
⑤	苦悶的象徴（一〇七）	豊子愷	一九二五・三　初版	文学研究会叢書	上海・商務印書館	（三角半）
			一九二六・七　再版			
			一九三二・九　国難後一版			
⑥	出了象牙之塔（二五四）	魯迅	一九二五・一二　初版	未名叢刊	北平・未名社	三〇〇〇（七角）
			一九二七・九　再版	未名叢刊	北平・未名社	一〇〇〇
			一九二八・一〇　三版	未名叢刊	北平・未名社	二〇〇〇
			一九二九・四　四版	未名叢刊	北平・未名社	一五〇〇
			一九三〇・一　五版	未名叢刊	北平・未名社	二〇〇〇
			一九三一・八　初版		上海・北平・北新書局	二〇〇〇（九角）
			一九三二・八　再版		上海・北平・北新書局	
			一九三三・三　三版		上海・北平・北新書局	
			一九三五・九　四版		上海・北平・北新書局	

			一九三七・五　五版		上海・北平・北新書局	
⑦	走向十字街頭（二三四）	緑蕉・大杰（劉大杰）	一九二八・八　初版 一九二九・四　再版 一九三〇・一〇　三版 一九三四　三版 一九三五・五　三版 一九三五・六　三版	表現社叢書	上海・啓智書局	（六角） （一元二角） （六角） （二元）
⑧	近代的恋愛観（二〇七）	夏丏尊	一九二八・八　初版 一九二九・四　再版	婦女問題研究会叢書	上海・開明書店	（八角）
⑨	北美印象記（一八〇）	沈端先（夏衍）	一九二九・四・一〇　初版		上海・金屋書店	（六角）
⑩	小泉八雲及其他（二〇八）	緑蕉（劉大杰）（校）一碧	一九三〇・四　初版 一九三四・一二　再版		上海・啓智書局	（六角） （一元四角）
⑪	欧美文学評論（二〇四）	夏緑蕉（劉大杰）	一九三一・一　初版		上海・大東書局	（五角）

【参考資料2】任白濤訳『恋愛論』二種――「初訳本」（全89頁、表紙と広告除く）と「改訳本」（全78頁、表紙と広告除く）

表紙：日本厨川白村著、任白濤訳、学術研究会叢書第陸冊、恋愛論、学術研究会総会発行	表紙：厨川白村、恋愛論、任白濤訳訂、上海・啓智書局印行 表扉：厨川白村、恋愛論、任白濤訳訂、学術研究会印行
巻頭言　一九二三年四月在西湖（一～三）	巻頭言　一九二三年四月在西湖（一～三） 関於『恋愛論』的修正

目次　（一〜二）

本文81頁（本文印刷頁：1〜82）

『近代の恋愛観』の翻訳部　（本文実質21頁）［　］開始頁、（　）実質頁

恋愛至上主義
一　永久的都城　［一］（二・五）
二　恋愛観之三変　［三］（三・五）
三　愛之進化　［六］（四・二）
四　槌拉成旧婦女子　［一一］（二・八）
五　両出破鏡重圓之喜劇　［一三］（三・〇）
六　恋愛与自我解放　［一六］（一・五）
七　従無批判到肯定　［一八］（三・五）

『再び恋愛を説く』以降の翻訳部　（本文実質57頁）［　］開始頁、（　）実質頁

従実際生活上論恋愛　［二三］（〇・六）
一　試看生活革新之三個標幟　［二三］（四・八）
二　答一個平凡的質問　［二八］（四・〇）
三　人生之根本要件　［三二］（二・七）
四　愛与食之関係　［三五］（九・四）
五　一夫一婦・恋愛・貞操　［四四］（四・八）
六　恋愛与自由　［四九］（三・三）
七　恋愛与生殖　［五三］（四・〇）
八　三角関係　［五七］（二・〇）

一九二六年四月在上海　（一〜四）
目次　（一〜二）
中扉：厨川白村、恋愛論、任白濤訳訂　（三〜四）

本文66頁（本文印刷頁：5〜70）

『近代の恋愛観』の翻訳部　（本文実質16頁）［　］開始頁、（　）実質頁

第一　恋愛至上主義
一　永久的都城　［五］（二・五）
二　恋愛観之三変　［七］（三・〇）
三　愛之進化　［一〇］（三・五）
四　恋愛与結婚　［一四］（一・五）
五　槌拉已経旧了　［一五］（一・〇）
六　相互的発見　［一六］（一・〇）
七　従無批判到肯定　［一七］（三・五）

『再び恋愛を説く』以降の翻訳部　（本文実質44頁）［　］開始頁、（　）実質頁

第二　従実際生活上論恋愛　［二三］（〇・六）
一　生活革新之三個標幟　［二三］（四・五）
二　答一個平凡的質問　［二八］（三・〇）
三　人生之根本要件　［三一］（二・五）
四　愛与食之関係　［三四］（八・五）
五　一夫一婦・恋愛・貞操　［四二］（四・〇）
六　恋愛与自由　［四六］（三・〇）
七　恋愛与生殖　［四九］（四・〇）
八　三角関係　［五三］（二・〇）

九　評結婚式　[五九](四・八)
断片　[六五](一六・六)
奥付：原著者厨川白村、輯訳者任白濤
発行者学術研究会総会叢書部
中華民国十二年七月二十日初版

九　評結婚式　[五四](四・五)
第三　断片　[五九](七・四)
奥付：著者任白濤
発行者啓智書局
中華民国二十一年十二月第七版

【参考資料3】夏丏尊訳『近代的恋愛観』・厨川白村著『近代の恋愛観』

表紙："Love is best" —— R. Browning
表扉：婦女問題研究会叢書、近代の恋愛観、
厨川白村著、夏丏尊訳
愛特華・嘉本特
『恋愛的成熟期』一四八頁　(一)
譯者序　一九二八年四月於白馬湖　(一〜二)
原序　大正十一年十月　(一)
目次　(一)

本文全207頁

表紙："Love is best" —— R. Browning
表扉：近代の恋愛観、厨川白村
エドワアド・カアペンタ
『恋愛の成熟期』一四八頁　(一)
巻頭言　大正十一年十月　(一)
目次　(一〜二)

「恋愛」関係部、本文全293頁

八　従無批判到肯定　〔三三〕	八　無批判より肯定まで　〔四四〕
九　結婚与恋愛　〔三七〕	九　結婚と恋愛　〔五〇〕
十　人生的問題　〔四一〕	十　人生の問題　〔五六〕
十一　断片語　〔四五〕	十一　断片語　〔六二〕
十二　尾声　〔五八〕	十二　えぴろぐ　〔八一〕
再説恋愛　〔六七〕	再び恋愛を説く　〔九三〕
一　当作緒言　〔六九〕	一　緒言として　〔九三〕
二　試観革新的理想　〔七六〕	二　革新の理想を見よ　〔一〇五〕
三　質問第一　〔九三〕	三　質問第一　〔一三〇〕
四　当作人生的問題　〔一〇一〕	四　人生の問題として　〔一四一〕
五　恋愛・結婚与経済関係　〔一一二〕	五　恋愛と結婚と経済関係　〔一五九〕
六　一夫一婦・恋愛・貞操　〔一三四〕	六　一夫一婦、恋愛、貞操　〔一九二〕
七　恋愛与自由　〔一四六〕	七　恋愛と自由　〔二一〇〕
三就了恋愛説　〔一五五〕	三度恋愛に就いて言ふ　〔二二一〕
	「恋愛」関係部以外の4篇全75頁
	結婚式を評す　〔二九四〕 オビテル・スクリプタ　〔三〇七〕 かの一瞬を　〔三四〇〕 創作と宣伝　〔三五五〕
諾斯考徳「基督教与性的関係」　一九二二年版三三三頁　〔二〇八〕	ノオスコオト「基督教ト性的問題」　一九二二年版三三三頁　〔三六八〕
奥付：原著者厨川白村、翻訳者夏丏尊　発行者開明書店、一九二八年九月初版	奥付：著者厨川辰夫、発行所改造社　大正十一年十月廿九日初版

翻　訳　者	掲　　載　　紙	巻・号(期)	掲　載　年　月　日
田漢	少年中国	1巻1期	1919. 7. 15
謝六逸	晨報副鐫		1919. 7. 30～8. 3(連載5日)
朱希祖	新青年	6巻6号	1919. 11. 1
田漢	少年中国	1巻8期	1920. 2. 15
田漢	少年中国	1巻9期	1920. 3. 15
謝六逸	小説月報	11巻5号	1920. 5. 25
謝六逸	小説月報	11巻6号	1920. 6. 25
田漢	少年中国	1巻12期	1920. 6. 15
音塵	東方雑誌	17巻12号	1920. 6. 25
羅迪先	民鐸	2巻2号	1920. 9. 15
明権	時事新報・学灯		1921. 1. 16～1. 22(連載7日)
白鷗	民国日報・覚悟		1921. 7. 25
汪馥泉	民国日報・覚悟		1921. 8. 25
汪馥泉	民国日報・覚悟		1921. 9. 20
汪馥泉	民国日報・覚悟		1921. 10. 4
春華、美子	民国日報・覚悟		1921. 10. 23
Y. D.(呉覚農)	婦女雑誌	8巻2号	1922. 2. 1
謝六逸	小説月報	13巻2号	1922. 2. 10
汪馥泉	民国日報・覚悟		1922. 2. 21～3. 28(連載26回)
学林		1巻6期	1922. 3. 25
汪馥泉	民国日報・覚悟		1922. 7. 9～10(連載2日)
李宗武	婦女雑誌	8巻8号	1922. 8. 1
汪馥泉	民国日報・覚悟		1922. 12. 14・15・17(連載3回)
施存統	婦女雑誌	9巻1号	1923. 1. 1
Y. D.(呉覚農)	婦女雑誌	9巻2号	1923. 2. 1
任白濤	新民意報・星火	4冊	1923. 4. 29

【参考資料4】新聞・雑誌・選集における厨川白村の翻訳著作及び関連評（民国期）

翻訳作品及び関連論評表題	原　典　出　処
※平民詩人惠特曼的百年祭	文芸思潮論、5章・1節霊肉合一観
※文藝思潮漫談—浪漫主義同自然主義的比較觀	近代文学十講、5講・2節浪漫主義より自然主義へ
文藝的進化	近代文学十講、9講・2節文芸の進化
※詩人與勞働問題	近代文学十講、5講自然主義(其一)
※詩人與勞働問題(續)	近代文学十講、5講自然主義(其一)
※文學上的表象主義是什麼？	近代文学十講、10講3節象徴主義
※文學上的表象主義是什麼？(續)	近代文学十講、10講3節象徴主義
※新浪漫主義及其他—復黄日葵兄的一封信	近代文学十講、8講・1節新しき努力の時代
※現代文學上底新浪漫主義	近代文学十講、9講・1節新浪漫派
最近文藝之趨勢十講	近代文学十講
創作論與鑑賞論	苦悶の象徴
近代文藝思潮底變遷與人底一生	近代文学十講、8講・1節新しき努力の時代(思潮の変遷と人の一生)
美的宗教	文芸思潮論、5章・4節美の宗教
基督教思潮和異教思潮	文芸思潮論、1章序論の部分(基督教思潮と異教思潮)
靈肉合一觀	文芸思潮論、5章・1節霊肉合一観
象徵底分析	近代文学十講、10講・3節象徴主義
近代的戀愛觀	近代の恋愛観
※西洋小説發達史	近代文学十講、小説発達の経過
文藝思潮論	文芸思潮論
※西洋文藝思潮之變遷	近代文学十講、5講自然主義(其一)・6講自然主義(其二)・7講自然派作物の特色
文藝上的新浪漫派	近代文学十講、9講・1節新浪漫派
勃朗寧的三篇戀愛詩	象牙の塔を出て、3詩人ブラウニング、15詩三篇
※從希臘思潮到文藝復興	
※憶伏爾斯頓克拉脫女士	近代の恋愛観、附録・黎明期の第一声—ゴッドウィン婦人ウルストンクラフトを憶う
戀愛與自由	近代の恋愛観
※評結婚式	近代の恋愛観、結婚式を評す

任白濤	婦女雑誌	9巻6号	1923.6.1
任白濤	民国日報・婦女評論	99期	1923.7.11
樊仲雲	文学週報	102～115期 119～120期	1923.12.24～1924.5.5 （連載16回）
誦虞	小説月報	15巻2号	1924.2.10
仲雲	文学週報	128～129期 138期	1924.6.30、7.7、9.8
豊子愷	上海時報		1924.9～
魯迅	晨報副鐫	233～259号	1924.10.1～31（連載20回）
魯迅	晨報副鐫	233号	1924.10.1
任白濤	小説月報	15巻10号	1924.10.10
樊仲雲	東方雑誌	21巻20号	1924.10.25
魯迅	晨報副鐫		1926.10.26
魯迅	晨報副鐫		1926.10.28
Y.D.（呉覚農）	民国日報・婦女週報	61期	1924.10.29
魯迅	晨報副鐫		1926.10.30
魯迅	京報副刊		1924.12.9～13（連載5日）
魯迅	京報副刊		1924.12.9
魯迅	民衆文藝（週刊）	4期・5期	1925.1.6、1.13
魯迅	京報副刊		1925.1.9～14（連載5回）
魯迅	京報副刊		1925.1.9
魯迅	小説月報	16巻1号	1925.1.10
魯迅	民衆文藝（週刊）	6期	1925.1.20
魯迅	民衆文藝（週刊）		1925.1.20
任白濤	民鐸	6巻2号	1925.2.1
魯迅	京報副刊		1925.2.14～3.11（連載16回）
樊仲雲	小説月報	16巻5号	1925.5.10
記者録	小説月報	16巻5号	1925.5.10
樊仲雲	小説月報	16巻6号	1925.6.10
樊仲雲	小説月報	16巻7号	1925.7.10
魯迅	莽原（半月刊）	2期	1926.1.25
任白濤	民鐸	8巻4号	1927.3.1

愛與食之關係	近代の恋愛観
談戀愛與生殖	近代の恋愛観
文藝思潮論	文芸思潮論
讀《文藝思潮論》(讀書録)	
文学創作論	苦悶の象徴、1章創作論・1～3節
※苦悶的象徴	苦悶の象徴
苦悶的象徴(創作論與鑑賞論)	苦悶の象徴
譯《苦悶的象徴》后三日序	
宣傳與創作	近代の戀愛観、創作と宣伝
文藝上幾個根本問題的考察	苦悶の象徴、3章文芸の根本問題に関する考察
《自己發見的歡喜》譯者附記	
《有限中的無限》譯者附記	
戀愛貞操與一夫一婦論	近代の恋愛観、再び恋愛を説く、6一夫一婦、恋愛、貞操
《文藝鑑賞的四段階》譯者附記	
觀照享樂的生活	象牙の塔を出て、観照享楽の生活
《觀照享樂的生活》譯者附記	
描寫勞働問題的文學	象牙の塔を出て、労働問題を描ける文学
從靈向肉和從肉向靈	象牙の塔を出て、霊より肉へ、肉より霊へ
《從靈向肉和從肉向靈》譯者附記	
西班牙劇壇的將星	十字街頭を往く、西班牙劇団の将星
現代文學之主潮	象牙の塔を出て、現代文学の主潮
《現代文學之主潮》譯者附記	
※作家之外游	十字街頭を往く、作家の外遊
出了象牙之塔	象牙の塔を出て
病的性慾與文學	小泉先生そのほか、病的性欲と文学
卷頭語(摘録厨川白村的《苦悶的象徴》)	
論勞働問題	
文藝與性慾	十字街頭を往く、文芸と性欲
東西的自然詩觀	十字街頭を往く、東西の自然詩観
※《苦悶的象徴》的縮譯	苦悶の象徴

緑蕉(劉大杰)	長夜	1期	1928. 4. 1
劉大杰	長夜	3期	1928. 5. 1
緑蕉(劉大杰)	女性與文學	上海・啓智書局	1928. 5. 14
緑蕉(劉大杰)	女性與文學	上海・啓智書局	1928. 5. 14
張水淇	獅吼(半月刊)	復活号1期	1928. 7. 1
沈端先(夏衍)	獅吼(半月刊)	復活号5期	1928. 9. 1
劉大杰	寒鴉集	上海・啓智書局	1928. 10初版、1934. 5再版
張水淇	獅吼(半月刊)	復活号10期・11期	1928. 11. 16、12. 1
韓侍桁	近代日本文藝論集	上海・北新書局	1929. 2
韓侍桁	近代日本文藝論集	上海・北新書局	1929. 2
韓侍桁	近代日本文藝論集	上海・北新書局	1929. 2
韓侍桁	近代日本文藝論集	上海・北新書局	1929. 2
芝君	開明	2巻4号	1929. 10. 10
劉大杰	北新	4巻1・2期	1930. 1. 1
任白濤	從康德和平主義到思想問題	上海・啓智書局	1930. 4
陳九皋	開明	2巻13号	1930. 8. 1
東声(韓侍桁)	文藝月刊	4巻6期	1933. 12. 1

文藝與性慾	十字街頭を往く、文芸と性欲
東西的自然詩觀	十字街頭を往く、東西の自然詩観
※婦人與讀書	十字街頭を往く、婦人と読書
※文藝與性慾	十字街頭を往く、文芸と性欲
蛇性之淫	十字街頭を往く、西洋の『蛇性の淫』
女人的天国	印象記、北米印象記、4女の天国
悪魔的宗教	十字街頭を往く、悪魔の宗教
悪魔的宗教	十字街頭を往く、悪魔の宗教
※東西的自然詩觀	十字街頭を往く、東西の自然詩観
※文藝與性慾	十字街頭を往く、文芸と性欲
※演劇與觀客	十字街頭を往く、演劇と観客
※病的性慾與文學	小泉先生そのほか、病的性欲と文学
※東西洋的自然詩觀	十字街頭を往く、東西の自然詩観
傑克倫敦的小説	印象記、ジャック・ロンドンの小説
※平和之勝利	小泉先生そのほか、附録・平和の勝利
《近代的戀愛觀》(厨川白村著・夏丏尊譯)書評	
英国的厭世詩派	最近英詩概説、4章懐疑厭世の詩派

以上、上海図書館での現地調査と、唐沅他編『中国現代文学期刊目録彙編』(中国現代文学史資料彙編・丙種、中国現代文学書刊資料叢書、天津人民出版社、1988.9)、及び※印は李強『厨川白村文藝思想研究』(崑崙出版社、東方文化集成、日本文化編、2008.3)の「附録7　厨川白村著作(文章)漢訳初版一覧表」による。

あとがき

本書はこの十年ほどの間に積み重ねてきた研究の一つの終着である。日本、中国、台湾において厨川白村の著作がどのように読まれ、どのような評価を得て進展したかを、基本的資料を示しながら考察を行った。厨川白村を軸とした日・中・台の文学交流史でもある。

十年ほど前、私は日本近代文学の研究者に日本ではなぜ厨川白村はあまり評価されないかを問うたことがあるが、そのとき、創作を残していないからだという答えが返ってきた。エッセイとか評論とかというものに対する恐らく日中での価値観の違いなのだろうか、では周作人や林語堂は日本では評価されないということだろうかと、なぜか創作の意味に納得がいかなかったことを憶えている。また同時に、厨川白村に対する中国での高い評価と日本でのさほど高くない評価のギャップには常々疑問を持ち続けていた。そして、同様の思いを懐いていた中国人研究者がいたことにたいへん勇気づけられた。北京大学の李強氏は、中国では厨川白村が「ニーチェ、ベルグソン、クローチェやフロイトとも肩を並べている」ほどの「世界級の学者」と称されているにも関わらず、故国である日本ではほとんど忘れ去られた「学術存在」であり、「幽霊」であることを問題意識として持っておられるが、同氏は上梓した『厨川白村文芸想研究』（崑崙出版社、二〇〇八・三）の中で、「中・日両国にある厨川白村に対する評価の差異、このこと自体が大いに研究価値を有する課題である」と提示している。つまり、本書は私なりの李氏に対する答えでもある。

振り返れば、当初の私の厨川白村に対する関心は、魯迅が彼の著作から何を学び何を吸収していたのかを解明しようとする、比較文学でいう影響研究的な興味に過ぎなかった。そこで、昨年出版した『魯迅と西洋近代文芸思潮』（汲古書院、二〇〇八・九）のなかに「魯迅と厨川白村」という一章を立てて収めようと考えていたが、この最初の構想を大きく転換する体験が二つ加わった。

一つは、一九九八年一〇月から十ヶ月間上海に滞在し、文部省在外研究員として、研究課題「西洋文化の移入を巡る日・中文学交流に関する研究」に従事した結果、上海図書館で系統的に厨川白村の著作に関わる翻訳本を蒐集できたことによる。その時に調査した資料は【参考資料1】として本書に収録してある。この基本資料により、一九二〇年代の爆発的に流行し翻訳された厨川白村の著作についての意義を考察することを可能にした。

しかし三〇年代になると、同じ日本知識人である平林初之輔、青野季吉、蔵原惟人などの提唱する唯物論史観のプロレタリア文芸論が受け容れられ、次第に厨川白村の文芸論は唯心論的であるとする理由や日中戦争が全面的に展開するなどの時代背景により、彼の文芸論は背後へと追いやられてしまう。そこで、私の「民国文壇における厨川白村」という研究は行き詰まることとなる。こんな時、研究を後押しするように、「継続する民国文壇」という発想を与える次の体験が加わった。

それは、二〇〇五年一月から二〇〇七年一二月まで三年間、台湾中央研究院中国文哲研究所の招聘により、共同課題「Textual Translation and Cultural Context : China, Japan, and the West since the Late Ming」に従事することで、副次的で個人的な収穫として、台湾での新たな翻訳者の手からなる厨川白村の著作を数多く入手することができたのである。ただ、共同研究に関しては、世界史の書き換え、国家と民族、社会思想史的背景、間翻訳性（inter-translatability）、再現の翻訳と表現の翻訳（translation in repetition and translation in representation）などの概念を共通認識に、受容側の文化脈絡を解明しようとする共同研究であり、私などは只々拝聴するばかりでお役に立てなかった非をここでお詫びしておきたい。しかし、私の厨川白村研究にとってはたいへん有用な体験で、この台湾での体験をきっかけに厨川白村著作の翻訳書が十二種もあること、それがまた大陸・中国とは違う文化脈絡の下に出現しているという認識を得ることができた。この認識は、第五章「翻訳文体に顕れた厨川白村」及び第八章「台湾における厨川白村」となって結実し、あの時お役に立てなかった共同研究の宿題が私なりの手法でやっと出来上がった気分である。

以上は、本書が完成するに及んだ大きな要因となった出来事であったので特に記しておいた。次に、各章の初出を示しておく。

序章　中国語圏における「厨川白村現象」とは何か

＊書き下ろし

第一章　厨川白村著作の普及と評価――日本での同時代人の評価を中心に

＊厨川白村著作の普及と受容――日本における評価の考察を中心に

大阪教育大学『学大国文』四四号、八五～一二五頁、平一三・一（二〇〇一）

第二章　民国文壇の知識人の厨川白村著作への反応

＊民國文壇對於厨川白村著作的反應

『魯迅跨文化対話』北京・大象出版社、紀念魯迅逝世七十周年国際学術討論会論文集、三八一～三九一頁、平一八・一〇（二〇〇六）

第三章　『近代の恋愛観』の受容を巡る翻訳者三人の差異

＊民国文壇と厨川白村――『近代の恋愛観』の受容を中心に

第四章　魯迅訳・豊子愷訳『苦悶的象徴』の産出とその周縁
日本現代中国学会『現代中国』七五号、四三～六二頁、平一三・一〇（二〇〇一）

＊魯迅訳・豊子愷訳『苦悶的象徴』の産出とその周縁
『愛知県立大学外国語学部紀要』（言語・文学編）四〇号、三三三～三五〇頁、平二〇・三（二〇〇八）

第五章　翻訳文体に顕れた厨川白村――魯迅訳・豊子愷訳『苦悶的象徴』を中心に

＊翻訳文体に顕れた厨川白村――魯迅訳・豊子愷訳『苦悶的象徴』を中心に
『南腔北調論集』東方書店、山田敬三先生古希記念論集刊行会編、一〇八三～一一一四頁、平一九・七（二〇〇七）

第六章　ある中学教師の『文学概論』
――本間久雄『新文学概論』と厨川白村『苦悶の象徴』『象牙の塔を出て』の普及

＊ある中学教師の『文学概論』（上）――民国期における西洋の近代文芸概説書の波及と受容
『大阪教育大学紀要』第Ⅰ部門五一巻一号、一～二〇頁、平一四・九（二〇〇二）

＊ある中学教師の『文学概論』（下）――本間久雄・厨川白村・小泉八雲の文芸論の受容
『大阪教育大学紀要』第Ⅰ部門五一巻二号、一二三～一四三頁、平一五・二（二〇〇三）

第七章　『近代の恋愛観』に描く恋愛論の文芸界への波及・展開
――ビョルンソンとシュニッツラーの翻訳状況を例に

＊民国期におけるビョルンソンとシュニッツラーの翻訳作品――『近代の恋愛観』での紹介状況を副次的資料として
大阪教育大学『日本アジア言語文化研究』八号、（一）～（二六）頁、平一三・三（二〇〇一）

第八章　台湾における厨川白村――継続的普及の背景・要因・方法

＊台湾における厨川白村——継続的普及の背景・要因・方法

『愛知県立大学外国語学部紀要』（言語・文学編）四一号、二九七〜三一八頁、平二一・三（二〇〇九）

終章　回帰した厨川白村著作とその研究の意義　＊書き下ろし

序章と終章は、本書の総論的な意味づけであり、初めに序章と終章を読んで全体を見渡して、各論にあたる各章を読んでいただくことをお勧めする。また、初出の論文に、新たに入手した資料などにより、加筆、削除、修正を加え、各論文ごとのつながりと構成に有機的な関係を保つように配慮しておいた。

本書は資料を重視した基礎的研究である。今後は、厨川白村の文芸論が七月派の作家や路翎などにどのように咀嚼され作品化されたかの研究へと進展させる必要がある。また、厨川白村研究から見えてきた唯心論と唯物論の統合は今後の中国にとって重い課題である。今中国では、アメリカ経由の例えば、間主観性（inter-subjectivity、中国語「主体間性」）とか間テクスト性（inter-textuality、中国語「文本間性」「互文性」）などの先端的な文芸批評の方法、いわば文芸心理学（唯心論）的な研究手法が主流である。今後は再び、強者が弱者を喰らうあまりにも開きすぎた貧富格差を意識化することによって、社会問題や社会現象の解明を主眼におく文芸批評の方法、いわば文芸社会学（唯物論）的な研究手法に回帰する可能性がある。しかし、研究手法としては、前者は後者を使い古された時代遅れの手法として軽んじる傾向があるが、あるいは、中国にはこの二元論を統合できる新たな知恵があるのかもしれない。ただ、しばらくは政権担当者および知識人たちも現状を謳歌、追認しており、大々的な変革への政策、宣伝としての文芸理論の到来にはいたるまい。

本書は、平成一五年度〜平成一八年度科学研究費補助金（基盤研究（C））、研究課題「民国翻訳史における西洋近代文芸論受容に果たした日本知識人の著作に関する基礎的研究」と、平成一九年度〜平成二〇年度科学研究費補助金（基盤研究（C））、研究課題「中国語文化圏における厨川白村著作の受容の再燃現象についての研究」の援助を得て達成できた研究成果である。さらに、本書の刊行にあたっては、平成二一年度科学研究費補助金「研究成果公開促進費」（日本学術振興会）の給付を受けた。

最後になったが、本書は多くの支援を受けて完成させることができたことを述べておきたい。まず、上海での資料収集に際しては、上海師範大学の楊剣龍教授と上海魯迅記念館の王錫栄副館長及び研究員の李浩氏に感謝したい。また、私が上海に行くたびに宿泊所を手配してくれる同済大学の蔡敦達教授に対しては、感謝に堪えない。そして、台湾中央研究院との共同研究に推薦くださった香港中文大学の李欧梵教授、台湾でお世話いただいた文哲研究所の彭小妍教授、および中央研究院との間をとり持っていただいた愛知大学の黄英哲教授に感謝を申し上げたい。その後、台湾での資料収集では、国立台湾文学館の鄭邦鎮館長と助理研究員で私の学生でもある曾麗蓉さんにはたいへんお世話になり、本当に感謝申し上げる。さらに、拙稿全体に目を通して貴重なアドバイスと校正を加えていただいた同僚の樋泉克夫氏と友人で名古屋経済大学の谷川毅氏、および貴重な意見と論文資料の提供をいただいた慶應義塾大学の長堀祐造氏にも心から感謝を申し上げる。

本書の出版にあたっては、思文閣出版部長の原宏一氏が出版計画から完成時に至るまでたいへん丁寧に相談に応じていただいたばかりか、初校から最終稿に至るまで熱意あるお世話を賜ったことに対して、衷心より感謝の意を表したい。

工藤貴正

二〇〇九年十二月一日

索　　引

凡　例

1：漢字の読みは、原則として日本語の漢音によって区分し、中国人の姓名も基本的に同様とした。

2：索引項目は、本文に範囲を限定して採録し、注釈・文中別表・附録・参考資料編・あとがきからは採録しなかった。

3：人名索引は、基本的には本文に限って採録した。また、日本人・中国人などの漢字名は、本文の中で姓や名だけで表記ものでもフルネームの項目に採録した。（例）本間→本間久雄、鷗外→森鷗外

漢字以外の外国人名は、本文でファミリーネームとフルネームで使用している人名に限り、ファミリーネームを項目にたて、カンマの後ろにファーストネームを併記した。（例）ヴェヌティ，ロレンス、エーデン，フレデリック・ファン

4：書名・著作索引は、単行本書名・単篇作品・論文名・書簡名・新聞名・雑誌名からなり、本文に限って採録した。本文中で名称を簡略化して表記してあるものは、本来の名称の項目に収録した。（例）序言→『苦悶的象徴』序言、三度恋愛に就いて言う→『近代の恋愛観』三度恋愛に就いて言う

また、外国作品名の索引は、あまり周知されていないもので訳題が複数ある場合、翻訳者により訳題、表記が異なる場合は、代表的な翻訳名一つに統一した。（例）喜劇　若き葡萄の花咲かば、わかき葡萄の花時に→若き葡萄の花咲く時、カアペンター恋愛論→カーペター（カアペンター）恋愛論

また、全集名と雑誌・新聞名には『　』を残した。（例）『小泉八雲全集』、『改造』、『現代』、『大阪朝日新聞』

【人　名】

あ行

か行

さ行

た行

な・は行

ま行

や・ら・わ行

【書名・著作】

欧　文

あ行

か行

さ行

ま行

◆著者略歴◆

工藤　貴正（くどう・たかまさ）

1955年生まれ．仙台市出身．大阪外国語大学，同大学院を卒業・修了後，北京師範大学留学．

大阪教育大学助教授を経て，現在，愛知県立大学教授．名古屋大学・博士（文学）．

著書に『魯迅と西洋近代文芸思潮』（汲古書院，2008）『現代中国への道案内Ⅱ』（共著，白帝社，2009）などがある

中国語圏《ちゅうごくごけん》における厨川白村現象《くりやがわはくそんげんしょう》
——隆盛・衰退・回帰と継続——

2010（平成22）年２月28日発行

定価：本体6,000円（税別）

著　　者　　工藤貴正
発 行 者　　田中周二

発 行 所　　株式会社　思文閣出版
606-8203　京都市左京区田中関田町2-7
電話075（751）1781（代）

印刷・製本　　株式会社　図書印刷　同朋舎

ISBN978-4-7842-1495-2 C3098